오너러블 스쿨보이

오너러블 스쿨보이

②

존 르카레 장편소설
허진 옮김

이 책은 실로 꿰매어 제본하는 정통적인 사철 방식으로 만들어졌습니다.
사철 방식으로 제본된 책은 오랫동안 보관해도 손상되지 않습니다.

차례

2부 나무를 흔들다

2부
나무를 흔들다

13
리제

스타하이츠는 미드레벨에 제일 최근에 지어진 가장 높은 건물로, 원통형이었기 때문에 밤이면 조명이 켜진 거대한 연필처럼 빅토리아피크의 부드러운 어둠 속에 우뚝 솟아 있었다. 구불구불한 도로가 그 앞을 지나갔지만 보도는 도로와 절벽 사이의 15센티미터 정도 되는 연석 한 줄뿐이었다. 스타하이츠에서 걸어다니는 것은 좋은 생각이 아니었다. 때는 초저녁이었고 사교 생활의 러시아워가 정상을 향해 다가가고 있었다. 제리는 연석을 따라 슬슬 걸어갔고, 주인을 내려 주거나 태우려고 급히 달리는 메르세데스와 롤스로이스가 그를 스쳤다. 제리는 얇은 종이로 싼 난초 한 다발을 들고 있었는데, 크로가 피비 웨이페어러에게 선물한 것보다는 컸고 드레이크 코가 세상을 떠난 어린 넬슨에게 바친 것보다는 작았다. 누군가에게 줄 난초는 아니었다. 〈덩치가 나 정도 되면 무슨 행동을 하든 그럴듯한 이유가 있어야 된다니까.〉

긴장도 됐지만 길고 긴 기다림이 끝나서 마음이 놓이기도 했다.

〈현관문 안으로 한 발 밀어넣기 작전이네.〉 어제 기나긴 작전 회의에서 크로가 말했었다. 〈밀고 들어가서 얘기를 시작하고, 반대쪽으로 나올 때까지 멈추지 말게.〉

한 발이란 말이지. 제리가 생각했다.

줄무늬 차양을 지나 건물 로비로 들어가자 이번 임무의 맛보기처럼 여성용 향수 냄새가 허공에 떠돌았다. 〈코가 건물 주인이라는 사실을 잊지 말게.〉 크로가 작별 선물로 심술궂게 덧붙였다. 인테리어가 아직 마무리되지 않았다. 아직 우편함 주변에 대리석을 붙이기 전이었다. 유리 섬유로 만든 물고기가 테라초 분수에 물을 뱉어야 했지만 파이프가 아직 연결되지 않았고 연못에 시멘트 포대가 쌓여 있었다. 제리는 엘리베이터로 향했다. 〈프론트〉라고 적힌 유리 부스 안에서 중국인 수위가 제리를 보았다. 제리는 수위를 슬쩍 보고 지나쳤다. 제리가 들어왔을 때 책을 읽고 있던 수위는 그를 빤히 보면서 질문을 할까 말까 망설였지만, 꽃다발을 보고 반쯤 납득했다. 호화롭게 차려입은 미국인 부인 두 명이 와서 제리 근처에 섰다.

「멋진 꽃다발이네요.」 그들이 포장지 안을 보며 말했다.

「최고예요, 그렇죠? 가지세요, 선물입니다! 어서요! 두

분 다 아름다우시군요. 꽃다발이 없으면 알몸이나 다름없죠!」

웃음. 영국인은 역시 특이하다니까. 수위가 다시 책으로 시선을 돌렸고 제리는 검문을 통과했다. 엘리베이터가 도착했다. 무뚝뚝한 표정의 외교관과 사업가, 그 부인들이 보석을 빛내며 로비로 나왔다. 제리가 미국인 부인들을 먼저 태웠다. 시가 연기가 여자들의 향기와 섞였고, 녹음 상태가 좋지 않은 레코드 음악이 잊힌 멜로디를 흥얼거렸다. 두 여자는 12층을 눌렀다.

「당신도 해머스타인 씨 댁에 가세요?」 두 사람이 다시 난초를 보며 물었다.

제리는 15층에서 비상계단으로 갔다. 고양이 냄새와 더스트 슈트의 쓰레기 냄새가 났다. 그는 밑으로 내려가다가 기저귀가 담긴 양동이를 들고 가는 유모를 마주쳤다. 그녀는 얼굴을 찌푸리고 있다가 제리가 인사하자 요란하게 웃었다. 그는 계속 내려가다 8층에 도착하여 호화로운 복도로 다시 들어갔다. 복도의 제일 끝 쪽이었다. 작은 원형 홀에 금빛 엘리베이터 문 두 개가 있었다. 총 네 채의 아파트가 각각 원형 건물의 사분면을 차지했고 전용 복도가 있었다. 제리는 꽃다발 외에는 아무 보호 수단도 없이 B호 복도에 자리를 잡았다. 그는 원형 홀을 향해 서서 C라고 적힌 복도 입구에 주의를 집중했다. 지나치게 꽉 잡고 있던 부분의 꽃다발 포장지가 축축해졌다.

「매주 빼먹지 않는 일정이야.」 크로가 제리에게 단언했다. 「월요일마다 아메리칸 클럽에서 꽃꽂이를 해. 시계처럼 규칙적이지. 거기서 친구 넬리 탠을 만나는데, 에어시 직원이네. 둘이서 꽃꽂이를 한 다음 저녁 식사를 같이해.」

「코는 어디 있죠?」

「방콕에 갔네. 사업 때문에.」

「음, 돌아오지 않기를 바라야겠군요.」

「아멘이야. 아멘.」

기름을 칠하지 않은 새 경첩의 비명과 함께 그의 귀 바로 옆에서 문이 홱 열렸다. 디너 재킷을 입은 젊고 날씬한 미국인이 복도로 나오다가 딱 멈추고 제리와 난초를 빤히 보았다. 파란 눈은 흔들림이 없었고 손에는 서류 가방이 들려 있었다.

「그걸 들고 날 찾아온 겁니까?」 남자가 보스턴 출신인지 발음을 길게 빼며 물었다. 부유하고 당당해 보였다. 제리는 외교관이거나 아이비리그 출신 은행가인가 보다 추측했다.

「음, 그건 아닐걸요.」 제리가 멍청한 영국인을 연기하며 말했다. 「〈캐번디시.〉」 미국인의 어깨 너머에서 문이 빽빽하게 찬 책장을 뒤로하고 조용히 닫혔다. 「친구가 9D호의 〈캐번디시〉 씨에게 전해 달라고 부탁했거든요. 난초를 든 저만 여기 남겨 놓고 자기는 마닐라로 가버렸죠.」

「층을 잘못 찾으셨네요.」미국인 남자가 엘리베이터로 걸어가며 말했다.「한 층 더 올라가셔야 합니다. 복도 위치도 틀렸어요. D는 반대쪽이에요. 저쪽.」

제리는 그의 옆에 서서 위로 올라가는 엘리베이터를 기다리는 척했다. 아래로 내려가는 엘리베이터가 먼저 도착했고, 젊은 미국인이 올라타자 제리는 아까 위치로 돌아갔다. C라고 적힌 문이 열리고 그녀가 나오더니 돌아서서 문을 이중으로 잠갔다. 옷은 일상복이었고 길고 엷은 금발을 목덜미에서 하나로 묶었다. 그녀는 평범한 홀터넥 원피스에 샌들 차림이었고 얼굴이 보이지 않았지만 제리는 그녀가 아름답다는 것을 이미 알 수 있었다. 그녀는 그가 서 있는 쪽을 보지 않고 엘리베이터 쪽으로 걸어갔다. 제리는 거리에서 창문을 통해 그녀를 보고 있는 듯한 환각에 빠졌다.

제리의 세계에서 어떤 여자들은 자기 몸이 가장 용맹한 자들만이 공격할 수 있는 성채인 것처럼 굴었고, 제리는 그런 여자들과 결혼했다. 아니면 제리 때문에 그렇게 되었을지도 몰랐다. 또 어떤 여자들은 자신을 싫어하기로 결심한 것처럼 등을 둥글게 구부리고 골반을 뻣뻣하게 고정시켰다. 그런가 하면 그를 향해 걸어오기만 해도 선물 같은 여자도 있었다. 그런 여자는 드물었지만, 바로 이 순간 제리에게는 그녀가 그런 여자들 중에서도 최고였다. 그녀가 금빛 문 앞에 멈춰 서서 불이 들어오는 숫자를 보고 있었다. 엘리베이터가 왔을 때 제리가 그녀의 옆에 도착했지만 여자는 여전히 그의 존재를 알아차리지 못했다. 엘리베이터는 제리가 바라던 대로 만원이었다. 그는 난초를 신경 쓰며 게처럼 옆으로 엘리베이터에 탔고, 웃으면서 사과를 늘어놓고 난초를 보란 듯이 높이 들었다. 여자는 그를 등지고 있었고 제리는 그녀의 어깨 옆에 서 있었다. 강한 어깨였고 드레스의 목끈 양옆은 맨살이었으며 작은 주근깨들과 척추를 따라 내려가면서 점차 사라지는 작은 금빛 털들이 제리의 눈에 들어왔다. 그녀의 얼굴은 제리보다 아래쪽에서 옆을 향하고 있었다. 제리가 그녀의 얼굴을 내려다보았다.

「리지?」 그가 자신 없이 말했다. 「어이, 〈리지〉. 나야, 제리.」

그녀가 고개를 홱 돌려 그를 올려다보았다. 제리는 물러설 수 있으면 좋겠다고 생각했다. 그녀의 첫 반응이 그의 커다란 덩치에 대한 육체적인 두려움일 것임을 알았기 때문이다. 그의 생각이 옳았다. 그녀의 회색 눈에 두려움이 잠깐 비치더니 그를 빤히 바라보았다.

「리지 〈워딩턴〉!」 그가 더욱 자신 있게 외쳤다. 「위스키 사업은 어때, 나 기억나? 대투자자잖아. 제리. 타이니 리카르도의 친구. 내 이름이 적힌 50갤런짜리 술통이 하나 있잖아. 정정당당하게 돈도 다 냈고.」

제리는 그녀가 부인하고 싶은 과거를 들추는 것일지도 모른다는 생각에 목소리를 낮췄다. 어찌나 작게 말했는지 엘리베이터에 같이 탄 사람들의 귀에는 배경 음악으로 흘러나오는 노래 「내 머리 위로 빗방울이 떨어지네 Raindrops keep fallin' on my head」와 사람들에게 떠밀렸다고 생각한 그리스 노인의 투덜거림밖에 들리지 않았다.

「아, 알지.」 리지가 이렇게 말하고 승무원처럼 환하게 미소를 지었다. 「제리!」 그녀가 이름이 혀끝에서 맴도는 척 목소리를 흐렸다. 「제리 — 어 —」 리지가 얼굴을 찌푸리며 뭔가를 잊어버린 척하는 여배우처럼 허공을 올려다보았다. 엘리베이터가 7층에 멈췄다.

「웨스터비.」 제리가 얼른 그녀를 구해 주었다. 「기자야. 콘스텔레이션 바에서 당신이 나한테 부탁했었잖아. 내가 바란 건 약간의 사랑과 위안이었지만 받은 건 위스키 한 통이었지.」

그의 옆에서 누군가가 웃었다.

「〈맞아!〉 제리! 나도 참……. 내 말은, 홍콩에 웬일이야? 〈세상에!〉」

「늘 그렇듯 취재 때문이지. 화재, 역병, 기근. 당신은? 당신 영업 방식을 생각하면 은퇴했나 보다 했지. 누가 나한테 그렇게까지 조른 건 평생 처음이었으니까.」

리지가 기뻐하며 웃었다. 3층에서 문이 열렸다. 나이

많은 여자가 지팡이 두 개를 짚고 올라탔다.

〈리지 워딩턴은 발그레한 히포크레네[1] 샘물을 총 쉰다섯 통이나 팔았네.〉크로가 말했었다. 〈구매자는 전부 남성이었고, 내가 들은 바에 따르면 그중 상당수가 부가 서비스를 받았다는군. 감히 말하자면 《덤》에 새로운 뜻이 생긴 것 같아.〉

지상층에 도착했다. 그녀가 먼저 내리고 제리가 그녀와 나란히 걸어갔다. 정문 너머 번쩍이는 리무진들 사이에서 그녀의 빨간 스포츠카가 지붕을 닫은 채 대기 중이었다. 전화로 차를 준비시켜 놨군. 그가 생각했다. 코가 건물주라면 그녀가 극진한 대접을 받도록 손을 써놨을 것이다. 그녀는 수위의 창구로 향하고 있었다. 두 사람이 로비를 가로지르는 동안 그녀는 계속 수다를 떨면서 그에게 말할 때 몸을 돌려 한쪽 팔을 뻗고 패션모델처럼 손바닥을 위로 향했다. 정확히 기억은 안 나지만 리지에게 홍콩이 마음에 드는지 물은 것이 분명했다.

「정말 좋아, 제리. 진짜 너무〈좋아〉. 비엔티안은 꼭……아, 몇〈세기〉전의 일 같아. 릭 죽은 거 알아?」그녀는 죽음과 모르는 사이가 아니라는 듯 의연하게 말했다. 「릭이 그렇게 되고 난 뒤로는 어디도 좋아지지 않을 줄 알았는데. 내가 완전히 틀렸어, 제리. 홍콩은〈분명〉온 세상에서 제

---

1 그리스 신화에 나오는 헬리코산의 샘. 이 샘물은 작가들에게 시적 영감을 준다고 여겨졌다. 이하 모든 주는 옮긴이의 주이다.

일 재미있는 도시야. 로런스, 나 빨간 잠수함 타고 나가요. 클럽에서 여자들끼리 파티가 있어요.」

로런스는 수위였다. 그녀의 자동차 열쇠가 커다란 은색 편자에 매달려 있었기 때문에 제리는 해피밸리 경마가 떠올랐다.

「고마워요, 로런스.」 그녀가 귀엽게 말하고 그가 밤새 잊지 못할 미소를 지었다. 「여기 〈사람들〉은 정말 놀라워, 제리.」 두 사람이 정문을 향할 때 그녀가 들으란 듯 혼잣말을 했다. 「우리가 라오스에서 중국인들을 뭐라고 말했는지 〈생각〉하면 정말! 막상 여기 와보니까 이렇게 멋지고 사교적이고 창의적인 사람들이 또 없다니까.」 제리는 그녀의 말투가 국적을 알 수 없는 외국 억양으로 변했음을 알아차렸다. 리카르도에게서 옮았다가 세련돼 보이려고 계속 쓰게 된 것이 분명했다. 「사람들은 생각하지. 〈홍콩, 멋진 쇼핑, 면세 카메라, 식당…….〉 하지만 제리, 솔직히 안으로 깊이 들어가서 〈진정한〉 홍콩을, 그리고 〈사람들〉을 만나면 ― 우리가 인생에서 원하는 게 전부 다 있다니까. 내 새 차 정말 멋지지 않아?」

「위스키로 번 돈을 이렇게 쓰는군.」

제리가 문을 열어 주려고 손을 펴서 내밀자 리지가 그의 손에 열쇠를 떨어뜨렸다. 역시 팬터마임을 하듯 제리가 그녀에게 난초 꽃다발을 들고 있으라고 넘겨주었다. 검은 빅토리아피크 뒤에서 아직 뜨지 않은 보름달이 산

불처럼 번득였다. 그녀가 차에 타자 제리가 열쇠를 건넸다. 이번에는 리지의 손이 닿는 것이 느껴졌고, 그러자 다시 해피밸리가, 차를 타고 멀어질 때 코가 했던 입맞춤이 떠올랐다.

「뒷자리에 좀 타도 될까?」 제리가 물었다.

그녀가 웃더니 그를 위해 조수석 문을 열어 주었다. 「그런데 이 멋진 꽃다발을 가지고 어디 가는 거야?」

그녀가 시동을 켰지만 제리가 부드럽게 껐다. 그녀가 깜짝 놀라서 그를 보았다.

「있잖아.」 그가 조용히 말했다. 「거짓말은 못 하겠어. 난 네 둥지에 숨어든 독사야. 그러니까 나를 태워 주기 전에 안전벨트를 단단히 매고 무시무시한 진실을 듣는 게 좋을 거야.」

제리는 그녀가 위협적으로 느끼지 않기를 바랐기 때문에 이 순간을 신중하게 골랐다. 지금 그녀는 자기 차의 운전석에, 자기가 사는 아파트 건물의 불 켜진 차양 밑에, 수위인 로런스와 2미터도 떨어지지 않은 곳에 있었고, 제리는 그녀가 더욱 안전하다고 느끼도록 얌전한 죄인을 연기하고 있었다.

「우리의 우연한 재회가 순전한 우연은 아니야. 그게 첫 번째야. 두 번째, 있는 그대로 말하자면 당신을 몰아세운 다음 옛 애인 리카르도에 대한 질문을 퍼부으라는 신문사의 지시를 받았어.」

그녀는 여전히 그를 바라보며 기다렸다. 그녀의 턱 끝에 발톱 자국처럼 나란히 난 작은 흉터가 두 개 있었는데, 꽤 깊었다. 제리는 누가 무엇으로 이 흉터를 만들었을까 궁금했다.

「하지만 리카르도는 죽었어.」 그녀가 너무 빨리 말했다.

「그렇지.」 제리가 위로하듯 말했다. 「의문의 여지가 없지. 하지만 신문사는 리카르도가 살아 있다는 확실한 정보가 있다고 생각하고, 내 일은 그 사람들 비위를 맞추는 거야.」

「정말 말도 안 돼!」

「맞아. 완전히. 제정신이 아니지. 위로의 상품은 손때 묻은 난초 스물네 송이와 홍콩에서 제일 맛있는 저녁 식사야.」

그녀가 그에게서 고개를 돌리고 앞 유리창을 보자 머리 위 램프 불빛이 정면으로 쏟아졌다. 제리는 이렇게 아름다운 육체 안에 산다는 것은, 하루 24시간 내내 이 육체에 어울리게 산다는 것은 어떤 느낌일까 생각했다. 그녀의 회색 눈이 약간 더 커지자 제리는 넘쳐흐르려는 눈물과 몸을 지탱하려고 운전대를 꽉 잡은 손을 알아차려야 하는 걸까 약삭빠르게 생각했다.

「미안.」 그녀가 중얼거렸다. 「그냥…… 어떤 남자를 사랑했는데…… 그를 위해서 모든 것을 포기했는데…… 그가 죽으면…… 그러면 어느 날 밤 갑자기…….」

「그렇지.」제리가 말했다. 「미안해.」

그녀가 시동을 걸었다. 「당신이 왜 미안해? 리카르도가 살아 있으면 좋은 거고 죽었으면 달라질 게 없잖아. 손해 볼 건 없어.」그녀가 웃었다. 「릭은 항상 자기는 절대 안 죽는다고 했었지.」

앞 못 보는 거지의 주머니를 터는 기분이군. 그가 생각했다. 혼자 내버려 두면 안 되겠어.

운전을 잘하지만 뻣뻣한 것을 보아 추측건대 — 그녀를 보면 추측을 하게 되었다 — 최근에야 운전면허 시험을 통과했고 이 차는 그 상인 듯했다. 세상에서 가장 차분한 밤이었다. 두 사람이 도시로 내려가자 항구가 보석함 한가운데 붙은 완벽한 거울처럼 펼쳐져 있었다. 그들은 어디로 갈지 의논했다. 제리는 페닌슐라 호텔로 가자고 했지만 그녀가 고개를 저었다.

「좋아. 그럼 우선 한잔하자.」그가 말했다. 「그래, 오늘 밤은 신나게 놀자고!」

그녀가 손을 뻗어서 그의 손을 꽉 잡았기 때문에 제리는 깜짝 놀랐다. 그리고 크로의 말을 떠올렸다. 그 여자는 누구한테나 그렇게 해. 그가 말했었다.

그녀는 오늘 밤 고삐가 풀렸다. 제리는 그런 당황스러운 느낌이 들었다. 딸 캣이 아직 어릴 때 학교에서 데리고 나와서 오후를 조금이라도 길게 늘이려고 여러 가지를 했던 기억이 떠올랐다. 두 사람은 주룽의 컴컴한 디스코텍에서 레미 마르탱에 얼음과 소다를 넣어서 마셨다. 제리는 원래 코가 즐겨 마시는 술이고, 리지는 같이 어울려 주다가 마시게 되었을 것이라고 추측했다. 아직 이른 시간이라 손님은 열 명 남짓밖에 없었다. 음악이 시끄러워서 소리를 질러야 말이 들렸지만, 그녀는 리카르도 이야기를 꺼내지 않았다. 음악이 더 좋은지 고개를 젖히고 노래를 들었다. 가끔 그의 손을 잡았고, 한 번은 그의 어깨에 머리를 기댔으며, 한 번은 건성으로 입맞춤을 날리고 플로어로 나가더니 눈을 감고 미소를 살짝 떠올리며 혼자서 천천히 춤을 추었다. 남자들은 같이 온 여자를 본 체만체하고 시선으로 그녀의 옷을 벗겼고, 중국인 웨이터들은 그녀의 옷 속을 내려다보려고 3분마다 재떨이를 새로 가져왔다. 30분 동안 술을 두 잔 마시고 나서 리지가 듀크 엘링턴과 빅 밴드 음악을 무척 좋아한다고 말했기 때문에 그들은 홍콩섬으로 돌아가 제리가 아는, 필리핀 라이브 밴드가 엘링턴의 곡을 꽤 능숙하게 연주하는 곳으로 갔다. 캣 앤더슨은 정말 최고야. 그녀가 말했다. 암스트롱과 엘링턴이 같이 공연한 곡 들어 봤어? 정말 최고 아니야? 리지는 레미 마르탱을 더 마시면서 그에게 「문 인디고」를 불러 주었다.

「리카르도가 춤을 췄었나?」 제리가 물었다.

「춤을 췄냐고?」리지가 리듬에 맞춰서 발을 탁탁 구르고 손가락을 살짝 튕기며 부드럽게 대답했다.

「다리를 절었던 것 같은데.」제리가 이의를 제기했다.

「〈그건〉 리카르도한테 아무것도 아니었어.」리지가 여전히 음악에 푹 빠진 채 말했다. 「알겠지만, 난 절대 그에게 돌아가지 않을 거야. 절대로. 그 시절은 끝났어. 정말로.」

「어쩌다 그랬지?」

「춤?」

「절뚝이는 거.」

그녀가 상상 속의 방아쇠에 손가락을 감고 허공에 총을 쐈다.

「전쟁 때문인가, 원한을 품은 어느 남편 때문이었어.」리지가 말했다. 제리는 못 들었다며 귓가에 속삭이게 했다.

그녀가 〈정말 맛있는〉 고베 소고기를 먹을 수 있는 새로 생긴 일식당을 안다고 했다.

「그 흉터는 어쩌다가 생긴 거야.」차를 타고 가면서 제리가 물었다. 그가 자기 턱을 만졌다. 「왼쪽이랑 오른쪽. 어쩌다 그랬어?」

「아, 죄 없는 여우를 사냥하다가.」리지가 가볍게 미소를 지으며 말했다. 「사랑하는 우리 아버지는 말에 미쳤었거든. 아마 아직도 그럴 거야.」

「어디에 사셔?」

「아빠? 아, 슈롭셔[2]의 황폐한 성에 사셔. 〈너무〉 크지만 이사는 안 하신대. 일하는 사람도 없고 돈도 없고, 1년 중에 4분의 3은 진짜 추워. 엄마는 달걀 하나 못 삶는다니까.」

제리가 길을 헤매자 그녀가 진짜 맛있는 커리 카나페를 파는 술집을 기억해 냈다. 조금 돌아다니다 마침내 그곳을 발견했다. 리지는 바텐더에게 입을 맞췄다. 음악도 없었지만 무슨 이유에선지 제리는 어느새 그녀에게 고아에 대해서 털어놓고 있었고, 두 사람이 헤어진 이유도 나왔지만 일부러 애매하게 얼버무렸다.

「아, 하지만 제리.」 리지가 현자처럼 말했다. 「나이가 스물다섯 살이나 차이 나는데 뭘 기대하겠어?」

당신이랑 드레이크는 나이가 열아홉 살이나 차이 나고 중국인 아내까지 있는데 〈당신〉은 도대체 뭘 기대하지? 제리가 약간 짜증을 내며 생각했다.

두 사람은 가게를 나섰고 — 리지가 바텐더에게 또 입을 맞추었다 — 제리는 그녀에게도 브랜디 소다에도 별로 취하지 않았기 때문에 리지가 약속을 취소한다며 통화를 하러 갔을 때 그것이 무슨 뜻인지 놓치지 않았다. 통화는 한참 걸렸고, 돌아온 그녀는 진지한 표정이었다. 다시 차에 올랐을 때 제리는 그녀의 눈에서 불신의 그림

2 영국 잉글랜드 중서부의 주(州)로 웨일스에 접해 있다.

자를 읽었다고 생각했다.

「제리?」

「응?」

리지가 고개를 젓고 웃음을 터뜨리더니 손바닥으로 그의 얼굴을 쓸고 입을 맞췄다. 「재밌다.」 그녀가 말했다.

정말로 그에게 위스키를 팔았다면 그를 이렇게 완전히 잊을 수 있을까. 제리는 그녀가 의아해하고 있으리라 짐작했다. 또 그에게 위스키를 팔기 위해서 크로가 언급했던 부가 서비스를 제공했을까 생각하고 있을 것이다. 하지만 그것은 그녀의 문제였다. 처음부터 그랬다.

일식당에 도착한 두 사람은 리지의 미소와 다른 특징들 덕분에 구석 자리로 안내받았다. 그녀는 가게 안이 잘 보이는 자리에 앉았고 그는 리지를 마주 보고 앉았다. 제리는 이 자리 배치에 아무 불만도 없었지만 새러트의 교관들이 봤다면 마음을 졸였을 것이다. 촛불 불빛 속에서 그녀의 얼굴이 아주 잘 보였기 때문에 제리는 처음으로 세월의 흔적을 알아보았다. 턱에 난 발톱 자국 같은 흉터뿐 아니라 그녀의 여정을, 과로를 보여 주는 주름들. 제리는 그런 것들이 굳은 심지를 보여 준다고, 불운과 잘못된 판단과의 싸움에서 얻은 명예로운 흉터 같다고 생각했다. 리지는 새것처럼 보이는 금팔찌와 월트 디즈니 문자반이 달린 찌그러진 손목시계를 차고 있었는데, 긁힌

장갑이 숫자를 가리키는 바늘이었다. 낡은 시계에 대한 애착이 무척 인상 깊었기 때문에 그는 누가 주었냐고 물었다.

「아빠가.」 그녀가 건성으로 말했다.

천장에 거울이 달려 있었기 때문에 다른 손님들의 정수리 사이에서 그녀의 금발과 볼록한 가슴, 등에 금빛 가루를 뿌린 듯한 털이 보였다. 그가 리카르도 이야기를 꺼내려고 하자 리지가 경계했다. 제리는 그녀가 통화를 한 다음부터 태도가 바뀌었음을 알아차려야 했지만 미처 그러지 못했다.

「당신 기사에서 내 이름을 빼주겠단 걸 뭘로 보장해?」 그녀가 물었다.

「내 약속.」

「하지만 내가 리카르도의 여자였다는 사실을 알면 편집장이 집어넣지 않겠어?」

「리카르도는 여자가 많아. 당신도 알잖아. 종류도 다양한 여자를 동시에 만났지.」

「〈나〉는 하나뿐이었어.」 리지가 고집스럽게 말했고, 제리는 그녀가 문을 흘끔거리는 것을 보았다. 그러나 리지는 어디에서든 항상 그 자리에 없는 누군가를 찾아서 방을 둘러보는 버릇이 있었다. 제리는 그녀가 꺼낸 이야기를 계속 이어 가도록 놔두었다.

「확실한 정보가 있다고 했잖아.」 리지가 말했다. 「그게 무슨 뜻이야?」

그는 크로와 함께 이 질문에 대한 대답을 만들어서 벼
락치기로 외웠다. 심지어 리허설까지 했기 때문에 설득
력은 모르겠지만 호소력 있게 전달할 수 있었다.

「릭은 18개월 전에 태국 캄보디아 국경 지역 파일린
근처의 산지에서 추락했어. 그게 공식적인 발표야. 시체
도, 잔해도 발견되지 않았고, 릭이 아편을 나르고 있었다
는 말이 있어. 보험 회사가 보상금을 지급하지 않았지만
인도차터는 보험 회사에 소송을 걸지 않았지. 왜 그랬을
까? 리카르도가 인도차터와 전속 계약을 맺고 있었는데.
그리고 왜 아무도 인도차터에 소송을 걸지 않았을까? 예
를 들면 당신. 당신은 릭의 여자였잖아. 왜 보상금을 청
구하지 않지?」

「그건 〈너무〉 무례한 말이야.」 리지가 공작 부인 같은
말투로 말했다.

「게다가 릭이 예전에 자주 다니던 곳에서 최근에 목격
됐다는 소문이 있어. 수염을 길렀지만 절룩거리는 다리
를 고칠 순 없었다고들 하더군. 하루에 위스키 한 병을
마시는 습관이랑, 당신 앞에서 이런 말 하기는 좀 그렇지
만 반경 8킬로미터 내의 치마 입은 건 뭐든 쫓아다니는
습관도 그렇고.」

리지가 뭐라 반박하려 했지만 제리는 말을 시작한 김
에 나머지 이야기를 마저 했다.

「치앙마이 린컴 호텔의 수위장이 사진을 보고 수염을 기르긴 했지만 같은 사람이라고 확인해 줬어. 물론 그 사람들 눈에 우리 서양인들은 다 똑같지. 그렇지만 수위장은 꽤 자신했어. 또 지난달에 방콕에서 열다섯 살짜리 소녀가 갓난아이를 안고 멕시코 영사관으로 찾아와서 그 운 좋은 아버지가 바로 리카르도라고 말했지. 난 임신 상태가 18개월이나 지속될 수 있다고 믿지 않아, 당신도 그렇겠지. 〈나를〉 그런 눈으로 보지 마. 내가 지어낸 얘기가 아니잖아, 안 그래?」

런던이 지어낸 이야기지, 라고 덧붙일 수도 있었다. 사실과 허구를 능숙하게 섞는 것만큼 나무를 흔드는 데 효과적인 것은 없기 때문이다. 그러나 그녀는 사실 그의 뒤쪽을, 출입문을 다시 보고 있었다.

「또 하나, 위스키 밀매에 대해서 물어보고 싶은데 말이야.」 그가 말했다.

「밀매가 〈아니었어〉, 제리, 아주 합법적인 회사였다고!」

「그래, 〈당신〉은 아주 정직했지. 추문은 눈곱만큼도 없었고. 하지만 〈릭〉이 원칙을 너무 많이 어겼다면 자취를 감출 이유가 되지 않겠어?」

「릭은 안 그랬어.」 결국 리지가 아무런 확신 없이 말했다. 「그 사람은 거물 행세를 좋아했을 뿐이야. 그런 방법은 안 썼어.」

제리는 그녀가 괴로워하는 것이 진심으로 안타까웠다. 이런 상황이 아니었다면 리지에게 느끼게 해주고 싶은 감정과 정반대였다. 제리는 리지를 지켜보면서 그녀가 항상 언쟁에서 지는 사람임을 깨달았다. 언쟁은 그녀 안에 절망을, 이길 수 없다는 단념을 심어 주었다.

「예를 들어서 말이야.」 리지가 항복하듯 고개를 떨구자 제리가 말을 이었다. 「릭이 〈자기〉 위스키를 팔아 치운 다음 현금을 증류 회사에 전달하지 않고 가로챘다는 걸 우리가 증명하면 ― 순전히 가정이야, 증거는 하나도 없어 ― 그럴 경우에는 ―」

「우리 동업 관계가 끝날 때쯤에 투자자들은 〈전부〉 구매일부터 이자를 쳐주는 공증 계약서를 받았어. 우리가 빌린 돈은 전부 정당했어.」

지금까지는 전부 밑밥이었다. 이제 그의 목표가 서서히 모습을 드러내자 제리는 재빨리 뛰어들었다.

「〈정당〉하진 않았지.」 그가 리지의 말을 정정했고, 그녀는 손도 대지 않은 음식을 물끄러미 보았다. 「정당한 거랑은 거리가 멀지. 이미 정해진 기간이 6개월은 〈지난〉 후였잖아. 정당하지 않아. 내가 보기에는 그 부분이 아주 많은 것을 말해 주고 있어. 질문 하나 할게. 누가 릭을 구해 줬지? 〈우리〉 정보에 따르면 온 세상이 그를 쫓고 있었어. 증류 회사, 채권자, 당국, 현지인. 다들 릭 때문에 칼을 갈고 있었지. 그러다 어느 날, 〈짜잔〉! 영장은 취소

되고, 감옥의 그림자는 물러갔어. 어떻게 해서? 릭은 무릎을 꿇었어. 수수께끼의 천사는 누굴까? 누가 그의 빚을 산 거지?」

제리가 말을 하고 있는데 리지가 고개를 들더니 놀랍게도 갑자기 환한 미소로 얼굴을 밝혔고, 정신을 차려 보니 그의 어깨 너머 누군가에게 손을 흔들고 있었다. 제리는 그게 누군지 몰랐지만 천장 거울을 보니 번쩍이는 강청색 정장과 기름을 바른 검은 머리, 정장과 머리 사이 넓은 어깨에 자리 잡은 작고 통통한 중국인의 얼굴이 보였다. 남자는 권투 선수가 인사를 하듯 양손을 둥글게 말아 앞으로 내밀었고, 리지가 말을 걸었다.

「티우 씨! 세상에 이런 우연이. 〈티우 씨〉야! 이리 와요! 소고기 좀 먹어요. 〈정말 맛있어요.〉 티우 씨, 이쪽은 신문 기자 제리예요. 제리, 이쪽은 나를 보살펴 주는 아주 착한 친구야. 제리랑 인터뷰 중이었어요, 티우 씨! 내가 인터뷰를 하다니! 정말 신나지 뭐예요. 내가 한 백 년 쯤 전에 도우려고 했던 불쌍한 비행기 조종사랑 비엔티안에 대해서 얘기 중이에요. 제리는 나에 대해서 모르는 게 없어요. 정말 놀랍다니까요!」

「우리 만난 적 있지요.」 제리가 만면에 웃음을 띠고 말했다.

「그럼요.」 티우가 마찬가지로 즐거워하며 말했고, 그때 제리는 예전 아내가 무척 좋아했던, 아몬드 향과 장미

향이 섞인 그 익숙한 향을 또 한 번 맡았다. 「그렇고말고요.」티우가 다시 말했다. 「경마 잡지 기자, 오케이?」

「오케이.」제리가 맞장구를 치며 미소를 한껏 늘렸다.

물론 그때부터 제리가 보는 세상은 몇 번이나 180도 바뀌었고, 할 일이 아주 많았다. 티우의 출현이라는 놀라운 행운에 다른 사람들처럼 기쁜 척하고, 앞으로의 타협을 약속하듯 악수를 하고, 의자를 빼주고 술과 소고기, 젓가락을 주문해야 했다. 그러나 그러는 내내 제리의 머릿속을 떠나지 않은 생각 — 그 뒤로도 내내 그곳에 자리를 차지한 기억 — 은 티우와, 또는 그의 황급한 출현과 아무 관련이 없었다. 그것은 바로 리지가 티우를 처음 봤을 때 얼굴에 떠오른 표정, 용감한 얼굴에 기쁜 미소가 떠오르기 직전의 찰나였다. 그것은 리지를 구성하는 역설을 그 무엇과도 다른 방식으로 그에게 설명했다. 그녀의 꿈은 포로의 꿈이었고, 그녀의 인격은 일시적으로 자기 운명에서 도망치면서 위장한, 빌려 온 인격이었다. 물론 티우를 부른 사람은 그녀였다. 리지는 선택의 여지가 없었다. 제리는 서커스도 자신도 이를 예상하지 못한 것에 놀랐다. 진실이 무엇이든 리카르도 문제는 너무 민감해서 그녀 혼자 감당할 수 없었다. 그러나 티우가 식당으로 들어오는 순간 그녀의 회색 눈에 떠오른 표정은 안도가 아니라 체념이었다. 다시 눈앞에서 문이 닫히고 재미

는 끝났다. 「우리는 저 빌어먹을 반딧불이랑 똑같아.」고
아가 자기 어린 시절에 대해서 분노하며 그에게 속삭인
적이 있었다. 「꽁지에 빌어먹을 불을 달고 다니지.」

물론 제리가 바로 깨달았듯이, 작전상으로는 티우의
출현이 신의 선물이었다. 코에게 정보를 흘리려면 리지
워딩턴보다 티우가 훨씬 유력한 통로였다.

리지가 티우에게 입맞춤한 다음 제리에게 넘겼다.

「티우 씨, 당신이 내 증인이에요.」 그녀가 대단한 음모
라도 꾸미는 것처럼 선언했다. 「내가 하는 말을 다 기억
해야 해요. 제리, 티우 씨가 여기 없다 치고 계속해. 그러
니까, 티우 씨는 〈무덤〉처럼 과묵하거든, 그렇죠?」 리지
가 이렇게 말한 다음 티우에게 다시 입을 맞췄다. 「〈진
짜〉 신난다.」 리지가 다시 말했고, 세 사람은 친근한 대
화를 나누기 위해 자리에 앉았다.

「그래서, 뭘 찾고 계시죠, 웨스비 씨?」 티우가 소고기
를 먹으면서 더없이 부드럽게 물었다. 「경마 기자인데 왜
예쁜 여자들을 괴롭힙니까?」

「좋은 지적입니다! 좋은 지적이에요! 말이 훨씬 더 안
전한데 말입니다, 그렇죠?」

세 사람은 서로의 눈을 피하면서 넉넉하게 웃음을 터
뜨렸다.

웨이터가 블랙 라벨 스카치위스키 반병을 그의 앞에

놓자 티우가 코르크를 열고 평가하듯 향을 맡은 다음 따랐다.

「제리는 〈리카르도〉를 찾고 있어요, 티우 씨. 모르겠어요? 리카르도가 〈살아 있다〉고 생각해요. 정말 대단하지 않아요? 그러니까 내 말은, 나는 릭에게 아무런 감정도 없어요. 이제는 당연하죠. 하지만 릭이 돌아오면 정말 좋을 거예요. 파티를 열어 줄 수도 있어요!」

「리제가 그러던가요?」 티우가 위스키를 5센티미터 정도 따르며 물었다. 「리카르도가 아직 살아 있다고 누가 그러던가요?」

「〈누가〉 그랬냐고요? 못 들었습니다. 이름은 못 들었어요.」

티우가 젓가락으로 리지를 가리켰다. 「이 여자가 당신한테 그 사람이 살아 있다고 했습니까? 그 조종사 친구? 리카르도? 리제가 그렇게 말했어요?」

「저는 절대 정보원을 노출하지 않습니다, 티우 씨.」 제리가 마찬가지로 부드럽게 말했다. 「기자가 정보원을 노출시킨다는 건 그게 다 지어낸 이야기라고 말하는 거나 다름없죠.」 그가 설명했다.

「경마 기자는 그렇군요?」

「그래요, 맞아요!」

티우가 다시 웃었고, 리지는 훨씬 더 크게 웃었다. 그녀는 다시 통제를 벗어나고 있었다. 제리는 술 때문일지

32

도 모른다고 생각했다. 아니면 원래 더 센 것을 좋아하는데 술을 마시니 불이 붙었을지도 모른다고 생각했다. 한 번만 더 경마 기자라고 부르면 방어적인 태도를 취해야겠군.

리지가 다시 파티 이야기를 꺼냈다.

「티우 씨, 리카르도는 정말 〈운이 좋았어요〉! 그에게 누가 있었는지 생각해 봐요. 인도차터, 나, 전부 있었잖아요. 난 작은 항공사에서 ─ 아빠가 아는 중국인들의 회사였죠 ─ 일했는데, 조종사들이 다 그렇듯이 리카르도는 정말 형편없는 사업가였어요. 정말 〈어마어마한〉 빚을 졌죠.」 그녀가 손을 흔들며 제리를 끌어당겼다. 「세상에, 어떤 계획에 〈나〉까지 끌어들이려 했다니까, 상상이 나 돼? 위스키를 파는 일이었지. 그런데 갑자기 사랑스럽고 제정신이 아닌 내 중국인 친구들이 전세기 조종사가 한 명 더 필요하다고 하지 뭐야. 그 친구들이 리카르도의 빚을 정리해 주고, 월급도 주고, 조종할 고물 비행기도 주고 ─」

이제 제리가 되돌릴 수 없는 걸음의 첫발을 내디뎠다.

「실종 당시 리카르도가 타고 있던 건 고물 비행기가 아니야. 갓 뽑은 비치크래프트였지.」 그가 일부러 리지의 말을 정정했다. 「인도차터는 비치크래프트가 없었어. 지금도 없고. 우리 편집장이 다 확인했대, 어떻게 했는지는 묻지 마. 인도차터는 비치크래프트를 빌린 적도 없고, 추

33

락시킨 적도 없어.」

티우가 다시 즐거운 듯 웃음을 터뜨렸다.

〈티우는 아주 냉정한 주교일세.〉크로가 경고했었다.
〈몬시뇰 코의 샌프란시스코 교구를 5년 동안 귀감이 될
만큼 효율적으로 운영했고, 마약 단속국에서 찾아낸 최
악의 범죄는 축일에 롤스로이스를 세차한 것밖에 없
었네.〉

「웨스비 씨, 리제가 한 대 훔쳤을지도 모르겠군요!」티
우가 반쯤 미국식 억양으로 외쳤다.「밤에 돌아다니면서
다른 항공사의 비행기를 훔칠지도 모르지요!」

「티우 씨, 정말 짓궂다니까!」리지가 말했다.

「어떻습니까, 경마 기자? 어때요?」

이들이 웃고 떠드는 소리가 세 사람치고는 너무 시끄
러워졌기 때문에 손님들이 자꾸 고개를 돌려 흘끔거렸
다. 제리는 거울로 다른 손님들을 살피면서 코가 보이기
를, 보트피플 특유의 걸음걸이로 고리버들 문을 통해 들
어와 그들을 향해 건들건들 다가오기를 반쯤 기대했다.
흥분한 리지가 이야기를 계속했다.

「아, 완전 동화 같았어! 그때 릭은 먹고살기도 빠듯했
고, 〈게다가〉우리 모두에게 빚이 있었지. 찰리의 저금,
내가 아빠한테 받은 용돈. 릭은 사실상 우리 모두를 망쳤
어. 다른 사람의 돈은 당연히 자기 돈이었지. 그런데 갑
자기 릭이 일을 구하고 빚도 다 갚고, 생활이 다시 편 거

34

야. 다른 조종사들은 근무가 해제되었지만 릭과 찰리는 계속 날아다녔지, 꼭—」

「청파리[3]처럼 말이지.」제리가 이렇게 말하자 티우는 몸이 반으로 접힐 만큼 껄껄 웃으면서 넘어지지 않으려고 제리의 어깨를 잡았고, 제리는 그가 자기에게 칼을 꽂으려고 살펴보는 것이 아닌가 싶어서 마음이 불편했다.

「어이, 그건 정말 재밌군! 청파리라니! 마음에 들어! 당신 꽤 재밌는 사람이야, 경마 기자!」

이렇게 티우가 모욕적인 말을 신나게 하고 있을 때 제리가 멋진 솜씨를 발휘했다. 나중에 크로도 최고라고 말했다. 제리는 티우를 완전히 무시하고 리지가 흘린 이름을 얼른 물었다.

「그런데 찰리는 어떻게 된 거야, 리지?」그는 찰리가 누군지 전혀 몰랐지만 이렇게 말했다. 「릭이 실종된 척하고 나서 찰리는 어떻게 됐어? 설마 찰리도 자기 비행기랑 같이 추락했다고 하진 않겠지?」

다시 한번 리지는 새로운 이야기를 늘어놓았고, 티우는 이야기를 명백하게 즐기면서 킥킥거리고 고개를 끄덕이며 먹었다.

상황을 파악하러 온 거군. 제리가 생각했다. 이 사람은 리지를 제지하기에는 너무 예리해. 그가 걱정하는 건 리

---

3 blue-arsed fly. 끊임없이 바쁘게 움직이는 사람이라는 뜻으로도 쓴다.

지가 아니라 나야.

「아, 찰리는 불멸이야, 〈완전〉 불사신이라니까.」리지가 이렇게 선언하더니 다시 한번 티우를 끌어들였다. 「찰리 〈마셜〉 말이에요, 티우 씨.」그녀가 설명했다. 「아, 당신이 만나 봤어야 하는 건데. 중국인 혼혈인데 정말 대단해요. 뼈랑 가죽이랑 아편밖에 없지만 아주 뛰어난 조종사죠. 찰리의 아버지는 국민당원인데, 산에 사는 무시무시한 산적이에요. 어머니는 불쌍한 코르시카 여자였죠 — 코르시카 사람들이 인도차이나로 〈떼를 지어〉 몰려왔었잖아요 — 하지만 찰리는 진짜 대단한 사람이에요. 찰리의 성이 왜 마셜인지 알아요? 그의 아버지가 성을 주지 않으려고 했거든요. 그래서 찰리가 어쨌게요? 군대에서 가장 높은 직급을 성으로 삼았죠. 〈우리 아버지는 장군이지만 난 육군 원수야.〉그렇게 말했어요. 귀엽지 않아요? 〈제독〉보다 〈훨씬〉 낫죠.」

「최고야.」제리가 맞장구를 쳤다. 「정말 대단해. 찰리는 진짜 거물이야.」

「리제도 참 대단한 인물이죠, 웨스비 씨.」티우가 멋지게 말했고, 제리는 대단한 인물인 그녀를 위해 한 잔 마시자고 주장했다.

「아, 그런데 리제는 또 뭐야?」제리가 잔을 내려놓으며 물었다. 「당신은 〈리지〉잖아. 리제는 누구야? 티우 씨, 난 그런 여자 모르는데요. 나만 모르는 농담인가?」

그러자 리지가 어떻게 해야 할지 묻듯이 티우를 보았지만 그는 마침 주문한 생선회가 나와서 빠른 속도로 열심히 먹고 있었다.

　「경마 기자가 질문도 더럽게 많군.」 그가 입에 음식을 가득 넣은 채 말했다.

　「새로운 도시, 새로운 생활, 새로운 이름.」 결국 리지가 자신 없는 미소를 지으며 말했다. 「변화가 필요해서 이름을 바꿨어. 머리 스타일을 바꾸는 여자도 있지만 난 이름을 바꾸거든.」

　「거기 어울리는 새로운 남자도 만나고?」 제리가 물었다.

　리지가 시선을 떨군 채 고개를 젓자 티우가 웃음을 터뜨렸다.

　「이 동네는 뭐가 문제죠, 티우 씨?」 제리가 본능적으로 그녀를 감싸며 물었다. 「남자들이 다 눈이 멀기라도 했나 보죠? 그거참, 나라면 리지를 위해서 대륙도 건널 텐데 말입니다, 당신은 안 그래요? 이름을 뭐라고 바꾸든 말이에요.」

　「나라면 주룽에서 홍콩까지는 가겠네요, 그 이상은 안 가요!」 티우가 자신의 재치에 무척 즐거워하며 말했다. 「아니면 그냥 주룽에 남아서 전화를 할지도 모르죠, 한 시간 안에 건너오라고요!」

　이 말에 리지는 시선을 떨군 채 앉아 있었고 제리는 세 사람 모두 시간이 많을 때 티우의 퉁퉁한 목을 여러 군데 부러뜨리면 참 재미있겠다고 생각했다.

그러나 불행히도 현재로서는 크로의 쇼핑 목록에 티우의 목을 부러뜨리는 것은 없었다.

⟨돈.⟩ 크로가 말했었다. ⟨적당한 때가 되면 금맥 이야기를 꺼내게. 그게 자네의 피날레야.⟩

그래서 제리는 리지에게 인도차터에 대해서 물었다. 어떤 회사였는지, 거기서 일하는 것은 어땠는지. 그녀가 금방 대답했기 때문에 제리는 리지가 칼날 위를 걷는 듯한 기분을 그가 생각한 것보다 훨씬 더 즐기는 것은 아닐까, 하는 생각이 들었다.

「정말 멋진 모험이었어, 제리! 정말 당신은 상상도 못할 거야.」 다시 릭의 다국적 억양이다. 「⟨항공사!⟩ 그 말도 참 이상해. 반짝거리는 비행기, 근사한 승무원, 샴페인과 캐비어, 그런 걸 생각하면 ⟨절대⟩ 안 돼. 그건 일이었어. 선구적인 일이었지. 그래서 내가 애초에 끌렸던 거고. 난 아빠나 고모들의 도움으로도 ⟨충분히⟩ 살 수 있었어. 난 다행히 일하지 않아도 먹고살 수 있었지만, ⟨누가⟩ 도전에 저항할 수 있겠어? 우리가 처음 시작할 때는 ⟨말 그대로⟩ 껌이랑 끈으로 겨우 이어 붙여 놓은 끔찍하게 낡은 DC-3 두 대밖에 없었어. 안전 증서도 ⟨사야⟩ 했지. 아무도 발급해 주려고 하지 않았거든. 우리는 말 그대로 뭐든지 운반했어. 혼다 오토바이, 채소, 돼지 — 아, 그 불쌍한 돼지들에 대해서는 조종사들이 할 말이 많았지. 우리에서 탈출했거든, 제리. 돼지들이 일등석으로, 심지어는 조종석까지 들어왔다니까, 생각해 봐!」

「승객처럼 말이지요.」 티우가 입에 음식을 가득 넣은 채 설명했다. 「리지가 일등석 돼지를 운반했어요, 오케이, 웨스비 씨?」

「어느 항로였지?」 웃음이 가라앉자 제리가 물었다.

「이 사람이 어떤 식으로 취조하는지 알겠죠, 티우 씨? 내가 이렇게까지 매혹적인 줄은 몰랐네! 신비롭고 말이야! 우린 어디든 갔어, 제리. 방콕, 가끔은 캄보디아. 바탐방, 프놈펜, 열려 있을 때는 캄퐁참에도 가고. 어디든 갔어. 끔찍한 곳들이었지.」

「고객은 누구였어? 사업가, 관광객 — 단골은 누구였어?」

「정말 아무나 다 받았어. 돈만 내면 아무나 다. 당연히 선불이면 더 좋았지.」

고베 소고기를 먹던 티우가 잠시 멈추고 사교적인 대화를 시작했다.

「당신 아버지가 대단한 귀족이라고요, 웨스비 씨?」

「뭐 그렇죠.」 제리가 말했다.

「귀족은 돈이 많지요. 당신은 왜 경마 기자가 됐습니까?」

제리는 티우를 완전히 무시하고 비장의 무기를 꺼내 천장 거울이 그들의 식탁으로 떨어지기를 기다렸다.

「당신들이 러시아 대사관 쪽에 연줄이 있다는 이야기가 있어.」 그가 리지에게 담백하게 말했다. 「뭐 떠오르는 거 없어? 당신 침대 밑에 빨갱이는 없나?」

티우는 그릇을 턱 밑에 들고 밥을 끊임없이 퍼넣고 있었다. 하지만 의미심장하게도 이번에는 리지가 티우 쪽을 전혀 보지 않았다.

「〈러시아?〉」 그녀가 모르겠다는 듯 따라서 말했다. 「러시아 사람들이 왜 〈우리〉한테 와? 매주 비엔티안에 드나드는 아예로플로트 비행 편이 있었어.」

제리는 그때에도 나중에도 그녀가 진실을 말했다고 맹세할 수 있었지만 리지에게는 뭔가 석연찮은 듯이 굴었다. 「〈현지〉 일도 안 맡겼어?」 그가 끈질기게 물었다. 「물건을 보내거나 받거나 하는?」

「전혀 없었어. 우리가 어떻게 러시아 쪽 일을 하겠어? 게다가 중국인들은 러시아인을 그냥 〈너무 싫어해〉, 그렇죠 티우 씨?」

「러시아인 아주 나쁜 사람입니다, 웨스비 씨.」 티우가 동의했다. 「냄새 아주 안 좋아요.」

〈너도 그래.〉 제리가 첫 아내의 향기를 다시 맡으면서 생각했다.

제리가 자신의 어이없는 생각에 웃었다. 「다른 사람들에게 복통이 있다면 나한테는 편집자가 있거든.」 그가 이야기를 끌었다.「편집장은 침대 밑의 빨갱이를 취재할 수 있다고 〈굳게 믿고〉 있어. 〈리카르도의 소비에트 급여 담당자들〉…… 〈리카르도는 크렘린을 위해서 추락했는가?〉」

「〈급여 담당자?〉」 리지가 전혀 모르겠다는 듯 따라서 말했다.「릭은 러시아인에게서 한 푼도 받지 않았어. 도대체 무슨 이야기를 하는 거야?」

다시 제리.「하지만 인도차터는 받았잖아, 맞지? 내 상사들이 완전히 속아 넘어간 게 아니라면 말이야. 늘 그렇듯이 속아 넘어간 게 아닐까 싶기도 하지만. 인도차터는 현지 대사관에서 돈을 받아서 미화로 홍콩에 보냈어. 〈런던〉 본사에서는 그렇대, 굳게 믿고 있어.」

「제정신이 아니야.」 그녀가 자신만만하게 말했다.「그런 말도 안 되는 소리는 들어 본 적도 없어.」

제리가 보아하니 리지는 이야기가 말도 안 되는 방향으로 흘러가서 한숨 놓은 듯했다. 리카르도가 살아 있다는 이야기는 그녀에게 지뢰밭과 같았다. 코가 그녀의 애인이라는 비밀을 어떻게 할지 결정하는 사람은 코나 티우지 그녀가 아니었다. 그러나 러시아의 돈에 대해서 리지는 아무것도 모르고 아무 걱정도 하지 않는다고 제리는 감히 확신할 수 있었다. 그는 리지와 함께 차를 타고 스타하이츠에 데려다주겠다고 제안했지만 그녀는 티우가 그쪽에 산다고 말했다.

「곧 다시 봅시다, 웨스비 씨.」 티우가 약속했다.

「기대하고 있겠습니다.」 제리가 말했다.

「경마 기사나 계속 써요, 알겠습니까? 내 생각에 그래야 돈을 더 잘 벌겠군요, 웨스비 씨. 오케이?」 그의 목소리에도, 제리의 팔죽지를 친근하게 툭툭 치는 몸짓에도 위협은 없었다. 자신의 충고가 친구들끼리 속내를 털어놓는 이야기 이상으로 받아들여지리라 기대하는 말투도 아니었다.

갑자기 끝났다. 리지는 급사장에게 키스했지만 제리에게는 하지 않았다. 그녀는 제리와 단둘이 남지 않으려고 티우가 아닌 제리에게 겉옷을 가져다 달라고 했다. 작별 인사를 할 때에도 그를 거의 보지 않았다.

〈아름다운 여성을 상대하는 건 알려진 범죄자를 상대하는 것과 같네.〉 크로가 경고했었다. 〈자네가 구슬리려는 여자는 분명히 그 범주에 들어가지.〉 집은 꽤 멀고 거지도, 문간에서 지켜보는 눈도 많았지만 제리는 달빛 비치는 거리를 걸어가면서 크로의 말을 곰곰이 생각해 보았다. 〈범죄자〉에 대해서는 판단할 수 없었다. 〈범죄자〉라는 기준은 어쨌든 변수가 무척 많았고, 서커스도 요원들도 편협한 법률적 개념을 떠받들려고 존재하는 것은 아니었다. 크로의 말에 따르면 상황이 힘들 때 리카르도는 리지를 시켜서 작은 꾸러미들을 국경 너머로 날랐다. 별일 아니다. 그런 것은 올빼미들에게 맡기면 된다. 그러나 〈알려진〉 범죄자는 사뭇 다른 문제다. 〈알려진〉 범죄자에 대해서는 제리도 확실히 동의한다. 그는 엘리자베스 워딩턴이 갇힌 사람처럼 티우를 바라보던 시선을 떠올리자 지금까지 살아오는 내내 그 얼굴, 그 표정, 그 종속 관계를 어떤 모습으로든 늘 알고 있었다는 생각이 들었다.

조지 스마일리를 비판하는 일부 변변찮은 사람들은 이때 제리에게 어떤 바람이 불고 있는지 알아차리고 그를 현장에서 빼야 했다고 몇 번 수군거렸다. 사실상 제리의 작전 지휘관은 스마일리였다. 제리의 파일을 가지고 있는 사람도, 제리를 보호하고 지시를 내리는 사람도 스마일리밖에 없었다. 그들은 스마일리가 내리막길에 반쯤 들어섰던 그때가 아니라 전성기였다면 크로의 보고서 행간에서 경고 신호를 읽고 제때에 제리의 진로를 바꾸었을 것이라고 말한다. 차라리 스마일리가 이류 점쟁이라고 투덜대는 것이 나았을 것이다. 스마일리에게 전해진 사실은 다음과 같았다.

제리가 리지 워스 혹은 워딩턴에게 〈추파〉 — 성적 함의가 없는 은어이다 — 를 보낸 다음 날 아침, 크로는 그를 차에 태워 세 시간 넘게 보고를 받았고, 제리가 무척 당연하게도 〈실망스러운 결과 때문에 우울〉한 상태라고 보고서에 적었다. 제리는 〈범죄 사실을 알고 있는〉 리지를 추궁할까 봐, 심지어는 그녀에게 손을 댈까 봐 걱정하는 듯했다. 그는 티우가 리지를 — 그리고 자신을, 또 아마도 유럽인 전체를 — 대놓고 경멸했다는 말을 두 번 이상 했고, 그녀를 위해서 주룽에서 홍콩섬까지는 가겠지만 그 이상은 안 가겠다고 한 말을 전했다. 크로는 티우가 언제든지 그녀의 입을 다물게 할 수 있었다고, 또 제리 본인이 증언했듯이 리지는 남동생 넬슨은 고사하고 러시아 금맥에 대해서도 모른다고 지적하며 반박했다.

간단히 말해서 제리는 작전 수행 후 현장 요원이 일반적으로 느끼는 감정을 표출하고 있었다. 죄책감과 예감, 표적 인물을 향한 무의식적인 동화. 이러한 감정들은 큰 경기 후 선수가 눈물을 터뜨리는 것만큼이나 예상 가능한 것이다.

다음 접촉이었던 작전 제2일째의 긴 통화에서 크로는 제리를 격려하려고 아직 받지도 않은 스마일리의 따스하고 친밀한 축하 인사를 전했다. 제리는 훨씬 나아진 것 같았지만 캣을 걱정했다. 내일이 딸의 생일인데 깜빡했다고, 서커스에 부탁해서 일제 카세트 플레이어와 컬렉션의 시작이 될 테이프 몇 개를 보내 달라고 했다. 크로는 스마일리에게 전보를 보내서 테이프 목록을 알려 주고 하우스키핑부에서 즉시 조치를 취해 달라고 요청했고, 슈메이커shoemaker, 즉 서커스의 위조 담당 부서에서 제리의 필체로 다음과 같은 카드를 작성해 같이 보내

달라고 했다. 〈사랑하는 캣. 런던의 친구에게 부탁해서 보내는 거야. 사랑하는 딸, 잘 지내야 한다. 항상 사랑을 보내며, 아빠가.〉스마일리는 구매를 승인하고 하우스키퍼에게 제리의 급여에서 비용을 제하라고 지시했다. 소포를 보내기 전에 그가 직접 확인한 다음 위조한 카드를 승인했다. 스마일리는 또한 그와 크로 모두 의심하고 있던 사실을 확인했다. 그것은 캣의 생일이 아닐뿐더러 생일 근처도 아니라는 사실이었다. 제리는 애정을 표현하고 싶다는 강한 충동을 느꼈을 뿐이다. 이 역시 일시적인 현장의 피로감을 보여 주는 일반적인 증상이다. 스마일리는 크로에게 전보를 보내서 제리를 잘 감시하라고 지시했지만 연락을 먼저 취하는 쪽은 제리였다. 제리는 제5일째 밤이 되어서야 크로에게 연락을 해서 한 시간 내에 즉시 만나자고 요청했고, 그래서 만났다. 두 사람은 야간 긴급 만남 장소로 정해져 있던 신제의 24시 노변 카페에서 옛 동료의 우연한 만남으로 위장하여 접선했다. 전보에 〈스마일리 친전〉이라고 적힌 크로의 편지가 덧붙여졌다. 두 사람의 만남을 기록한 편지는 이틀 뒤, 즉 제7일째에 사촌 측 운반인을 통해 서커스에 도착했다. 봉인을 비롯한 각종 장치에도 불구하고 사촌이 내용을 읽으리라는 가정하에 크로는 애매한 표현, 암호명, 익명을 이용해서 내용을 적었고, 그것을 원뜻으로 고치면 다음과 같았다.

웨스터비는 크게 화를 냈습니다. 도대체 샘 콜린스가 홍콩에서 뭘 하고 있는지, 또 콜린스가 코 사건에 어떻게 관련되어 있는지 알아야겠다고 했습니다. 그렇게까지 동요한 모습은 처음 봤습니다. 저는 웨스터비에게 어째서 콜린스가 여기에 있다고 생각하는지 물었습니다. 그는 바로 그날 밤 — 정확히 11시 15분에 — 미드레벨의 스타하이츠 밑 테라스에서 가로등 불빛 아래 세워진 차 안에 앉아 신문을 읽고 있는 콜린스를 보았다고 대답했습니다. 웨스터비는 콜린스의 위치가 8층 리지 워딩턴의 창문이 잘 보이는 곳이었다면서 모종의 감시 활동 중이었다고 추측했습니다. 당시 길을 걸어가던 웨스터비는 〈빌어먹을 샘에게 가서 직접적으로 물어볼 뻔했다〉고 합니다. 그러나 새러트에서 확실히 훈련받은 덕분에 그는 길을 건너지 않고 그대로 언덕을 내려갔습니다. 하지만 콜린스가 제리를 보자마자 시동을 켜고 빠른 속도로 언덕을 올라갔다고 합니다. 웨스터비는 번호판을 외우고 있는데, 물론 일치합니다. 콜린스도 사실이라고 확인해 주었습니다.

이 우발적 사태에 대한 우리의 일치된 입장(국장님의 2월 15일 자 지령서)에 따라 저는 웨스터비에게 다음과 같이 대답했습니다.

1. 그 사람이 콜린스였다 해도 서커스가 그의 움직

임을 통제하는 것은 아니다. 콜린스는 몰락 이후 의심을 받아 서커스를 떠났고, 그가 도박꾼, 떠돌이, 수완 좋은 사업가 등등이라는 사실은 잘 알려져 있으며, 원래 동양에 자주 왔다. 저는 웨스터비에게 콜린스가 아직도 서커스에서 일한다고, 게다가 코 사건에 관련되어 있다고 생각하다니 멍청하다고 말했습니다.

2. 저는 콜린스의 얼굴이 아주 〈흔하다〉고, 평범한 이목구비, 코밑수염 등등 때문에 런던의 포주 절반은 똑같이 생겼다고 말했습니다. 저는 밤 11시 15분에 길 건너에서 보고 그의 신원을 확신할 수 있냐고 의심했습니다. 웨스터비는 자기 시력이 A1이라고, 샘은 신문 경마면을 보고 있었다고 쏘아붙였습니다.

3. 저는 어찌 됐든 밤 11시 15분에 스타하이츠 근처를 왜 어슬렁거리고 있었냐고 물었습니다. 그는 UPI 사람들과 술을 마시고 나서 택시를 잡고 있었다고 대답했습니다. 이 말에 저는 크게 화를 내는 척하면서 UPI랑 술을 진탕 마시고 나서 한밤중에, 그것도 25미터 떨어진 차 안에 앉아 있는 샘 콜린스는 고사하고 5미터 앞의 코끼리를 알아볼 수 있는 사람도 없다고 말했습니다. 이상 끝, 이길 바랍니다.

말할 필요도 없이 스마일리는 심각하게 걱정했다. 콜린스의 임무를 아는 사람은 스마일리, 코니 색스, 크로,

샘 본인, 네 명밖에 없었다. 제리가 샘을 우연히 마주치는 바람에 이미 불확실한 요소가 너무나도 많은 작전이 더욱 불안해졌다. 그러나 크로는 능숙했고, 제리를 납득시켰다고 믿었으며, 현장에 있었다. 만약 크로가 그날 밤 미드레벨에서 정말 UPI 모임이 있었는지 알아보았다면 이상적이었을 것이다. 그가 모임이 없었음을 확인한 다음 제리에게 스타하이츠에 왜 갔는지 설명하라고 다시 물었으면 제리는 아마 성질을 내면서 확인할 수 없는 다른 이유를 댔을 것이다. 예를 들어 여자랑 있었다고, 상관하지 말라고 말이다. 그랬다면 결국 불필요한 적의가 생기고 예전처럼 믿든 말든 마음대로 하라는 상황이 되었을 것이다.

또한 너무나도 많은 짐을 짊어진 — 끈질기게 계속되는 넬슨 추적, 매일 이어지는 사촌과의 회의, 화이트홀의 복도에서 벌어지는 후위 전투 — 스마일리가 본인의 외로운 경험에 비추어 추측했어야 한다고, 즉 그날 밤 잠도 오지 않고 같이 있을 사람도 없었던 제리가 스마일리처럼 밤 산책을 나가서 이리저리 돌아다니다가 어느새 리지가 사는 건물 앞에 도착했고, 혹시 그녀를 우연히 볼 수 있을지도 모른다는 것 말고는 무엇을 원하는지도 정확히 모른 채 서성였음을 알아차렸어야 한다고 말하는 것은 솔깃하지만 합리적이지는 않다.

각종 사건들이 쇄도했기 때문에 스마일리는 그런 공

상적인 생각에 잠길 여유가 없었다. 드디어 제8일째가 되자 서커스가 사실상 전시 체제에 들어가기도 했지만, 어디서든 외로운 사람이 자기만큼 외로운 사람은 아무도 없다고 생각하는 것은 이해할 만한 허영이기도 하다.

14
제8일

　지난 모임은 우울했기 때문에 5층에 흥겨운 분위기가 감도는 것은 무척 다행이었다. 길럼은 그것을 버로어들의 밀월여행이라고 불렀는데, 오늘 밤이 그 정점, 별들의 폭발 축소판과도 같은 첫날밤이었다. 나중에 역사가들이 이 사건에 부여한 연표에 따르면 제리와 리지와 티우가 — 서커스의 작전 기획자들로서는 기쁘게도 — 타이니 리카르도와 러시아 금맥에 대한 솔직한 생각을 교환한 뒤 정확히 8일째 되는 날이었다. 길럼은 특별히 몰리를 데리고 들어왔다. 수상한 야행성 동물과도 같은 버로어들은 사방으로 흩어져서 옛길과 새 길, 우거진 풀숲에 가려져 있었지만 다시 발견한 옛길을 돌아다녔고, 이제 마침내 쌍둥이 지도자 마더 러시아 코니 색스와 안개 속의 독 디샐리스를 뒤따라 열두 명 모두 바로 그 알현실로 들어왔다. 카를라의 초상화 아래에서 〈볼시〉와 〈황화〉가 각자 자기 보스 주변에서 반원을 그리며 유순하게 모여 앉았다. 이것이 바로 총회였고, 이와 같은 드라마에 익숙하지 않은 사람들에게는 역사적인 순간이었다. 몰리는 길럼의 옆에 꼿꼿하게 앉았고, 머리를 길게 빗어 내려 목에 깨물린 자국을 가렸다.

말은 거의 다 디샐리스가 한다. 다른 사람들은 그것이 적절하다고 생각한다. 어쨌거나 넬슨 코는 튜닉 소매 끝까지 중국인이므로 전부 독의 담당이다. 곧장 지배권을 잡은 그는 ― 삐죽삐죽하고 젖은 머리카락, 무릎, 발, 한시도 가만히 있지 못하고 움직이는 손가락 ― 낮고 거의 비난조에 가까운 목소리로 이야기하는데, 그렇기 때문에 가차 없는 클라이맥스가 더욱 소름 끼친다. 클라이맥스에는 심지어 이름까지 있다. 바로 코 성슈였다. 통칭 넬슨 코였고 나중에는 야오 카이성이라고 불렸는데, 문화 혁명 당시 그 이름으로 수치를 당했다.

「그러나 이 건물 안에서는 말입니다, 신사 여러분.」여성에 대한 인식이 변덕스러운 독이 새된 목소리로 말한다.「우리는 그를 계속 넬슨이라고 부르겠습니다.」

넬슨 코는 1928년에 산터우의 보잘것없는 프롤레타리아 가문에서 태어나 ― 독이 공식 자료를 인용하여 말하길 ― 곧 상하이로 이주했다. 공식 문서든 비공식 문서든 히버트 씨의 주님의 생명 선교원에 대한 언급은 없지만 슬프게도 〈어린 시절 서구 제국주의자들에게 착취를 당했〉으며 그들이 코를 종교로 물들였다는 언급은 있다. 일본이 상하이까지 진출하자 넬슨은 충칭으로 향하는 피난 대열에 합류했다. 전부 히버트 씨의 설명대로였다. 독이 여전히 공식 자료를 인용하여 설명하길, 넬슨은 지긋지긋한 장제스 무리의 탄압에도 불구하고 어린 나이부터 감동적인 혁명 서적을 몰래 탐독했고 비밀 공산주의 단체에서 활발하게 활동했다. 그는 또한 피난 행렬에서 벗어나 〈마오쩌둥에게로 도망치려고 여러 번 시도했지만 너무 어려서 갈 수 없었다. 상하이로 돌아온 그는 학생 때부터 이미 비합법적 공산주의 단체의 선도적인 간부가 되어서 장난 조선소 내부와 그 근처에서 국민당 파시스트의 해로운 영향력을 타파하는 특별 임무를 맡았다. 교통 대학에서는 학생 농민 단일 전선 구축을 공개적으로 호소했다. 1951년에 아주 우수한 실력으로 대학을 졸업한 그는⋯⋯〉

디샐리스가 말을 끊고 긴장을 풀면서 한쪽 팔을 들더니 뒷머리의 머리카락을 잡는다.

「늘 그렇듯 시대를 앞서간 학생 영웅의 번지르르한 초상입니다.」 그가 노래하듯 말한다.

「레닌그라드는?」 스마일리가 자기 책상 앞에 앉아서 가끔 메모를 하며 묻는다.

「1953년부터 1956년입니다.」

「그렇군. 코니?」

코니는 다시 휠체어에 타고 있다. 그녀는 이번 달의 얼어붙을 듯한 추위와 꼴 보기 싫은 카를라 때문이라고 말한다.

「우리에게는 브레틀레프 동지가 있어요. 이반 이바노비치 브레틀레프, 학술 위원이자 레닌그라드 대학 조선학과 교수, 옛 중국 담당 공작원, 상하이에서 모스크바 센터의 중국 담당자 밑에서 훈련을 받았죠. 혁명 노병이자 카를라에게서 일을 배워 나중에는 남녀 해외 유학생 중에서 전도유망한 인재를 발굴했어요.」

중국 쪽 버로어들, 즉 황화에게는 새롭고 감격적인 정보이므로 흥분해서 의자를 삐걱거리고 서류를 넘기는 소리가 난다. 스마일리가 고개를 끄덕이자 디샐리스가 머리를 잡고 있던 손을 놓고 이야기를 이어 간다.

「1957년에 상하이로 돌아와서 철로 작업을 담당했고 —」

다시 스마일리. 「하지만 레닌그라드에 머문 것은 1953년부터 1956년인데?」

「맞습니다.」 디샐리스가 말한다.

「그럼 1년이 비는 것 같은데.」

이제 아무도 서류를 넘기거나 의자를 삐걱거리지 않는다.

「공식적인 설명에 따르면 소비에트 조선소를 견학했습니다.」 디샐리스가 코니를 향해 싱글싱글 웃으며, 기묘하고 의미심장하게 목을 비틀며 말한다.

「고맙네.」 스마일리가 이렇게 말하고 다시 메모를 한다. 「1957년이라.」 그가 한 번 더 말한다. 「중소 결별 이

전인가, 이후인가, 독?」

「이전입니다. 결별은 1959년에 본격적으로 시작되었습니다.」

스마일리가 넬슨의 형에 대한 언급은 없는지 묻는다. 아니면, 드레이크의 중국에서 넬슨이 부정당하듯이 넬슨의 중국에서도 드레이크가 부정당하나?

「공식적인 초기 전기 중 하나에서 드레이크가 언급되지만 이름은 나오지 않습니다. 후기 전기에서는 형이 1949년 공산주의 정권 수립 과정에서 사망했다고 나옵니다.」

「이 사건에는 죽은 척하는 사람투성이로군.」 스마일리가 드물게도 농담을 하자 사람들이 안심하며 웃음을 터뜨린다. 그가 불평한다. 「어디서든 진짜 시체가 발견되면 아주 마음이 놓이겠어.」 몇 시간 뒤, 사람들은 몸서리를 치며 이 〈명언〉을 떠올린다.

「또 넬슨이 레닌그라드에서 모범적인 학생이었다는 언급도 있습니다.」 디샐리스가 말을 잇는다. 「적어도 러시아의 눈에는 그랬죠. 그래서 최고의 추천장과 함께 중국으로 돌려보냈습니다.」

철제 휠체어에 앉은 코니가 다시 끼어든다. 그녀는 털 빠진 갈색 잡종개 트롯을 데리고 왔다. 트롯은 그녀의 넓은 무릎에 비뚜름하게 누워서 악취를 풍기며 가끔 한숨을 쉬지만, 개를 싫어하는 길럼도 트롯을 쫓아낼 용기는 없다.

「당연히 그랬겠죠, 안 그렇겠어요?」그녀가 소리친다. 「러시아인들은 넬슨의 재능을 극찬하겠죠, 당연해요. 특히 브레틀레프 이반 이바노비치 동지가 대학에서 넬슨을 덥석 물었고, 카를라의 사랑스런 부하들이 훈련소로 보냈으니까요! 넬슨처럼 똑똑한 두더지라면 중국으로 돌아가서 멋지게 시작할 수 있게 해줘야죠! 하지만 나중에는 그게 별 도움이 안 됐어요. 그렇지, 독? 잔인한 문화혁명이 그의 목을 조였죠! 〈그때〉는 소비에트 제국주의 앞잡이들의 관대한 칭찬이 모자에 자랑스럽게 달고 다닐 만한 것이 아니었죠, 안 그래요?」

코니가 이렇게 쏟아내자 독은 넬슨의 몰락에 대해서 자세히 알려진 것은 없다고 소리 높여 대답한다. 「극심한 몰락이었다고 가정해야 할 겁니다. 코니가 지적한 것처럼 러시아의 호의를 가장 많이 받은 사람들이 가장 심하게 몰락했습니다.」디샐리스가 얼룩덜룩한 얼굴 앞에 들고 있는 종이를 흘끔거린다. 「그가 수치를 겪을 당시 어떤 지위에 있었는지 전부 말하지는 않겠습니다. 어쨌든 전부 잃었으니까요. 그러나 그가 장난 조선소의 업무 대부분을, 결과적으로 중국의 해군 선박의 대부분을 실질적으로 관리했던 것은 분명합니다.」

「알겠네.」스마일리가 조용히 말한다. 그는 못마땅하다는 듯 입을 꽉 다물고 눈썹을 치켜올린 채 메모를 한다.

「장난 조선소에서 차지하고 있던 지위 때문에 해군 기획 위원회와 통신 및 전략 정책 분야에서도 여러 관직을 계속 맡았습니다. 1963년부터 사촌의 베이징 감시 보고서에 그의 이름이 고정적으로 등장하기 시작합니다.」

「솜씨가 좋군요, 카를라.」 길럼이 스마일리의 옆자리에서 조용히 말하고, 스마일리는 여전히 메모를 하면서 〈그렇지〉라고 맞장구를 친다.

「딱 한 사람이야, 피터!」 코니가 스스로를 주체 못 하고 갑자기 외친다. 「두꺼비들 중에서 유일하게 앞날을 예견한 사람이야! 황야의 목소리였지, 안 그러니 트롯? 그는 이렇게 말했지. 〈황화를 조심해. 분명 언젠가 뒤로 돌아서 먹이를 주는 손을 물 거야. 그렇게 되면 8억 명의 새로운 적이 우리의 뒷문을 두드리겠지.《그때》우리의 총은 엉뚱한 방향을 가리키고 있을 거야. 내 말을 잘 들어.〉」 감정이 격해진 코니가 잡종 개의 귀를 잡아당기며 다시 반복했다. 「전부 문서로 작성했어. 〈신흥 사회주의 동맹의 일탈 위협.〉 정보부의 자문 위원들에게도 다 나눠줬어. 그 귀엽고 똑똑한 머리로 단어를 하나하나 고를 때 그는 스탈린 삼촌을 위해 시베리아에서 잠깐 복역 중이었지. 〈오늘의 친구를 염탐하라, 내일이면 분명 적이 될 것이다.〉 이 업계에서 가장 오래된 명언이자 카를라가 제일 좋아하는 말이야. 카를라는 예전 지위로 복귀하자 아예 제르진스키 광장의 사무실 문에 이 명언을 걸었어.

하지만 아무도 신경 쓰지 않았지. 전혀. 불모의 땅에 떨어진 거야. 5년 뒤 카를라가 옳았음이 증명되었지만 자문 위원들은 별로 고마워하지 않았어, 확실해! 그의 생각이 옳을 때가 너무 많아서 자문 위원들은 별로 좋아하지 않았지, 정말 바보들이라니까. 그렇지, 트롯? 넌 알지, 안 그러니? 이 바보 같은 할머니가 무슨 말을 하는지 〈넌〉 알지!」 코니는 이렇게 말하며 개의 앞발을 잡고 허공으로 살짝 들어 올린 다음 다시 무릎에 털썩 떨어뜨린다.

다들 코니는 탐욕스러운 디샐리스가 이목을 독차지하는 것을 견디지 못한다고 속으로 몰래 생각한다. 이론적으로는 이해하지만 코니 내면에 있는 여자가 현실을 받아들이지 못하는 것이다.

「아주 좋아. 넬슨이 숙청되었군, 독.」 스마일리가 조용히 말하자 분위기가 다시 침착해진다. 「이제 1967년으로 돌아가 볼까?」 그런 다음 다시 턱을 괸다.

어둠 속에서 카를라의 사진이 지루하게 내려다보는 가운데 디샐리스가 말을 다시 시작한다. 「음, 우울하고 흔해 빠진 이야기죠. 우스꽝스러운 고깔모자를 씌우고 길거리에서 사람들이 침을 뱉었습니다. 아내와 아이들은 발길질과 매질을 당했고요. 교화 캠프로 이송되어 〈범죄에 걸맞은〉 노동 교육을 받았죠. 농민의 미덕에 대해서 다시 생각하라고 강요당했습니다. 어느 보고서에 따르면 넬슨은 자기 검증을 위해 농촌 공동체로 보내졌습니다.

그런 다음 겨우겨우 상하이로 돌아오자 바닥에서부터 다시 시작하라고 했지요, 철도선의 나사를 조이거나 뭐 그런 것부터 말입니다. 〈러시아인〉들이 보기에, 이게 우리 이야기의 요점인 것 같은데 말입니다 —」 그는 코니가 다시 끼어들기 전에 얼른 말한다. 「넬슨은 대실패였습니다. 접근권도, 영향력도, 친구도 없었지요.」

「재기하는 데 얼마나 걸렸지?」 스마일리가 습관처럼 눈꺼풀을 내리깐 채 묻는다.

「3년쯤 전부터 다시 활동하기 시작했습니다. 결국 넬슨은 베이징에 가장 필요한 것을 가지고 있으니까요. 두뇌, 기술적 노하우, 경험 말입니다. 하지만 〈공식〉 복권은 1973년 초가 되어서야 이루어졌습니다.」

디샐리스가 넬슨의 의례적인 복권 단계를 설명하는 동안 스마일리는 폴더를 조용히 끌어당겨 왠지 모르겠지만 갑자기 무척 중요해 보이는 다른 날짜들을 확인한다.

「드레이크에게 송금이 시작된 건 1972년 중반이군.」 그가 중얼거린다. 「1973년 중반부터 액수가 급격히 커졌고.」

「넬슨의 〈접근권〉도 커졌죠.」 코니가 무대 옆에서 대사를 읊어 주는 사람처럼 속삭인다. 「아는 게 많을수록 말도 많이 하고, 말을 많이 할수록 얻는 것도 많아요. 카를라는 아주 좋은 정보에 대해서만 돈을 내고, 그러면서도 무척 아까워하죠.」

1973년이 되자 — 디샐리스가 말을 잇는다 — 필요한 자백을 모두 끝낸 넬슨은 상하이 시민 혁명 위원회 가입을 허가받고 인민 해방군 해군의 책임자로 임명되었다. 6개월 뒤 —

「날짜는?」 스마일리가 끼어든다.

「1973년 7월입니다.」

「넬슨은 언제 공식적으로 복권되었지?」

「1973년 1월부터 복권 과정이 시작되었습니다.」

「고맙네.」

디샐리스가 말을 잇는다. 6개월 후, 넬슨이 알려지지 않은 자격으로 중국 공산당 중앙 위원회에서 활동하는 것이 목격된다.

「놀라 자빠지겠군.」 길럼이 조용히 말하자 몰리 미킨이 몰래 그의 손을 꽉 쥔다.

「사촌의 보고서에 따르면,」 디샐리스가 말한다. 「늘 그렇듯이 날짜는 없지만 충분히 입증된 보고서인데요, 넬슨은 국방부 군수품 위원회의 비공식 자문 위원입니다.」

디샐리스는 이 대단한 발견을 발표하면서 평소처럼 과장된 몸짓을 하지 않고 더 큰 효과를 노리며 바위처럼 가만히 서 있었다.

「〈적임성〉 면에서 말입니다.」 그가 조용히 말을 잇는다. 「〈작전〉의 관점에서 우리 중국 담당 부서는 이것을 중국 행정부 전체에서 가장 중요한 지위 중 하나로 봅니다. 중국 본토 내에 요원을 꽂아 넣을 자리를 직접 고른 다면 우리는 넬슨의 자리를 고를 겁니다.」

「그 이유는?」 스마일리가 여전히 메모와 자기 앞에 펼쳐 둔 폴더를 번갈아 보면서 묻는다.

「중국 해군은 아직 석기 시대나 마찬가지예요. 공식적으로 우리는 물론 중국의 기술 정보에 관심이 있지만 진짜 우선순위는 전략적이고 정치적입니다. 분명 모스크바도 그럴 겁니다. 게다가 넬슨은 중국 조선소의 총 역량을 알려 줄 수 있어요. 또 중국 잠수함의 잠재력도 알려 줄 수 있습니다. 사촌은 몇 년 동안이나 그 잠재력을 무척 두려워했지요. 물론 우리도 가끔 그 잠재력을 두려워하지만요.」

「그렇다면 모스크바는 어떻겠어.」 나이 많은 버로어가 불쑥 중얼거린다.

「중국은 아마 러시아 G-2에 필적하는 잠수함을 개발 중일 겁니다.」 디샐리스가 설명한다. 「그것에 대해 잘 아는 사람은 아무도 없어요. 독자적인 설계가 있는지. 미사일 발사관은 두 개인지, 네 개인지. 함대공 미사일을 탑재했는지, 함대함 미사일을 탑재했는지. 지금은 어떻게 충당했는지. 한급 잠수함을 보유했다는 소문도 있습니다. 1971년에 한 척 완성했다는 말이 있어요. 아직 확인되지는 않았습니다. 1964년에 다롄에서 탄도 미사일을 탑재한 G급 잠수함을 한 척 만들었다고 알려져 있지만 아직 공식적으로 목격된 적은 없습니다. 이외에도 확인할 사항이 아주 많죠.」 디샐리스가 마음에 안 든다는 듯이 말한다. 서커스 대부분이 그렇듯 그는 군사 문제를 무척 싫어하고 더욱 예술적인 목표물을 선호하기 때문이다. 「이러한 문제들에 대한 정확한 세부 사항을 얻을 수만 있다면 사촌은 아주 큰돈을 지불할 겁니다. 몇 년 내에 랭글리는 조사, 영공 침범, 위성, 도청기 등등에 수억 달러를 쓸 수 있지만 아직도 사진 한 장의 절반 가치가 있는 대답도 얻지 못했습니다. 그러니 만약 넬슨이 ──」 그가 문장을 중간에 끊자 문장을 마무리하는 것보다 훨씬 큰 효과가 나타난다. 코니가 〈잘했어, 독.〉이라고 속삭이지만 한동안 아무도 입을 열지 않는다. 스마일리가 메모를 하면서 폴더를 계속 살펴보고 있기 때문이다.

「헤이든만큼 잘하는군.」 길럼이 중얼거린다. 「아니, 더 나아. 중국은 마지막 변경이야. 이 분야에서 제일 까다롭지.」

스마일리가 의자에 기대어 앉는다, 계산이 끝난 듯하다.

「넬슨이 공식적으로 복권되고 몇 달 후에 리카르도가 중국으로 갔군.」 그가 말한다.

아무도 의문을 제기하지 않는다.

「티우가 상하이로 가고 6주 후에 리카르도가 ──」

길럼은 저 멀리서 사납게 울리는 사촌의 전화가 자기

사무실로 연결되는 소리를 듣는다. 나중에 그는 ── 정말 그랬는지, 나중에 생각하니 그런 것 같았는지 알 수 없지만 ── 바로 이 순간 무의식적인 기억 속에서 샘 콜린스의 밉살스러운 이미지가 램프의 지니처럼 떠올랐다고, 그 중요한 편지를 샘 콜린스에게 맡겨 마텔로에게 전달하다니 왜 그렇게 생각이 없었을까 다시 한번 생각했다고 아주 강력하게 단언한다.

「넬슨에게는 직책이 하나 더 있습니다.」 다들 디샐리스의 말이 다 끝났다고 생각할 때 그가 말을 잇는다. 「확실하다고 말씀드릴 수는 없지만, 지금 이 상황에서 그 부분을 빠뜨릴 수는 없군요. 몇 주 전 날짜로 서독에서 온 교환 보고서입니다. 〈서독〉 정보원의 말에 따르면 넬슨은 최근 베이징 차(茶) 모임의 회원이 되었는데, 정보가 아직 부족하지만 우리는 중국이 정보를 수집하기 위해서 만든 신생 기구라고 생각합니다. 넬슨은 전자 기기를 이용한 정보 수집 고문으로 들어갔다가 정식 회원이 되었습니다. 우리가 생각하기로는 우리의 운영 위원회와 같은 역할을 하는 것 같습니다. 하지만 어디까지나 추측입니다. 우리는 중국 정보부에 대해서 전혀 알지 못하고, 사촌도 마찬가지입니다.」

이번만큼은 할 말을 잃은 스마일리가 디샐리스를 물 끄러미 보면서 입을 열었다가, 닫았다가, 안경을 벗어서 닦는다.

「넬슨의 〈동기〉는?」 그가 꾸준히 울리는 사촌의 전화 벨을 여전히 듣지 못한 채 묻는다. 「추측해 보게, 독. 자네 생각은 어떤가?」

디샐리스가 어깨를 크게 으쓱하자 기름진 머리카락이 대걸레처럼 흔들린다. 「아, 순전히 추측이지만 말입니다.」 그가 성질 급하게 말한다. 「요즘 〈동기〉 같은 걸 누가 믿습니까? 넬슨으로서는 레닌그라드에서 스카우트 제안을 받았을 때 응하는 것이 아주 당연했겠지요. 물론 그쪽에서 제대로 접근했다면 말입니다. 절대 배신이 아니라고 말이죠. 어쨌거나 공산주의 신조를 배신하는 건 아니라고요. 러시아는 중국의 큰형이었습니다. 넬슨에게 자경단의 특별 전초 부대로 뽑혔다고 말하면 그만이었지요. 특별한 책략은 딱히 필요 없었을 겁니다.」

회의실 밖에서 초록색 전화가 계속 울린다, 놀라운 일이다. 마텔로는 보통 이렇게까지 끈질기지 않다. 길럼과 스마일리만이 전화를 받을 수 있다. 그러나 스마일리는 벨소리를 듣지 못했고, 길럼은 넬슨이 카를라의 두더지가 된 이유에 대해서 디샐리스가 즉흥적으로 발표하고 있는 지금 함부로 움직일 수 없다.

「문화 혁명이 일어났을 때 넬슨과 비슷한 위치의 많은 사람들이 마오쩌둥은 미쳤다고 생각했습니다.」 디샐리스가 여전히 단정적으로 말하기는 주저하며 설명한다. 「그의 장군들도 일부는 그렇게 생각했지요. 넬슨은 수치를 당했기 때문에 겉으로는 순응하는 척했겠지만 속으로는 어쩌면 지독하게 — 누가 알겠습니까? — 복수를 맹세했을지도 모를 일이죠.」

「넬슨의 복권이 거의 끝났을 때부터 드레이크에게 이혼 수당이 지급되기 시작했네.」 스마일리가 가볍게 반론을 제기했다.「그것은 어떻게 추정하나, 독?」

코니에게는 이 모든 것이 너무 지나쳤기 때문에 그녀가 다시 한번 말을 쏟아냈다.

「오, 조지, 어쩜 그렇게 순진해요? 〈당신〉이라면 알 수 있잖아요, 〈당연히〉 알죠! 저 불쌍한 중국인들이 최고의 기술자를 찬장에 처박아 놓고 쓰지 않을 수는 없잖아요! 카를라가 그 흐름을 읽은 거야, 그렇지 않아, 독? 바람을 읽고서 편승한 거죠. 불쌍한 넬슨을 놓지 않고 있다가 그가 황야를 벗어나자마자 연락원을 보낸 거예요. 《우리》야, 기억나지? 네 친구들!《우린》널 실망시키지 않을 거야!《우린》길거리에서 너에게 침을 뱉지 않아! 이제 다시 일을 해보자고!〉 당신이라도 그렇게 할 거잖아요, 잘 알면서!」

「돈은?」 스마일리가 묻는다. 「50만인데?」

「당근과 채찍이죠! 은근한 협박과 어마어마한 보상. 넬슨은 양쪽으로 코가 꿴 거죠.」

코니가 이야기를 늘어놓았지만 마지막으로 말하는 사람은 디셀리스이다.

「넬슨은 중국인입니다. 실용적이죠. 그리고 드레이크의 동생이에요. 본인은 중국을 벗어날 수 없지만 ──」

「아직은 그렇지.」 스마일리가 다시 폴더를 흘끔거리며 조용히 말한다.

「그리고 넬슨은 자신이 러시아 정보부에게 어느 정도의 가치를 갖는지 아주 잘 압니다. 〈정치는 먹을 수도 없고 같이 잘 수도 없어〉, 드레이크가 즐겨 하는 말이지요. 그러니까 정치로 돈을 벌면 ──」

「언젠가 중국을 벗어나 그 돈을 쓸 날을 기대하면서 말이지.」 스마일리가 이렇게 결론을 내리고 ── 그사이 길럼이 발끝으로 조용히 방을 빠져나간다 ── 폴더를 덮은 다음 자신의 메모를 집어 든다. 「드레이크는 넬슨을 빼내려다가 한 번 실패했고, 그래서 넬슨이 러시아의 돈을 받으면서……. 언제까지일까? 아마 드레이크가 행운을 만날 때까지겠지.」

초록색 전화기의 끈질긴 으르렁거림이 드디어 멈췄다.

「넬슨이 카를라의 두더지군.」 마침내 스마일리가 이번에도 혼잣말처럼 말했다. 「그는 더없이 귀중한 중국 정보를 잔뜩 깔고 앉아 있어. 우리에게는 그것만으로도 가치가 있지. 게다가 넬슨은 카를라의 지시에 따라 움직이고 있어. 그 지시 역시 우리에게는 헤아릴 수 없을 만큼 귀중해. 그걸 알면 러시아가 적국인 중국에 대해서 정확히 얼마나 알고 있는지, 심지어는 중국에 대한 의도가 무엇인지도 파악할 수 있지. 거기서부터 아주 많은 것을 추측할 수 있어. 그렇지, 피터?」

비보를 전할 때 중간 단계는 없다. 이제 막 성립된 관념이 다음 순간 금방 부서지고, 영향을 받는 자들의 세상은 되돌릴 수 없을 정도로 완전히 바뀐다. 그러나 길럼은 쿠션 장치 삼아 서커스 공식 편지지에 그 소식을 적었다. 그는 스마일리에게 보내는 메시지를 암호문으로 적으면서 암호문이라는 형태가 그에게 마음의 준비를 시켜 주기 바랐다. 길럼이 암호문을 들고 조용히 책상으로 걸어간 다음 유리판에 내려놓고 기다렸다.

「또 다른 조종사 〈찰리 마셜〉 말인데.」 아직 알아차리지 못한 스마일리가 모여 있는 사람들에게 물었다. 「사촌이 그를 찾아냈나, 몰리?」

「그의 이야기는 리카르도와 거의 똑같습니다.」 몰리가 이상하다는 듯 길럼을 흘끔거리며 대답했다. 아직 스마일리의 옆에 서 있는 그가 갑자기 머리가 희끗희끗하고 병든 중년 남자처럼 보였다. 「리카르도와 마찬가지로 찰리 마셜은 라오스 전쟁 당시 사촌을 위해서 비행했습니다, 스마일리 씨. 두 사람은 오클라호마에 위치한 랭글리의 비밀 비행 훈련소 동기였습니다. 라오스 전쟁이 끝나고 사촌이 찰리 마셜을 버렸고, 이후 소식은 알려지지 않았습니다. 단속국에 따르면 마셜이 아편을 운반했다는

데, 사촌의 조종사들에 대해서는 다 그렇게 말합니다.」

「이걸 읽어 보셔야 할 것 같습니다.」 길럼이 메시지를 단호하게 가리키며 말했다.

「웨스터비의 다음 단계는 마셜이다. 계속해서 빨리 움직여야 하네.」 스마일리가 말했다.

스마일리가 마침내 암호문을 집어서 독서등 불빛이 가장 밝은 왼쪽으로 가져갔다. 그는 눈썹을 치켜 올리고 눈을 내리뜬 채 그것을 읽었다. 늘 그렇듯 두 번. 표정은 변하지 않았지만 제일 가까이 앉았던 사람들은 그의 얼굴에서 움직임이 사라졌다고 말했다.

「고맙네, 피터.」 그가 종이를 내려놓으며 조용히 말했다. 「모두 고맙네. 코니와 독, 자네들은 남아 주게. 나머지는 다들 좋은 밤 보내고.」

이 인삿말에 젊은 사람들이 명랑한 웃음을 터뜨렸다. 이미 자정을 지난 시간이었다.

위층 여자는 제리의 한쪽 다리 옆에서 말끔한 갈색 인형처럼 잤다. 비에 젖은 홍콩 하늘의 주황색 불빛을 받은 모습이 통통하고 티 없이 깨끗했다. 그녀는 심하게 코를 골았고 제리는 리지 워딩턴을 생각하며 창밖을 보았다. 그는 그녀의 턱에 난 두 개의 발톱 자국을 생각하면서 누가 그렇게 만들었을까 또다시 생각했다. 제리가 티우를 떠올리고 그가 리지의 간수라고 상상하면서 〈경마 기자〉

라는 호칭을 속으로 되풀이해 보니 진심으로 짜증이 났다. 그는 얼마나 더 기다려야 할까, 이 일이 끝나면 그녀와 자기 사이에 가능성이 있을까 생각했다. 제리가 원하는 것은 그것뿐이었다. 가능성. 여자가 몸을 뒤척였지만 자기 엉덩이를 긁더니 조용해졌다. 옆집에서 늘 그렇듯 마작을 하기 전에 패를 섞는 의식과도 같은 소리가 들렸다.

여자는 제리의 구애에 — 지난 며칠 동안 시도 때도 없이 우편함에 열정적인 쪽지를 찔러 넣었다 — 처음에는 지나칠 만큼 반응이 없었지만, 가스 요금을 내야 했다. 그녀는 공식적으로 어느 사업가의 여자였지만 최근 남자의 방문이 드문드문해지더니 뚝 끊겼고, 따라서 그녀는 점을 보거나 마작도 못하고 쿵푸 영화에 출연하는 날 입으려고 점찍어 둔 근사한 옷도 살 수 없었다. 그래서 결국 제리에게 굴복했지만 어디까지나 명확한 금전적 이해 때문이었다. 그녀는 끔찍한 콰일로와 사귄다고 소문나는 것이 가장 걱정이었고, 따라서 겨우 한 층 아래인데도 외출복을 껴입고 왔다. 견장에 미국 놋쇠 버클이 달린 갈색 레인코트, 노란색 비닐 장화, 붉은 장미가 그려진 비닐우산. 그 장비들이 전투가 끝난 후의 갑옷처럼 조각세공 마루에 흩어져 있었고, 여자도 전투를 끝낸 사람처럼 지쳐 잠들었다. 그러므로 전화가 울려도 그녀는 졸음이 가득한 광둥어 욕을 내뱉을 뿐이었다.

제리는 수화기를 들면서 리지였으면 좋겠다는 바보 같은 희망을 품었지만 그녀는 아니었다.

「당장 여기로 와.」루크가 말했다. 「그러면 스텁시가 널 아주 예뻐할 거야. 얼른 와. 동업자라서 봐주는 거야.」

「여기가 어딘데?」제리가 물었다.

「건물 앞 말이야, 멍청한 자식.」

제리가 여자를 밀었지만 그녀는 잠에서 깨지 않았다.

도로는 갑자기 내린 비 때문에 번득였고 달에 두꺼운 달무리가 꼈다. 루크는 지프라도 모는 것처럼 기어를 고 단으로 넣고 모퉁이를 돌 때도 속도를 줄이지 않았다. 차 안에 위스키 냄새가 진동했다.

「도대체 뭔데?」제리가 물었다. 「무슨 일이야?」

「큰 건이야. 입 닥쳐.」

「건수 필요 없어. 다 끝냈어.」

「이건 필요할걸. 〈제리〉, 이건 필요할 거야.」

그들은 항구 터널로 향했다. 후미등도 없이 자전거를 타는 사람들이 갈림길에서 얼씬거렸기 때문에 루크는 그들을 피해 중앙 분리단으로 올라가야 했다. 커다란 건물 공사 현장을 찾아. 루크가 말했다. 순찰차가 경광등을 번쩍이며 그들을 따라잡았다. 루크는 경찰이 자기 차를 세우려는 줄 알고 창문을 내렸다.

「우린 〈기자〉야, 멍청이들아.」그가 소리쳤다. 「우린

〈스타〉라고, 알아?」

그들을 스쳐 지나가는 순찰차 안에서 중국인 하사관과 운전기사, 뒷자리에 판사처럼 근엄하게 앉아 있는 유럽인이 보였다. 저 앞쪽의 도로 오른편에 건물 공사 현장이 시야에 들어왔는데, 노란 철골과 대나무 비계에서 쿨리들이 땀을 흘리며 움직였다. 그 위로 비에 젖어 번득이는 크레인이 채찍처럼 덜렁거렸다. 바닥에서 비추는 투광 조명이 안개 속으로 쓸데없이 흘러들었다.

「바로 근처에 낮은 건물을 찾아봐.」 루크가 속도를 60으로 줄이며 말했다. 「흰색. 흰색 건물을 찾아.」

제리가 그것을 가리켰다. 2층짜리 얼룩진 회반죽 건물이었는데 새 건물도 헌 건물도 아니고 입구에 6미터 길이의 대나무 화단과 구급차가 있었다. 문이 열린 채 서 있는 구급차 안에서 운전기사 세 명이 담배를 피우면서 경찰이 폭동이라도 진압하러 온 것처럼 앞마당으로 밀려드는 것을 보았다.

「우리만 한 시간 먼저 불렀어.」

「누가?」

「로커. 로커가. 아니면 누구겠어?」

「왜?」

「내가 마음에 들어서겠지. 날 아주 좋아하거든. 너도 아주 좋아하지. 너를 데려오라고 콕 집어서 말했어.」

「왜?」

70

비가 꾸준히 내리고 있었다.

「〈왜?〉〈왜?〉〈왜?〉」루크가 화를 내며 따라 말했다.
「서두르기나 해!」

대나무는 지나치게 커서 벽보다 높았다. 주황색 옷을
입은 승려 두 명이 대나무 밑에서 쉬면서 심벌즈 같은 것
을 치고 있었다. 세 번째 승려는 우산을 들고 있었다. 주
로 천수국을 파는 가판대들과 장의차가 있었고, 보이지
않는 어딘가에서 느긋한 독경 소리가 들렸다. 입구 로비
는 포름알데히드 냄새가 나는 정글 습지였다.

「빅 무의 특별 호송단.」루크가 말했다.

「기자입니다.」제리가 말했다.

경찰이 신분증을 보지도 않고 고개를 끄덕이며 들여
보냈다.

「경정은 어디 있지?」루크가 말했다.

포름알데히드 냄새가 지독했다. 젊은 경사가 그들을
안내했다. 유리문을 밀고 들어가자 서른 명쯤 되는 노인
이 대부분 파자마 차림으로 그림자를 드리우지 않는 네
온 불빛과 선풍기 밑에서 늦은 시간 열차라도 기다리는
것처럼 무심하게 대기 중이었다. 한 노인이 목을 가다듬
으며 초록색 타일 바닥에 콧김을 뿜었다. 우는 것은 회벽
뿐이었다. 사람들은 거대한 쾌일로들을 보고 얌전히 놀
라며 물끄러미 바라보았다. 검시관의 방은 노란색이었
다. 노란 벽, 닫혀 있는 노란 블라인드. 작동하지 않는 에

어컨. 쉽게 씻어 낼 수 있는 똑같은 초록색 타일.

「엄청난 〈냄새〉군.」루크가 말했다.

「집에 온 것 같네.」제리가 동의했다.

제리는 전투라면 좋겠다고 생각했다. 전투는 더 쉬웠다. 경사가 그들에게 기다리라고 한 다음 먼저 들어갔다. 이동식 침대가 삐걱대는 소리, 낮은 목소리들, 냉동고 문이 쿵쿵거리는 소리, 고무 밑창이 낮게 삑삑거리는 소리가 들렸다. 전화기 옆에 『그레이 해부학』이 놓여 있었다. 제리가 책을 들추며 삽화를 물끄러미 보았다. 루크는 의자에 앉았다. 짧은 고무장화와 작업복 차림의 조수가 차를 가져왔다. 흰 컵, 초록색 테두리, 왕관과 홍콩 모노그램.

「경사에게 서두르라고 좀 전해 줄래요?」루크가 말했다. 「곧 떼로 몰려들 텐데.」

「왜 우리지?」제리가 다시 말했다.

루크가 타일 바닥에 차를 붓고 그것이 배수구로 흘러가는 동안 휴대용 위스키병의 내용물을 잔에 따랐다. 경사가 돌아와서 날씬한 손을 재빨리 흔들며 불렀다. 두 사람은 그를 따라 다시 대기실을 지났다. 이쪽은 복도만 있을 뿐 문이 없었고, 공중화장실 같은 모퉁이를 돌자 목적지에 도착했다. 제리가 맨 처음 본 것은 엉망진창으로 망가진 이동식 침대였다. 닳아빠진 병원 기물만큼 낡고 버려진 것처럼 보이는 건 없지. 그가 생각했다. 벽은 초록색 곰팡이로 덮여 있고 천장에 초록색 종유석이 매달려 있었으며, 낡은 타구에 더러운 휴지가 가득했다. 제리는 시트를 내리고 보여 주기 전에 시체의 코를 닦는다는 사실을 기억해 냈다. 충격을 받지 않도록 배려하는 것이다. 포름알데히드 냄새 때문에 눈물이 흘렀다. 중국인 검시관이 창가에 앉아서 패드에 뭔가를 적고 있었다. 조수 몇 명이 어슬렁거렸고, 여기에도 역시 경찰들이 있었다. 전반적으로 사과하는 듯한 분위기였다. 제리는 이해할 수 없었다. 로커는 그들을 못 본 척했다. 그는 한쪽 구석에서 아까 경찰차 뒷좌석에 타고 있던 근엄해 보이는 신사에게 뭐라 중얼거렸지만 너무 멀었기 때문에 제리의 귀에는 초조하고 화난 말투로 〈우리 명성에 먹칠〉이라는 말을 두 번 되풀이하는 것밖에 들리지 않았다. 시체를 덮은 하얀 시트에 가로와 세로 길이가 똑같은 파란색 십자가가 그려져 있었다. 위아래 구분 없이 쓸 수 있겠군. 제리가 생각했다. 방 안에 이동식 침대는 그것 하나밖에 없었다. 시트도 하나였다. 그 외에는 나무문이 달린 커다란 냉동고 두 개가 전부였는데, 정육점 냉동고처럼 걸어서 들어갈 수 있을 만큼 컸다. 루크는 초조해서 정신이 나갈 지경이었다.

「세상에, 로커!」 그가 방 안쪽을 향해서 외쳤다. 「언제까지 덮어 놓을 거예요? 우린 할 일이 있다고.」

아무도 그에게 신경을 쓰지 않았다. 기다리다 지친 루

크가 시트를 홱 들췄다. 그러자 제리가 시체를 보고 시선을 홱 돌렸다. 부검실은 옆방이었고, 개의 코골이 소리 같은 톱질 소리가 들렸다.

〈다들 미안해하는 것도 무리는 아니었군.〉 제리가 멍청하게 생각했다. 〈서양인 시체를 이런 곳으로 데려 오다니.〉

「세상에.」 루크가 말했다. 「빌어먹을 〈세상에〉. 누구 짓이지? 저런 자국은 어떻게 〈만드는〉 거야? 삼합회군, 〈세상에〉.」

축축한 창밖으로 안뜰이 보였다. 빗속에서 흔들리는 대나무와 또 다른 손님을 실어 나르는 구급차의 흐르는 듯한 그림자가 보였지만 제리는 이런 몰골의 시체가 또 있을까 생각했다. 경찰 측 사진사가 들어왔고 플래시가 터졌다. 벽에 전화기가 걸려 있고 로커가 통화 중이었다. 그는 루크도 제리도 아직 못 봤다.

「여기서 데려 나가고 싶습니다.」 근엄해 보이는 신사가 말했다.

「언제든지 좋습니다.」 로커가 말했다. 그가 다시 수화기를 들었다. 「성곽 도시에서요…… . 네, 그렇습니다…… . 뒷골목이었습니다. 벗겨져 있었습니다. 술을 많이…… . 검시관이 바로 알아봤습니다. 네, 그렇습니다, 은행 쪽에서도 벌써 왔습니다.」 그가 전화를 끊었다. 「네, 그렇습니다, 아니요, 그렇지 않습니다, 물론입니다, 미치겠군.」 로커가 으르렁거리더니 다이얼을 돌렸다.

루크는 메모를 하고 있었다. 「세상에.」 그가 깜짝 놀라 며 말했다. 「세상에. 〈몇 주〉에 걸쳐서 죽였나 봐. 몇 달 인가.」

사실 두 번 죽임을 당했다고 제리는 생각했다. 입을 열 게 하려고 한 번, 입을 닫게 하려고 한 번. 그들이 처음에 무슨 짓을 했는지 시체에 난 크고 작은 자국들이 모조리 드러내고 있었다. 카펫에 불이 붙어서 구멍을 낸 다음 꺼 진 자국 같았다. 목 주변에도 다른 자국이 있었다, 앞선 것과는 다른, 더 빠른 죽음이었다. 이제 더 이상 필요 없 어지자 마지막으로 한 짓이었다.

루크가 검시관을 불렀다. 「뒤집어 줄래요? 뒤집어 주 시면 안 되겠습니까?」

경정이 전화기를 내려놓았다.

「어떻게 된 겁니까?」 제리가 그를 똑바로 보며 말했다. 「이 사람은 누구죠?」

「이름은 프로스트.」 로커가 눈꺼풀이 처진 눈으로 마 주보며 말했다. 「사우스 아시안 앤드 차이나 은행의 고위 간부. 신탁 담당이지.」

「누가 죽였습니까?」 제리가 물었다.

「그래, 누가 죽였죠? 그게 중요해요.」 루크가 열심히 쓰면서 말했다.

「쥐들이.」 로커가 말했다.

「홍콩에는 삼합회도 없고, 공산주의자도 없고, 국민당도 없어요. 그렇죠, 로커?」

「창녀도 없지.」 로커가 으르렁거리며 말했다.

근엄한 신사가 로커 대신 대답했다.

「끔찍한 강도 사건입니다.」 그가 경찰관의 어깨 너머에서 선언했다. 「항상 경계를 늦추면 안 된다는 것을 보여 주는 더럽고 악독한 강도 사건이에요. 그는 충실한 은행 직원이었습니다.」

「강도가 아닌데요.」 루크가 프로스트를 다시 보며 말했다. 「아주 〈파티〉를 벌였는데요.」

「좀 이상한 친구들이랑 어울리긴 했지.」 로커가 여전히 제리를 빤히 보며 말했다.

「그게 무슨 말이죠?」 제리가 말했다.

「지금까지 밝혀진 건 뭡니까?」 루크가 말했다.

「자정까지 시내에 있었어. 중국 남자 두 명과 흥청망청 놀았지. 매음굴을 전전하면서. 그러다가 우리가 그를 놓쳤고, 오늘 밤에 발견됐네.」

「은행에서 사례금 5만 달러를 내겠습니다.」 근엄한 남자가 말했다.

「홍콩 달러입니까, 미국 달러입니까?」 루크가 메모를 하며 말했다.

근엄한 남자가 〈홍콩 달러요〉라고 신랄하게 말했다.

「이제 그만해 둬.」 로커가 경고했다. 「스탠리 병원에 아픈 아내가 입원 중이야, 애들도 있고 ―」

「은행의 명성도 있죠.」근엄한 남자가 말했다.

「그 부분을 가장 우선으로 고려하지요.」루크가 말했다.

30분 뒤, 두 사람은 역시 다른 기자들보다 먼저 병원을 나섰다.

「고마워요.」루크가 경정에게 말했다.

「별거 아니야.」로커가 말했다. 제리는 로커가 피곤할 때면 눈꺼풀이 처진 눈에서 눈물이 새어 나오는 것을 알아차렸다.

우리가 나무를 흔들었어. 차를 타고 돌아가며 제리가 생각했다. 세상에, 정말로 나무를 흔들었어.

그들은 똑같은 자세로 앉아 있었다. 스마일리는 책상 앞에, 코니는 휠체어에, 디샐리스는 파이프에서 나른하게 뿜어져 나오는 연기를 노려보면서. 길럼은 스마일리 옆에 서 있었는데, 마텔로의 새된 목소리가 아직도 귓가에 울렸다. 스마일리는 엄지로 작게 원을 그리며 넥타이 끝으로 안경을 닦고 있었다.

예수회 수사 디샐리스가 먼저 입을 열었다. 그가 부인할 것이 가장 많았다. 「논리적으로 이 사건과 우리를 연관시키는 것은 하나도 없습니다. 프로스트는 난봉꾼이었어요. 중국 여자들을 만나고 다녔죠. 확실히 부패한 사람이었어요. 우리의 뇌물을 주저 없이 받았죠. 그 전까지 어떤 뇌물을 받았을지는 아무도 모릅니다. 저를 탓한다면 인정할 수 없습니다.」

「아, 〈시시하긴〉.」 코니가 중얼거렸다. 그녀는 무표정하게 앉아 있고 무릎 위의 개는 자고 있었다. 뒤틀린 손이 온기를 찾아서 개의 갈색 등에 얹혔다. 뒤에서 시커먼 폰이 차를 따랐다.

스마일리가 암호문을 향해 말했다. 그가 암호문을 읽으려고 시선을 내린 이후 아무도 그의 얼굴을 보지 못했다.

「코니, 계산 좀 해봐.」 그가 말했다.

「알았어요.」

「이 건물 내 사람들 외에 우리가 프로스트를 위협했다는 사실을 누가 알지?」

「크로. 웨스터비, 크로의 경찰관. 그리고 사촌도 〈머리〉가 있다면 추측했을 거예요.」

「레이컨은 모르지, 화이트홀도 모르고.」

「카를라도 〈몰라요〉, 조지.」 코니가 흐릿한 사진을 날카롭게 바라보며 잘라 말했다.

「그래. 카를라도 모르지. 그럴 거야.」 그의 목소리에서 이성이 감정을 굴복시키려고 얼마나 거세게 싸우고 있는지 느껴졌다. 「카를라치고는 너무 과한 반응이야. 은행 계좌가 날아가면 다른 은행에 다시 개설하면 돼. 〈이런

짓〉까지 할 필요는 없지.」그가 손끝으로 유리판에 놓인 암호문을 2.5센티미터 밀어 올렸다. 「작전은 계획대로 진행됐어. 반응은 ──」그가 말을 다시 시작했다. 「반응은 우리의 예상을 넘어섰지. 작전상 놓친 것은 없어. 작전상 우리는 사건을 진행했어.」

「우리가 그들을 〈끌어냈어요〉, 조지.」코니가 확고하게 말했다.

디샐리스가 폭발했다. 「우리 모두가 공범인 것처럼 말하지 마시죠. 연관성이 증명된 것도 없는데 있다는 듯이 말하는 건 불공평합니다.」

스마일리가 초연하게 대답했다.

「나는 그렇게 말하지 않는 게 불공평한 것 같은데. 내가 이 작전을 지시했네. 결과가 흉측하다고 해서 못 본 척하지는 않을 거야. 책임은 내가 지겠네. 하지만 우리 자신을 속이지는 말자고.」

「그 불쌍한 사람은 아는 게 너무 없었어, 그렇지?」코니가 혼잣말을 하듯 중얼거렸다. 처음에는 아무도 대꾸하지 않았지만 잠시 후 길럼이 무슨 뜻이냐고 물었다.

「프로스트는 배신할 게 아무것도 없었어, 피터.」그녀가 설명했다. 「최악의 경우지. 뭘 발설할 수 있었겠어? 웨스터비라는 열정 넘치는 기자 하나밖에 없지. 그건 그들도 이미 알고 있었고. 그러니까 계속한 거야. 계속.」코니가 스마일리 쪽으로 고개를 돌렸다. 그녀와 오랜 과거를 공유하는 사람은 스마일리밖에 없었다. 「기억나요, 조지? 아이들을 보낼 때 우린 그걸 〈원칙〉으로 삼았었잖아요. 항상 자백할 만한 걸 줬죠.」

폰이 차가 담긴 종이컵을 스마일리의 책상에 정성스레 내려놓았다. 레몬이 한 조각 떠 있었다. 그의 해골 같은 웃음을 보고 길럼은 억눌린 분노를 느꼈다.

「다 돌렸으면 나가.」 길럼이 폰의 귓가에 대고 쏘아붙였다. 폰은 여전히 히죽거리며 나갔다.

「코는 지금 무슨 생각을 하고 있을까?」 스마일리는 여전히 암호문을 향해서 말했다. 그가 손가락을 엮어 턱을 괴자 마치 기도를 드리는 것 같았다.

「무서워서 정신이 나갔겠죠.」 코니가 자신 있게 딱 잘라 말했다. 「기자는 서성대지, 프로스트는 죽었지, 일은 아무 진척이 없지.」

「그래. 그래, 당황할 거야. 〈댐을 지킬 수 있을까? 새는 곳을 틀어막을 수 있을까? 그런데 도대체 어디가 새는 거지?〉…… 그게 우리가 원하던 거야. 됐어.」 그가 숙였던 고개를 아주 살짝 움직여 길럼을 보았다. 「피터, 사촌들에게 티우에 대한 감시를 강화하라고 해주게. 고정 감시만. 미행을 하거나 사냥감을 겁주거나 그런 허튼짓은 안 돼. 전화, 우편물, 간단한 것들만. 독, 티우가 마지막으로 중국 본토에 다녀온 게 언제지?」

디샐리스가 떨떠름하게 날짜를 댔다.

「여행 경로와 티켓 구매처를 알아내. 다시 갈지도 모르니까.」

「이미 기록해 놨습니다.」 디샐리스가 뾰로통하게 쏘아붙인 다음 아주 불쾌하게 웃으며 고개를 들고 입술과 어깨를 뒤틀었다.

「그럼 나한테 따로 적어 주게.」 스마일리가 흔들림 없이 인내심을 발휘하며 대답했다. 「웨스터비.」 그가 똑같이 무미건조한 목소리로 말하자 길럼은 잠시 스마일리가 환상을 보는 것이 아닐까, 제리가 다른 사람들과 마찬가지로 이 방에서 그의 명령을 기다리고 있다고 생각하는 것은 아닐까 하는 불쾌한 느낌이 들었다. 「웨스터비를 빼낸다, 그럴 수 있어. 신문사에서 불러들이는 거야, 안 될 건 없지. 하지만 그러면 어떻게 될까? 코는 기다리겠지. 귀를 기울이면서. 그러다가 아무 소리도 들리지 않으면 마음을 놓을 거야.」

「그때 마약 단속국의 영웅들이 등장하는 거죠.」 길럼이 달력을 흘끔 보며 말했다. 「솔 에클랜드가 다시 부상하는 겁니다.」

「아니면, 웨스터비를 빼고 다른 현장 요원으로 교체해서 추적을 계속하는 거야. 그러면 지금 웨스터비보다 덜 위험할까?」

「그건 절대 안 통해요.」 코니가 중얼거렸다. 「말〔馬〕을 바꾸다니. 절대 안 통해. 당신도 알잖아요. 작전을 설명하고, 훈련을 시키고, 장비를 재정비하고, 관계를 다시 맺고, 다 해야 하는데. 절대 안 통해요.」

「웨스터비가 위험하다니, 나는 잘 모르겠는데요!」 디 샐리스가 새된 목소리로 주장했다.

화가 난 길럼이 돌아보며 말을 막으려 했지만 스마일리가 먼저 입을 열었다.

「왜 위험하지 않다는 건가, 독?」

「국장님의 가정이 맞는다고 하면 — 저는 그렇게 생각하지 않지만요 — 코는 폭력적인 사람이 아닙니다. 성공한 사업가이고, 그의 좌우명은 체면, 편의주의, 공로, 근면이에요. 그가 흉악범이라도 되는 것처럼 말하는 건 반대합니다. 코에게는 부하들이 있고, 아마 부하들은 방법을 택할 때 코만큼 점잖지 않을지도 모르죠. 우리 역시 화이트홀의 수하인 것처럼 말입니다. 그렇다고 해서 화이트홀이 깡패가 되는 건 아니잖아요.」

〈세상에, 빨리 좀 말해.〉 길럼이 생각했다.

「웨스터비는 프로스트가 아닙니다.」 디샐리스가 계속 콧소리를 내며 훈계조로 끈질기게 주장했다. 「웨스터비는 부정한 은행원이 아니에요. 웨스터비는 코의 믿음도, 코의 돈도, 코의 동생도 배신하지 않았어요. 코의 눈에 비친 웨스터비는 거대 신문사를 대표하죠. 그리고 웨스터비도 프로스트와 티우 모두에게 이 문제에 대해서 자기보다 신문사가 더 많이 알고 있다고 넌지시 비쳤잖아

82

요. 코는 세상을 알아요. 기자 한 명을 없앤다고 위험이 사라지는 건 아니죠. 반대로 상대가 본격적으로 나설 겁니다.」

「그렇다면 코는 지금 무슨 생각인 거지?」 스마일리가 말했다.

「의심하는 겁니다. 코니의 말처럼요. 코는 위협을 가늠할 수가 없어요. 중국인은 추상에 약하고, 추상적인 상황에는 더욱 약합니다. 그는 위협이 사라지길 바랄 거고, 구체적인 사건이 일어나지 않으면 위협이 사라졌다고 생각할 겁니다. 서양에서만 그런 게 아니에요. 저는 국장님의 가정을 확대하고 있는 겁니다.」 그가 일어섰다. 「그 가정을 지지하는 건 아니에요. 그건 거절하겠습니다. 저는 그 가정과 아무 관련 없습니다.」

그가 성큼성큼 걸어 나갔다. 스마일리가 고개를 끄덕이자 길럼이 그를 따라갔다. 코니만 남았다.

스마일리가 눈을 감자 콧대 위에서 눈썹이 단단한 매듭처럼 얽혔다. 코니는 한참 동안 아무 말도 하지 않았다. 트로트는 그녀의 무릎에 죽은 듯 누워 있었고, 그녀는 개를 내려다보며 배를 어루만졌다.

「카를라는 전혀 신경 쓰지 않을 거예요, 안 그래요?」 그녀가 중얼거렸다. 「프로스트 하나가 죽었다고 해도, 열이 죽었다고 해도, 그게 차이예요, 사실. 우리는 그렇게까지 할 수 없어요. 요즘은 안 돼요, 그렇죠? 〈우리는 합리적인 인간의 생존을 위해 싸운다〉고 말한 게 누구였죠? 스티드애스프레이? 아니면 컨트롤이었나요? 난 그 말이 좋았어요. 모든 것을 설명하죠. 히틀러도. 새로운 시대도. 그게 우리예요, 합리적인 인간. 안 그러니, 트롯? 우리는 그냥 영국인이 아니에요. 합리적인 인간이죠.」 그녀의 목소리가 약간 작아졌다. 「조지, 샘은요? 〈생각〉이 있어요?」

스마일리는 한참 후에야 입을 열었는데, 그의 목소리는 그녀를 팔 하나 거리만큼 밀어내는 것처럼 비정했다.

「기다릴 거야. 초록불이 들어올 때까지 아무것도 안 하면서. 샘도 알아. 초록불이 될 때까지 기다릴 거야.」 그가 숨을 깊이 들이마셨다가 다시 내쉬었다. 「샘이 필요 없을지도 몰라. 샘 없이도 할 수 있을 거야. 전부 코가 어디로 움직이느냐에 달렸지.」

「조지. 아, 조지.」

그녀가 말없이 의식을 치르는 것처럼 벽난로 쪽으로 휠체어를 밀고 가서 부지깽이를 들더니 한 손을 개에게서 떼지 않은 채 무척 힘들게 석탄을 뒤적였다.

제리는 주방 창가에 서서 항구의 안개를 가르는 노란 새벽을 보고 있었다. 어젯밤에는 태풍이 불었지. 그가 기억했다. 루크가 전화를 걸기 한 시간 전쯤이 분명하다. 그의 다리 옆에 여자가 코를 골며 누워 있었고 제리는 매트리스에 누워 태풍을 지켜보았다. 처음에는 초목의 냄새가 났고, 그런 다음 바람이 마른 손을 비비는 것처럼 야자 잎을 꺼림칙하게 흔들었다. 그 뒤에 성난 비가 몇 톤이나 되는 화염탄을 쏟아붓는 것처럼 바다로 떨어졌다. 마지막으로 어마어마한 번개가 길고 느릿하게 항구를 뒤흔들었고, 춤추는 지붕 위로 천둥의 일제 사격이 이어졌다. 내가 죽였어. 제리가 생각했다. 그를 떠민 건 나야. 〈장군들만의 책임이 아니다, 총을 들고 있는 모두의 책임이다.〉 출처와 문맥이 뭐더라.

전화가 울리고 있었다. 울리라지. 그가 생각했다. 어쩌면 허둥대는 크로일지도 몰랐다. 그가 수화기를 들었다. 평소보다 더 미국인 같은 루크였다.

「어이, 제리! 엄청난 드라마야! 스텁시한테 방금 전보가 왔어. 웨스터비한테 직접 전하래. 읽기 전에 뭐라도 먼저 먹어. 듣고 싶어?」

「아니.」

「전쟁 지역으로 가래. 캄보디아 항공사들과 봉쇄 경제. 포화에 휩싸인 곳으로 가겠군! 넌 운이 좋아! 엉덩이에 총 맞지 말래!」

리지를 티우의 손아귀에 남겨 두고 말이지. 제리가 전화를 끊으며 생각했다.

게다가 내가 아는 바로는, 백인 노예 상인처럼 그늘에 숨어 있는 빌어먹을 콜린스 놈에게도 맡기고 말이야. 제리는 샘이 비엔티안의 멜론 씨, 현지 백인 사기꾼들의 우두머리이자 그럭저럭 성공한 무역상이었을 때 그와 몇 번 일한 적이 있었다. 그는 지금까지 자신이 만나 본 공작원 중에서 샘이 가장 변변찮다고 생각했다.

제리는 창가 자리로 돌아가 그 아찔한 옥상에 있을 리지를 다시 생각했다. 땅딸막한 프로스트를, 그가 살아 있는 것을 얼마나 좋아했는지를 생각했다. 집으로 돌아왔을 때 그를 맞이한 냄새를 생각했다.

사방에서 그 냄새가 났다. 위층 여자의 데오도란트 냄새, 퀴퀴한 담배 냄새, 가스 냄새, 옆집에서 마작하는 사람들이 풍기는 식용유 냄새를 압도하는 냄새였다. 제리는 그 냄새를 알아차리고 머릿속으로 티우가 이곳을 뒤지며 돌아다녔을 경로를 정리했다. 제리의 옷, 제리의 식료품, 제리의 몇 안 되는 소지품을 뒤지면서 어디서 꾸물거리고 어디서 대충 넘어갔을지 짐작했다. 장미 향과 아몬드 향이 섞인, 첫 아내가 좋아하던 냄새였다.

15
봉쇄 도시

홍콩은 그곳을 떠나는 순간 더 이상 존재하지 않는다. 영국군 군화와 각반을 찬 마지막 중국인 경찰을 지나 회색빛 슬럼가 지붕 1.8미터 위 상공을 달리면서 숨을 멈추면, 푸른 안개 속에서 머나먼 섬들이 작아지면, 당신은 막이 내리고 소품이 치워졌으며 홍콩에서의 삶은 모두 환영이었음을 깨닫는다. 그러나 이번에 제리는 그런 기분이 들지 않았다. 그는 죽은 프로스트와 살아 있는 여자에 대한 기억과 함께였고, 방콕에 도착했을 때에도 그들이 옆에 있었다. 언제나 그렇듯이 찾던 것을 발견할 때까지 온종일 걸렸고, 언제나 그렇듯 그는 포기하려는 참이었다. 제리가 보기에 방콕에서는 누구나 그랬다. 〈와트〉[4]를 찾는 관광객, 기삿거리를 찾는 기자 — 또는, 리카르도의 친구 겸 동업자 찰리 마셜을 찾는 제리. 목표물은 어느 빌어먹을 뒷골목 제일 안쪽에, 흙으로 막힌 〈클롱〉[5]과 콘크

4 태국어로 〈사원〉이라는 뜻.

87

리트 폐기물 사이에 처박혀 있고 예상보다 미화 5달러 더 비싸다. 또 지금은 원래 건기였지만 제리는 방콕에 왔을 때 비가 오지 않았던 기억이 없었다. 비는 오염된 하늘에서 예기치 않게 폭포처럼 쏟아졌다. 사람들은 항상 그에게 드물게도 비가 내린 날이었다고 말했다.

제리는 이왕 공항에 왔으니까, 또 동남아시아에서 비행을 오래 하면 방콕을 지나지 않을 리가 없으므로, 공항에서부터 조사를 시작했다. 찰리는 이제 없다고들 했다. 어떤 사람은 릭이 죽고 나서 찰리가 비행을 그만두었다고 했고, 어떤 사람은 감옥에 갔다고 했다. 또 어떤 사람은 〈어딘가의 은신처〉에 있다고 했다. 매혹적인 베트남 항공 승무원은 깔깔 웃으며 찰리가 사이공으로 화물을 나른다며 그를 사이공에서밖에 못 봤다고 했다.

「어디에서 사이공으로 옵니까?」 제리가 물었다.

「프놈펜인가 비엔티안인가 그래요.」 그녀가 말했다. 그러나 그녀는 찰리의 목적지는 항상 사이공이고, 방콕에는 절대 오지 않는다고 했다. 제리가 전화번호부를 확인했지만 인도차터는 올라 있지 않았다. 혹시나 싶어서 마셜도 찾아보니 하나 — 심지어는 마셜, C.였다 — 있어서 전화를 걸었다. 그러나 군대 최고위직을 자기 성으로 삼은 국민당원의 아들이 아니라 무슨 일인지도 모르면서 〈있잖아요, 그래도 한번 와보세요〉라는 말만 되풀이하는

5 태국어로 〈하천〉이라는 뜻.

스코틀랜드 무역업자였다. 제리는 돈을 안 내거나 장군에게 무례를 범한 〈파랑〉[6]을 가두는 감옥으로 가서 기록을 확인했다. 그는 발코니를 따라 걸어가면서 창살 안을 들여다보고 정신 나간 히피 두세 명에게 말을 걸었다. 그 사람들은 갇힌 것에 대한 불만은 많았지만 찰리 마셜은 본 적도 들은 적도 없었고, 부드럽게 바꿔 말하자면 그런 사람에 대해서 관심도 없었다. 제리는 암울한 기분으로 차를 타고 중독자들이 약물 중단 치료를 받는 요양원으로 갔다. 구속복을 입은 남자가 손가락으로 눈알을 파내는 데 성공했기 때문에 요양원은 무척 떠들썩했다. 그러나 그는 찰리 마셜이 아니었다. 조종사도, 코르시카 사람도, 코르시카와 중국 혼혈도 없었고, 국민당 장군의 아들은 〈확실히〉 없었다.

그래서 제리는 조종사들이 잠시 머물 때 시간을 보내는 호텔들을 조사하기 시작했다. 그는 이 일이 별로 마음에 들지 않았다. 기가 꺾이는 데다가 무엇보다도 여기에 코가 큰 조직을 두고 있음을 알았기 때문이다. 프로스트는 분명히 제리에 대해서 불었을 것이다. 부유한 화교는 대부분 합법적인 여권을 여러 개 가지고 있고, 산터우 출신은 여러 개보다 더 많이 가지고 있음을 제리는 알았다. 또 코의 주머니에 태국 여권이 들어 있으며 아마 태국 장군도 몇 명 들어 있으리라는 것도 알았다. 게다가 태국인

6 태국어로 〈유럽인〉이라는 뜻.

은 기분이 상하면 다른 모든 사람들보다 훨씬 더 빨리, 그리고 훨씬 철저하게 죽인다는 사실도 알았다. 총살할 때 부처님의 계율을 어기지 않기 위해서 침대 시트를 펼쳐 놓고 그 너머에서 총을 쏘긴 하지만 말이다. 여러 가지 중에서도 무엇보다도 그 이유 때문에 제리는 큰 호텔에서 찰리 마셜의 이름을 외치고 다니는 것이 별로 마음 편하지 않았다.

그는 에라완, 하얏트, 미라마르, 오리엔탈, 그 밖에도 서른 곳 정도의 호텔을 둘러보았다. 에라완에 차이나 에어시 전용 스위트룸이 있고 코가 그 방을 자주 이용한다는 크로의 말이 떠올랐기 때문에 그곳에서는 특별히 조심했다. 제리는 금발의 리지가 코의 시중을 드는 모습, 그녀가 수영장 옆에 몸을 쭉 뻗고 누워 길쭉한 몸에 햇볕을 쬐는 동안 거물들이 스카치를 마시며 얼마면 그녀를 한 시간 정도 살 수 있을까 생각하는 광경을 그려 보았다. 차를 타고 가는데 갑작스러운 폭우가 검댕 때문에 까맣고 뚱뚱한 빗방울로 쏟아지는 바람에 길가의 금빛 사원이 까매졌다. 택시 운전사는 물소를 아슬아슬하게 피하며 물이 차오른 도로 위를 수상 비행기처럼 달렸다. 요란한 버스들이 딸랑딸랑 소리를 내며 그들을 향해 달려들었다. 핏자국이 얼룩진 쿵푸 포스터가 그들을 향해 소리를 질렀다. 그러나 제리가 커피값을 아무리 넉넉하게 뿌려도 마셜, 찰리 마셜, 〈캡틴〉 마셜이라는 이름을 들어 본 사람은 아무도 없었다. 여자가 있군. 제리가 생각했다. 그 여자 집에서 지내는 거야, 나라도 그랬겠지. 제리는 오리엔탈 호텔 벨보이에게 팁을 주면서 메시지를 받아 주고 전화를 쓰게 해달라고 부탁했다. 게다가 스텁스를 놀리려고 이틀치 숙박비 영수증까지 받았다. 그러나 호텔을 순례하다 보니 겁이 났고, 위험하고 노출된 느낌이 들었기 때문에 잠을 잘 때는 뒷골목의 이름 없는 싸구려 여인숙에서 선불로 방을 빌렸다. 하룻밤에 겨우 1달러였고 숙박부에 이름을 적을 필요도 없었다. 방은 해변의 방갈로처럼 한 줄로 늘어서 있었다. 간통할 때 편리하게 이용하도록 모든 방이 길가와 바로 연결되었고 문 없는 차고의 비닐 커튼이 자동차 번호판을 가려 주었다. 저녁이 되자 제리는 항공 화물 대리점을 돌아다니면서 인도차터에 대해서 수소문했지만 이 역시 내키는 일은 아니었다. 결국 베트남 항공 승무원의 말을 믿고 사이공으로 가야 하나 진지하게 생각하고 있을 때 어느 대리점에서 중국 여자가 말했다.

「인도차터? 캡틴 마셜의 회사인데요.」

그녀는 찰리 마셜이 방콕에 올 때마다 책을 사고 우편물을 받는 서점을 알려 주었다. 서점 역시 중국인이 운영했고, 제리가 마셜을 언급하자 나이 많은 사장이 웃음을 터뜨리더니 찰리는 벌써 몇 달이나 오지 않았다고 말했다. 노인은 무척 작았고 틀니 때문에 입이 뒤틀렸다.

「당신한테 돈을 빌렸어? 찰리 마셜이 당신한테 돈을 빌리고 대신 비행기를 부숴 줬나?」 그가 다시 웃자 제리도 같이 웃었다.

「최고예요. 아주 좋아. 있잖아요, 찰리가 안 오면 우편물은 어떻게 합니까? 다른 데로 전달해요?」

찰리 마셜 우편물 안 왔어. 노인이 말했다.

「아, 하지만 내일이라도 편지가 오면 어디로 보내죠?」

프놈펜으로. 노인이 이렇게 말하고 5달러를 주머니에 넣은 다음 책상에서 종잇조각을 하나 꺼내 주자 제리가 주소를 보고 베꼈다.

「찰리한테 책이라도 한 권 사 줘야겠네요.」 제리가 주변을 둘러보며 말했다. 「찰리는 어떤 책 좋아해요?」

「플랑스.」 노인이 무심코 말하더니 제리를 위층으로 데리고 올라가 서양 문화의 성소를 보여 주었다. 영국인에게는 브뤼셀에서 인쇄한 포르노그래피. 프랑스인에게는 줄줄이 늘어선 낡은 고전들. 볼테르, 몽테스키외, 위고. 제리는 『캉디드』를 사서 주머니에 넣었다. 이 방에 들어오는 손님들은 높은 자리의 유명인이었는지 노인이 방명록을 꺼냈다. 제리는 〈J. 웨스터비, 기자〉라고 적었다. 소감란은 장난스러운 농담을 적는 칸이었으므로 그는 〈정말 인상적인 대형 서점〉이라고 썼다. 그런 다음 앞장을 들춰 보며 물었다.

「찰리 마셜도 여기 서명했어요?」

노인이 찰리 마셜의 서명 몇 개를 보여 주었는데, 〈주소: 이곳〉이라고 적혀 있었다.

「찰리 친구는요?」

「칭구?」

「캡틴 리카르도요.」

그러자 노인이 무척 엄숙해지더니 조용히 방명록을 빼앗았다.

제리는 오리엔탈 호텔의 외신 기자 클럽으로 갔지만 캄보디아에서 이제 막 돌아온 일본 기자들밖에 없었다. 그들이 어제까지의 상황을 가르쳐 주었고 그는 술을 마셨다. 제리가 클럽을 나설 때 지국 회의 때문에 방콕에 온 난쟁이가 불쑥 나타나서 순간적으로 깜짝 놀랐다. 그는 태국 청년을 옆에 끼고 있었기 때문에 더욱 기운이 넘쳤다. 「어이, 〈웨스터비〉! 오늘 정보부는 〈어떤가〉?」 그는 누구에게나 이런 농담을 했지만 그렇다고 해서 제리의 마음이 더 편해지는 것은 아니었다. 싸구려 여인숙으로 돌아온 그는 스카치위스키를 잔뜩 마셨지만 같은 여인숙 손님들의 격렬한 행위 때문에 잠을 잘 수가 없었다. 결국 제리는 자기방어를 위해 밖으로 나가서 여자를 구했다. 근처 술집에서 만난 부드럽고 작은 여자였다. 그러나 다시 혼자가 되자 생각이 다시 리지를 향했다. 좋든 싫든 그녀는 그의 침대를 같이 썼다. 리지는 어디까지 알

93

고서 그들과 연루되었을까? 그가 생각했다. 제리를 티우와 대면시킬 때 자기가 무슨 짓을 하는지 알고 있었을까? 드레이크의 부하들이 프로스트에게 무슨 짓을 했는지 알까? 제리에게 똑같은 짓을 할지도 모른다는 것은 알까? 그 현장에 그녀가 있었을지도 모른다는 생각까지 떠올랐고, 그래서 깜짝 놀랐다. 그럴 만도 했다. 프로스트의 시체가 생생하게 떠올랐다. 그렇게 심하게 당한 시체는 처음 보았다.

새벽 2시쯤 제리는 한바탕 열이 오르는 것 같다고 생각했고, 땀을 흘리며 계속 뒤척였다. 한 번은 방 안에서 작은 발소리가 들려서 구석으로 몸을 던지고 티크재 램프를 소켓에서 뜯어내 움켜쥐었다. 4시에 제리는 아시아 특유의 엄청난 소란 때문에 잠이 깼다. 돼지 울음소리 같은 행상인들의 목소리, 종소리, 임종을 맞이한 노인의 비명, 타일과 콘크리트 복도에 울려 퍼지는 수탉 수천 마리가 우는 듯한 소리. 그는 망가진 수도꼭지와 싸우면서 똑똑 떨어지는 차가운 물로 힘겹게 씻기 시작했다. 5시가 되자 라디오가 최대 음량으로 켜져서 그를 침대에서 몰아냈다. 애처로운 아시아 음악은 하루가 정말로 시작되었음을 알렸다. 제리는 결혼식이라도 올리는 것처럼 깔끔하게 면도했고 8시에는 이제부터의 계획을 신문사로 보냈는데, 서커스가 가로챌 수 있도록 전신을 이용했다. 11시에 그는 프놈펜행 비행기를 타러 갔다. 그가 캄보디아 항공 카라벨기에 오를 때 지상 승무원이 그를 향해 사랑스러운 얼굴을 돌리더니 더없이 경쾌한 영어로, 듣기 좋은 목소리로 〈즐거운 공포〉[7]가 되길 바란다고 말했다.

「고맙습니다. 네. 최고예요.」 제리는 이렇게 대답한 다음 생존 확률이 가장 높은 날개 쪽 좌석을 선택했다. 비행기가 서서히 이륙하자 활주로 바로 옆 완벽한 골프 코스에서 형편없는 골프를 즐기는 뚱뚱한 태국인들이 보였다.

제리가 탑승 수속을 하면서 확인한 승객 명단에는 여덟 명의 이름이 적혀 있었지만 비행기에 오르니 다른 승객은 서류 가방을 들고 까만 옷을 입은 미국인 청년 하나밖에 없었다. 나머지는 전부 화물로, 갈색 마대 자루와 골풀 상자에 담겨 꼬리 날개 쪽에 쌓여 있었다. 봉쇄 비행기군. 제리가 무심코 생각했다. 물건을 싣고 들어가서 운 좋은 사람들을 싣고 나온다. 승무원이 그에게 『주르 드 프랑스』와 보리 엿을 권했다. 그는 프랑스어 감각을 되찾으려고 『주르 드 프랑스』를 읽다가 『캉디드』가 생각나서 그것을 읽었다. 그는 프놈펜에 갈 때마다 콘래드를 읽었기 때문에 그 책도 가져왔다. 마지막 남은 진정한 콘래드식 하항(河港)에 간다고 생각하자 기분이 좋아졌다.

7 〈즐거운 비행a nice flight〉이라고 해야 하는데 〈즐거운 공포a nice fright〉라고 발음하고 있다.

착륙할 때가 되자 비행기는 높이 날다가 정글에서 날아오는 소구경 화기의 난사를 피하려고 빠듯하고 불안한 나선을 그리며 구름을 통과해 실속 착륙을 시도했다. 관제탑이 없었지만 제리는 기대하지도 않았다. 승무원은 크메르 루주가 얼마나 가까이 왔는지 몰랐지만 일본 기자들은 모든 전선에서 15킬로미터, 도로가 없는 곳에서는 그보다 더 가깝다고 말했었다. 그들은 공항도 포격을 받지만 이따금 로켓탄이 날아올 뿐이라고 했다. 105밀리미터 포는 아니었다. 아직은 아니지만 항상 시작은 있지. 제리가 생각했다. 구름이 걷히지 않았기 때문에 제리는 고도계가 정확하기만을 빌었다. 잠시 후 올리브빛 땅이 그들을 향해 달려들었고, 달걀 반점처럼 흩어진 포탄 구멍과 군 수송대의 타이어가 남긴 노란 선들을 보였다. 움푹움푹 패인 활주로에 비행기가 깃털처럼 가볍게 내려앉자 어디에서나 보이는 벌거벗은 갈색 아이들이 진흙으로 가득한 포탄 구멍에서 즐겁게 물장구를 쳤다.

구름 틈새로 햇볕이 내리쬐었고, 제리는 비행기의 굉음에도 불구하고 조용한 여름날을 향해 내려서는 듯한 착각이 들었다. 제리가 지금까지 거쳐 온 어느 곳과도 달리 프놈펜에서는 평화로운 분위기 속에서 전쟁이 진행되었다. 그는 폭격 중지 직전에 이곳에 마지막으로 왔던 때를 기억했다. 도쿄행 프랑스 항공 승객들은 자기들이 전장에 착륙한 줄도 모르고 계류장에서 신기하다는 듯 꾸물거리고 있었다. 누구도 그들에게 피신하라고 말하지 않았고 곁을 지키지도 않았다. 군용 비행장 위 상공에서 F-4와 BAC-111이 굉음을 냈고, 근처에서 총격이 벌어졌다. 아메리카 항공 소속 헬기가 그물에 담긴 시체들을 붉은 바다에서 잡은 무시무시한 포획물처럼 내려놓았고, 보잉 707은 이륙하기 위해서 비행장 전체를 느릿느릿 힘들게 기어가야 했다. 제리는 보잉 707이 지상 사격 사정거리를 느릿느릿 빠져나가는 것을 넋이 나간 채 지켜보면서 내내 비행기 꼬리에 총을 맞았음을 알려 주는 쿵 소리가 들리기를 기다렸다. 그러나 비행기는 죄 없는 자는 괜찮다는 듯 계속 나아가다가 고요한 지평선으로 사라졌다.

아이러니하게도 비행이 끝날 때가 다 되어서야 제리는 생존 구호물자가 우선이라는 사실을 깨달았다. 비행장 제일 끝에 〈트랜스월드〉, 〈버드 항공〉이라고 적혀 있거나 아무 표시도 없는 707과 엔진 네 개를 장착한 터보프롭 C-130 등 미국의 은색 전세 수송기들이 서툴고 위험하게 오가며 이륙하거나 착륙하고 있었다. 태국과 사이공에서 탄약과 쌀을, 태국에서 석유와 탄약을 가져오는 것이었다. 제리는 터미널로 서둘러 걸어가면서 착륙하는 비행기를 두 번 보았는데, 그때마다 숨을 참고 뒤늦은 제트 역분사를 기다렸다. 비행기들은 활주로 끝의 부드러운 땅에 흙을 채운 탄약 상자를 쌓아서 만든 벽 안으로 힘들게 들어가 덜덜 떨며 멈췄다. 완전히 멈추기도 전에 방탄조끼를 입고 헬멧을 쓴 지상 유도 요원들이 화물칸의 소중한 짐을 얼른 잡아채려고 비무장 소대처럼 모여들었다.

그러나 이러한 불길한 전조도 이곳으로 돌아온 기쁨을 방해하지 못했다.

「Vous restez combien de temps, monsieur(얼마나 머무실 계획입니까)?」입국 심사원이 물었다.

「Toujours(계속).」제리가 말했다. 「받아 주는 만큼 계속. 아니, 그보다 더 오래.」그는 여기에서 찰리 마셜에 대해 물어볼까 생각했다. 그러나 공항에는 경찰과 온갖 스파이가 득시글거렸고, 무엇을 상대하는지 모르는 상태에서는 자신의 관심사를 광고하지 않는 것이 현명할 듯했다. 새 휘장을 단 낡은 비행기들이 다양하게 늘어서 있었지만 인도차터의 비행기는 보이지 않았다. 제리가 홍콩을 떠나기 직전 마지막으로 작전 지시를 받을 때 크로가 가르쳐 준 바에 따르면 인도차터의 공식 마크는 경마에서 코의 기수가 쓰는 것과 같은 색, 즉 회색과 옅은 파란색이었다.

제리는 택시를 잡아서 앞 좌석에 앉은 다음 여자나 쇼, 클럽, 남자를 소개하겠다는 운전사의 정중한 제안을 부드럽게 거절했다. 비 내리는 짙은 청회색 하늘 밑에서 화염목이 주황색의 향기로운 아케이드를 만들었다. 그는 잡화점에 잠깐 들러서 〈au cours flexible(변동 환율에 따라)〉 — 그가 좋아하는 말이었다 — 환전을 했다. 제리가 기억하기로 환전상들은 보통 중국인이었지만 이 사람은 인도인이었다. 중국인들은 일찌감치 떠났지만 인도인들은 남아서 사체를 쪼았다. 도로 왼쪽과 오른쪽에 판잣집들이 늘어서 있었다. 사방에 피난민들이 웅크리고 앉아서 요리를 하거나 말없이 무리 지어 꾸벅꾸벅 졸았다. 작은 아이들은 둥글게 모여 앉아서 담배를 나눠 피웠다.

「Nous sommes un village avec une population des millions(여기는 수백만 명이 사는 마을입니다).」 운전사가 교실에서 배운 듯한 프랑스어로 말했다.

군 수송대가 전조등을 켜고 도로 한가운데로 그들을 향해 달려왔다. 택시 운전사가 순순히 흙바닥에 차를 세웠다. 구급차가 양쪽 문을 연 채 뒤따랐다. 사람들의 발이 밖으로 비어져 나와 있었는데, 돼지 발 같은 다리에 얼룩덜룩 멍이 들어 있었다. 죽었든 살았든 별로 상관없었다. 그들은 로켓탄에 박살 난 대나무 집들을 지나서 투박한 프랑스식 광장으로 들어갔다. 식당, 식료품점, 돼지고기 가게, 비르[8]와 코카콜라 광고. 연석에 아이들이 쭈그리고 앉아서 훔친 석유를 가득 채운 1리터짜리 포도주병들을 지키고 있었다. 제리는 그 일을, 포격 중에 일어난 사건을 기억했다. 포탄이 석유에 맞아서 피바다가 되

8 적포도주로 만든 프랑스 식전주.

었다. 이번에도 그런 일이 또 일어날 것이다. 아무도, 그 무엇도 배우지 못한다, 아무것도 바뀌지 않고 아침이면 뒤처리가 끝났다.

「멈춰요!」 제리가 이렇게 말하고 방콕 서점에서 찰리 마셜의 주소를 적어 온 쪽지를 충동적으로 운전사에게 건넸다. 한밤중에 몰래 찾아가야겠다고 생각했었지만, 이렇게 햇볕을 받고 있으니 그럴 이유가 없다고 느껴졌다.

「Y aller(여기 간다고요)?」 운전사가 깜짝 놀라 그를 보며 물었다.

「그래요.」

「Vous connaissez cette maison(이 집을 아세요)?」

「친구예요.」

「À vous? Un ami à vous? (당신의? 당신 친구요?)」

「기자입니다.」 제리가 대답했다. 이 한마디면 그 어떤 광기도 설명할 수 있었다.

운전사가 어깨를 으쓱하고 길쭉한 대로로 향하더니 프랑스식 성당을 지나 안뜰이 딸린 빌라들이 늘어선 흙 길로 들어섰는데, 마을 끝으로 갈수록 빌라는 점점 더 초라해졌다. 제리는 운전사에게 이 주소의 어떤 점이 그렇게 특별하냐고 두 번이나 물었지만 운전사는 갑자기 붙임성이 사라졌고 어깨를 으쓱하며 질문을 피했다. 차가 멈추자 운전사가 요금을 빨리 달라고 하더니 화를 내듯 기어를 바꾸고 가버렸다. 이곳 역시 빌라였는데, 아래 절반은 연철 대문이 달린 담에 가려졌다. 초인종을 눌렀지만 아무 소리도 들리지 않았다. 대문을 억지로 열어 보았지만 꿈쩍도 하지 않았다. 창문이 탁 닫히는 소리가 들려서 얼른 올려다보자 모기장 뒤로 갈색 얼굴이 사라지는 것을 본 것 같았다. 그러다가 대문이 삑 소리를 내며 열렸고, 계단을 몇 단 올라 타일 베란다로 들어가자 또 다른 문이 나왔다. 티크로 만든 튼튼한 문이었고 차양 달린 작은 창살 창구가 있어서 바깥을 내다볼 수는 있지만 안을 들여다볼 수는 없었다. 잠시 기다리던 제리가 노커를 육중하게 두드렸더니 그 소리가 집 안 전체에 퍼지는 소리가 들렸다. 문은 두 짝이었고 가운데가 맞닿아 있었다. 그 틈으로 얼굴을 가져다 대니 타일 바닥과 아마도 계단의 마지막 부분인 듯한 두 단이 보였다. 아랫단에 매끄러운 갈색 맨발 한 쌍과 맨살을 드러낸 정강이 한 쌍이 보였지만 무릎 위로는 보이지 않았다.

「안녕하세요!」 제리가 문틈에 대고 소리쳤다. 「〈봉주르!〉 안녕하세요!」 그래도 다리는 움직이지 않았다. 「Je suis un ami de Charlie Marshall! Madame, bonjour, je suis un ami anglais de Charlie Marshall! Je veux lui parler! (저는 찰리 마셜의 친구입니다. 안녕하세요, 부인, 저는 찰리 마셜의 영국인 친구입니다! 그와 이야기하고 싶습니다!)」

101

그가 5달러 지폐를 꺼내서 문틈으로 넣었지만 가져가지 않자 다시 뺀 다음 공책을 한 장 찢었다. 그는 맨 위에 〈캡틴 마셜에게〉라고 쓴 다음 자신을 〈서로 이익이 되는 제안을 가지고 온 영국 기자〉라고 소개했고, 호텔 주소를 적었다. 문틈으로 쪽지를 밀어 넣으면서 갈색 다리를 다시 찾아보았지만 이미 사라지고 없었다. 제리는 걸어가다가 시클로를 발견해서 탔고, 다시 택시를 발견해서 갈아탔다. 아뇨, 아뇨, 여자는 필요 없습니다. 하지만 사실은 언제나 그렇듯 여자가 필요했다.

호텔의 원래 이름은 〈로열〉이었지만 지금은 〈프놈〉이 되었다. 깃대에서 깃발이 나부꼈지만 그 웅대함에도 어딘가 절망적인 느낌이 있었다. 제리는 숙박부를 적고 안으로 들어가 안뜰 수영장 주변에서 햇볕을 쬐는 살아 있는 육체를 보면서 다시 한번 리지를 생각했다. 이쪽 일을 하려면 여자들에게는 힘든 훈련을 받아야 했는데 그녀가 리카르도를 위해서 작은 꾸러미들을 날랐다는 것은 십중팔구 그녀가 그 훈련을 통과했다는 뜻이었다. 예쁜 여자들은 부자들의 소유였고, 부자는 프놈펜 로터리 클럽의 악당들이었다. 금과 고무 밀수꾼, 경정, 전투 중에 크메르 루주와 기막힌 거래를 하는 힘센 코르시카인. 편지 한 통이 봉인도 없이 그를 기다리고 있었다. 편지를 이미 읽은 프런트 직원이 그것을 읽는 제리를 공손하게 지켜보았다. 대사관 문장이 찍힌 금박 테두리의 초대장으로, 그를 저녁 식사에 초대한다고 했다. 초대한 사람은 제리가 한 번도 들어 보지 못한 사람이었다. 이상하다고 생각하며 초대장을 뒤집어 보았다. 뒷면에 〈당신의 친구인 『가디언』기자 조지의 지인입니다〉라고 적혀 있었는데, 가디언[9]이라는 말을 보니 이해가 갔다. 저녁 식사 겸 기밀 정보 전달 장소군. 제리가 생각했다. 새러트의 신랄한 표현에 따르면 외교부의 대단한 연락 단절이었다.

「Téléphone(전화는)?」제리가 물었다.

「Il est foutu, monsieur(안 됩니다, 손님).」

「Electricité(전기는)?」

「Aussi foutue, monsieur, mais nous avons beaucoup de l'eau(그것도 안 됩니다, 손님, 하지만 물은 많습니다).」

「켈러는?」제리가 빙긋 웃으며 말했다.

「Dans la cour, monsieur(안뜰에 있습니다, 손님).」

제리가 안뜰로 걸어갔다. 사람들 사이에서 영국 정론지의 종군 기자들이 스카치위스키를 마시며 모험담을 나누고 있었다. 그들은 영국 본토 항공전에서 대리전을 수행하는 어린 조종사들처럼 보였고, 제리를 바라보는 시선에는 상류층에 대한 경멸이 서려 있었다. 흰 네커치프를 맨 남자가 곧고 부드러운 머리카락을 멋지게 뒤로 넘겼다.

「세상에, 공작님이잖아.」그가 말했다. 「여긴 어떻게

9 영국 일간지 이름이기도 하지만 정보부와 정한 암호(후견인)도 된다.

왔어? 메콩강을 걸어서 건넜나?」

　그러나 제리가 찾는 사람은 이들이 아니라 켈러였다. 켈러는 상임 기자였다. 그는 통신사 소속 미국인이었고, 제리는 다른 전쟁에서 그를 알게 되었다. 더욱 구체적으로 말하자면 〈외지〉 기자는 누구나 켈러에게 무슨 일로 왔는지 알려야 했고, 제리가 신용을 얻으려면 켈러의 허가가 필요했다. 제리에게는 신용이 점점 더 중요해지고 있었다. 그는 주차장에서 켈러를 발견했다. 떡 벌어진 어깨, 회색 머리, 한쪽만 내린 소매. 켈러는 소매를 내린 쪽 손을 주머니에 넣고 서서 호스로 메르세데스 내부를 청소하는 운전사를 보고 있었다.

　「맥스. 최고군.」

　「훌륭해.」 켈러가 이렇게 말하고 제리를 흘깃 보더니 다시 운전사를 지켜보았다. 그의 옆에 날씬한 크메르 소년 두 명이 서 있었는데, 굽 높은 부츠에 나팔바지를 입고 있었고 단추가 열린 반짝이는 셔츠 위로 카메라가 달랑거렸기 때문에 꼭 패션 사진작가 같았다. 제리가 지켜보고 있자니 운전사가 호스로 잠그고 군용 린트 천으로 시트를 문지르기 시작했다. 천이 갈색으로 변했지만 그는 계속 문질렀다. 또 다른 미국인이 합류했고 제리는 켈러의 최신 비상근 통신원이구나, 추측했다. 켈러는 통신원을 자주 바꿨다.

　「어떻게 된 거지?」 운전사가 다시 호스로 씻기 시작하자 제리가 말했다.

「2달러짜리 영웅이 아주 비싼 총을 맞은 거죠.」 비상 근 통신원이 말했다. 「그렇게 된 겁니다.」 그는 어딘가 즐 거워 보이는 창백한 남부 사람이었고, 제리는 그를 싫어 할 준비가 되어 있었다.

「그런가, 켈러?」 제리가 말했다.

「사진사.」 켈러가 말했다.

켈러의 통신사에 그런 사람은 얼마든지 있었다. 큰 통 신사는 모두 그랬다. 여기 서 있는 이들과 똑같은 캄보디 아 청년들. 전선까지 가면 미화 2달러, 사진이 실리면 장 당 20달러를 지급했다. 제리는 켈러가 그런 통신원을 일 주일에 한 명씩 잃고 있다는 이야기를 들었다.

「몸을 굽히고 달리다가 어깨에 정통으로 맞았죠.」 비 상근 통신원이 말했다. 「총알은 등 아래쪽으로 나왔어요. 순식간이었죠.」 그는 깊은 인상을 받은 듯했다.

「그 사람은 어디 있지요?」 제리가 달리 할 말이 없어서 이렇게 말했다. 운전사는 계속 차를 대걸레로 닦고 호스 로 물을 뿌리고 문질렀다.

「저 위쪽에서 죽어 가고 있죠. 몇 주 전에 뉴욕 지국 놈 들이 의료 문제를 파고들어서요. 예전에는 환자를 방콕 으로 보냈었지만 요즘은 아닙니다. 요즘은 안 그래요. 그 거 알아요? 저 위 병원에서는 환자들이 다 바닥에 누워 있고 간호사한테 뇌물을 줘야 물을 갖다 줘요. 그렇지?」

캄보디아인 두 명이 공손하게 웃었다.

「무슨 일인가, 웨스터비?」켈러가 물었다.

켈러의 얼굴은 회색이고 곰보 자국이 있었다. 제리는 1960년대에 콩고에 있을 때부터 켈러를 잘 알았는데, 그곳에서 켈러는 대형 트럭에서 아이를 끌어 내리다가 손에 화상을 입었다. 이제 손가락이 갈퀴 달린 발가락처럼 붙어버렸지만 그것만 빼면 그때와 달라진 것이 없었다. 제리가 그 사고를 생생하게 기억하는 것은 아이의 반대쪽 끝을 그가 잡고 있었기 때문이다.

「코믹에서 좀 둘러보라는군.」제리가 말했다.

「자네가 아직 그걸 할 수 있다고?」

제리가 웃자 켈러도 웃었다. 두 사람은 차가 준비될 때까지 바에서 스카치위스키를 마시면서 옛날이야기를 했다. 그들은 정문에서 켈러를 종일 기다리던 여자, 긴 다리를 한시도 가만히 두지 못하고 카메라를 지나치게 많이 든 키 큰 캘리포니아 여자와 합류했다. 전화가 되지 않았기 때문에 제리는 초대장에 대답하기 위해 영국 대사관에 들르자고 했다. 켈러는 별로 예의 바르지 않았다.

「요즘은 스파이인지 뭔지가 된 거야, 웨스터비? 왜곡된 기사를 쓰고 배후의 인물 뒤나 훑으면서 연금을 노리는 건가?」켈러가 그런 사람이라고 말하는 자들도 있었지만, 그런 이들은 항상 있다.

「당연하지.」제리가 친절하게 말했다. 「벌써 몇 년 전부터 노리고 있다고.」

대사관 입구의 모래주머니는 새것이었고 쏟아지는 햇볕 속에서 새로 단 수류탄 방지망이 번득였다. 로비에는 살 수 없는 여러 모델의 자동차의 멋진 사진이 연료가 하나도 없는 도시에 〈영국의 고성능 자동차〉를 추천하는 커다란 분할 포스터가 붙어 있고 살 수도 없는 여러 자동차의 멋진 사진이 붙어 있었다. 외교관들 특유의 말도 안 되는 무책임함이 잘 드러났다.

「초대를 수락하셨다고 참사관님께 말씀드리겠습니다.」접수대 직원이 엄숙하게 말했다.

메르세데스는 피 때문에 아직 따뜻한 냄새가 약간 났지만 운전사가 에어컨을 켰다.

「다들 저 안에서 뭘 하지, 웨스터비?」켈러가 물었다. 「뜨개질이라도 하나?」

「뭐든 하겠지.」제리가 켈러보다는 캘리포니아 여자를 향해서 미소를 지으며 말했다.

제리가 앞 좌석에 타고 켈러와 여자가 뒷좌석에 탔다.

「좋아. 이제 들어 봐.」켈러가 말했다.

「물론이지.」제리가 말했다.

켈러가 말하는 동안 제리는 공책에 갈겨썼다. 여자는 짧은 치마를 입었기 때문에 제리와 운전사에게는 룸미러를 통해서 그녀의 허벅지가 보였다. 켈러가 멀쩡한 손을 그녀의 무릎에 얹었다. 그녀의 이름은 로레인이었고 미국 중서부 일간지들을 위해 제리와 마찬가지로 전쟁 지역을 돌아다니는 중이었다. 곧 그들이 탄 차를 제외하고 자동차가 전부 사라졌다. 잠시 후 시클로조차 사라지고 농부와 자전거, 물소, 그 후에는 시골이 가까워지고 있음을 보여 주는 꽃 핀 관목들만 남았다.

「주요 고속 도로는 전부 심각한 전투 중이야.」켈러가 구술하듯 느리게 말했다. 「밤에는 로켓탄 공격, 낮에는 〈플라스틱 폭탄〉 공격이지. 론 놀[10]은 아직도 자기가 신이라도 되는 줄 알고, 미국 대사관은 그를 지지했다가 쫓아내려고 했다가 정신이 없어.」그는 통계, 군수품, 사상자, 미국 원조 규모를 읊었다. 그리고 미군의 무기를 크메르 루주에게 팔고 있다고 알려진 장군들, 유령 부대를 운영하면서 월급을 받아 가는 장군들, 양쪽 모두에 해당하는 장군들의 이름을 언급했다. 「흔해 빠진 혼돈 상태야. 나쁜 놈들은 너무 약해서 도시를 점령하지 못하고, 착한 놈들은 엉망이라 시골을 점령하지 못하고, 싸우려는 놈들은 공산주의자밖에 없지. 학생들은 군 면제가 끝나는 순간 불을 지를 태세고, 식량 폭동은 언제 일어나도 이상하지 않아. 내일이 없는 것처럼 부패가 만연하고, 자기 월급으로 먹고살 수 있는 사람은 아무도 없고, 한재산 버는 놈들도 있지만 이 땅은 피를 흘려 죽을 지경이야. 궁전은 현실을 모르고 대사관은 정신 병원, 일반인보다

10 Lon Nol(1913~1975). 캄보디아의 군인 출신 대통령.

스파이가 더 많지만 다들 비밀이 있는 척하지. 더 해줘?」

「얼마나 남은 것 같아?」

「일주일일 수도 있고 10년일 수도 있지.」

「항공사는 어때?」

「우리한테 남은 건 항공사밖에 없어. 메콩강은 죽은 거나 다름없고 도로도 마찬가지. 항공사만 활발해. 관련 기사를 썼었는데. 알아? 갈가리 찢겨 버렸어. 세상에.」 그가 여자에게 말했다. 「왜 영국 놈한테 이걸 다 얘기해 줘야 하는 거지?」

「더 말해 봐.」 제리가 적으면서 말했다.

「6개월 전에는 허가받은 항공사가 다섯 개였어. 지난 석 달 동안 새로운 허가증이 서른네 장이나 발급됐고 10여 군데 정도는 준비 중이야. 장관 개인한테 3백만 리엘을 내고 장관 주변 사람들한테 2백만 리엘을 뿌려야 하지. 금으로 주면 내려가고, 해외로 송금하면 더 내려가. 13번 루트로 갈 거야.」 그가 여자에게 말했다. 「둘러보고 싶을 것 같아서.」

「잘됐네.」 여자가 이렇게 말하면서 무릎을 붙여서 켈러의 손을 가두었다.

그들은 팔이 떨어져 나간 동상을 지나쳤다. 이제 도로는 굽은 강을 따라 나 있었다.

「여기 웨스터비가 감당할 수 있다고 하면 말이야.」 켈러가 뒤늦게 생각난 듯 덧붙였다.

「아, 나 지금 상태 좋은데.」제리가 말하자 여자가 잠시 편을 바꾸며 웃었다.

「크메르 루주가 저쪽 강가에 새로운 진지를 구축했어, 로레인.」켈러가 주로 여자를 향해서 설명했다. 제리는 유속이 빠른 갈색 강 건너에서 T28 전차 두 대가 포탄을 발사할 대상을 찾아 움직이는 것을 보았다. 꽤 큰불이 피어올랐고 번제를 바치는 것처럼 연기 기둥이 하늘로 곧장 치솟았다.

「화교는 뭘 하지?」제리가 물었다. 「홍콩에서는 아무도 캄보디아 사정을 몰라.」

「중국인이 캄보디아 무역의 80퍼센트를 쥐고 있는데, 항공사도 포함돼. 신구 가릴 것 없이. 캄보디아인은 게을러, 그렇지? 캄보디아인들은 미국 원조에서 이득을 보면 그걸로 만족해. 중국인들은 아니지. 아니고말고. 중국인은 일하는 걸 좋아해, 돈 굴리는 걸 좋아하지. 중국인이 캄보디아의 금융 시장, 운송 독점, 물가 상승률, 봉쇄 경제를 전부 쥐고 있어. 전쟁은 홍콩 단독 소유의 자회사가 되고 있다고. 어이, 웨스터비, 전에 말했던 아내 아직도 있나? 눈이 크고 귀엽다는?」

「헤어졌어.」제리가 말했다.

「안됐군, 좋은 여자 같았는데. 이 친구, 아주 근사한 아내가 있었거든.」켈러가 말했다.

「자네는?」제리가 물었다.

켈러가 고개를 흔들고 여자를 보며 미소를 지었다. 「담배 좀 피워도 될까, 로레인?」 그가 당연하다는 듯 물었다.

켈러의 눌어붙은 손에는 담배를 끼우기 위해서 일부러 드릴로 뚫었다고 해도 믿을 것 같은 틈이 있었는데, 니코틴 때문에 테두리가 갈색이었다. 켈러가 멀쩡한 손을 다시 그녀의 허벅지에 올렸다. 도로가 오솔길로 바뀌고 군 수송대가 지나가면서 깊이 팬 바퀴 자국이 보였다. 터널처럼 나무가 우거진 길로 들어가자 오른쪽으로 천둥 같은 포격이 쏟아졌고 태풍이 부는 것처럼 나무들이 휘어졌다.

「〈와.〉」 여자가 외쳤다. 「속도 좀 줄이면 안 돼?」 그녀가 카메라 스트랩을 끌어당기기 시작했다.

「얼마든지. 중간포군.」 켈러가 말했다. 「우리 편이지.」 그가 농담으로 덧붙였다. 여자가 창문을 내리고 사진을 몇 장 찍었다. 사격이 계속되고 나무들이 춤을 추었지만 논에서 일하는 농부들은 고개도 들지 않았다. 포격이 잠잠해지자 물소가 달고 있는 종이 메아리처럼 울렸다. 그들은 차를 타고 계속 달렸다. 가까운 강둑에서 두 아이가 낡은 자전거 하나를 서로 바꿔 가며 타고 있었다. 물속에서 아이들이 튜브에 들어갔다 나왔다 했고 갈색 몸들이 반짝거렸다. 여자가 아이들 사진도 찍었다.

「아직도 프랑스어 하나, 웨스터비? 나랑 웨스터비는

한참 전에 콩고에서 같이 일했거든.」그가 여자에게 설명
했다.

「들었어.」그녀가 아는 체했다.

「영국 놈들은 교육을 받거든, 로레인.」켈러가 설명했
다. 제리가 기억하는 켈러는 이렇게 말이 많지 않았다.
「〈가르침〉을 받는다고. 그렇지, 웨스터비? 귀족은 특히
그래, 맞지? 웨스터비도 무슨 귀족이거든.」

「그렇지. 학자인 셈이지. 너 같은 촌놈이랑은 달라.」

「네가 운전사한테 전달해, 알았지? 지시를 해야 하니
까 네가 말해. 이 사람 아직 영어를 못하거든. 왼쪽으로
꺾어.」

「À gauche(왼쪽으로).」제리가 말했다.

운전사는 젊었지만 벌써부터 가이드 특유의 권태가
느껴졌다.

제리는 거울을 보다가 켈러가 담배를 빨 때 화상 입은
손이 떨리는 것을 알아차렸다. 원래 그랬었나. 그가 생각
했다. 마을 몇 곳을 지나쳤다. 무척 조용했다. 제리는 리
지와 턱에 난 흉터를 생각했다. 그는 그녀와 영국의 들판
을 같이 걷는다든가, 그런 평범한 것을 하고 싶었다. 크
로는 리지가 교외의 응석받이로 자랐다고 했다. 제리는
리지가 말[馬]에 대해 환상을 가지고 있는 것이 마음에
들었다.

「웨스터비.」

112

「응?」

「자네 손가락. 두드리는 거. 안 하면 안 되겠나? 거슬려. 기분이 처지는군.」 그가 여자를 향해 고개를 돌렸다. 「여기는 몇 년 동안이나 포격을 당했어, 로레인.」 그가 과장되게 말했다. 「몇 년이나.」 그가 담배 연기를 잔뜩 뿜었다.

「항공사 말인데.」 제리가 연필을 들고 말했다. 「자세히 말해 봐.」

「회사는 대부분 비엔티안에서 드라이윙 임대야. 정비, 조종사, 감가상각이 포함되지만 연료는 포함 안 된다는 뜻이지. 아마 자네도 알고 있었을 거야. 제일 좋은 건 비행기를 소유하는 거지. 그러면 두 가지 장점이 있어. 봉쇄 도시의 단물을 빨아먹다가 끝날 때가 되면 얼른 도망칠 수 있으니까. 아이들을 잘 봐, 로레인.」 그가 다시 담배를 빨며 여자에게 말했다. 「아이들이 있으면 괜찮아. 아이들이 사라지면 안 좋은 거야. 아이들을 숨겼다는 뜻이지. 항상 아이들을 봐.」

로레인이 다시 카메라를 만지작거렸다. 어설픈 검문소에 도착했다. 그들이 지나갈 때 보초 몇 명이 들여다보았지만 운전사는 속도를 줄이지도 않았다. 갈림길에 도착하자 운전사가 차를 멈췄다.

「강.」 켈러가 명령했다. 「강둑 쪽으로 가라고 해.」

제리가 운전사에게 말했다. 청년은 깜짝 놀란 듯했다.

항의하려는 듯했지만 생각을 바꾸었다.

「마을의 아이들.」켈러가 말하고 있었다. 「전선의 아이들. 똑같아. 어디든 아이들이 풍향계야. 크메르 병사들은 가족을 당연하게 전쟁에 데리고 다니지. 아버지가 죽으면 어차피 가족들에게는 아무것도 남는 게 없으니까, 먹을 게 있는 군대를 따라다니는 게 낫지. 또 하나, 로레인, 과부가 바로 근처에 있으면 가장이 전사했다고 증명할 수 있잖아, 그렇지? 인간적인 기삿감이야, 그렇지 웨스터비? 증명하지 않으면 사령관이 죽음을 부인하면서 그 사람의 월급을 가로채지. 얼마든지 적어.」그녀가 적는 동안 그가 말했다. 「하지만 누가 기사로 내줄 거라고는 생각하지 마. 이 전쟁은 끝났어. 그렇지, 웨스터비?」

「끝났지.」제리가 동의했다.

그녀는 웃었을 것이다. 제리가 생각했다. 리지가 여기 있었다면 분명 재미있는 면을 보고 웃었을 것이다. 그녀는 끝없이 흉내를 내고 있지만 그중 어딘가에 지금은 잃어버린 자신만의 무언가가 있을 것이고, 제리가 반드시 그것을 찾아낼 것이다. 운전사가 어느 노파 옆에 차를 세우고 크메르 말로 뭐라 물었지만 그녀는 양손에 얼굴을 묻고 고개를 돌려 버렸다.

「도대체 왜 〈저러는〉 거야?」여자가 화를 내며 외쳤다. 「우리가 뭐 나쁜 짓을 한 것도 아니잖아. 세상에!」

「부끄러워서 그래.」켈러가 단조로운 어조로 말했다.

그들 뒤에서 다시 대포의 일제 사격이 시작되자 문을 쾅 닫아 퇴로를 막는 것 같았다. 그들은 〈와트〉를 지나 목조 가옥이 늘어선 시장 광장으로 들어섰다. 사프롱을 입은 승려들이 그들을 바라보았지만 가판대를 정리하는 여자들은 모른 척했고 아이들은 닭과 놀았다.

「검문소는 왜 있었던 거야?」 여자가 사진을 찍으며 물었다. 「여기 좀 위험한 데야?」

「가고 있어, 로레인. 가고 있다고. 이제 조용히 좀 해.」

앞쪽에서 M16과 AK47이 섞인 자동 화기 소리가 들렸다. 나무 사이에서 지프가 나와 그들을 향해 질주했지만 마지막 순간에 방향을 바꿔 덜컹거리며 바퀴 자국을 넘어갔다. 동시에 햇볕이 사라졌다. 지금까지 그들은 햇볕이 내리쬐는 것이 당연하다고 생각했지만 맑고 강렬한 빛은 비바람에 씻겨 사라졌다. 지금은 건기인 3월이었고, 캄보디아에서 전쟁은 크리켓 경기처럼 날씨가 좋을 때만 진행되었다. 그러나 이제 먹구름이 모여들었고 겨울처럼 나무들이 주변을 막아섰으며 목조 가옥들이 어둠 속으로 물러갔다.

「크메르 루주는 무슨 옷을 입어?」 여자가 더 조용한 목소리로 물었다. 「〈제복〉이 있어?」

「깃털이랑 티팬티.」 켈러가 큰 소리로 말했다. 「어떤 놈들은 아랫도리를 아예 안 입지.」 그가 웃음을 터뜨렸지만 제리는 그 소리에서 팽팽한 긴장을 느꼈고, 담배를 빨

때 손이 떨리는 것을 흘끔 보았다. 「젠장, 로레인, 개들은 농부처럼 입어. 검은 파자마를 입는다고.」[11]

「여기는 항상 이렇게 아무것도 없어?」

「그때그때 달라.」켈러가 말했다.

「그리고 호찌민 샌들을 신죠.」제리가 건성으로 말했다.

초록색 물새 한 쌍이 날아서 길을 건넜다. 총소리는 더 커지지 않았다.

「딸이 있지 않았나? 어떻게 됐어?」켈러가 말했다.

「잘 지내. 아주 잘 있어.」

「이름이 뭐랬지?」

「캐서린.」제리가 말했다.

「소리를 들으니 멀어지는 것 같은데.」로레인이 실망스러운 듯 말했다. 무장하지 않은 오래된 시체를 지나쳤다. 얼굴의 상처에 파리들이 검은 용암처럼 자리를 잡고 있었다.

「항상 이래?」여자가 궁금하다는 듯 물었다.

「뭐가?」

「부츠를 벗겨 가?」

「벗겨 갈 때도 있고 사이즈가 안 맞을 때도 있지.」켈러가 이상하게도 다시 화를 내며 말했다. 「뿔이 난 소도 있

11 크메르 루주는 남녀 모두 칼라가 없는 검은색 셔츠와 헐렁한 바지를 입었다.

고, 뿔 없는 소도 있고, 소인 줄 알았는데 말일 때도 있고. 이제 입 좀 다물어 줄래? 당신 어디 출신이지?」

「샌타바버라.」 여자가 말했다. 갑자기 나무가 사라졌다. 굽은 길을 돌자 다시 탁 트인 땅이 나왔고 갈색 강이 바로 옆이었다. 아무 말도 하지 않았지만 운전사가 차를 세우더니 다시 숲으로 들어갔다.

「어디 가는 거지?」 여자가 물었다. 「누가 시켰어?」

「타이어가 걱정되나 봐.」 제리가 농담으로 말했다.

「하루에 30달러나 받으면서?」 켈러가 역시 농담을 했다.

소규모 전투가 벌어지고 있었다. 앞쪽 강굽이를 내려다보는 높은 불모지에 살아 있는 나무 한 그루 없이 박살난 마을이 있었다. 무너진 담장은 하얗고 망가진 모서리는 노란색이었다. 초목이 거의 없어서 외인부대 요새의 잔해 같아 보였는데, 정말 그럴지도 몰랐다. 건설 현장처럼 담장 안에 갈색 트럭이 모여 있었다. 약간의 총소리, 가벼운 전투 소리가 들렸다. 새를 노리는 사냥꾼일지도 몰랐다. 예광탄이 번쩍이고 박격포가 세 발 터졌다. 땅이 흔들리고 차가 진동하자 운전사가 창문을 조용히 열었고, 제리도 똑같이 했다. 그러나 여자는 문을 열고 늘씬한 다리를 하나, 또 하나 내디디며 차에서 내렸다. 그녀가 검은색 가방을 뒤적이더니 망원 렌즈를 꺼내서 카메라에 장착한 다음 커다란 이미지를 열심히 들여다보았다.

「이게 다야?」 그녀가 의심스럽다는 듯 물었다. 「적군도 보여야 하는 거 아니야? 우리 편이랑 먼지만 잔뜩 보이는데.」

「아, 적군은 강 건너에 있어, 로레인.」 켈러가 말을 시작했다.

「못 보는 거야?」 잠시 침묵이 흐르고 두 남자가 말없이 의논했다.

「이봐.」 켈러가 말했다. 「이번엔 그냥 둘러보는 거야, 알겠어 로레인? 자세한 상황이 어떻게 변할지는 모르는 거야. 알겠어?」

「그냥 적군이 좀 보이면 좋을 것 같아서. 내가 원하는 건 대결이야, 맥스. 정말로. 대결이 보고 싶어.」

그들은 걸어가기 시작했다.

제리는 생각했다. 때로 체면을 지키기 위해서, 때로는 죽을 만큼 겁에 질리지 않는 이상 일을 끝낸 것이 아니기 때문에 간다. 살아 있는 게 순전히 운이라는 사실을 상기하기 위해서 갈 때도 있다. 그러나 대체로는 다른 사람이 가기 때문에 간다. 〈남자다움〉 때문에. 그리고 어딘가에 소속되려면 함께해야 하기 때문이다. 예전에 제리는 더욱 엄선된 이유로 갔을지도 모른다. 스스로를 알기 위해서. 헤밍웨이처럼. 공포의 역치를 높이기 위해서. 사랑에서도 그렇지만 전투에서는 욕망이 점차 커진다. 기관총을 가지면 단발총은 시시해 보인다. 포탄에 박살 나 보면 기관총은 어린애 같다. 평범한 총을 맞으면 뇌는 무사하지만 포탄을 맞으면 귀에서 귀로 꿰뚫리기 때문이다. 그리고 평화도 있다, 제리는 그것 역시 잘 기억했다. 지금까지 살면서 무척 힘들었을 때 — 돈, 아이들, 여자가 모두 떠났을 때 — 생존만이 유일한 임무임을 깨닫는 것에서 오는 평화가 있었다. 그러나 이번에는, 이번만큼은 제일 멍청한 이유로 가고 있어. 제리가 생각했다. 리지 워딩턴의 옛 애인을 아는 약쟁이 조종사를 찾고 있으니까. 짧은 치마 때문에 로레인이 미끌거리는 바퀴 자국 사이를 잘못 걸었기 때문에 그들은 천천히 걸어갔다.

「대단한 여자야.」 켈러가 중얼거렸다.

「타고났군.」 제리가 얌전히 동의했다.

제리는 콩고에서 두 사람이 서로의 사랑이나 약점에 대해서 털어놓을 정도로 친했다는 사실을 겸연쩍게 떠올렸다. 여자는 울퉁불퉁한 바퀴 자국 위를 걸어가며 균형을 잡으려고 팔을 흔들었다.

〈가리키지 마.〉 제리가 생각했다. 〈제발 가리키지 말라고. 카메라맨은 그러다가 당하는 거야.〉

「계속 걸어, 로레인.」 켈러가 날카롭게 말했다. 「다른 생각은 하지 마. 걸어. 돌아가고 싶나, 웨스터비?」

그들은 먼지 속에서 돌을 가지고 노는 남자아이를 피해 걸었다. 제리는 아이가 총소리 때문에 귀가 먹은 것이 아닐까 생각했다. 그가 흘긋 돌아보았다. 메르세데스가 숲속에 아직 서 있었다. 앞쪽을 보니 잡석 더미 뒤에서 낮게 사격 자세를 취한 남자들이 보였다. 제리의 생각보다 많았다. 갑자기 소음이 커졌다. 저 멀리 강둑에서 총격 중에 폭탄 몇 개가 터졌다. T28이 불길을 퍼뜨리려 했다. 스치는 총알이 그들의 아래쪽 강둑을 맞혀 젖은 흙과 먼지를 일으켰다. 농부 한 명이 자전거를 타고 차분하게 그들을 지나쳤다. 그는 자전거를 타고 마을로 들어가서 통과하여 나가더니 폐허를 천천히 지나 숲으로 들어갔다. 아무도 그를 쏘거나 막아서지 않았다. 저 사람은 우리 편일 수도 있고 상대편일 수도 있어. 제리가 생각했다. 어젯밤에 도시로 나가서 영화관에 플라스틱 폭탄을 던지고 가족들에게로 돌아가는 건지도 몰라.

「세상에.」여자가 웃으며 외쳤다.「〈우린〉왜 자전거를 생각 못 했지?」

벽돌이 덜걱거리며 떨어졌고 기관총 탄환이 그들 주변으로 쏟아졌다. 신의 은총인지 저 아래 강둑에 표범 무늬처럼 텅 빈 구멍이 여러 개가 보였다. 진흙에 얕게 파서 만든 사격 위치였다. 제리가 미리 알아차리고 여자를 붙잡아 넘어뜨렸다. 켈러는 이미 납작 엎드렸다. 제리는 여자의 옆에 엎드리면서 정말 아무렇지도 않다는 사실을 깨달았다. 프로스티 같은 꼴을 당하느니 여기서 한두 발 맞는 게 낫다. 쏟아지는 총알이 진흙을 튀기고 도로 건너편으로 쌩 날아갔다. 그들은 낮게 엎드려 사격이 멎기를 기다렸다. 흥분한 여자가 강 건너를 보며 미소를 지었다. 그녀는 파란 눈에 금발을 가진 아리아인이었다. 그들 뒤쪽 도롯가에 박격포탄이 떨어지자 제리가 다시 그녀를 밀어서 넘어뜨렸다. 포격이 그들의 머리 위를 넘어가서 터지자 땅의 깃털들이 위로하듯 내려앉았다. 그러나 로레인은 여전히 미소를 지으며 일어났다. 제리가 생각했다. 펜타곤은 문명을 생각할 때 분명 당신 같은 사람을 떠올리겠지. 요새에서 전투가 갑자기 심각해졌다. 대형 트럭들이 사라지고 묵직한 구름이 모여들었고, 섬광과 박격포 소리가 끊임없이 이어졌다. 기관총 사격이 가볍게 발사되더니 더욱 빠르게 발사되었다. 죽음처럼 하얗게 질린 켈러의 얽힌 얼굴이 숨어 있던 구멍 위로 나왔다.

「크메르 루주가 승기를 잡았어.」 그가 소리쳤다. 「저 앞쪽 강 건너에 있었는데, 지금은 다른 쪽이군. 반대편 길로 가야 했어!」

세상에. 남은 기억이 돌아오자 제리가 생각했다. 켈러랑 나는 여자를 두고 싸웠었다. 그는 여자가 누구였는지, 누가 이겼었는지 기억하려 애썼다.

그들은 기다렸고, 사격이 멈췄다. 세 사람은 자동차로 걸어 돌아갔고 마침 후퇴하는 수송대를 갈림길에서 만났다. 사망자와 부상자가 도롯가에 흩어져 있고 여자들은 그 사이에 쭈그리고 앉아 야자수 잎으로 깜짝 놀란 얼굴에 부채질을 하고 있었다. 그들이 차에서 다시 내렸다.

피난민들이 물소와 손수레와 서로를 밀었고, 돼지와 아이들을 향해 소리를 질렀다. 어느 노파가 여자의 카메라를 보고 렌즈를 총열로 착각하고 비명을 질렀다. 자전거 벨 소리와 통곡 소리 등 제리가 알아들을 수 없는 소리가 들렸고 죽어 가는 사람의 오열과 가까이 다가온 박격포의 포성처럼 알아들을 수 있는 소리도 들렸다. 켈러는 대형 트럭을 따라 달리며 영어를 하는 장교를 찾고 있었고, 제리는 그 옆에서 달리며 같은 질문을 프랑스어로 외쳤다.

「이런 젠장.」 갑자기 지겨워진 켈러가 말했다. 「돌아가자.」 그의 영어는 별 볼 일 없는 귀족의 목소리 같았다. 「〈사람〉도 너무 많고 〈소음〉도 너무 시끄럽군.」 그가 설명했다. 그들은 메르세데스로 돌아왔다.

그들은 잠시 행렬에 그대로 끼어 있었다. 대형 트럭이 끼어들었고 피난민들은 예의 바르게 창문을 똑똑 두드리며 태워 달라고 부탁했다. 제리는 군용 오토바이 뒷자리에 탄 데스위시 더 훈을 본 것 같았다. 다음 갈림길에서 켈러가 운전사에게 왼쪽으로 가라고 지시했다.

「그쪽이 사람이 더 적어.」 그가 이렇게 말하고 멀쩡한 손을 다시 여자의 무릎에 올렸다. 그러나 제리는 시체 안치소의 프로스트를, 비명을 지르는 듯한 그의 턱이 얼마나 하얬는지를 생각하고 있었다.

「우리 어머니는 〈항상〉 말씀하셨지.」 켈러가 시골 사

람처럼 발음을 길게 늘이며 선언했다. 「아들아, 정글에서
는 절대 왔던 길로 돌아가면 안 된다. 로레인?」

「응?」

「방금 첫 경험을 했군. 축하해.」 손이 약간 위로 올라
갔다.

갑작스러운 폭우가 내리면서 주변 사방에서 수많은
파이프가 터진 것처럼 물이 쏟아지는 소리가 들렸다. 그
들은 닭들이 당황해서 미친 듯이 달리는 마을을 지나쳤
다. 텅 빈 이발소 의자가 빗속에 서 있었다. 제리가 켈러
를 향해 고개를 돌렸다.

「봉쇄 경제 말이야.」 분위기가 다시 차분해지자 그가
입을 열었다. 「시장의 실세나 뭐 그런 기사 괜찮을까?」

「그럴 수 있지.」 켈러가 쾌활하게 말했다. 「그런 기사
가 몇 번 났어. 더 퍼지겠지.」

「주요 실세가 어디지?」

켈러가 몇 군데의 이름을 댔다.

「인도차터는?」

「인도차터도 그중 하나지.」 켈러가 말했다.

제리가 넌지시 말했다. 「인도차터에서 비행기를 모는
찰리 마셜이라는 놈이 있어, 반중국인이지. 그 사람이 얘
기해 줄 거라고 하던데. 만난 적 있나?」

「아니.」

그는 이 정도면 됐다고 생각했다. 「대부분 어떤 비행

123

기를 쓰지?」

「구할 수 있으면 뭐든지. DC-4든 뭐든 상관없어. 한 대로는 부족해. 적어도 두 대는 있어야지. 한 대는 비행을 하고 한 대는 해체해서 부품을 공수해야 하니까. 세관에 부품을 통과시켜 달라고 뇌물을 먹이는 것보다 한 대를 해체해서 쓰는 게 더 싸.」

「수익은?」

「기사에 못 실을 정도야.」

「아편이 많은가?」

「바삭 강가에 엄청난 정제소가 있어. 금주 시대 주조소 같지. 그런 기사를 쓰고 싶으면 내가 견학시켜 줄 수 있어.」

로레인은 창가에서 비를 보고 있었다.

「애들이 안 보여, 맥스.」 그녀가 말했다. 「아이가 없으면 조심하라고 했잖아, 그래서 그냥. 내가 계속 보고 있었는데 애들이 사라졌어.」 운전사가 차를 세웠다. 「비가 오잖아, 어디서 읽었는데 아시아 아이들은 비가 올 때 나와서 노는 걸 좋아한대. 그런데 애들이 다 어디 갔지?」 그녀가 말했다. 그러나 제리는 그녀가 읽었다는 이야기를 듣고 있지 않았다. 그는 몸을 숙이고 앞 유리 너머로 운전사가 본 것을 보았고, 그래서 목이 바싹 탔다.

「자네가 보스야.」 그가 켈러에게 조용히 말했다. 「자네 자동차고, 자네 전쟁이고, 자네 여자잖아.」

제리는 고통스럽게도 거울 속 켈러의 부석 같은 얼굴이 경험과 무능력함 사이에서 갈팡질팡하는 것을 보았다.

「저들 쪽으로 가요, 천천히.」더 이상 기다릴 수 없어진 제리가 말했다. 「*Lentement*(〈천천히〉).」

「맞아.」켈러가 말했다. 「그렇게 해.」

40미터 앞, 억수 같은 비에 가려진 회색 대형 트럭이 길을 막으며 옆으로 서 있었다. 거울을 보니 뒤에서 트럭이 한 대 더 나와 퇴로를 막았다.

「손을 보이는 게 좋겠어.」켈러가 거친 목소리로 급하게 말했다. 그는 멀쩡한 손으로 손잡이를 돌려 차창을 내렸다. 여자와 제리도 똑같이 했다. 제리는 김이 서린 앞유리를 닦고 콘솔에 손을 올렸다. 운전사가 핸들 꼭대기를 잡았다.

「보면서 웃지 마, 말도 걸지 말고.」제리가 지시했다.

「이런 세상에.」켈러가 말했다. 「진짜 미치겠군.」

제리가 생각했다. 아시아의 기자라면 누구나 크메르 루주가 저지르는 만행에 대해서 각자 즐겨 하는 이야기가 있는데, 대부분 사실이지. 이제 프로스트조차도 자신의 비교적 평화로운 죽음을 고맙게 여기고 있을 것이다. 제리가 아는 기자 중에는 바로 이런 순간에 대비해서 독약이나 총을 숨기고 다니는 사람들도 있었다. 그의 기억에 따르면 잡힐 경우 도망칠 기회는 첫날 밤밖에, 신발과

건강을 그리고 신체 일부를 빼앗기기 전밖에 없다. 전해
지는 이야기에 따르면 첫날 밤이 유일한 기회이다. 제리
는 여자에게 이 이야기를 해줘야 할까 생각했지만 켈러
의 기분을 상하게 하기 싫었다. 그들은 1단 기어로 천천
히 나아가고 있었다. 엔진은 끼익끽 소리를 냈다. 비가
천둥 같은 소리를 내며 휘몰아쳤고 지붕을 두드리고 보
닛을 때리며 열린 창을 통해 들어왔다. 진창에 빠지면 끝
장이야. 제리가 생각했다. 앞에서 여전히 꼼짝도 하지 않
는 대형 트럭은 이제 15미터도 떨어져 있지 않았다. 폭우
속에서 번득이는 괴물 같았다. 어둑한 대형 트럭 운전석
에서 그들을 지켜보는 갸름한 얼굴들이 보였다. 마지막
순간에 트럭이 요동을 치며 잎사귀들 안으로 후진하자
딱 차가 지나갈 만큼의 공간이 생겼다. 메르세데스가 움
찔했다. 제리는 운전사 쪽으로 굴러가지 않도록 문기둥
을 잡아야 했다. 오른쪽 바퀴 두 개가 미끄러지며 보닛이
기울어졌고, 트럭 펜더에 부딪칠 뻔했다.

「번호판이 없었어.」켈러가 말했다. 「세상에.」

「서두르지 말아요.」제리가 운전사에게 경고했다.
「Toujours lentement(계속 천천히). 전조등도 켜지 마세
요.」그는 거울을 통해 지켜보았다.

「저 사람들이 검은 파자마였어?」여자가 흥분해서 말
했다. 「그런데 사진도 못 찍게 한 거야?」

아무도 말하지 않았다.

「뭘 원한 거지? 누굴 기습하려던 거야?」 그녀가 끈질기게 물었다.

「다른 누군가.」 제리가 말했다. 「우리 말고요.」

「우리 뒤에 오는 녀석이겠지.」 켈러가 말했다. 「무슨 상관이야?」

「누군가에게 경고해 줘야 하는 거 아니야?」

「방법이 없어.」 켈러가 말했다.

뒤에서 총소리가 들렸지만 그들은 계속 전진했다.

「빌어먹을 비.」 켈러가 반쯤 혼잣말을 내뱉었다. 「왜 이렇게 갑자기 쏟아지는 거야?」

비가 거의 멈췄다.

「하지만 세상에, 맥스.」 여자가 항변했다. 「우리를 꼼짝 못 하게 몰아넣어 놓고 왜 끝장내지 않은 거지?」

켈러가 대답하기도 전에 운전사가 프랑스어로 부드럽고 예의 바르게 대답했지만 알아듣는 사람은 제리밖에 없었다.

「자기들이 오고 싶을 때 올 겁니다.」 그가 거울 속 그녀를 향해 미소를 지으며 말했다. 「날씨가 나쁠 때. 미국인들이 대사관 지붕을 콘크리트로 5미터 더 높일 때, 군인들은 망토를 입고 나무 밑에 웅크리고 있고 기자들은 위스키를 마시고 장군들은 담배를 피울 때, 크메르 루주가 정글에서 나와 우리의 목을 딸 겁니다.」

「뭐라는 거야?」 켈러가 물었다. 「통역해 봐, 웨스터비.」

「그래요, 이게 다 무슨 소리예요?」여자가 말했다. 「뭔가 굉장한 이야기 같은데. 무슨 제안이나 그런 거 아니에요?」

「나도 제대로 못 알아들었어. 내 능력 밖이야.」

그들은 모두 지나치게 큰 소리로 웃음을 터뜨렸고, 운전사도 함께 웃었다.

제리는 이 모든 일을 겪으면서도 오로지 리지 생각밖에 하지 않았음을 깨달았다. 위험을 잊기 위해서가 아니다 — 그 반대였다. 지금 그들을 새롭게 감싸는 화려한 햇살처럼 리지는 그가 살아난 보상이었다.

프놈 호텔에서는 변함없는 태양이 수영장 가장자리를 기분 좋게 비추고 있었다. 시내에는 비가 오지 않았지만 여학교 근처에 로켓탄이 떨어져서 아이들이 여덟 명인가 아홉 명 죽었다. 남부 출신 통신원이 이제 막 사망자를 집계하고 돌아왔다.

「폭격 때 맥시는 뭘 하고 있었지?」통신원이 복도에서 제리를 만났을 때 물었다. 「요즘 신경이 좀 삐걱거리는 것 같아.」

「내 앞에서 싱글거리지 마.」제리가 충고했다. 「때릴지도 모르니까.」남부인은 여전히 싱글거리며 떠났다.

「내일 만날 수 있어요.」여자가 제리에게 말했다. 「내일은 온종일 일이 없거든요.」

그녀의 뒤에서 켈러가 천천히 계단을 오르고 있었다. 소매가 하나밖에 없는 셔츠 차림으로 난간을 잡고 계단을 오르는 구부정한 형체.

「아니면 오늘 밤도 괜찮아요.」 로레인이 말했다.

제리는 잠시 방에 혼자 앉아서 캣에게 보낼 엽서를 썼다. 그런 다음 맥스의 사무실로 향했다. 찰리 마셜에 대해서 더 물어볼 것이 있었다. 게다가 맥스도 제리가 옆에 있어 주면 고마워할 것 같았다. 볼일을 끝낸 후 시클로를 타고 찰리 마셜의 집으로 다시 갔지만 문을 두드리며 큰 소리로 외쳐도 촛불 불빛을 받으며 계단 아래 꼼짝도 없이 서 있는 똑같은 갈색 맨다리밖에 보이지 않았다. 그러나 공책을 찢어서 적은 쪽지는 사라지고 없었다. 시내로 돌아온 제리는 아직 한 시간을 때워야 했으므로 노상 카페의 백 개쯤 되는 빈 의자 중 하나에 앉아서 페르노 리큐어를 마시며 예전 기억을 떠올렸다. 시내 여자들이 작은 고리버들 마차를 타고 지나가며 노랫가락 같은 프랑스어로 진부한 사랑의 언어를 속삭였다. 오늘 밤, 어둠을 흔드는 것은 이따금 울리는 사랑스럽지 않은 총성 정도밖에 없었고, 도시는 공격을 기다리며 웅크리고 있었다.

그러나 가장 무서운 것은 폭격이 아니라 침묵이었다. 정글에서와 마찬가지로 다가오는 적의 본성은 총성이 아니라 지금과 같은 침묵이었다.

외교관이 이야기를 하고 싶을 때 제일 먼저 생각하는 것은 음식이다. 외교관들은 통금 때문에 일찍 식사를 한다. 외교관이 엄격한 통금의 대상이라서가 아니라 — 누구에게, 무엇에 대해서인지는 아무도 모르지만 — 모범을 보인다는 것이 전 세계 외교관들의 매력적인 오만함이기 때문이다. 참사관의 집은 론 놀의 궁전 옆 평평하고 나무가 무성한 지역에 있었다. 제리가 도착했을 때 진입로의 관용 리무진 한 대에서 사람들이 내리고 있었고 군인들이 빽빽하게 탄 지프차 한 대가 지켜보고 있었다. 제리는 차에서 내리면서 왕족이나 성직자인가 보다 생각했지만 미국 외교관 부부가 식사를 하러 도착한 것뿐이었다.

「아. 웨스터비 씨군요.」 그를 초대한 여주인이 말했다.

그녀는 키가 크고 품격이 있었고 외교관, 특히 참사관이 아니라면 누구에게나 흥미를 느꼈기 때문에 〈기자〉가 흥미로운 듯했다. 「존이 당신을 〈정말〉 만나고 싶어 해요.」 그녀가 밝게 말하자 제리는 자기 마음을 편하게 해주려고 그러나 보다 생각했다. 그가 사람들을 따라 위층으로 올라갔다. 제리를 초대한 사람이 계단 끝에 서 있었다. 코밑수염을 기른 강인한 남자였지만 몸이 구부정하고 소년 같은 면이 있었는데, 제리는 보통 이런 사람을 보면 성직자가 떠올랐다.

「아, 잘 오셨습니다! 아주 좋아요. 크리켓을 하시지요.

아주 좋아요. 우리 모두 아는 친구들이 있겠군요, 그렇죠? 아쉽지만 오늘은 발코니를 사용할 수 없습니다.」그가 미국인들 쪽을 짓궂게 흘끔거리며 말했다. 「좋은 사람은 너무 드물지요, 확실히. 숨어 있어야 합니다. 자리는 확인하셨습니까?」그가 가죽 테두리의 〈좌석표〉를 위엄 손가락으로 위엄 있게 쿡 찔렀다. 「가서 인사를 나누시지요. 잠시만요.」그가 제리를 살짝, 아주 살짝만 옆으로 끌어당겼다. 「전부 저를 통해야 합니다, 아시겠죠? 그 점은 분명히 해두었습니다. 저들한테 코너에 몰리면 안 됩니다, 아시겠지요? 사실은 지금 〈소동〉이 조금 있어서요. 무슨 뜻인지 아시겠지요. 현지 문제입니다, 당신과는 관계없어요.」

초로의 미국인은 거무스름하고 단정해서 처음에는 작아 보였지만 악수를 하려고 일어섰을 때 보니 키가 제리와 거의 비슷했다. 그는 생사로 만든 타탄 재킷 차림이었고 한 손에 검은색 플라스틱 케이스에 든 무전기를 들고 있었다. 갈색 눈은 지적이지만 지나치게 공손했다. 두 사람이 악수를 나눌 때 제리의 마음속 목소리가 〈사촌이군〉이라고 말했다.

「만나서 반갑습니다, 웨스터비 씨. 홍콩에서 오셨다고요. 총독이 저와 아주 친한 사이죠. 베키, 이분은 웨스터비 씨, 홍콩 총독의 친구이자 우리를 초대한 존의 친한 친구분이야.」

그가 시장에서 산 조악한 은 액세서리를 잔뜩 두른 덩치 큰 여자를 가리켰다. 아시아 양식을 그러모아 만든 화려한 옷차림이었다.

「아, 〈웨스터비〉 씨.」그녀가 말했다. 「홍콩에서 오셨군요. 〈안녕하세요.〉」

나머지 손님들은 현지 무역상들이었고 같이 온 여자들은 유라시아인, 프랑스인, 코르시카인이었다. 하인이 은으로 만든 징을 쳤다. 식당 천장은 콘크리트였지만 손님들이 식당으로 몰려갈 때 보니 시선을 들어 확인하는 사람이 여럿 있었다. 은제 카드 홀더는 그가 〈G. 웨스터비 각하〉임을 알려 주었고, 은제 메뉴 홀더는 그에게 영국식 로스트비프를 약속했으며, 은 촛대에는 기도를 드릴 때 쓰는 것 같은 긴 초가 꽂혀 있었다. 캄보디아 하인들이 휙 사라졌다가 전기가 끊기기 전 오늘 오전에 요리한 음식을 쟁반 가득 들고 등을 반쯤 구부린 채 돌아왔다. 제리의 오른쪽에는 여행을 많이 다닌 프랑스 미녀가 앉았는데 가슴 사이에 레이스 손수건을 끼우고 있었다. 그녀는 손에도 손수건을 한 장 들고서 먹거나 마실 때마다 작은 입을 닦았다. 카드에 따르면 실비아 백작 부인이었다.

「Je suis très, très diplomée(나는 학위가 아주 많아요).」그녀가 음식을 약간 먹고 입을 닦으며 제리에게 속삭였다. 「J'ai fait la science politique, mécanique et

132

l'électricité générale(정치학, 기계 공학, 전기학을 공부했어요). 1월에는 심장이 안 좋았어요. 지금은 나았지만요.」

「아, 저는 아무 학위도 없는데요.」제리가 과한 농담을 했다. 「팔방미인과 아무 재주도 없는 사람의 조합이네요, 우리는.」이 말을 프랑스어로 만드느라 시간이 꽤 걸렸다. 제리가 애써 문장을 만들고 있을 때 꽤 가까운 곳에서 기관총 소리가 들렸는데, 어찌나 길게 쏘았던지 총에 무리가 갈 것 같았다. 대응 사격은 없었다. 대화가 멈췄다.

「어느 멍청한 놈이 도마뱀붙이라도 쐈나 보군.」참사관이 이렇게 말하자 그의 부인이 다정하게 웃으며 좌중을 둘러보았다. 마치 전쟁이 손님들을 위해 두 사람이 준비한 작은 오락거리라도 되는 것 같았다. 더 깊고 의미심장한 침묵이 다시 흘렀다. 귀여운 백작 부인이 접시에 포크를 내려놓자 한밤중의 노면 전차 종소리처럼 쨍그랑 소리가 났다.

「Dieu(세상에).」그녀가 말했다.

그러자 모두 동시에 입을 열었다. 미국인의 아내는 제리에게 어디서 〈자랐냐〉고 물었고, 이야기가 다 끝나자 〈집〉은 어디냐고 물었다. 제리는 토스카나에 대해서 이야기하고 싶지 않았기 때문에 펫의 집이 있는 설로 광장이라고 대답했다.

「우리는 버몬트에 땅이 있답니다.」그녀가 힘주어 말

했다. 「하지만 아직 집은 짓지 않았어요.」

로켓탄 두 개가 동시에 떨어졌다. 제리는 동쪽으로 1킬로미터 정도 떨어진 지점이라고 추측했다. 창문이 닫혀 있는지 흘끔흘끔 둘러보던 그는 왠지 모르지만 미국인의 갈색 눈이 다급한 듯 자신에게 고정되어 있는 것을 보았다.

「내일 계획이 있습니까, 웨스터비 씨?」

「딱히 없습니다.」

「우리가 도울 일이 있으면 알려 주시죠.」

「감사합니다.」 제리가 이렇게 말했지만, 질문의 요지는 그게 아니라는 느낌이 들었다.

교활해 보이는 스위스 상인이 재미있는 이야기를 안다고 했다. 그가 제리를 핑계 삼아 그 이야기를 다시 시작했다.

「얼마 전에 시내 전체에 총격이 쏟아졌지요, 웨스터비 씨.」 그가 말했다. 「우리 모두 죽는 줄 알았습니다. 아, 〈확실했지요〉. 우리는 오늘 밤에 죽는다! 포탄과 예광탄이 하늘로 날아올랐습니다, 나중에 들으니 백만 달러어치 화기를 썼다더군요. 몇 시간 동안 끊임없이 이어졌죠. 제 친구 중에서는 돌아다니면서 작별의 악수를 나눈 사람들도 있었습니다.」 식탁 밑에서 개미 군단이 나타나서 완벽하게 세탁한 다마스크 식탁보 위를 한 줄로 행진하더니 은촛대와 히비스커스가 가득 꽂힌 낮은 꽃병을 조심스럽게 우회했다. 「미국인들은 사방으로 무선을 보내고 이리저리 뛰어다녔고, 우리는 대피자 목록에서 우리 순번이 어떻게 될까 진지하게 생각했습니다. 하지만 정말 웃긴 건 말이죠, 아직 전화도 살아 있고 전기도 안 끊겼어요. 알고 보니 목표물이 뭐였는지 아십니까?」 사람들은 이미 신경질적으로 웃고 있었다. 「개구리였어요! 아주 탐욕스러운 〈개구리〉 말입니다!」

「두꺼비였지.」 누군가 그의 말을 정정했지만 그래도 웃음은 멈추지 않았다.

예의 바른 자기비판의 모범인 미국 외교관이 재미있는 에필로그를 들려주었다.

「캄보디아에는 오래된 미신이 있습니다, 웨스터비 씨. 일식 때는 시끄러운 소리를 내야 하지요. 불꽃놀이를 쏘고, 깡통을 두드리고, 제일 좋은 건 백만 달러어치의 포를 쏘는 거죠. 그렇게 하지 않으면 개구리들이 달을 먹어치우니까요. 우리가 알았어야 〈했는데〉 알지 〈못했고〉, 결국 아주 아주 멍청한 꼴을 보였죠.」 그가 자랑스럽게 말했다.

「그래요, 자네가 아주 바보짓을 했어.」 참사관이 만족스럽게 말했다.

그러나 미국인의 미소는 솔직하고 숨김없었지만 그의 눈은 훨씬 더 다급한 것 — 예를 들면 전문가들 사이의 메시지와 같은 것 — 을 계속 전달하고 있었다.

누군가가 하인들에 대해서, 그들의 놀라운 운명론에 대해서 말했다. 폭발음이 꽤 가까운 곳인지 크게 울려 대화를 중단시켰다. 실비아 백작 부인이 제리의 손을 잡았고 여주인이 테이블 저쪽에 앉은 남편에게 뭔가를 묻는 듯 미소를 지었다.

「존, 여보.」그녀가 더없이 친절한 목소리로 물었다. 「방금 이 소리는 저쪽에서 쏜 거예요, 우리 쪽에서 쏜 거예요?」

「우리 쪽이야.」그가 웃으며 대답했다. 「아, 당연히 우리 쪽이지. 못 믿겠으면 기자분한테 물어봐요. 전쟁을 몇 번 겪었으니까, 그렇죠, 웨스터비?」

그러자 침묵이 금지된 화제처럼 내려앉았다. 미국인 부인은 버몬트의 땅 이야기를 계속 늘어놓았다. 어쩌면 결국 거기에 집을 지어야 〈할지도〉 모른다. 어쩌면 때가 된 것일지도 모른다.

「건축가한테 편지를 써야 할까 봐요.」그녀가 말했다.

「그래야 할지도 모르지.」남편이 동의했다. 바로 그 순간, 그들은 본격적인 전투에 내던져졌다. 아주 가까운 곳에서 대공화기가 한참동안 연달아 불을 뿜으며 안뜰의 세탁물을 환히 비추었고, 스무 기 정도 되는 기관총이 한참 동안 발사되었다. 섬광이 비치자 집 안으로 서둘러 들어오는 하인들이 보였고, 총소리 속에서 명령하고 대답하는 소리, 비명에 비명을 지르는 소리, 미친 듯이 울리는 징 소리가 들렸다. 방 안에서는 아무도 움직이지 않았고, 미국 외교관만이 안테나를 뽑더니 무전기를 입에 대고 뭐라 중얼거린 다음 무전기를 귀에 댔다. 제리가 고개를 내리자 백작 부인이 그를 믿는다는 듯 그의 손에 손을 포개고 있었다. 그녀의 뺨이 그의 어깨를 쓸었다. 사격이 주춤거렸다. 가까운 곳에서 작은 폭탄이 쿵 터지는 소리가 들렸다. 진동은 없었지만 촛불 불꽃이 인사하듯 흔들렸고 벽난로 선반에서 묵직한 초대장 두 장이 탁 쓰러졌다. 파악 가능한 사상자는 그것뿐이었다. 그런 다음 마지막으로 떠나는 단발 비행기 소리가 멀리서 칭얼대는 아이 소리처럼 들렸다. 참사관이 여유로운 웃음을 터뜨리며 아내에게 이렇게 말하면서 마무리되었다.

「아, 이번엔 일식이 〈아니었군〉, 그렇지 힐스? 이게 론 놀의 옆집에 사는 장점이지. 가끔 론 놀의 조종사가 밀린 월급을 참다 못해 질리면 비행기를 몰고 와서 궁전을 마구 쏜다니까. 여보, 여성분들을 모시고 가서 화장을 고치거나 뭐 그래야 하지 않아?」

제리는 초로의 미국인의 눈에 다시 떠오른 것이 분노라고 결론을 내렸다. 가난한 사람에 대한 사명을 가지고 있는데 부자들을 상대로 시간을 낭비해야 하는 사람 같았다.

1층 서재에서 제리, 참사관, 미국 외교관이 말없이 서 있었다. 참사관은 늑대처럼 조심스러워졌다.

「그래, 좋아.」그가 말했다. 「이제 두 분을 모셨으니 두 분께 맡겨야겠군. 위스키는 디캔터에 있네. 이제 됐나, 웨스터비?」

「그래, 존.」미국 외교관이 말했지만 참사관은 듣지 않는 것 같았다.

「웨스터비, 권한은 〈우리〉한테 있다는 걸 잊지 말게, 알았나? 일을 맡은 건 우리야. 맞지?」그는 유념하라는 듯 손가락을 흔들며 사라졌다.

서재에는 촛불이 켜져 있었다. 거울도 그림도 없는 작고 남성적인 방으로, 골이 팬 티크 천장과 초록색 철제 책상밖에 없었다. 바깥의 어둠에서 죽음과도 같은 정적이 다시 느껴졌지만 도마뱀붙이와 황소개구리 소리가 어찌나 큰지 더없이 정교한 마이크로도 도청이 불가능할 것 같았다.

「그건 제가 하죠.」미국인이 테이블로 다가가는 제리를 말리더니 그의 취향에 맞게 술을 타주려 했다. 「물을 탈까요, 소다를 탈까요, 적당할 때 멈추라고 하세요.」

「친구 두 명이 만나기까지 너무 멀리 돌아왔군요.」미국인이 테이블에서 술을 따르며 허물없지만 긴장된 말투로 말했다.

「그렇군요.」

「존은 아주 좋은 사람이지만 외교 의례에 까다로운 편

이죠. 당신들은 현재 여기에 수단이 별로 없지만 권리가 있기 때문에 존은 주도권을 빼앗기지 않으려고 하는 겁니다. 그의 생각도 이해는 가요. 다만 시간이 조금 걸릴 때가 있어요.」

그가 타탄 재킷 안에서 길다란 갈색 봉투를 꺼내 제리에게 건넸고 봉인을 뜯는 그를 아까처럼 의미심장하고 강렬한 눈빛으로 지켜보았다. 종이는 약간 번져 있었고 사진 용지 같은 느낌이었다.

어딘가에서 신음하던 아이가 조용해졌다. 차고구나. 제리가 생각했다. 하인들이 차고에 피난민들을 숨겨 준 것이 분명했다. 참사관이 알아서는 안 됐다.

〈마약 단속국 사이공 지부의 보고에 따르면 찰리 마셜 즉, 마셜은 내일 파일린을 거쳐 19시 30분에 바탐방에 도착 예정…… 개조된 DC4 카베어, 인도차터 화물 적하 목록에 따르면 화물은 다양함…… 이후 프놈펜으로 향할 예정.〉

발신 날짜와 시간을 보자 분노가 폭풍처럼 그를 덮쳤다. 그는 어제 방콕에서의 힘들었던 여정과 오늘 켈러, 여기자와 함께했던 무모한 택시 여행을 떠올리고 〈이런 세상에〉라고 외치면서 탁자에 메시지를 쾅 내려놓았다.

「얼마 동안이나 이걸 가지고 있었던 겁니까? 내일이

아니잖아요. 오늘 밤이잖아요!」

「안 됐지만 우리를 초대하신 분께서 결혼식을 더 일찍 잡을 수가 없었거든요. 사교 생활이 워낙 바쁘신 분이라. 행운을 빕니다.」

그는 제리만큼이나 화를 내며 암호문을 조용히 가져가 재킷 주머니에 넣은 다음 위층의 아내에게로 돌아갔다. 그녀는 여주인이 수집한 평범한 장물 불상들을 보고 감탄하느라 바빴다.

제리는 혼자 서 있었다. 로켓탄이 떨어졌다. 이번에는 가까웠다. 촛불이 꺼지고 이 실체도 없고 우스꽝스러운 전쟁의 긴장 때문에 밤하늘이 마침내 갈라지는 듯했다. 기관총들이 이 소동에 경솔하게 끼어들었다. 작고 횅댕그렇한, 바닥에 타일이 깔린 방이 음향 장치처럼 덜컹덜컹 울렸다.

그러다가 시작할 때처럼 갑자기 멈추고 도시가 정적에 잠겼다.

「무슨 문제라도 있나?」 문 앞에서 참사관이 상냥하게 물었다. 「양키가 자네 심기를 건드렸군, 그렇지? 요즘 보면 혼자서 세상을 움직이려는 것 같다니까.」

「저는 여섯 시간 동안의 자유가 필요합니다.」 제리가 말했다. 참사관은 무슨 말인지 못 알아듣는 듯했다. 제리는 어떤 방식으로 작전을 수행하는지 설명한 다음 밤을 향해 얼른 나갔다.

「자네, 차는 있겠지? 저쪽이네. 다른 쪽으로 가면 총을 맞을 거야. 조심해서 가게.」

제리는 짜증을 내고 진저리를 치면서 재빨리 성큼성큼 걸었다. 통금은 이미 한참 지났다. 가로등도, 별도 없었다. 달이 사라지고 고무 밑창이 끽끽거리는 소리가 원하지도 않고 보이지도 않는 동행인처럼 그를 따라 달렸다. 빛이라고는 길 건너 궁전 근처에서 나오는 것밖에 없지만 제리가 있는 거리까지 넘쳐흐르지는 않았다. 안쪽 건물을 가리는 높은 담 위로 높다란 철조망이 처져 있었고, 경량 대공포의 총열이 검고 소리 없는 하늘과 대비되어 동색으로 번득였다. 젊은 병사들이 모여서 꾸벅꾸벅 졸았고, 제리가 그 옆을 쿵쾅거리며 지날 때 징이 울렸다. 보초대 대장이 병사들을 깨우는 것이었다. 지나가는 자동차는 없었지만 피난민들이 초소와 초소 사이 보도를 따라 길쭉하게 자기들만의 야간 마을을 만들었다. 몇몇은 길쭉한 갈색 방수 시트를 드리웠고, 몇몇은 판자 침대를 가지고 있었다. 몇몇은 작은 불을 피워 요리를 하고 있었는데, 그들이 발견한 식량이 무엇인지는 신만이 알 것이었다. 몇몇은 서로 얼굴을 마주 보며 모여 앉았다. 달구지에 여자아이와 남자아이가 누워 있었다, 캣을 마지막으로 만났을 때 저 정도 나이였다. 수백 명이 있었지만 아무 소리도 나지 않았기 때문에 제리는 한참 멀어진 후에 피난민들이 아직 거기 있는지 확인하려고 돌아보았다. 그대로 있었다 해도 어둠과 정적에 가려져 보이지 않았다. 제리는 디너파티를 떠올렸다. 다른 나라, 다른 우주에서 일어난 일 같았다. 그는 캄보디아의 상황과 아무 관련이 없었지만 어쨌든 이 재난에 기여한 셈이었다.

〈권한은 우리한테 있다는 걸 잊지 말게, 알았나? 일을 맡은 건 우리야.〉

이유는 알 수 없었지만 땀이 흐르기 시작했고 밤공기를 맞아도 몸이 식지 않았다. 어둠이 대낮만큼 뜨거웠다. 길 잃은 로켓탄 한 발이 눈앞에 펼쳐진 시내에 떨어졌고, 다시 두 발 더 떨어졌다. 그들은 사정거리에 들어올 때까지 논에서 포복하여 다가올 것이다. 파이프 조각과 작은 총을 안고 누워 있다가 폭탄을 쏜 다음 필사적으로 정글로 달려갈 것이다. 궁전은 제리의 뒤쪽이었다. 포대가 일제 사격을 시작했고 그 불빛 덕분에 몇 초 동안 길이 보였다. 길은 넓은 대로였고, 제리는 최대한 가운데로 걸었다. 가끔 규칙적으로 골목길 입구가 보였다. 몸을 굽히면 더욱 어스레한 하늘로 멀어지는 나뭇가지도 보였다. 한번은 시클로가 후두둑 달려 지나갔고, 모퉁이에서 신경질적으로 기울어지더니 연석에 부딪쳤다가 다시 균형을 잡았다. 제리는 소리쳐 부를까 생각했지만 그냥 걸어가기로 했다. 어둠 속에서 미심쩍은 남자 목소리가 들렸다──전혀 부주의하지 않은 속삭임이었다.

「Bonsoir? Monsieur? Bonsoir? (안녕하십니까, 선생님. 안녕하십니까?)」

몇백 미터마다 보초병 한두 명이 카빈총을 양손으로 들고 서 있었다. 그들의 중얼거림이 초대의 말처럼 들렸지만 제리는 주의를 늦추지 않고 그들에게 보이도록 양손을 주머니에서 빼고 걸었다. 몇몇은 땀 흘리는 거대한 서양인을 보고 웃으며 손을 흔들어 통과시켰다. 또 다른 보초병들은 권총을 겨누고 멈춰 세운 다음 자전거 불빛을 비추고 그를 진지하게 올려다보면서 프랑스어 연습 삼아 질문을 던졌다. 몇몇이 담배를 달라고 해서 제리는 그렇게 했다. 그는 푹 젖은 재킷을 벗고 셔츠를 허리까지 찢었지만 그래도 공기는 서늘해지지 않았다. 제리는 다시 열이 오르는 것이 아닐까, 방콕에서의 마지막 밤처럼 한밤중에 잠에서 깨 어둠 속에서 몸을 웅크리고 누워서 테이블 램프로 누군가의 머리를 내리치려고 기다리게 되는 것은 아닐까 생각했다.

달이 거품 같은 비구름에 감싸여 모습을 드러냈다. 달빛을 받은 호텔은 봉쇄된 요새를 닮아 있었다. 그는 정원 담에 도착하자 나무들을 따라 왼쪽으로 가서 다시 길을 꺾었다. 제리가 담 너머로 재킷을 던지고 힘들게 담을 넘었다. 그런 다음 잔디밭을 가로질러 계단에 다다랐고, 문을 열고 로비로 들어갔다가 역겨움에 소리를 지르며 물러섰다. 로비는 달빛 한 줄기를 빼면 칠흑같이 어두웠다.

달빛이 스포트라이트처럼 비춘 것은 어둠 속에서 빛나는 거대한 번데기였고, 그 안에 갈색 애벌레 같은 사람의 몸이 들어 있었다.

「Vous désirez, monsieur(무슨 일이십니까)?」 어느 목소리가 부드럽게 물었다.

해먹에 누워 모기장을 치고 잠을 자던 야간 경비원이었다.

벨보이가 제리에게 열쇠와 쪽지를 건네고 조용히 팁을 받았다. 제리는 라이터를 켜고 쪽지를 읽었다. 「자기, 난 28호실에 혼자 있어요. 날 만나러 와요. L.」

도대체 뭐지? 덕분에 정신을 차릴 수 있을지도 몰라. 제리가 생각했다. 그는 2층으로 올라가면서 그녀의 끔찍한 진부함은 잊고 긴 다리와 강가의 바퀴 자국에서 비틀거릴 때 흔들리던 엉덩이만 생각했다. 수레국화처럼 파란 눈과 구멍에 엎드렸을 때의 그 미국인다운 중량감. 사람과 닿고 싶다는 바람만 생각했다. 켈러 따위 무슨 상관이야? 그가 생각했다. 누군가를 안으면 내 존재를 확인할 수 있다. 어쩌면 그녀도 무서울지 몰라. 제리가 문을 두드리고 잠시 기다렸다가 밀었다.

「로레인? 나예요. 웨스터비.」

아무 일도 일어나지 않았다. 그는 여자 냄새, 얼굴에 바르는 파우더나 데오도란트 냄새조차 나지 않는다는 사실을 의식하며 침대 쪽을 향했다. 침대로 다가가던 그는 똑같은 달빛 속에서 끔찍하게 익숙한 청바지, 묵직한 장화, 그의 것과 다를 것 없는 너덜너덜한 올리베티 휴대용 타자기를 보았다.

「한 발짝만 더 다가오면 법적 강간이야.」 루크가 침대 옆 탁자에 놓인 병의 코르크 마개를 따며 말했다.

16
찰리 마셜의 친구들

제리는 루크의 객실 바닥에서 자다가 날이 밝기 전에 나왔다. 타자기와 숄더백을 챙겼지만 둘 다 쓸 일이 없을 것 같았다. 그는 켈러에게 쪽지를 남겨 봉쇄 경제를 취재하러 지방으로 가니 스텁스에게 전보를 부쳐 알려 달라고 부탁했다. 바닥에서 자서 등이 아프고 술을 마셔서 머리가 아팠다.

루크는 전쟁을 보러 왔다고 했다. 빅 무를 지켜보고 있었는데 지국에서 잠시 휴가를 주었다. 집주인 제이크 추는 화가 나서 결국 루크를 아파트에서 쫓아냈다.

「나는 극빈자야, 웨스터비!」 루크가 이렇게 외치더니 〈극빈자〉라고 울부짖으며 방 안을 돌아다니기 시작했고, 결국 제리는 잠을 좀 벌고 옆방에서 벽을 두드리는 소리를 멈추려고 열쇠고리에서 여분의 열쇠를 빼서 그에게 던졌다.

「내가 돌아갈 때까지만이야.」 그가 경고했다. 「내가 돌아가면 나가는 거야. 알겠어?」

제리가 프로스트에 대해서 물었다. 루크가 완전히 잊고 있었기 때문에 상기시켜 줘야 했다. 아 〈그 사람〉, 그가 말했다. 〈그 사람〉 말이지. 응, 삼합회한테 건방지게 굴었다는 소문이 있었는데, 백 년쯤 뒤에는 사실로 밝혀질지도 모르지만 지금이야 누가 신경 쓰겠어?

그러나 그런 다음에도 잠은 쉽게 오지 않았다. 두 사람은 그날 일정에 대해서 이야기했다. 루크는 뭐든 제리가 하는 일을 같이하겠다고 제안했다. 혼자 죽으면 지루하잖아. 그가 말했다. 차라리 술이나 마시고 창녀나 찾아보자. 제리는 둘이 같이 죽는 건 조금 기다려야 한다고, 자신은 오늘의 낚시를 하러 간다고, 혼자 갈 거라고 대답했다.

「도대체 뭘 낚으러 간다는 거야? 기삿거리가 있으면 나누자고. 프로스트 사건을 공짜로 가르쳐 준 게 누군데? 루키보다 더 아름다운 일이 뭐가 있다고 그래?」

어디든지 있지. 제리가 심술궂게 말했고, 루크를 깨우지 않고 떠날 수 있었다.

그는 우선 시장으로 가서 중국식 수프를 먹으면서 좌판과 가게를 유심히 살폈다. 그는 플라스틱 들통과 물병과 빗자루밖에 안 팔지만 돈을 잘 버는 듯한 인도인 청년을 선택했다.

「또 뭘 팔지?」

「손님, 저는 모든 신사분께 뭐든지 팝니다.」

그들은 한동안 서로를 떠보았다. 아니, 그가 원하는 것은 피우는 것도, 삼키는 것도, 코로 흡입하는 것도, 손목에 주사하는 것도 아니었다. 그리고 고맙지만 괜찮다, 그의 아름다운 누이와 사촌과 아는 청년들도 다 좋지만 그쪽도 괜찮다.

「그렇다면 손님은 정말 행복한 분이시네요.」

「사실은 친구 때문에 뭘 좀 찾고 있는데.」 제리가 말했다.

인도 청년이 거리를 날카롭게 살폈고, 떠보기는 끝났다.

「〈사이좋은〉 친구인가요, 손님?」

「그렇지도 않아.」

두 사람은 같이 시클로를 탔다. 인도 청년의 삼촌은 은괴 시장에서 불상을 파는데, 그의 가게 뒷방에 자물쇠와 빗장이 달려 있었다. 제리는 미화 30달러를 주고 깔끔한 갈색 발터 자동 권총과 탄환 스무 발을 샀다. 그는 시클로에 다시 오르면서 새러트의 가정 교사들이 알면 까무러치겠다고 생각했다. 첫째, 이것은 그들이 복장 위반이라고 부르는, 범죄 중에서도 최악의 범죄였다. 둘째, 그들은 소형 화기의 경우 득보다 실이 많다는 대담한 헛소리를 설파했다. 그러나 제리가 홍콩에서 세관을 통해 웨블리 권총을 방콕으로, 또 프놈펜으로 가져오려 했다면 그들은 더욱 난리를 쳤을 것이다. 그러므로 가정 교사들은 이 주의 새러트 신조가 뭐든 제리가 맨몸으로 임무를 수행하러 가지 않는 것이 다행인 줄 알아야 한다. 공항에는 바탐방행 비행기가 없었지만, 항상 어떤 비행기도 없었다. 활주로에서 쌀을 나르는 은색 제트기들이 윙윙거리며 이륙하거나 착륙하고 있었고, 밤새 떨어진 로켓탄들 때문에 길을 새로 포장하고 있었다. 대형 트럭에 실린 흙이 속속 도착했고, 쿨리들이 그 흙을 탄약 상자에 미친 듯이 채웠다. 다음 생에는 토사 채굴업이나 하면서 봉쇄 도시에 팔아야겠군. 제리가 결심했다.

제리는 대기실에서 웃으며 커피를 마시는 승무원들을 발견하고 특유의 쾌활한 태도로 끼어들었다. 영어를 할 줄 아는 키 큰 여자가 미심쩍은 표정으로 그의 여권과 5달러짜리 지폐 몇 장을 들고 사라졌다.

「C'est impossible(불가능해요).」 그녀를 기다리는 동안 모두가 그에게 말했다. 「C'est tout occupé(만석이에요).」

여자가 미소를 지으며 돌아왔다. 「조종사가 〈무척〉 기분파예요.」 그녀가 말했다. 「당신이 마음에 안 들면 안 태워 준대요. 하지만 제가 사진을 보여 주니 〈추가 요금〉을 내면 허락하겠다고 했어요. 정원이 서른한 명이지만 당신을 태워 준대요, 괜찮대요. 1천5백 리엘만 내면 우정을 위해 태워 준답니다.」

비행기는 3분의 2가 비어 있었고, 날개의 총알구멍에

서 붕대를 감지 않은 상처처럼 액체가 흘러 나왔다.

당시 바탐방은 점점 줄어드는 론 놀의 반도에서 마지막 남은 안전지대이자 프놈펜의 마지막 농장이었다. 비행기는 한 시간 동안 크메르 루주로 득시글거리는 영토 위를 지났지만 사람 하나 보이지 않았다. 비행기가 선회할 때 누군가 논에서 귀찮다는 듯 총을 쏘았고 조종사는 총알을 피하려고 몇 번인가 아주 약간 방향을 바꿨다. 그러나 제리는 착륙하기 전에 지상 배치를 파악하는 것에 더욱 신경 썼다. 주차장, 민간 활주로와 군사 활주로, 화물 창고가 있는 철조망 구역. 비행기는 목가적이고 풍요로운 분위기 속에서 착륙했다. 포좌 주변에 꽃이 자랐고 통통한 갈색 닭들이 종종걸음으로 포탄 구멍을 드나들었으며 물과 전기가 충분했지만 프놈펜으로 전보를 보내면 일주일은 걸렸다.

제리는 조심스럽게 성큼성큼 걸었다. 위장 본능이 그 어느 때보다 강해졌다. 〈저명한 기자 제럴드 웨스터비 각하가 봉쇄 경제를 보도하다.〉 나 정도 체구면 무슨 일을 하든 아주 타당한 이유가 있어야 하지. 그래서 제리는, 은어를 쓰자면, 연기를 피웠다. 그는 안내 데스크에 말없이 서 있는 여러 남자의 시선을 받으며 시내에서 제일 좋은 호텔들의 이름을 물은 다음 몇 개 받아 적으면서 모여 있는 비행기와 건물을 계속 관찰했다. 제리는 여러 사무실을 돌아다니며 항공 화물을 통해 프놈펜으로 기사 사본을 보내려면 어떤 방법이 있는지 물었지만 아무도 몰랐다. 그는 신중한 정찰을 계속하면서 전보용 카드를 휘둘렀고, 주지사 관저에 가는 방법을 물어보며 그 대단한 사람에게 개인적인 용무가 있는 척했다. 이제 제리는 지금까지 바탐방에 방문한 기자들 중 가장 유명한 신문 기자였다. 그러면서 그는 〈직원용〉이라고 적힌 문과 〈관계자 외 출입금지〉라고 적힌 문, 남자 화장실의 위치를 기억했다. 나중에 혼자가 되면 철조망을 친 구역으로 가는 출구를 중심으로 터미널 전체의 대략적인 평면도를 그려 보기 위해서였다. 마지막으로 제리는 지금 시내에 있는 조종사들은 누구인지 물었다. 친한 조종사가 여럿 있으니 ― 필요하면 ― 그중 한 명에게 항공 가방에 기사를 넣어서 가져가 달라고 부탁하는 것이 제일 간단할지도 모른다고 말했다. 어느 승무원이 명단에 실린 이름을 불러 주었고, 제리는 명단을 가볍게 돌려서 나머지 이름을 전부 읽었다. 인도차터 비행기는 명단에 있었지만 조종사 이름은 없었다.

「안드레아스 기장은 아직도 인도차터에서 비행을 합니까?」 그가 물었다.

「Le Capitaine *qui*, monsieur(〈어느〉 기장이라고요)?」

「안드레아스. 우리는 안드레라고 불렀죠. 키가 작은 친구인데 항상 선글라스를 꼈어요. 캄퐁참 담당이었는데.」

그녀가 고개를 저었다. 인도차터에는 마셜 기장과 리카르도 기장밖에 없지만 〈르 카피텐 릭〉은 사고로 희생되었다고 그녀가 말했다. 제리가 아무런 흥미도 드러내지 않고 지나가는 말로 묻자 어젯밤 암호문에서 본 것처럼 오후에 마셜 기장이 운행하는 카베어의 이륙이 예정되어 있다고 했다. 그러나 화물칸에는 자리가 없다, 전부 다 찼다. 인도차터는 항상 예약이 꽉 찬다.

「어디 가면 만날 수 있는지 알아요?」

「마셜 기장은 오전에는 비행을 하지 않습니다, 무슈.」

그는 택시를 타고 시내로 갔다. 제일 좋은 호텔이라고 해봤자 번화가에 위치한 초라한 방공호였다. 길이 좁은 데다가 악취가 나고 시끄러웠지만 아시아의 신흥 도시답게 혼다 오토바이의 굉음이 울리고 벼락부자들의 불만스러워 보이는 메르세데스가 득시글거렸다. 그는 위장 신분으로 방을 하나 빌려 선불로 돈을 냈다. 특별 서비스도 포함시켰는데, 대단한 서비스가 아니라 다른 사람의 흔적이 남아 있는 시트 대신 깨끗한 시트로 바꿔 준다는 뜻이었다. 제리는 운전사에게 한 시간 뒤에 다시 오라고 말하고 습관대로 요금을 부풀린 영수증을 받았다. 그러고 나서 샤워를 하고 옷을 갈아입은 다음 통금 시간이 지났을 경우 어디로 넘어 들어오면 되는지 경비원의 설명을 정중히 듣고 아침 식사를 구하러 나갔다. 아직 오전 9시밖에 안 됐다.

그는 타자기와 숄더백을 가지고 나갔다. 서양인은 보이지 않았다. 광주리 만드는 사람, 가죽 장수, 과일 장수가 보였고, 역시 훔친 석유가 담긴 병이 보도에 늘어서서 포탄이 날아와 터지기를 기다리고 있었다. 나무에 달린 거울을 통해서 보니 치과 의사가 높은 의자에 묶인 환자의 이를 뽑더니 끝이 빨갛게 물든 이를 그날의 수확량을 전시하는 실에 진지하게 꿰었다. 제리는 이 모든 광경을 보란 듯이 공책에 적으며 사회 생활상을 취재하는 열정적인 기자가 되었다. 그는 야외 카페에서 차가운 맥주와 신선한 생선을 먹으면서 길 건너 〈인도차터〉라고 적힌 지저분하고 반은 유리로 된 사무실을 지켜보며 누군가 나와서 문을 열기를 기다렸다. 아무도 오지 않았다. 〈마셜 기장은 오전에는 비행을 하지 않습니다, 무슈.〉 제리는 어린이용 자전거를 파는 약국에서 반창고를 하나 사서 호텔방으로 돌아와 발터를 허리에 차는 대신 갈비뼈 쪽에 테이프로 붙였다. 무장을 끝낸 대담한 기자는 계속해서 위장 신분을 연기하기 위해 밖으로 나갔다. 현장 요원의 심리라는 관점에서 볼 때 이는 열기가 점차 뜨거워짐에 따라 자신을 정당화하려는 불필요한 행동에 지나지 않는다.

주지사 관저는 시내 끝 쪽에 위치한 건물로 베란다와 프랑스 식민지풍 현관을 갖추었고, 직원이 70명이었다. 거대한 콘크리트 홀은 끝이 없었고 뒤쪽의 훨씬 더 작은 사무실들로 이어졌는데, 제리는 50분 동안 기다린 다음 그중 한 방으로 안내를 받았다. 체구가 작고 무척 나이가 많은 캄보디아인이 검은색 옷을 입고 앉아 있었는데, 프놈펜에서 시끄러운 신문 기자를 상대하도록 보낸 사람이었다. 소문에 따르면 장군의 아들로, 온 가족이 아편 사업을 했고 그가 바탐방 담당이었다. 책상은 그의 체구에 비해 지나치게 컸다. 수행원이 여러 명 있었는데 모두 무척 냉엄해 보였다. 한 명은 훈장이 잔뜩 달린 제복 차림이었다. 제리는 심층 배경을 설명해 달라고 요청한 다음 꿈같이 멋진 이야기를 몇 가지 받아 적었다. 공산주의 적군은 거의 물리쳤고, 전국 도로망을 다시 열기 위해서 진지하게 논의 중이며 관광은 이 지역의 성장 산업이라고 했다. 장군의 아들은 느리고 아름다운 프랑스어로 말했고, 말을 할 때 좋아하는 음악을 듣는 것처럼 눈을 반쯤 감고 미소를 짓는 것으로 보아 본인도 자신의 프랑스어를 들으며 즐기는 것이 분명했다.

「무슈, 마지막으로 당신 나라에 한마디 경고를 하고 싶습니다. 미국인입니까?」

「영국인입니다.」

「똑같아요. 당신네 정부한테 전하세요. 우리가 공산주의자들과 계속 맞서 싸우도록 도와주지 않으면 우리는 러시아한테 가서 당신들의 역할을 대신 맡아 달라고 요청할 겁니다.」

아, 세상에. 제리가 생각했다. 이런. 세상에.

「메시지를 전하겠습니다.」 그는 이렇게 약속한 다음 그만 가려고 일어섰다.

「Un instant, monsieur(잠시만요).」 고위 관리가 날카 롭게 말하자 꾸벅꾸벅 졸던 아첨꾼들이 웅성거렸다. 그 가 서랍을 열더니 어마어마한 폴더를 꺼냈다. 제리가 생 각했다. 프로스트의 유언장일까, 내 사형 집행 영장일까. 아니면 캣에게 줄 우표일까.

「당신은 작가지요?」

「네.」

코가 나에게 손을 뻗는군. 오늘 밤은 유치장에서 보내 고 내일은 목이 따이겠어.

「소르본 대학에 다니셨지요, 무슈?」 관리가 물었다.

「옥스퍼드입니다.」

「런던 옥스퍼드요?」

「네.」

「그러면 위대한 프랑스 시인의 작품을 읽어 보셨겠군 요, 무슈?」

「아주 좋아했지요.」 제리가 열심히 대답했다. 아첨꾼 들은 무척 진지한 표정이었다.

「그러면 시 몇 구절에 대해서 〈무슈〉의 의견을 말씀해 주실 수 있으시겠지요.」 자그마한 관리는 손바닥으로 천 천히 지휘하며 품위 있는 프랑스어로 소리 내어 읽기 시작했다.

「Deux amants assis sur la terre(두 연인들은 땅에 앉아)

Regardaient la mer(바다를 바라보았다),」

이를 시작으로 너무나도 괴로운 시가 스무 행 정도 이어졌고 제리는 어리둥절한 상태로 귀를 기울였다.

「Voilà(자).」 마침내 관리가 이렇게 말하고 파일을 치웠다. 「Vous l'aimez(마음에 듭니까)?」 그가 어딘지 모를 곳에 시선을 고정하고 물었다.

「Superbe(멋집니다).」 제리가 열정적으로 말했다. 「Merveilleux(최고예요). 대단한 감수성이군요.」

「누구 작품 같습니까?」

제리가 아무 이름이나 댔다. 「라마르틴인가요?」

고위 관리가 고개를 저었다. 아첨꾼들은 제리를 더욱 자세히 관찰하고 있었다.

「빅토르 위고?」 제리가 물었다.

「내가 쓴 겁니다.」 관리가 이렇게 말하고 한숨을 쉬며 시를 서랍에 다시 넣었다. 아첨꾼들이 긴장을 풀었다. 「이 문학적인 분에게 모든 편의를 봐드려라.」 그가 명령했다.

제리가 공항으로 돌아와 보니 위험할 정도로 혼잡했고 사람들이 이리저리 떠밀리고 있었다. 누가 둥지를 침범한 것처럼 메르세데스 여러 대가 입구에서 왔다 갔다

했고, 앞뜰에서는 신호등과 오토바이, 사이렌이 뒤죽박죽이었다. 제리가 보초와 말싸움 끝에 홀로 들어가자 겁에 질린 사람들이 가득 모여 게시판을 읽으려고 몸싸움을 하고 소리를 지르면서도 요란하게 울려 퍼지는 스피커에 귀를 기울였다. 인파를 헤치고 안내 데스크로 가보니 닫혀 있었다. 제리는 카운터로 뛰어 올라가 폭탄 방지판의 구멍으로 이착륙장을 내다보았다. 무장 군인 한 분대가 속보로 텅 빈 활주로를 지나 흰 깃대가 모인 곳으로 향했다. 바람이 불지 않아서 국기들이 축 늘어져 있었다. 군인들이 국기 두 기를 깃대의 절반까지 내렸고 홀 안에서는 스피커의 말소리가 멈추고 국가 몇 소절이 나왔다. 일렁이는 머리들 위로 제리는 말이 통할 만한 사람을 찾았다. 그는 짧게 자른 노란 머리에 안경을 쓰고 갈색 셔츠 주머니에 15센티미터짜리 십자가를 꽂은 호리호리한 선교사를 선택했다. 성직자용 칼라를 단 캄보디아인 두 명이 그의 옆에 불쌍하게 서 있었다.

「Vous parlez français(프랑스어 할 줄 압니까)?」

「네, 하지만 영어도 합니다!」

경쾌하고 설교하는 듯한 말투였다. 제리는 덴마크인이겠구나 짐작했다.

「저는 기자입니다. 이게 무슨 소동이죠?」 제리가 소리 높여 외쳤다.

「프놈펜이 폐쇄됐습니다.」 선교사가 소리치며 대답했

다. 「모든 비행기의 이착륙이 금지됐어요.」

「왜죠?」

「크메르 루주가 공항의 군수품 창고를 공격했어요. 적어도 내일까지는 폐쇄입니다.」

스피커가 다시 말을 시작했다. 사제 두 명이 귀를 기울였다. 선교사는 몸을 거의 반으로 접어 그들이 중얼중얼 통역해 주는 소리를 들었다.

「피해가 크고 비행기 여섯 대가 파괴되었답니다. 아, 그래요! 완전 쓰레기가 됐대요. 정부에서는 공작원의 소행이라고 의심하고 있습니다. 몇 명 잡았을지도 몰라요. 있잖아요, 애초에 무기고를 왜 공항에 두었을까요? 제일 위험한데 말입니다. 이유가 뭐죠?」

「좋은 질문이네요.」 제리가 동의했다.

그는 사람들을 헤치며 홀을 가로질렀다. 제리의 기본 계획은 이미 끝장났다, 그의 기본 계획은 대체로 늘 그랬다. 아주 진지한 표정의 경찰 두 명이 〈승무원 전용〉 문을 지키고 있었다. 그 긴장감을 볼 때 제리가 저 문을 뻔뻔하게 통과할 가능성은 없었다. 군중은 승객용 출구로 향했다. 곤혹스러운 지상 직원들은 탑승권을 받아 주지 않았고, 곤혹스러운 경찰들은 중요 인물을 통과시키는 통행증에 포위되었다. 제리는 군중 사이에 몸을 실었다. 가장자리에서 프랑스 상인들이 환불을 요구하며 소리를 질렀고, 노인들은 하룻밤 보낼 준비를 했다. 그러나 중앙의 사람들은 서로 밀고 흘끔거리며 새로운 소문을 주고받았고, 제리는 그들의 힘에 꾸준히 앞쪽으로 떠밀렸다. 맨 앞에 도착한 제리는 전보용 카드를 조심스럽게 꺼내 임시 바리케이드 위로 기어 올라갔다. 상급 경찰관은 날씬하고 무장을 갖추었고, 부하들이 분투하는 동안 제리를 경멸 어린 눈으로 지켜보았다. 제리는 숄더백을 손에 들고 그를 향해 성큼성큼 걸어가서 전보용 카드를 코앞에 내밀었다.

「Securité americaine(미국 보안부다).」 그가 형편없는 프랑스어로 고함을 쳤다. 그런 다음 제리는 반회전문 앞에 선 두 남자에게 으르렁거리며 공항 에이프런[12]으로 돌진하여 계속 걸어갔다. 그러는 내내 그의 등은 멈추라는 말이나 경고 사격을, 또는 이 폭력적인 분위기에서 경고가 아닌 실제 사격을 기다렸다. 제리는 화를 내며, 권위를 어설프게 휘두르며, 새러트에서 배운 대로 눈길을 돌리기 위해서 숄더백을 흔들며 걸어갔다. 그의 앞에 ─ 55미터, 곧 45미터 떨어진 곳에 ─ 아무 표시가 없는 단발 군용 훈련기가 한 줄로 늘어서 있었다. 뒤쪽은 철조망을 친 구역으로, 9번부터 18번까지 숫자가 적힌 화물 창고가 있고 그 너머로 격납고들과 주차장들이 보였다. 중국어를 제외한 거의 모든 언어로 출입 금지라고 적혀 있

---

12 비행장에서 승객의 승강, 화물의 하역, 항공기의 급유나 정비 등을 하는 장소.

었다. 훈련기 앞에 도착한 제리는 시찰이라도 하는 듯 당당하게 걸었다. 철사로 묶은 벽돌이 괴어져 있었다. 제리는 걸음을 아예 멈추지는 않았지만 잠시 멈춰서 짜증 난다는 듯 사슴 가죽 부츠를 신은 발로 벽돌을 건드리고 보조 날개를 홱 잡아당긴 다음 고개를 저었다. 모래주머니를 쌓아 놓은 왼쪽 포좌에서 대공포 포병이 그를 귀찮은 듯 지켜보았다.

「Qu'est-ce que vous faîtes(뭐 하십니까)?」

제리가 몸을 반쯤 돌리고 손을 나팔 모양으로 입에 댔다. 「빌어먹을 하늘이나 잘 지켜 봐.」 그는 능숙한 미국식 영어로 이렇게 외치면서 화난 사람처럼 하늘을 가리킨 다음 계속 걸어가 높다란 철조망에 도착했다. 입구에는 아무도 없고 바로 앞에 창고가 있었다. 이곳을 지나면 터미널에서도 관제탑에서도 그가 보이지 않을 것이다. 제리는 깨진 틈으로 잡초가 자란 콘크리트 위를 걸었다. 아무도 보이지 않았다. 물막이판이 덧대어진 창고는 길이 9미터, 높이 3미터 정도였고 지붕은 야자 잎이었다. 첫 번째 창고에 도착했다. 창문 널빤지에 〈무신관 파쇄 폭탄〉이라고 적혀 있었다. 사람들이 많이 다닌 흔적이 남아 있는 흙길이 반대편 격납고로 이어졌다. 문틈으로 앵무새처럼 알록달록한 화물 수송기들이 보였다.

「찾았다.」 제리가 안전한 쪽을 통해 창고로 들어가며 큰 소리로 중얼거렸다. 그의 앞에 개구리처럼 뚱뚱하고 노즈콘이 열린 낡은 청회색 DC-4 카베어가 몇 개월의 외로운 행군 끝에 발견한 적군처럼 부서진 아스팔트 위에 떡하니 앉아 있었다. 우현 엔진 양쪽에서 디젤 오일이 검은 비처럼 빠른 속도로 뚝뚝 떨어졌고 군 휘장이 잔뜩 달린 수병 모자를 쓴 가냘픈 중국인이 적재 칸 밑에 서서 담배를 피우며 화물을 체크하고 있었다. 쿨리 두 명이 자루를 메고 빠르게 오갔고 또 한 명은 낡은 적재 리프트를 작동 중이었다. 그의 발치에서 닭들이 초조하게 푸득거렸다. 비행기 동체에는 바래긴 했지만 드레이크 코의 기수가 쓰는 것과 같은 색 바탕에 현란한 심홍색 글씨로 〈도차터〉라고 적혀 있었다. 다른 사람들은 수리에 열중하고 있었다

〈아, 찰리는 불멸이야,《완전》불사신이라니까. 찰리《마셜》말이에요. 티우 씨. 중국인 혼혈인데 정말 대단해요. 뼈랑 가죽이랑 아편밖에 없지만 아주 뛰어난 조종사죠…….〉

빌어먹을, 진짜 그래야 할 거야. 제리가 몸서리를 치며 생각했다. 쿨리들이 열린 노즈콘과 낡은 비행기 동체에 자루를 차례차례 실었다.

〈마셜은 리카르도 목사 평생의 산초 판사지.〉 크로가 리지의 설명에 덧붙여 이렇게 말했었다. 〈귀부인께서 설명하신 것처럼 반은 차오저우인이고, 헛된 전쟁에 수없이 많이 참가한 당당한 베테랑이야.〉

제리는 숨으려 하지도 않고 주먹 쥔 손에 가방을 달랑 달랑 들고서 길 잃은 영국인처럼 미안하다는 듯 빙긋 웃으며 서 있었다. 둘 이상의 쿨리들이 사방에서 비행기로 동시에 모여들었다. 제리는 그들을 등지고 일렬로 늘어선 훈련기를 따라갈 때처럼, 또는 프로스트의 방으로 향하는 복도를 따라 걸어갈 때처럼, 창고들을 따라 어슬렁거리며 물막이 틈으로 안을 들여다보았지만 가끔 부서진 포장 상자가 있을 뿐 아무것도 보이지 않았다. 〈바탐방을 근거지로 영업 허가를 받으려면 미화 50만 달러고, 갱신 가능해.〉 켈러가 이렇게 말했었다. 그 정도 돈을 내고 나서 창고 개장까지 할 사람이 어디 있을까? 창고의 행렬이 잠시 끊어지고 과일과 채소, 아무 표시 없는 마대 자루를 실은 군용 트럭 네 대가 나왔다. 트럭 뒤쪽 개폐판이 비행기를 향하고 있었고 포병대 휘장이 붙어 있었다. 트럭마다 군인이 두 명씩 서서 트럭 밑의 쿨리들에게 마대 자루를 넘겼다. 트럭을 몰고 에이프런을 통과하는 것이 편하겠지만 다들 조심하는 분위기였다. 〈육군은 무슨 일에든 끼어드는 걸 좋아하지.〉 켈러가 말했었다. 〈해군은 메콩강에서 호송 한 번만 하면 수백만을 벌 수 있고, 공군은 예쁘게 앉아 있어. 폭격기가 과일을 나르고 헬기는 봉쇄 도시의 부상자 대신 돈 많은 중국인을 태우지. 폭격기 조종사들은 이륙한 곳에 착륙해야 하니까 조금 굶주리고 있고. 하지만 육군은 이리저리 찾아다녀야만 생계를 꾸

릴 수 있어.〉

제리가 비행기에 더 가까이 다가가자 찰리 마셜이 쿨
리들에게 꽥꽥거리며 불같이 명령하는 소리가 들렸다.

다시 창고가 이어졌다. 18번 창고는 문이 두 개였고 목
조 부분에 〈인도차터〉라는 초록색 글씨가 세로로 적혀
있었기 때문에 조금 멀리서 보면 한자 같았다. 어둑한 안
쪽을 보니 중국인 농부 부부가 더러운 바닥에 쪼그리고
앉아 있었다. 사슬에 묶인 돼지가 슬리퍼 신은 노인의 발
을 베고 누워 있었다. 부부의 다른 짐은 골풀로 만든 길
쭉한 꾸러미를 줄로 꽁꽁 묶은 것이었다. 시체라고 해도
믿을 것 같았다. 한쪽 구석에 물병이 있고 그 밑에 밥그
릇이 두 개 있었다. 그 외에는 창고가 텅 비어 있었다.
〈인도차터 통과객 라운지에 오신 것을 환영합니다.〉 제
리가 생각했다. 그는 갈비뼈 부근에서 땀을 흘리며 쿨리
들의 줄에 합류해서 찰리 마셜에게 다가갔다. 마셜은 커
다란 목소리로 크메르어를 꽥꽥거리며 떨리는 펜으로 적
재 목록의 짐을 하나하나 체크했다.

그는 기름때가 묻은 흰색 반팔 셔츠 차림이었는데, 견
장에 어느 공군에서든 장군은 될 정도의 금줄이 붙어 있
었다. 가슴에는 놀랄 만큼 많은 약식 기장과 공산주의의
붉은 별들 가운데 미군 전투 부대 연대 기장 두 개가 같
이 붙어 있었다. 하나에는 〈그리스도를 위해 빨갱이를 죽
이자〉라고, 또 하나에는 〈그리스도는 사실 자본주의자였

163

다)라고 적혀 있었다. 그는 고개를 숙이고 있었기 때문에 귀까지 푹 눌러 쓴 커다란 수병모의 그림자에 얼굴이 가려졌다. 제리는 마셜이 고개를 들기를 기다렸다. 쿨리들이 제리에게 빨리 움직이라고 소리쳤지만 찰리 마셜은 고집스럽게 고개를 숙인 채 적재 목록에 뭔가를 쓰거나 덧붙였고, 쿨리들에게 화를 내며 꽥꽥거렸다.

「마셜 기장, 나는 런던 신문 기자인데 리카르도에 대한 기사를 쓰고 있습니다.」 제리가 조용히 말했다. 「프놈펜까지 같이 타고 가면서 몇 가지 물어보고 싶은데요.」

그가 이렇게 말하면서 적재 목록에 『캉디드』를 조용히 올려놓았다. 조심스럽게 펼쳐진 백 달러짜리 지폐 세 장이 비죽 튀어나와 있었다. 새러트의 마술사들은 상대가 어떤 방향을 보게 만들려면 반대 방향을 가리키라고 한다.

「볼테르를 좋아한다고 들었소.」 그가 말했다.

「난 아무도 좋아하지 않아.」 찰리 마셜이 적재 목록을 보며 새된 가성으로 쏘아붙였다. 모자가 더욱 깊이 내려갔다. 「난 인간이 다 싫어, 듣고 있나?」 중국 억양이 있었지만 이 비난 어린 말투는 분명 프랑스계 미국인의 것이었다. 「세상에, 인간은 전부 다 싫어. 빨리 자폭하지 않으면 내가 〈내 손으로〉 직접 폭탄을 날려 줄 거야!」

그의 말을 듣던 사람은 이미 사라지고 없었다. 제리는 찰리 마셜이 연설을 끝내기도 전에 철제 사다리를 반쯤 올라갔다.

「빌어먹을 볼테르는 아무것도 몰랐어!」그가 옆에 선 쿨리에게 외쳤다. 「그 사람은 엉뚱한 싸움을 했다고, 알겠어? 얼른 거기 내려놓고 다음 짐 가져와, 이 게으름뱅이야! Dépêche-toi, crétin, oui(서둘러 멍청아, 알겠어)?」

마셜은 그렇게 말하면서도 볼테르의 책을 헐렁한 바지 뒷주머니에 넣었다.

비행기 안은 성당처럼 어둑하고 널찍하고 서늘했다. 좌석을 떼어 내고 조립 완구처럼 구멍 뚫린 초록색 선반을 벽에 달아 놓았다. 돼지와 뿔닭 사체들이 매달려 있었다. 나머지 화물은 꼬리 쪽에서부터 통로에 차곡차곡 쌓여 있었기 때문에 이륙할 때를 생각하니 예감이 좋지 않았다. 과일과 채소, 아까 제리가 보았던 군용 트럭의 마대 자루들이었는데 제일 무식한 마약 단속국 직원도 읽을 수 있도록 큰 글씨로 〈곡물〉, 〈쌀〉, 〈밀가루〉라고 적혀 있었다. 이미 비행기를 채우고 있던 이스트와 당밀의 끈적거리는 냄새는 라벨이 필요 없었다. 함께 비행기를 타고 갈 승객들이 앉을 수 있도록 자루 몇 개가 둥글게 놓여 있었다. 승객 중에서 중요한 인물은 엄숙한 표정의 중국인 두 명이었다. 형편없는 회색 옷을 입고 있었고, 두 사람의 꼭 닮은 모습과 점잖은 태도를 보아 제리는 무슨 전문가임을 바로 알아보았다. 가끔 분쟁 지역에 출입시켜 주었지만 고맙다는 말 한마디 없었던 폭발물 전문가와 무선 통신 담당자들이 떠올랐다. 두 사람의 옆에는 완전 무장을 갖춘 산악 부족 네 명이 조심스럽게 떨어져 앉아서 담배를 피우며 그릇에 든 무언가를 먹고 있었다. 제리는 메오족이나 찰리 마셜의 아버지가 군대를 거느리고 있는 북부 국경의 산 부족들 중 하나겠거니 추측했다. 편안한 태도로 보아 장기 고용된 것 같았다. 이들과 계급이 전혀 다른 사람도 앉아 있었다. 포병대 대령과 고위 세관원이었는데, 대령은 교통편과 호위대를 제공했고 세관원이 없으면 아무것도 할 수 없었다. 그들은 특별 제공된 통로 의자에 당당하게 기대어 앉아서 짐을 싣는 내내 자랑스럽게 지켜보았다. 이 의식 때문에 제일 좋은 제복을 차려입고 있었다.

승객이 한 명 더 있었는데, 꼬리 쪽에 쌓인 상자들 위에 혼자 숨어서 머리가 천장에 거의 닿을 지경이었다. 자세히는 보이지 않았다. 위스키를 한 병 가지고 있었는데 심지어 잔까지 있었다. 피델 카스트로 같은 모자를 쓰고 수염을 무성하게 길렀다. 시커먼 양쪽 팔에서 금팔찌가 반짝였는데, 당시에는 (당사자를 제외한 모두에게) CIA 팔찌라고 알려진 것이었다. 적진에 혼자 남겨졌을 때 하나씩 돈으로 바꾸면 안전한 지역으로 도망칠 수 있으리라는 생각 때문에 차고 다녔다. 그러나 잘 닦인 AK47 자동 소총의 총열 너머로 제리를 바라보는 그의 두 눈에는 흔들리지 않는 반짝임이 있었다. 〈노즈콘 너머로 나를 지

켜보고 있었군.〉 제리가 생각했다. 〈내가 창고에서 나온 순간부터 총구를 겨누고 있었어.〉

그는 순간적인 직감으로 중국인 두 명은 요리사구나, 생각했다. 〈요리사〉는 암흑가에서 화학자를 지칭하는 이름이었다. 켈러의 말에 따르면 아편 항공사들이 원료 공장을 프놈펜으로 옮겨 정제하기 시작했지만 요리사들에게 프놈펜으로 와서 봉쇄 상태에서 일해 달라고 설득하느라 진땀을 빼고 있었다.

「어이! 볼테르!」

제리가 얼른 발판 끝 쪽으로 갔다. 아래를 내려다보니 사다리 밑에 나이 많은 농민 부부가 서 있고 찰리 마셜이 노파를 철제 사다리 위로 밀어 올리며 돼지를 떼어 놓으려 애쓰고 있었다.

「노파가 올라가면 손을 내밀어서 끌어 올려, 알겠어?」 그가 돼지를 끌어안고 외쳤다. 「떨어져서 골반이라도 부러지면 시골 놈들이랑 관계가 곤란해질 거야. 당신 혹시 단속국의 정신 나간 영웅이야, 볼테르?」

「아니.」

「자, 꽉 잡아, 알겠지?」

노파가 사다리를 몇 단 오르더니 투덜거리기 시작했고, 찰리 마셜은 돼지를 팔로 안은 채 노파의 엉덩이를 탁 때리면서 중국어로 뭐라 외쳤다. 남편이 급히 뒤따라 올라왔고 제리가 두 사람을 모두 안전하게 끌어 올렸다.

마침내 찰리 마셜의 머리가 나타났다. 모자를 쓰고 있었지만 제리는 그 아래의 얼굴을 처음으로 볼 수 있었다. 해골 같은 갈색 얼굴, 졸린 듯한 중국인의 눈, 꽥꽥거릴 때마다 사방으로 뒤틀리는 커다란 프랑스인의 입. 그가 돼지를 밀어 올리자 제리가 몸부림치며 비명을 지르는 돼지를 잡아서 농민 부부에게 가져다주었다. 그런 다음 찰리가 하수구에서 올라오는 거미처럼 살집이 하나도 없는 몸으로 올라왔다. 그러자 세관원과 포병대 대령이 즉시 일어나 엉덩이를 털더니 재빨리 통로를 지나 카스트로 모자를 쓰고 포장 상자 위 그림자에 가려진 채 쪼그려 앉은 남자에게 다가갔다. 두 사람은 빵과 포도주를 제단으로 가져간 사람들처럼 얌전히 기다렸다.

팔찌들이 반짝이고 한쪽 팔이 한 번, 두 번 내려왔다. 경건한 침묵이 내려앉고 두 남자가 수많은 지폐를 신중하게 세었으며 모두가 지켜보았다. 두 사람은 거의 동시에 움직여 찰리 마셜이 적하 목록을 들고 기다리는 사다리로 갔다. 세관원이 서명하는 모습을 포병대 대령이 만족스럽게 지켜보았고, 그런 다음 두 사람은 인사를 하고 사다리 밑으로 사라졌다. 노즈콘이 흔들리며 거의 닫히자 찰리 마셜이 그것을 걷어차고 틈새를 멍석으로 가린 다음 짐 위로 얼른 올라가더니 조종석으로 이어지는 계단으로 들어갔다. 제리가 그를 따라 올라가서 부기장석에 앉아 말없이 긍정적인 생각만 하려고 애썼다.

〈5백 톤 과적이야. 기름도 새고. 무장 호위병을 태우고 있지. 이륙은 금지고, 착륙도 금지고, 프놈펜 공항에는 아마 버킹엄셔만 한 구멍이 나 있겠지. 크메르 루주의 소굴 위를 한 시간 반은 날아가야 안전지대가 나올 거고, 도착했을 때 누군가의 심기라도 불편하면 에이스 공작원 웨스터비는 팬티를 발목까지 내린 채 생아편 2백 부대랑 같이 잡히겠군.〉

「이런 거 몰 줄 알아?」 찰리 마셜이 한 줄로 늘어선 변색된 스위치들을 누르며 외쳤다. 「당신 혹시 하늘을 나는 용사라도 돼, 볼테르?」

「이런 건 다 싫어.」

「나도 그래.」

찰리 마셜이 파리채를 들어 앞 유리창에 앵앵거리며 날아다니던 커다란 금파리를 잡고 엔진을 하나씩 켜자 남루한 비행기가 런던 클래펌 힐로 돌아가는 마지막 버스처럼 전신을 덜컹거리며 마침내 움직였다. 무선 통신기가 지직거리자 찰리 마셜이 잠깐 손을 놓고 처음에는 크메르어로, 나중에는 항공계의 전통에 따라 영어로 관제탑에 거칠게 명령을 내렸다. 비행기는 포좌를 몇 개 지나쳐 활주로 끝을 향해 달렸다. 제리는 열정이 넘치는 포병이 대포를 쏘는 게 아닐까 잠시 생각했지만 곧 대령과 트럭들, 뇌물을 기억해 내고 마음을 놓았다. 금파리가 한

마리 더 등장하자 이번에는 제리가 파리채를 잡았다. 비행기는 속력을 전혀 내지 못하는 듯했지만 계기판의 절반은 0을 가리키고 있었기 때문에 확신할 수가 없었다. 활주로를 달리는 바퀴의 소음이 엔진 소리보다 더 크게 느껴졌다. 제리는 샘보의 운전기사가 학교에 태워다 줄 때가 생각났다. 웨스턴 고가를 통해 슬라우를 지나 마침내 이튼으로 이어지는 느릿느릿하고 피할 수 없는 길.

산악 부족 두 명이 앞으로 나와서 구경하며 깔깔거리고 웃었다. 야자 숲이 성큼 다가왔지만 비행기는 땅에 발을 굳게 붙이고 있었다. 찰리 마셜은 멍하니 스틱을 당겨 착륙 기어를 뺐다. 노즈가 정말로 들렸는지 알지 못했던 제리는 다시 학교와 멀리뛰기 경기를, 몸이 뜨는 것 같지 않지만 땅에 있는 것 같지도 않았던 느낌을 떠올렸다. 큰 움직임이 느껴지고 비행기의 아랫배가 나무를 베자 나뭇잎이 바스락거렸다. 찰리 마셜은 비행기에게 빌어먹을 하늘로 떠오르라고 소리를 질렀다. 비행기는 한참 동안 고도가 오르지 않고 산등성이를 향해 점점 올라가는 구불구불한 도로에서 조금 뜬 채 윙윙거렸다. 찰리 마셜이 담배에 불을 붙이는 동안 제리가 조종간을 대신 잡고 방향타의 생생한 저항을 느꼈다. 조종간을 다시 넘겨받은 찰리 마셜은 산맥의 가장 낮은 지점에서 완만한 비탈을 향해 비행기를 몰았다. 그는 방향을 유지하면서 비탈 꼭대기를 지나 완전한 원을 그렸다. 갈색 지붕들과 강과 공항이 내려다보였기 때문에 제리는 고도가 3백 미터 정도 된다고 추측했다. 찰리 마셜에게는 편안한 순항 고도였는지, 마침내 모자를 벗고 일을 멋지게 해낸 사람처럼 발치에 놓인 스카치위스키 병을 들어 크게 한 잔 따랐다. 그들 밑으로 황혼이 내려앉으면서 갈색 땅이 담자색으로 서서히 물들었다.

「고마워.」 제리가 병을 받으며 말했다. 「그래, 나도 마셔야겠군.」

제리가 가벼운 잡담을 시작했다 — 크게 소리치는 것도 가볍다고 말할 수 있다면 말이다.

「크메르 루주가 공항 무기고를 날렸대!」 그가 고함쳤다. 「이착륙 모두 금지야.」

「그래?」 찰리 마셜은 제리와 만난 이후 처음으로 기분 좋으면서도 놀라 보였다.

「당신 리카르도랑 무척 친했다고 하던데.」

「우리는 뭐든지 폭파하면서 다녔지. 인류의 절반은 이미 우리가 죽였어. 산 사람보다 죽은 사람을 더 많이 봤어. 라오스의 항아리 평야, 다낭, 아주 대단한 영웅이었으니 우리가 죽으면 예수 그리스도가 직접 헬기를 타고 와서 정글에서 낚아 올릴 거야.」

「릭이 사업을 아주 잘했다더군!」

「물론! 최고였지! 우리가, 릭이랑 내가 해외에 회사를

몇 개나 가지고 있었는지 알아? 여섯 개야. 리히텐슈타인
에는 재단, 제네바에는 주식회사, 네덜란드령 앤틸리스
제도에는 은행 지점장이 있었지, 변호사들도 있었고 말
이야. 나한테 지금 얼마 있는지 알아?」 그가 뒷주머니를
툭 쳤다. 「딱 3백 달러야. 찰리 마셜과 리카르도는 빌어
먹을 인류의 절반을 같이 죽였지. 하지만 아무도 돈 한
푼 안 줬어. 우리 아버지는 나머지 절반을 죽이고 돈을
잔뜩, 아주 〈잔뜩〉 벌었지. 리카르도에게는 항상 정신 나
간 계획이 있었어, 항상 말이야. 탄피. 세상에. 우리는 시
골뜨기들한테 아시아의 탄피를 전부 모아 오면 돈을 준
다고 했어, 다음 전쟁 때 팔려고!」 노즈콘이 내려가자 그
가 프랑스어로 욕을 하며 다시 올렸다. 「라텍스! 우린 캄
퐁참에서 라텍스를 전부 훔쳤어! 캄퐁참에도 자주 갔어,
적십자 마크가 달린 커다란 헬기로 말이야. 가서 뭘 했냐
고? 빌어먹을 부상자들을 데리고 나왔지. 가만히 있어,
이 미친 새끼야, 알아들어?」 그가 다시 비행기에게 말했
다. 제리는 노즈콘에 총알 자국이 일렬로 나 있고 제대로
수리가 되지 않았음을 알아차렸다. 〈절취선.〉 말도 안 되
는 생각이 떠올랐다. 「인모(人毛). 우리는 인모로 백만장
자가 될 예정이었어. 시골 여자들은 다들 머리를 길렀으
니까 우리는 그걸 잘라서 방콕으로 가져가 가발을 만들
기로 했거든.」

　「리카르도가 인도차터에서 다시 비행을 할 수 있도록

빚을 전부 갚아 준 사람이 누구였지?」

「아무도 없어!」

「누가 드레이크 코였다고 하던데.」

「드레이크 코라니, 들어 본 적도 없어. 나는 죽기 직전
에 어머니랑 아버지한테 그렇게 말할 거야. 사생아 찰리,
장군의 아들 찰리는 평생 드레이크 코에 대해서 들어 본
적도 없다고.」

「리카르도가 무슨 특별한 일을 했기에 코가 빚을 다
갚아 줬지?」

찰리 마셜이 위스키를 병째 마신 다음 제리에게 넘겨
주었다. 그의 비쩍 마른 손은 스틱을 잡지 않을 때면 심
하게 떨렸고, 콧물이 계속 흘렀다. 제리는 찰리가 하루에
몇 번이나 아편을 할까, 생각했다. 그는 한때 루앙프라방
의 〈파이드 누아르〉[13] 코르시카인 호텔 지배인을 알았는
데, 그는 60번은 해야 하루 일을 제대로 할 수 있었다.
〈마셜 기장은 오전에는 비행을 하지 않습니다.〉 그가 생
각했다.

「미국인들은 항상 서두르지.」 찰리 마셜이 고개를 저
으며 불평했다. 「우리가 지금 이걸 왜 프놈펜으로 운반해
야 하는지 알아? 다들 초조하거든. 요즘엔 다들 빠르게
주사로 맞고 싶어해. 아무도 연초로 피울 시간이 없어.

13 알제리가 프랑스 식민지였던 시절 유럽에서 태어나 알제리에 살
던 유럽인을 가리키는 말.

다들 빨리 기분이 좋아지고 싶거든. 인류를 죽이려면 시간을 들여야 해, 내 말 듣고 있어?」

제리가 다시 시험해 보았다. 엔진 네 개 중 하나가 꺼졌지만 또 하나는 소음기가 망가진 것처럼 굉음을 냈다. 그래서 더욱 크게 소리를 질러야 했다.

「리카르도가 뭘 했기에 그렇게 큰돈을 받았지?」 그가 다시 물었다.

「잘 들어, 볼테르, 알겠어? 난 정치가 싫어, 난 평범한 아편 밀수업자야, 알아? 정치가 좋으면 저 밑에 내려가서 미친 산족이랑 얘기해. 〈정치는 먹지도 못하고 같이 잘 수도 없고 피울 수도 없지.〉 그 사람이 우리 아버지한테 한 말이야.」

「누가?」

「드레이크 코가 아버지한테 말했고, 아버지가 나한테 말했고, 내가 전 인류에게 말했지! 드레이크 코는 대단한 철학자야, 알겠어?」

비행기가 무슨 이유에선지 꾸준히 내려가기 시작하더니 이제 논까지 60미터 정도밖에 되지 않았다. 마을이 하나 보였다. 밥을 짓는 불이 타오르고 어떤 형체들이 숲을 향해 미친 듯이 달렸다. 제리는 찰리 마셜이 과연 보고 있을까 진심으로 궁금했다. 그러나 마셜은 인내심 많은 기수처럼 충돌 적전에 조종간을 잡아당기고 몸을 기울여 마침내 말의 고개를 들게 했고, 두 사람 모두 위스키를 더 마셨다.

「그 사람 잘 알아?」

「누구?」

「코.」

「평생 한 번도 만난 적 없어, 볼테르. 드레이크 코에 대해서 얘기하고 싶으면 우리 아버지한테 가서 물어봐. 당신 목을 따버리실 거야.」

「티우는? 말해 봐, 돼지를 가지고 탄 부부는 누구지?」 제리가 대화를 계속하려고 고함을 쳤고, 찰리는 병을 다시 들어서 한 번 더 마셨다.

「하우족이야, 치앙마이에서 왔지. 프놈펜에 사는 망나니 아들을 걱정해. 아들도 배가 고플 줄 알고 돼지를 가져가는 거야.」

「그래서, 티우는?」

「티우 씨는 들어 본 적도 없군, 내 말 들려?」

「리카르도가 3개월 전에 치앙마이에서 목격됐어.」 제리가 소리를 질렀다.

「그래, 뭐 릭은 빌어먹을 바보니까.」 찰리 마셜이 감정을 실어 말했다. 「릭은 치앙마이에 가면 안 돼, 가면 누가 바로 총을 쏴서 죽일 거야. 죽어 자빠진 사람은 누구든 빌어먹을 입을 다물고 있어야 한다고, 내 말 들려? 내가 말했지. 〈릭, 넌 내 파트너야. 빌어먹을 입 좀 다물고 눈에 띄지 마, 아니면 어떤 사람들은 너한테 진짜로 화를 낼 거야.)」

비행기가 비구름 속으로 들어가자 즉시 고도가 떨어지기 시작했다. 비가 철제 데크 위를 달려 창문 안으로 떨어졌다. 찰리 마셜이 스위치를 몇 개 올리고 내리자 제어판에서 삑 소리가 울리더니 핀 라이트 몇 개가 들어왔고, 아무리 욕을 해도 꺼지지 않았다. 비행기가 다시 올라가서 제리는 깜짝 놀랐지만, 질주하는 구름 속에서 각도를 제대로 계산했을까 싶었다. 그가 뒤를 살피려고 돌아보자 마침 피델 카스트로 모자를 쓰고 수염이 덥수룩하고 살갗이 거무스름한 형체가 AK47 총열을 잡고 객실 사다리를 내려오고 있었다. 비행기는 계속 올라갔고, 비가 그치고 밤이 그들을 감싸자 마치 다른 나라 같았다. 별들이 갑자기 나타났고, 달빛을 받은 구름의 균열 위에서 비행기가 덜컹거렸다. 비행기가 다시 위로 올라가자 구름이 아예 사라졌고, 찰리 마셜이 모자를 다시 쓰더니 우현 엔진 두 개가 다 멈췄다고 말했다. 잠시 고요해지자 제리가 제일 말도 안 되는 질문을 했다.

「그래서, 리카르도는 지금 어디 있지? 그를 찾아야 해. 리카르도랑 대화를 하겠다고 신문사에다가 약속했어. 실망시킬 순 없잖아, 안 그래?」

찰리 마셜의 졸린 눈이 거의 감겼다. 그는 반쯤 정신이 나간 채 좌석에 머리를 기대고 있었고 모자챙이 코까지 내려왔다.

「뭐라고, 볼테르? 무슨 말 했나?」

「리카르도는 지금 어디 있지?」

「릭?」 찰리 마셜이 의아한 듯 제리를 흘끔거리며 다시 말했다. 「리카르도가 어디 있냐고, 볼테르?」

「그래. 어디 있지? 그와 얘기를 좀 하고 싶은데. 그래서 3백 달러를 준 거야. 자네가 시간을 내서 소개를 해준다면 5백 달러 더 주지.」

갑자기 생기를 되찾은 찰리 마셜이 『캉디드』를 꺼내서 제리의 무릎에 탁 내려놓고 불같이 화를 냈다.

「리카르도가 어디 있는지 절대 몰라, 알겠어? 난 친구 따위 한 번도 원한 적 없어. 미친놈의 리카르도를 보면 길거리에서 그놈 불알을 쏴버릴 거라고, 알아? 걘 죽었어. 그러니까 죽을 때까지 죽어 있으면 돼. 그놈은 누구에게든 자기가 죽었다고 말해. 그러니까 난 평생 처음으로 그놈 말을 믿을 거야!」

그가 화를 내면서 구름 속으로 비행기를 몰았고, 프놈펜 포병대의 느릿느릿한 발사광을 향해 하강하다가 제리에게는 칠흑 같이 느껴지는 어둠 속에서 삼점 착륙[14]을 완벽하게 해냈다. 그는 지상 방위군이 기관총을 쏘기를, 또 거대한 폭탄 구멍으로 뚝 떨어지면서 구역질이 나기를 기다렸지만 그의 눈앞에 갑자기 펼쳐진 것은 진흙을 채운 익숙한 탄약 상자로 포장한 길이었다. 그것은 어스

14 세 개의 바퀴가 동시에 지상에 닿는 이상적인 착륙법.

름한 불빛을 받으며 팔을 벌리고 그들을 맞이하려고 기다리고 있었다. 비행기가 그것을 향해 달릴 때 갈색 지프가 그들 앞에 서더니 플래시를 손으로 껐다 켰다 하는 것처럼 초록색 불빛을 깜빡였다. 비행기가 풀 위를 달렸다. 포장 바로 옆에 초록색 트럭 한 쌍과 옹기종기 모여 그들을 걱정스럽게 바라보는 형체들이 보였고, 그들 뒤로 쌍발 경비행기의 검은 그림자가 있었다. 비행기가 멈추는 동시에 노즈콘이 끼익 열리는 소리가 들렸고, 뒤이어 철계단을 타닥타닥 오르는 발소리, 재빨리 부르고 대답하는 목소리들이 들렸다. 승객들이 너무 빨리 떠나서 제리는 깜짝 놀랐다. 그때 그의 피를 차게 식히는 다른 소리가 들리자 제리가 계단을 달려 객실로 내려갔다.

「리카르도!」그가 외쳤다. 「멈춰! 리카르도!」

그러나 남은 승객은 돼지와 짐을 붙잡고 있는 노부부뿐이었다. 그가 철제 사다리를 잡고 뛰어내렸고 아스팔트에 착지하면서 척추가 흔들렸다. 지프는 중국인 요리사들과 산족 경호원들을 데리고 이미 떠났다. 달리는 제리의 눈에 비행장 근처 열린 문을 향해 달려가는 지프가 보였다. 차는 문을 통과했고, 보초 두 명이 문을 닫고 원래 위치로 돌아갔다. 그의 뒤에서 헬멧을 쓴 관제원이 이미 카베어 비행기를 향해 몰려들고 있었다. 경찰을 가득 태운 트럭 두 대가 이 장면을 지켜보았다. 제리 내면의 멍청한 서양인은 잠깐 그들이 뭔가를 제지하지 않을까 생각할 뻔 했지만 이내 그들이 3톤짜리 아편을 위해 준비된 프놈펜의 의장병임을 깨달았다. 그 와중에도 제리는 하나의 형체만을 주시하고 있었다. 바로 피델 카스트로 모자를 쓰고 AK47 소총을 든 키가 크고 수염이 무성한 남자였다. 그 남자가 고무 밑창이 달린 부츠를 신고 철제 사다리를 절룩거리며 내려올 때 강약을 반복하는 북소리 같은 것이 들렸다. 제리가 그를 정면으로 보았다. 작은 비치크래프트의 문이 그를 위해 열려 있었고, 지상 승무원 두 명이 그가 비행기에 오르는 것을 도우려고 자세를 잡고 있었다. 남자가 도착하자 지상 승무원이 소총을 받으려고 손을 뻗었지만 리카르도가 물러나라고 손짓했다. 그는 돌아서서 제리를 찾고 있었다. 잠시 그들은 서로를 보았다. 제리는 엎드렸고 리카르도는 총을 들었다. 20초 동안 제리가 태어났을 때부터 지금 이 순간까지 자신의 삶을 돌아보는 사이 전투로 엉망이 된 이착륙장에 총알 몇 개가 핑 하며 허공을 찢었다. 제리가 다시 고개를 들어 보니 사격은 이미 멈췄고 리카르도는 비행기에 올랐으며 그를 돕던 사람들이 굄목을 치우고 있었다. 소형 비행기가 섬광 가운데 상승할 때, 제리는 누군가 그의 존재가 방해가 된다고 생각하기 전에 얼른 주변에서 가장 어두운 부분으로 미친 듯이 달려갔다.

〈연인들 사이의 말다툼 같은 거야.〉 그가 택시에 앉아서 양손으로 머리를 감싸고 심하게 뛰는 가슴을 가라앉히려고 애쓰며 스스로에게 말했다. 리지 워딩턴의 옛 남자랑 노닥거리려면 이렇게 될 수밖에 없지.

어딘가에 로켓탄이 떨어졌지만 제리는 전혀 신경 쓰지 않았다.

그는 찰리 마셜에게 두 시간을 주었지만, 한 시간도 넉넉하다고 생각했다. 통금 시간이 지났지만 그날의 위기는 어둠과 함께 끝나지 않았다. 프놈 호텔까지 내내 검문이 있었고 보초병들이 자동 권총을 사격 자세로 들고 있었다. 광장에서 두 남자가 모여든 군중 앞에서 횃불 불빛을 받으며 서로에게 소리를 지르고 있었다. 대로를 따라 더 가자 군대가 어떤 집에 투광 조명을 비춘 다음 주변을 둘러싸고 벽에 기대어 총을 만지작거리고 있었다. 운전사는 그 집에서 비밀경찰이 누군가를 체포했다고 말했다. 대령과 부하들이 아직 범인과 함께 집 안에 있었다. 호텔 안뜰에 장갑차들이 세워져 있었고, 제리가 방으로 갔더니 루크가 침대에 누워서 만족스럽게 술을 마시고 있었다.

「물 나와?」제리가 물었다.

「으응.」

그는 목욕탕에서 물을 틀고 옷을 벗다가 발터를 기억해 냈다.

「송고했어?」제리가 물었다.

「으응.」 루크가 다시 말했다. 「너도 했어.」

「하하.」

「켈러한테 부탁해서 네 이름으로 스텁시한테 전보를 보냈어.」

「공항 기사 말이야?」

루크가 그에게 오려 낸 페이지를 건넸다. 「웨스터비 특유의 어조를 더했지. 묘지에 꽃봉오리가 피었다, 뭐 그런 거 말이야. 스텁시는 널 아주 좋아해.」

「음, 고마워.」

제리는 욕실에서 반창고로 붙인 발터를 떼어 내 손이 쉽게 닿는 재킷 주머니에 넣었다.

「오늘 밤에 우리 어디 가?」 닫힌 문 너머에서 루크가 외쳤다.

「아무 데도 안 가.」

「그게 대체 무슨 소리야?」

「약속이 있어.」

「여자랑?」

「응.」

「루키도 데려가. 셋이서 침대에 같이 들어가자.」

제리가 미지근한 물에 기분 좋게 몸을 담갔다. 「안 돼.」

「그 여자한테 전화해. 루키를 위해서 여자 하나만 더 데려오라고 해. 참, 아래층에 샌타바버라에서 온 그 여자 있던데. 난 까다롭지 않아. 그 여자를 데려가지 뭐.」

「안 돼.」

「도대체 왜 그래?」 이제 루크가 진지하게 외쳤다. 「왜 안 된다는 거야?」 그가 잠긴 문 바로 앞까지 와서 항의했다.

「루크, 나한테 들러붙지 마.」 제리가 충고했다. 「진짜로. 난 널 좋아하지만 네가 내 전부는 아니야, 알겠어? 그러니까 조금 떨어져.」

「기분이 많이 안 좋은가 봐, 응?」 긴 침묵. 「엉덩이에 총알이나 맞지 마, 오늘 밤은 분위기가 험악하니까.」

제리가 방으로 돌아와 보니 루크는 태아같이 몸을 웅크리고 누워서 벽을 보며 술을 마시고 있었다.

「네가 여자보다 골치 아픈 거 알지.」 제리가 문 앞에서 잠시 멈춰 루크를 돌아보며 말했다.

나중에 그런 일이 없었더라면 이 유치한 대화는 두 번 다시 떠오르지 않았을 것이다.

제리는 이번에는 초인종을 굳이 울리지 않고 담을 넘다가 꼭대기에 박아 둔 깨진 유리 조각에 손을 긁혔다. 그는 현관으로 가지도 않았고, 계단에 서 있는 갈색 다리를 지켜보는 절차도 거치지 않았다. 그 대신 제리는 떨어질 때 났던 묵직한 쿵 소리가 사라지고 달을 배경으로 우뚝 솟은 커다란 빌라로부터 인기척을 눈과 귀로 포착할 수 있을 때까지 정원에 서서 기다렸다.

자동차 한 대가 전조등도 켜지 않은 채 다가왔고 두 사람이 내렸다. 키와 조용한 분위기를 보니 캄보디아인 같았다. 그들은 대문에서 초인종을 누르고 현관문 문틈으로 마법의 암호를 중얼거리더니 즉시, 소리도 없이 들어갔다. 제리는 빌라 구조를 가늠해 보려 애썼다. 집 앞쪽에서도 그가 서 있는 정원에서도 비밀을 드러내는 아무 냄새도 나지 않아서 의아했다. 바람도 없었다. 커다란 아편굴은 비밀 유지가 필수적이었지만, 법률이 가혹해서가 아니라 뇌물이 가혹해서였다. 빌라는 2층 건물이었고 굴뚝과 안뜰이 있었다. 프랑스 〈콜롱〉[15]이 현지처랑 혼혈 아이와 작은 가정을 꾸리며 편안하게 살기 좋은 곳이었다. 준비하는 장소는 부엌이 틀림없다. 가장 안전하게 아편을 할 수 있는 곳은 분명 안뜰이 내려다보이는 2층 방들일 것이다. 현관에서는 아무런 냄새도 나지 않았으므로 제리는 그들이 건물 날개나 앞쪽이 아니라 안뜰 뒤쪽에서 하고 있으리라 생각했다.

그는 소리 없이 걸어가 건물 뒤쪽 경계를 표시하는 말뚝 울타리에 다다랐다. 꽃과 덩굴식물이 무성했다. 창살달린 창문이 사슴 가죽 부츠를 신은 제리의 첫 번째 발판이 되어 주었고, 두 번째는 우수관, 세 번째는 높이 달린 환기팬이었다. 위층 발코니로 기어 올라간 제리는 예상했던 냄새를 맡았다. 따뜻하고 달콤하고 유혹적인 향. 발

15 프랑스어로 〈본국 출신으로 식민지에 사는 사람〉을 가리키는 말.

183

코니에도 불빛은 없었지만 달빛만으로도 그곳에 쭈그리고 앉아 있던 캄보디아 여자 두 명이 잘 보였고, 하늘에서 갑자기 나타난 그에게 고정된 그들의 눈은 겁에 질려 있었다. 제리는 손짓으로 두 사람을 일으켜 앞세우고 냄새를 따라갔다. 폭격이 멈추고 도마뱀붙이가 밤을 독차지했다. 제리는 캄보디아인들이 도마뱀붙이 우는 횟수에 따라 점을 친다는 기억이 떠올랐다. 내일은 운이 좋다, 내일은 안 좋다. 내일 신붓감을 데려온다, 그다음 날 데려온다. 두 여자는 무척 어렸고 손님의 부름을 기다리고 있었을 것이다. 그들이 골풀로 만든 문 앞에서 망설이며 곤란한 듯 그를 돌아보았다. 제리가 신호를 보내자 두 사람이 여러 겹의 멍석을 젖혔고, 그러자 촛불 불빛보다 약한 빛이 발코니를 비추었다. 제리는 여전히 여자들을 앞세운 채 안으로 들어갔다.

원래 주인의 침실이었음이 분명한 이 방은 더 작은 두 번째 방과 연결되어 있었다. 제리는 한 여자의 어깨에 손을 얹었다. 다른 여자는 순순히 따라왔다. 첫 번째 방에는 손님 열두 명이 누워 있었는데, 전부 남자였다. 여자 몇 명이 사이사이에 누워서 뭐라고 속삭였다. 맨발의 쿨리들이 기대어 누운 손님들에게 차례차례 조심스럽게 다가가 보살폈다. 작은 정제를 바늘로 찔러 불을 붙인 다음 파이프 대통 위에 들고 있으면 손님이 길게 한 모금 빨았고, 그러면 정제가 타올랐다. 느릿하고 작은 목소리로 나누는 대화는 친밀했고, 부드럽게 퍼지는 만족스러운 웃음에 대화가 가끔 끊겼다. 제리는 참사관의 디너파티에서 보았던 교활한 스위스인을 알아보았다. 그는 뚱뚱한 캄보디아인과 잡담을 나누고 있었다. 아무도 제리에게 관심이 없었다. 리지 워딩턴의 아파트 건물에서 난초 꽃다발이 그랬던 것처럼 두 여자가 그의 신원을 보증했다.

「찰리 마셜.」 제리가 조용히 말했다. 쿨리 하나가 옆방을 가리켰다. 제리가 놓아주자 두 여자는 미끄러지듯 사라졌다. 두 번째 방은 더 작았다. 마셜은 구석에 누워 있었고 세련된 〈치파오〉 차림의 중국 여자가 그의 위로 몸을 구부려 파이프를 준비하고 있었다. 제리는 그녀가 이 집 딸이라고, 찰리 마셜은 단골인 동시에 공급자이기 때문에 특별 대우를 받고 있다고 짐작했다. 제리가 찰리의 맞은편에 무릎을 꿇었다. 노인이 문 앞에 서서 지켜보고 있었다. 여자도 파이프를 그대로 든 채 지켜보았다.

「원하는 게 뭐야, 볼테르? 왜 나를 가만 놔두지 않아?」

「잠깐만 걷지. 그런 다음 돌아오면 되잖아.」

제리가 그의 팔을 잡고 부드럽게 일으키자 여자가 도왔다.

「얼마나 했지?」 제리가 여자에게 물었다. 그녀가 손가락 세 개를 들었다.

「평소에 얼마나 하지?」 그가 물었다.

그녀가 미소를 지으며 고개를 숙였다. 훨씬 더 많이 한다는 뜻이었다.

찰리 마셜은 처음에는 후들거리며 걸었지만 발코니에 도착하자 실랑이를 하려 들어서 제리가 그를 화재 현장의 피해자처럼 번쩍 들고 나무 계단을 내려간 다음 안뜰을 가로질렀다. 노인이 현관문 앞에서 예의 바르게 고개를 숙여 인사했고 쿨리가 싱긋 웃으며 거리로 나가는 대문을 잡아 주었다. 둘 다 기지를 발휘한 제리에게 무척 고마워하는 것이 분명했다. 45미터쯤 갔을 때 중국인 남자 두 명이 소리를 지르고 작은 노 같은 막대를 휘두르며 달려왔다. 제리는 찰리 마셜을 똑바로 세운 다음 왼손으로 단단히 붙잡고서 첫 번째 남자가 먼저 때리기를 기다렸다가 노를 비틀었고, 힘을 반쯤 뺀 채 주먹으로 눈 바로 밑을 쳤다. 남자가 도망쳤고 친구가 그 뒤를 따랐다. 제리는 찰리 마셜을 붙잡고 계속 걷다가 강가의 짙은 어둠에 도착하자 메마른 풀이 난 비탈진 강둑에 꼭두각시 인형처럼 앉혔다.

「내 머리를 쏠 거야, 볼테르?」

「그건 아편한테 맡겨 두지.」 제리가 말했다.

제리는 찰리 마셜이 좋았고, 다른 세상이었다면 기꺼이 〈퓌므리〉[16]에서 하룻밤을 같이 보내면서 그의 비참하고도 놀라운 인생 이야기를 들었을 것이다. 그러나 지금

16 프랑스어로 〈아편굴〉이라는 뜻.

186

은 찰리가 텅 빈 머리로 도망가야겠다는 생각을 하지 못하도록 그의 가느다란 팔을 무자비하게 꽉 잡고 있었다. 찰리는 절박한 상황이 닥치면 아주 빨리 달릴 수 있을 거라는 느낌이 들었기 때문이다. 그래서 제리는 펫의 집에 있던 마의 산 같은 물건들 옆에서 빈둥거릴 때처럼 반쯤 누워서 똑바로 누워 있는 찰리 마셜의 손목을 왼쪽 엉덩이와 팔꿈치로 진흙 바닥에 대고 꽉 눌렀다. 약 10미터 아래의 강물에 달빛이 만든 금빛 길로부터 길쭉한 나뭇잎처럼 떠다니는 삼판들의 중얼거림이 들려왔다. 지루해진 포병대 사령관이 자신의 존재를 정당화하려는지 하늘에서 — 가끔은 앞쪽, 가끔은 뒤쪽에서 — 가끔 포탄의 섬광이 들쑥날쑥하게 번쩍였다. 이따금 훨씬 더 가까이에서 대응 사격 하는 크메르 루주의 더욱 가볍고 날카로운 총소리도 들렸다. 그러나 이 모두 도마뱀붙이의 울음소리 사이사이에 들리는 막간극에 불과했고, 그런 다음에는 더욱 큰 침묵이 내려앉았다. 달빛 속에서 제리는 자기 손목시계를, 그다음에는 정신 나간 얼굴을 보면서 찰리 마셜의 갈망이 어느 정도인지 계산해 보려 했다. 아기에게 젖 먹일 시간을 재는 것처럼 말이지. 그가 생각했다. 찰리 마셜이 보통 밤에 아편을 피우고 아침에 잔다면 분명 금방 허기가 찾아올 것이다. 얼굴을 흠뻑 적신 땀은 이미 정상이 아니었다. 커다란 땀구멍에서, 잔뜩 긴장한 눈에서, 킁킁거리는 코에서 액체가 흘러내렸다. 체액은 깊이 팬 주름을 따라 촘촘하게 흘러내려 움푹 팬 곳에 모였다.

「세상에, 볼테르. 리카르도는 내 친구야. 걘 대단한 철학이 있어. 너도 개가 말하는 걸 들어 봐야 해, 볼테르. 개 생각을 들어 봐야 해.」

「그래.」 제리가 동의했다. 「듣고 싶어.」

찰리 마셜이 제리의 손을 잡았다.

「볼테르, 다 좋은 사람들이야, 알겠어? 티우 씨…… 드레이크 코. 다들 아무도 해치고 싶어 하지 않아. 사업을 하고 싶은 거야. 팔 물건이 있고, 그걸 살 사람들이 있지! 서비스라고! 누구의 밥그릇도 깨지 않아. 그걸 왜 망치려는 거야? 너도 좋은 사람이잖아. 내가 봤어. 그 노인의 돼지를 옮겨 줬어, 맞지? 동양인의 돼지를 들어 주는 서양인을 누가 본 적이나 있겠어? 하지만 볼테르, 내 입을 억지로 열게 만들면 그 사람들이 너를 죽일 거야. 왜냐하면 티우 씨는 사무적이고 아주 철학적인 신사거든, 내 말 알겠어? 그 사람들은 〈나〉를 죽이고, 〈리카르도〉를 죽이고, 〈너〉를 죽이고, 전 인류를 죽일 거야!」

대포가 일제 사격을 시작했고, 이번에는 정글에서 미사일을 여섯 발쯤 일제히 쏘는 것으로 응대했다. 미사일이 투석기에서 날아가는 바위처럼 쉬익 소리를 내며 머리 위로 날아갔다. 잠시 후 시내 중심부 어딘가에서 폭발음이 들렸다. 그런 다음에는 아무 소리도 나지 않았다.

구슬픈 소방차 소리도, 구급차의 사이렌 소리도 없었다.

「〈리카르도〉를 왜 죽인다는 거지?」 제리가 물었다. 「〈리카르도〉가 무슨 잘못을 했는데?」

「볼테르! 리카르도는 내 친구야! 드레이크 코는 아버지의 친구고! 두 사람은 형제나 마찬가지야, 250년쯤 전에 상하이에서 끔찍한 전쟁을 같이 치렀다고, 알겠어? 내가 아버지에게 가서 말했지. 〈아버지, 저를 한 번쯤은 사랑해 주셔야죠. 이제 저를 혼혈 자식이라고 부르는 건 그만두세요. 아버지 친구인 드레이크 코에게 리카르도를 자유롭게 해달라고 말해 주세요.《드레이크 코, 리카르도랑 내 아들 찰리는 자네랑 나와 마찬가지야. 우리처럼 형제나 다름없어. 오클라호마에서 비행을 같이 배웠고, 같이 인류를 죽였어. 아주 사이좋은 친구야. 그렇고말고》이렇게 말이에요.〉 아버지는 날 정말 미워해, 알겠어?」

「그래.」

「하지만 그래도 드레이크 코에게 긴 편지를 보내셨어.」

찰리 마셜은 자기의 작은 가슴으로는 몸에 필요한 공기를 충분히 담지 못한다는 듯 계속 숨을 들이마셨다. 「리지. 대단한 여자야. 리지, 그녀가 드레이크 코를 직접 찾아갔지. 그것도 아주 개인적으로 말이야. 리지가 말했어. 〈코 씨, 리카르도를 자유롭게 해주셔야 해요.〉 아주 미묘한 상황이었어, 볼테르. 우린 서로를 꽉 붙들어야 해,

아니면 엄청나게 높은 산꼭대기에서 떨어질지도 몰라, 알겠어? 볼테르, 날 보내 줘. 이렇게 빌게! 정말로 싹싹 빌게, *Je m'abîme*(〈난 끝장이야〉). 알겠어? 내가 아는 건 이게 전부야!」

제리는 그를 보면서, 약에 취한 고함 소리를 들으면서, 좌절했다가 기운을 되찾았다가 또다시 무너졌다가 전보다 덜 기운을 되찾는 모습을 보면서, 친구가 마지막으로 괴로워하며 몸부림치는 모습을 목격하는 기분이었다. 그의 본능은 찰리를 천천히 구슬려서 이야기를 술술 털어놓게 하라고 말했다. 그러나 중독자가 쓰러질 때까지 시간이 얼마나 남았는지 모른다는 딜레마가 있었다. 그는 질문을 했지만 찰리는 종종 듣지 못하는 것 같았다. 어떨 때는 제리가 묻지도 않은 질문에 대답하기도 했고, 가끔은 반응이 지연되어서 제리가 한참 전에 포기한 질문에 대답했다. 새러트 심문관들의 말에 따르면 무너진 사람은 당신의 사랑을 얻기 위해 가지고 있지도 않은 돈을 지불하기 때문에 위험하다. 그러나 이 귀중한 시간 내내 찰리는 아무것도 지불하지 않았다.

「드레이크 코는 평생 비엔티안에 한 번도 안 가봤어!」 찰리가 갑자기 외쳤다. 「미쳤군, 볼테르! 코 같은 거물이 작고 더러운 아시아 마을에 신경이나 쓸 것 같아? 드레이크 코는 대단한 철학자라고, 볼테르! 신중하게 지켜봐야 해!」 모두가 — 또는, 찰리만 빼고 모두가 — 철학자인 것 같았다. 「비엔티안에서는 코의 이름을 들어 본 사람도 없어! 내 말 들려, 볼테르?」

　조금 뒤, 찰리 마셜은 엉엉 울면서 제리의 손을 잡고 그에게도 아버지가 있었냐고 물었다.

　「그래, 있었지.」 제리가 인내심을 발휘하며 말했다. 「우리 아버지도 장군 비슷한 거였어.」

　강 위에서 하얀 불꽃 두 개가 대낮처럼 환한 빛을 내자 찰리는 비엔티안에서 같이 고생했던 옛 시절이 떠올랐다. 그는 허리를 펴고 똑바로 앉아서 진흙에 집을 하나 그렸다. 리지와 릭과 찰리 마셜이 살던 곳이라고 그가 당당하게 말했다. 마을 끝자락에 위치한, 벼룩이 득시글거리고 다 쓰러져 가는 오두막, 너무 불결해서 도마뱀붙이도 병에 걸리는 집. 릭과 리지가 로열 스위트를, 즉 벼룩이 득시글거리는 오두막의 유일한 방을 썼다. 찰리의 일은 두 사람을 방해하지 않고, 집세를 내고, 술을 가져오는 것이었다. 찰리가 경제적으로 끔찍하게 고생한 기억을 떠올리며 갑자기 다시 눈물을 터뜨렸다.

　「그래서, 뭐 해서 먹고살았어?」 제리가 아무런 기대도 없이 물었다. 「말해 봐. 이제 다 지난 일이잖아. 뭐 해서 먹고살았어?」

　찰리는 계속 눈물을 흘리며 자신이 사랑하고 존경했던 아버지가 매달 주는 용돈을 받았다고 고백했다.

「정신 나간 리지가 말이야.」 찰리가 슬퍼하며 말했다. 「정신 나간 리지가 멜론을 위해서 홍콩을 오가는 일을 했어.」

제리는 침착함을 유지하며 찰리가 자신이 하던 이야기에서 벗어나지 않도록 애를 썼다.

「〈멜론.〉 멜론이 누구지?」 그가 물었다. 그러나 부드러운 말투 때문에 찰리는 졸음이 몰려왔고, 진흙에 그린 집에 굴뚝과 연기를 덧그리며 놀기 시작했다.

「제길, 말 좀 해봐! 〈멜론, 멜론!〉」 제리가 깜짝 놀라게 해서 대답을 끌어내려고 찰리의 얼굴에 대고 소리를 쳤다. 「〈멜론〉 말이야, 약에 취한 폐인 같으니라고! 홍콩에 갔다며!」 그는 찰리를 일으켜 헝겊 인형처럼 흔들었지만 대답은 한참을 더 흔든 다음에야 나왔다. 찰리 마셜은 정신 나간 백인 창녀를 사랑하는 것이, 정말로 사랑하지만 단 하룻밤도 절대 가질 수 없다는 것이 어떤 기분인지 제발 알아 달라고 제리에게 애원한 다음에야 대답했다.

멜론은 기분 나쁜 영국 상인으로, 그가 무슨 일을 하는지 아무도 몰랐다. 이런저런 일을 조금씩 했겠지. 찰리가 말했다. 사람들은 그를 무서워했다. 멜론은 리지를 대대적인 헤로인 장사에 끼워 줄 수 있다고 말했다. 멜론이 그녀에게 말했다. 「당신 여권에 당신 몸이면 공주처럼 홍콩을 드나들 수 있지.」

녹초가 된 찰리가 땅바닥에 풀썩 쓰러지더니 진흙 집

앞에 몸을 웅크렸다. 제리는 그의 옆에 쪼그리고 앉아서 주먹으로 찰리의 뒷덜미 옷깃을 꽉 쥐었지만 다치게 하지 않으려고 조심했다.

「그래서, 리지가 멜론 밑에서 일을 했군? 리지가 멜론을 위해 물건을 날랐어.」제리가 손바닥으로 찰리의 고개를 살짝 밀자 그의 멍한 눈이 제리의 눈을 똑바로 보았다.

「리지는 〈멜론〉을 위해서 운반한 게 아니야, 볼테르.」찰리가 그의 말을 정정했다. 「〈리카르도〉를 위해서였어. 리지는 멜론을 사랑하지 않았어. 〈릭〉과 나를 사랑했지.」

찰리가 진흙 집을 침울하게 바라보면서 갑자기 귀에 거슬리는 웃음을 터뜨리더니 아무 설명도 없이 축 처졌다.

「네가 망쳤어, 리지!」찰리가 진흙 문을 손가락으로 쿡쿡 찌르며 놀리듯이 외쳤다. 「늘 그렇듯이 네가 다 망쳤어! 넌 말이 너무 많아. 왜 사람들한테 영국 여왕이라고 말하고 다니는 거야? 왜 대단한 여자 스파이라고 말하고 다녀? 멜론이 너한테 진짜 진짜 화났어, 리지. 멜론이 너를 쫓아냈어. 릭도 크게 화를 냈지, 기억나? 릭이 너를 엉망진창으로 패서 찰리가 한밤중에 병원으로 데려가야 했잖아, 기억나? 너는 진짜 입이 문제야, 리지, 내 말 들려? 넌 내 자매나 마찬가지지만 진짜 허풍이 너무 심하다고!」

리카르도가 그녀의 입을 다물게 만들기 전까지는 그

랬겠지. 제리가 턱의 흉터를 떠올리며 생각했다. 리지가 멜론과의 거래를 망쳐서 그랬던 거군.

제리가 찰리의 옆에 웅크리고 앉아서 그의 뒷덜미를 잡고 있는데 갑자기 주변 세상이 사라지더니 밤 11시에 스타하이츠 아래 자동차에, 8층이 훤히 보이는 위치에 앉아서 신문 경마란을 열심히 보던 샘 콜린스의 모습이 나타났다. 꽤 가까이 떨어지는 로켓탄도 이 간담이 서늘한 환영을 깨뜨리지 못했다. 제리는 박격포 포성 너머로 리지의 범죄 행위에 대해서 읊조리는 크로의 목소리도 들었다. 크로는 돈이 부족했을 때 리카르도가 리지를 시켜 작은 꾸러미를 국경 너머로 나르게 했다고 말했다.

런던 본부에서 〈그 사실〉을 런던이 어떻게 알았을까요, 예하? 그는 크로에게 묻고 싶었다. 샘 콜린스, 즉 멜론 본인에게 들은 게 아니라면 말입니다.

3초짜리 폭우가 진흙 집을 쓸어가자 찰리는 크게 분노했다. 그는 집을 찾아서 네 발로 철벅철벅 기어 다녔고, 미친 듯이 울면서 욕을 퍼부었다. 발작이 가라앉자 다시 아버지에 대해서, 그 노인이 어떻게 해서 사생아 아들을 유명한 비엔티안 항공사에 취직시켰는지 이야기를 늘어놓았다. 하지만 그때 찰리는 비행이 무서워서 조종사를 영원히 그만두려고 생각 중이었다.

어느 날, 장군은 찰리에 대한 인내심을 잃은 것 같았

다. 그는 경호원을 대동하고 샨 산악 지대에서 내려와 태국 국경과 별로 멀지 않은 팽이라는 작은 아편 도시로 찾아왔다. 장군은 전 세계의 모든 가부장이 그렇듯 찰리의 방탕한 생활을 크게 꾸짖었다.

찰리는 쇠약한 볼을 부풀리곤 독특한 방식으로 꽥꽥거리며 군대식으로 비난하는 아버지를 흉내 냈다.

「〈이제 제대로 된 일을 하는 게 좋을 거다, 알겠냐, 이 콰일로 사생아야? 경마와 독주, 아편은 그만둬라, 알겠냐? 가슴에 달고 있는 그 빨간 별도 떼어 버리고 리카르도라는 고약한 친구와도 연을 끊는 게 좋을 거다. 그리고 그 여자한테 돈을 대는 것도 그만둬라, 알겠냐? 이제 나는 단 하루도, 아니 한《시간》도 너 같은 혼혈 사생아를 먹여 살리지 않을 거니까. 널 보면 네 엄마였던 코르시카 창녀가 떠올라, 네가 혐오스러워서 언젠간 널 죽여 버리고 말 거다!〉」

그런 다음 무슨 일을 시켰는지 설명했는데, 역시 장군 아버지의 말투였다.

「〈내 친한 친구가 아주 괜찮은 차오저우 신사들과 절친한 사이인데, 어느 항공 회사에 지배 지분이 있다. 나도 그 회사에 지분이 좀 있지. 게다가 이 회사에는 인도 차터 항공이라는 아주 멋진 이름이 있어. 왜 웃어, 콰일로 원숭이 녀석아! 나를 비웃지 마! 이 좋은 친구들이 못난 사생아 아들을 가진 이 수치스러운 아비를 도와준다고 했다. 너 같은 콰일로 자식은 하늘에서 떨어져 목이나 똑 분질러지기를 진심으로 기도하마.〉」

그래서 찰리는 인도차터에서 아버지의 아편을 날랐다. 처음에는 비행이 일주일에 한두 번뿐이었지만 정기적이고 정직한 일이었고, 그는 이 일이 좋았다. 그는 정신을 차리고 차분해졌고, 아버지에게 진심으로 감사했다. 찰리는 당연히 차오저우 사람들에게 리카르도 역시 고용하라고 설득했지만 거절당했다. 몇 달 뒤, 그들은 리지가 사무실에 앉아서 고객들의 비위를 맞추면 일주일에 20달러를 주기로 했다. 찰리는 그때가 호시절이었다고 말했다. 찰리와 리지가 돈을 벌었고, 리카르도는 그 돈을 말도 안 되는 사업에 썼다. 모두가 행복했고 다들 일이 있었다. 어느 날 밤, 티우가 복수의 여신 네메시스처럼 나타나서 모든 것을 망쳐 놓기 전까지는 말이다. 티우는 그들이 사무실 문을 막 닫으려 할 때 약속도 없이 나타났고, 찰리 마셜이라는 사람을 찾더니 자신은 방콕 지사 관계자라고 설명했다. 차오저우 사람들이 안쪽 사무실에서 나와 티우를 흘긋 보고 사실이라고 확인해 준 다음 다시 안쪽으로 사라졌다.

찰리가 말을 끊고 제리의 어깨에 기대어 울었다.

「내 말 잘 들어.」 제리가 말했다. 「그게 바로 내가 듣고 싶은 이야기야, 알겠어? 이 부분을 제대로 얘기해 주면 집에 데려다줄게. 약속할게. 〈부탁이야.〉」

그러나 제리가 잘못 짚었다. 찰리가 떠벌리게 만드는 것이 문제가 아니었다. 이제 찰리 마셜은 제리라는 약물에 의존했다. 이제 그를 짓누르는 것이 문제가 아니었다. 찰리 마셜은 제리의 가슴이 외로운 바다에 마지막 남은 뗏목이라도 되는 것처럼 매달렸고, 두 사람의 대화는 필사적인 독백으로 바뀌었다. 찰리 마셜은 자신을 괴롭히는 자의 관심을 끌려고 매달리고, 애원하고, 울부짖고, 눈물이 그렁그렁한 채 농담을 하고 혼자 웃었고, 그 동안 제리는 필요한 사실만 훔쳐 냈다. 강 아래쪽에서 아직 크메르 루주에게 팔리지 않은 론 놀의 기관총이 조명탄 불빛에 의지하여 정글을 향해 예광탄을 발사했다. 길쭉한 금빛 전광이 강물 위아래에서 물줄기처럼 흘렀고 나무들 사이로 사라지면서 작은 동굴을 비추었다.

땀으로 흠뻑 젖은 찰리의 머리카락이 제리의 턱을 간질였다. 그는 땀을 뚝뚝 흘리며 주절거렸다.

「티우 씨는 사무실에서 이야기하는 걸 싫어해, 볼테르. 오, 안 되지! 티우 씨는 지나치게 차려입지도 않았어. 무척 차오저우 사람다웠고, 드레이크 코처럼 태국 여권을 썼고, 이상한 이름을 쓰면서 비엔티안에 오면 아주 조심스럽게 숨어 다녔어. 티우가 말했지. 〈마셜 기장. 근무 외 시간에 여러 가지 흥미로운 일로 돈을 좀 더 벌어 보면 어때요? 나를 위해서 좀 특별한 비행을 하는 겁니다. 요즘 당신이 아주 대단하다고, 아주 안정적이라고들 하더군요. 하루 일하고 최소 4천에서 5천 달러 정도 버는 건 어때요? 심지어 종일 걸리는 일도 아닙니다. 개인적으로 그런 일을 어떻게 생각합니까, 마셜 기장?〉그래서 내가 말했지.」이제 찰리는 신경질적으로 소리를 치고 있었다. 「〈티우 씨, 협상에서 제 입장을 불리하게 만들려는 것은 아니지만, 지금처럼 차분한 기분이라면 미화 5천 달러를 받고 지옥에 가서 악마의 불알이라도 가져다드리죠.〉티우 씨는 다음에 다시 오겠다고, 입단속을 하면서 기다리라고 했지.」

갑자기 찰리의 목소리가 아버지의 목소리로 바뀌더니 스스로를 사생아, 코르시카 창녀의 아들이라고 불렀다. 제리는 찰리가 다음 에피소드를 이야기하고 있음을 서서히 깨달았다.

놀랍게도 찰리는 구정을 맞이하여 치앙마이에서 아버지를 다시 만날 때까지 티우의 제안에 대해서 아무에게도 말하지 않았다. 릭에게도, 심지어 리지에게도 말하지 않았다. 아마도 당시 세 사람의 사이가 삐걱거렸고 릭이 다른 여자들을 만나고 다녔기 때문일 것이다.

장군은 별로 탐탁지 않게 여겼다.

「〈그쪽은 손대지 마! 티우라는 사람은 연줄이 어마어마해, 너같이 정신 나간 사생아 꼬맹이는 상대가 안 된다고, 알겠냐! 세상에, 반콰일로한테 기분 전환으로 여행이나 다니라고 5천 달러를 주는 산터우 사람이 어디 있어?〉」

「그래서 릭에게 넘겼군, 맞지?」제리가 재빨리 말했다. 「그렇지, 찰리? 티우에게 〈미안하지만 리카르도한테 한 번 제안해 보라〉고 했겠지. 그렇게 된 거지?」

그러나 찰리 마셜은 죽은 사람 같았다. 그는 제리의 품에서 떨어져 나가서 흙바닥에 똑바로 누운 채 눈을 감고 있었고, 가끔 급히 들이마시는 숨과 — 탐욕스럽게 헐떡이는 호흡 — 제리가 잡고 있는 손목의 미친 듯이 뛰는 맥박만이 그 안에 생명이 있음을 증명했다.

「볼테르.」찰리가 속삭였다. 「성경에 대고 맹세해, 볼테르. 넌 좋은 사람이야. 날 집으로 데려다줘. 세상에, 집에 좀 데려다줘, 볼테르.」

제리가 깜짝 놀라서 망가진 듯 누워 있는 형체를 빤히 보았지만, 두 사람이 지금 당장 죽는다 해도 딱 하나만 더 물어야 했다. 그가 손을 뻗어 찰리를 마지막으로 일으켰다. 목표물도 없는 포화가 어둠을 찌르는 한 시간 동안 찰리 마셜은 그 캄캄한 길에서 한쪽 팔을 잡힌 채 비명을 지르고 애원하며 그의 친구 리카르도가 목숨을 보존하는 대가로 그들과 어떤 약속을 했는지 말하지 않아도 된다면 평생 제리를 사랑하겠다고 맹세했다. 그러나 제리는 그 이야기를 듣지 않으면 비밀이 반도 풀리지 않는다고 말했다. 어쩌면 찰리 마셜은 무너지고 절망하여 흐느끼면서 금지된 비밀을 털어놓았을 때 제리의 논리를 이해했던 것일지도 모른다. 이제 곧 정글에 삼켜질 도시에서 파멸은 완전하지 않으면 안 된다는 논리를 말이다.

제리는 찰리 마셜을 최대한 부드럽게 부축하며 빌라로 돌아가서 계단을 올라갔다. 역시 말 없는 얼굴들이 고마워하며 그를 맞이했다. 이야기를 더 많이 끌어냈어야 하는 건데. 제리가 생각했다. 나도 더 많은 이야기를 해줘야 했어. 명령과 달리 쌍방 통행을 지키지 않았어. 리지와 샘 콜린스 문제에 너무 집착했어. 거꾸로 했어, 쇼핑 목록을 망쳤어, 리지처럼 내가 다 망쳤어. 그는 이 사실을 유감스럽게 생각하려 했지만 그럴 수 없었고, 목록에 들어 있지도 않았던 것이 제일 생생하게 기억났다. 그가 친애하는 조지에게 보낼 메시지를 타자로 칠 때에도 마음속에서는 바로 그것이 기념비처럼 우뚝 솟아 있었다.

제리는 문을 잠그고 벨트에 총을 찬 채 타자를 쳤다. 루크의 흔적이 보이지 않았기 때문에 술에 취해서 기분이 상한 채로 사창가에 갔나 보다 생각했다. 긴 통신문, 그가 이 일을 하면서 쓴 통신문 중에서 가장 길었다. 〈제 소식이 끊길 경우에 대비해서 여기까지는 알아 두십시오.〉 그는 참사관과의 접선을 보고하고, 다음 목적지를 밝히고, 리카르도의 주소를 알리고, 찰리 마셜이 어떤 인물인지 설명하고, 벼룩투성이 오두막에서 셋이 살았던 생활을 설명했지만 무척 공식적인 용어만 썼다. 그리고 샘 콜린스가 맡았던 불미스러운 역할에 대해 새로 알아낸 사실은 아예 빠뜨렸다. 이미 알고 있다면 부언해 봤자 무슨 의미가 있을까? 제리는 지명과 본명을 빼고 각각에 대해 암호명을 만든 다음 다시 한 시간 동안 두 메시지를 초보적인 암호문으로 바꾸었다. 암호를 쓰는 사람은 5분도 안 걸려서 풀 수 있지만 일반인, 영국 참사관 같은 일반인은 전혀 이해할 수 없을 것이다. 제리는 마지막으로 하우스키퍼에게 블랫 앤드 로드니 은행이 캣에게 보증수표를 발행했는지 확인해 달라는 말을 덧붙였다. 그는 암호문이 아닌 보통 문장으로 쓴 종이를 태우고 암호문을 신문 사이에 끼워서 내려놓은 다음 총을 허리에 찬 채 불편하게 꾸벅꾸벅 졸았다. 6시가 되자 제리는 면도를 하고 이제는 헤어질 준비가 된 문고판 책에 암호문을 넣은 다음 고요한 아침 산책을 했다. 〈플라스〉[17]에 참사관의 차가 보란 듯이 세워져 있었다. 크로가 떠오르는 리비에라 밀짚모자를 쓴 참사관이 예쁜 비스트로의 테라스에 역시 보란 듯이 자리를 잡고 앉아서 뜨거운 크루아상과 카페오레를 즐기고 있었다. 그가 제리를 보고 열심히 손을 흔들었다. 제리가 그에게 다가갔다.

「안녕하십니까.」 제리가 말했다.

「아, 가져왔군! 잘했어!」 참사관이 벌떡 일어서며 외쳤다. 「이 책이 나왔을 때부터 줄곧 읽고 싶었는데!」

암호문을 넘겨줄 때 빠진 내용만이 떠올랐고, 제리는

17 프랑스어로 〈광장〉이라는 뜻.

일이 다 끝났다는 느낌이 들었다. 그는 돌아올 수도 돌아오지 않을 수도 있었지만, 이제 그 무엇도 예전과 같을 수 없었다.

제리가 정확히 어떤 상황에서 프놈펜을 떠났는지는 나중에 루크에게 일어난 일 때문에 중요하다.

남은 오전 시간 동안 처음에 제리는 강박적일 만큼 위장을 유지했다. 점점 더 벌거벗은 느낌이 들었을 테니 당연한 방어 기제였다. 그는 피난민과 고아에 대한 기사를 부지런히 써서 정오가 되자 바탐방에 다녀온 감상을 신중하게 쓴 기사와 함께 켈러에게 보냈다. 기사는 신문에 실리지 않았지만 적어도 그의 서류에는 한 자리를 차지하고 있다. 당시 난민 수용소는 두 곳이었는데, 둘 다 무척 붐볐다. 하나는 캄보디아 정치가 시아누크의 아직 완성되지 않은 꿈의 낙원이었던 바삭의 거대한 호텔이었고 하나는 공항 근처 조차장으로, 차량 하나에서 두세 가족이 지냈다. 제리는 두 군데 모두 가보았는데, 둘 다 똑같았다. 불가능과 싸우는 오스트레일리아 청년 영웅들, 더러운 물, 일주일에 두 번 배급되는 쌀, 제리를 따라다니며 〈하이〉, 〈바이 바이〉라고 재잘거리는 아이들. 제리는 캄보디아 통역사를 대동하고 이리저리 돌아다니며 누구에게든 질문을 퍼부었고, 과장되게 행동하며 스텁시의 마음을 녹일 특별한 무언가를 찾아다녔다.

제리는 여행사로 가서 미약하나마 흔적을 덮기 위해 방콕행 비행기표를 요란하게 예약했다. 그는 공항으로 향하는 길에 갑작스러운 데자뷰를 느꼈다. 마지막으로 여기 왔을 때는 워터 스키를 타러 갔었는데. 제리가 생각했다. 서양 무역상들은 메콩강에 선상 가옥을 가지고 있었다. 캄보디아 전쟁이 아직 기분 나쁜 순수함을 가지고 있던 시절의 자신이 — 그리고 이 도시가 — 잠시 보였다. 위험을 무릅쓰고 단독 작전을 최초로 수행하는 에이스 공작원 웨스터비가 명랑한 네덜란드인이 모는, 한 가족이 일주일 동안 먹고살 수 있을 정도의 휘발유를 태우는 쾌속선에 이끌려 메콩강의 갈색 물 위를 아이처럼 통통 튀며 질주했다. 그의 기억에 따르면 당시 가장 큰 위험은 크메르 루주의 잠수 부대에게 폭파당하지 않기 위해 다리 수비대가 폭뢰를 던질 때마다 일렁거리던 60센티미터 높이의 파도였다. 그러나 이제 메콩강은 크메르 루주의 것이었고, 정글도 마찬가지였다. 내일이나 모레면 도시도 그들의 것이 되리라.

공항에서 제리는 쓰레기통에 발터를 버리고 마지막 순간에 뇌물을 써서 자신의 목적지인 사이공으로 향하는 비행기에 올랐다. 비행기가 이륙할 때 그는 누구의 기대 수명이 더 길까, 자신일까 이 도시일까 생각했다.

한편, 루크는 제리의 홍콩 아파트 — 더 정확히 말하자면 데스위시 더 훈의 아파트 — 열쇠를 주머니에 넣고 방콕으로 날아갔다. 제리는 탑승자 명단에 있었지만 루크는 없었고, 다른 자리는 전부 찼기 때문에 우연히도 루크는 자기도 모른 채 제리의 이름으로 비행기를 타고 갔다. 방콕에 도착한 그는 짧은 지국 회의에 참석했는데, 이 회의에서 현지 직원들이 붕괴된 베트남 전선 각지에 파견되었다. 루크는 후에와 다낭을 맡아서 그다음 날 사이공으로 갔고, 정오에는 연결편을 타고 북쪽으로 갔다.

나중에 퍼지게 될 소문과 달리 두 사람은 사이공에서 만나지 않았다.

북부가 반격할 때에도 만나지 않았다.

두 사람이 마지막으로 만난 것은 제리가 호통을 쳐서 루크가 마음이 상했던 프놈펜에서의 마지막 밤이었다. 그것이 진실 — 훗날 악명 높을 정도로 찾기 힘들어지는 필수품 — 이다.

17
리카르도

사건이 진행되는 동안 조지 스마일리가 이때만큼 끈질기게 사태를 관망한 적은 단 한 번도 없었다. 서커스 사람들은 금방이라도 신경이 끊어질 듯했다. 빌어먹을 무력함이 새러트가 늘 경고했던 열광과 이제 하나가 되었다. 홍콩에서 구체적인 소식이 들려오지 않는 하루하루가 재난이었다. 제리의 긴 보고서를 샅샅이 조사한 끝에 애매하고 신경질적이라는 결론이 나왔다. 왜 마셜을 더 몰아붙이지 않았을까? 왜 러시아라는 유령을 다시 한 번 언급하지 않았을까? 그는 금맥에 대해서 찰리를 다그쳐야 했고, 티우에 대해서도 더 캐물어야 했다. 그의 주요 임무는 상대방을 동요시키는 것이고 정보를 입수하는 것은 그다음이라는 사실을 잊은 걸까? 불쌍한 딸에 대한 집착은 — 세상에, 전보를 보내는 비용이 얼마인지 〈모르는〉 건가? (그들은 사촌이 요금을 부담하고 있다는 사실을 잊은 듯했다.) 서커스 주재원 대리 역할을 하는 영국 대사관 직원을 더 이상 상대하지 않겠다는 것은 또 뭔가? 그렇다, 사촌으로부터 암호문을 받을 때 중간 어딘가에서 지연된 것은 사실이다. 그래도 제리는 찰리 마셜을 찾아냈다, 그렇지 않은가? 런던 본부를 향해서 이래라저래라 하는 것은 결코 현장 요원의 임무가 아니다. 대사관에서의 접선을 주선했던 하우스키핑부는 그를 크게 질책해야 한다고 주장했다.

서커스 외부의 압력은 더욱 거셌다. 식민부의 윌브러햄 일당은 놀고 있지 않았고, 운영 위원회는 깜짝 놀랄 만큼 태도를 싹 바꿔 이 사건을 홍콩 총독에게 알려야 한다고, 그것도 빨리 알려야 한다고 결정을 내렸다. 구실을 만들어 그를 런던으로 불러들여야 한다는 목소리가 높았다. 이러한 공황 상태가 된 것은 드레이크 코가 총독 관저에 다시 초대를 받았기 때문이었다. 이번 모임은 총독이 주최한 저녁 식사 자리로, 유력한 중국인들이 자기 생각을 비공식적으로 털어놓는 토론의 장이었다.

반대로 솔 엔더비를 비롯한 강경파의 주장은 정반대였다. 〈총독이야 어떻게 되든 상관없네. 우리가 원하는 건 지금 당장 사촌과 완전히 협력하는 걸세!〉 엔더비는 조지가 〈지금〉 당장 마텔로에게 가서 사건의 전말을 전부 털어놓고 마무리는 그들에게 맡겨야 한다고 말했다. 넬슨에 대해서 더 이상 숨기지 말고, 역량이 부족하다는 사실을 인정하고, 사촌이 이 정보에서 얻을 수 있는 몫을 계산

하게 해주어야 한다. 그래서 사촌이 이 일을 맡겠다고 나
선다면 훨씬 더 좋다. 사촌이 의회에서 자신들의 공을 주
장하여 그들의 적을 혼란에 빠뜨리도록 두자. 엔더비는
베트남 전쟁이 크게 실패한 지금 이처럼 관대하고 시의
적절한 제스처를 취하면 앞으로 한참 동안 확고한 정보
협력 관계를 맺을 수 있다고 주장했고, 레이컨도 특유의
교활한 태도로 이를 지지하는 듯했다. 십자 포화에 둘러
싸인 스마일리가 정신을 차려 보니 갑자기 이중적인 평
가를 받고 있었다. 윌브러햄은 그를 반식민주의 친미파
라고 낙인찍었고, 엔더비의 부하들은 그가 특수 관계를
다룰 때 지나치게 보수적이라고 비난했다. 그러나 더욱
심각한 것은 스마일리가 이와 같은 내부의 분열이 다른
경로를 통해서 마텔로의 귀에 들어가 그가 이를 이용할
수 있을 것이라는 인상을 받았다는 사실이었다. 예를 들
어 몰리 미킨의 정보원들은 엔더비와 마텔로 사이에 개
인적인 친분이 싹트고 있다고 말했다. 두 사람의 자녀들
이 사우스켄싱턴의 같은 학교에 다니고 있기 때문만은
아니었다. 두 사람은 주말에 엔더비가 땅을 가지고 있는
스코틀랜드까지 같이 가서 낚시를 하는 듯했다. 나중에
는 마텔로가 비행기를 제공하고 엔더비가 물고기를 제공
한다는 농담이 돌았다. 또, 세상 물정에 어두운 스마일리
는 다른 사람들은 처음부터 알고 있었고 스마일리도 당
연히 알 것이라 생각했던 사실을 이즈음에야 알게 되었

다. 바로 엔더비의 세 번째 아내인 현재 부인이 미국인인데다가 부자라는 사실이었다. 결혼 전 그녀는 워싱턴 상류층에서 중요한 모임을 주최하는 유력한 여성이었는데, 지금 런던에서도 비슷한 역할을 성공리에 해내고 있었다.

그러나 사람들이 동요하는 근본적인 원인은 결국 같았다. 드레이크 코 쪽에서 결정적인 움직임이 없었다. 게다가 작전 정보가 괴로울 정도로 부족했다. 스마일리와 길럼은 매일 10시에 별관으로 갔다가 매일 더욱 불만스러운 상태로 돌아왔다. 티우의 집 전화를 도청했고 리지의 전화도 도청했다. 홍콩 현지에서 녹음 테이프를 확인한 다음 정밀 분석을 위해 런던으로 보냈다. 제리는 수요일에 찰리 마셜을 심문했다. 금요일이 되자 찰리는 시런에서 충분히 회복되어 방콕에서 티우에게 전화를 걸어서 마음속 이야기를 모두 털어놓았다. 그러나 티우가 30초도 채 듣기 전에 말을 자르고 〈즉시 해리에게 연락하라〉고 지시했기 때문에 다들 어리둥절했다. 해리가 누구인지 아무도 몰랐다. 토요일에는 코의 집 전화를 도청하다가 코가 일요일 아침마다 아르페고를 만나 골프를 치는 약속을 취소하는 바람에 소동이 벌어졌다. 코는 사업상 급한 약속이 있다고 말했다. 이거다! 이것이 돌파구다! 다음 날, 홍콩의 사촌들은 스마일리의 승인을 받고 시내로 들어서는 코의 롤스로이스에 감시용 밴, 자동차 두 대와 혼다 오토바이 한 대를 붙였다. 일요일 새벽 5시 반에 도대체 어떤 비밀 임무가 있기에 매주 정해진 골프 약속을 깼을까? 그 답은 단골 점쟁이, 할리우드 로드 근처 골목의 수상쩍은 사원에서 일하는 산터우 출신의 노인이었다. 코는 그를 한 시간 넘게 만난 다음 집으로 돌아왔고, 사촌의 밴에 타고 있던 열정 넘치는 요원이 두 사람이 만나는 내내 지향성 마이크를 숨겨서 사원 창문 쪽으로 돌렸지만 자동차 소리 외에는 노인의 닭장에서 암탉이 우는 소리밖에 녹음되지 않았다. 서커스에서는 디샐리스가 불려갔다. 새벽 6시에, 그것도 백만장자가 점쟁이를 찾아가는 이유는 도대체 무엇인가?

그들의 당혹한 모습을 보는 것이 재미있었던 디샐리스는 기뻐서 머리카락을 배배 꼬았다. 그는 코 정도의 거물은 첫 손님이 되기를 고집한다고, 점쟁이의 정신이 아직 맑아서 영혼들이 알려 주는 것을 잘 받아들이기 때문이라고 설명했다.

그런 다음 5주 동안 아무 일도 일어나지 않았다. 아무 일도 없었다. 우편물과 전화 감시를 통해 소화할 수 없을 정도로 많은 원료가 쏟아져 들어왔지만 정제해 보면 실마리가 단 하나도 남지 않았다. 한편, 단속국이 억지로 정한 마감일은 꾸준히 다가왔다. 그때가 되면 코는 해금될 것이고, 제일 빨리 죄명을 덮어씌우는 사람이 그를 차지할 것이다.

그러나 스마일리는 침착함을 잃지 않았다. 그는 자신

이 사건을 처리하는 방법과 제리가 처리하는 방법에 대한 모든 비난에 맞섰다. 스마일리는 나무를 흔들었다고, 그래서 코가 겁을 먹은 거라고, 시간이 지나면 그들이 옳았음이 증명될 것이라고 주장했다. 그는 마텔로에게 과장된 제스처를 급하게 보내지 않겠다고 거부했고, 자신이 교환 서신에 설명한 거래 조건을 고수했다. 그 복사본은 레이컨이 맡아 두고 있었다. 그는 또한 자신의 권한이 허락하는 한 외교 의례나 현지 우선권과 관계된 문제를 제외하고는 신을 들먹이든, 논리를 들먹이든, 코를 들먹이든, 작전의 세부 사항에 대해 의논하지 않겠다고 거부했다. 여기서 한발 물러서서 봤자 의심하는 자들에게 그를 쓰러뜨릴 새로운 탄약을 제공하는 것밖에 되지 않는다는 사실을 아주 잘 알았기 때문이다.

스마일리는 5주 동안 이러한 노선을 유지했고, 신의 힘 때문인지 논리의 힘 때문인지 아니면 코의 불가사의한 힘 때문인지 모르지만 36일째 되는 날 수수께끼 같으면서도 실제적인 위안을 주는 소식이 그에게 전달되었다. 코가 바다로 나갔던 것이다. 그는 티우와 신원 미상의 중국인 ─ 나중에 코의 정크 선단 선장으로 밝혀졌다 ─ 과 함께 사흘 동안 하루의 반 이상 홍콩의 먼 섬들을 돌아다녔고, 매일 해 질 무렵 돌아왔다. 그들이 어디에 갔었는지는 아직 알 수 없었다. 마텔로는 헬리콥터를 연달아 보내서 그들의 경로를 파악하자고 제안했지만 스마일리가 딱 잘라 거절했다. 부두 주변의 고정 감시조는 그들이 매일 다른 경로를 통해 다녀왔다고 확인해 주었고, 그것이 전부였다. 그리고 마지막인 네 번째 날, 배는 돌아오지 않았다.

패닉이었다. 어디로 갔을까? 버지니아주 랭글리에서 마텔로의 상관들은 완전히 당황하여 코의 넬슨 제독호가 고의로 길을 잃고 중국 해역으로 들어갔다고 결론을 내렸다. 심지어는 납치당했다는 의견도 있었다. 이제 코는 두 번 다시 모습을 드러내지 않을 것이다. 빠르게 침몰하던 엔더비는 스마일리에게 전화를 걸어서 〈코가 베이징에 나타나서 정보기관의 박해에 대해 이상한 소리를 지껄이고 다니면 전부 빌어먹을 자네의 잘못〉이라고 말했다. 스마일리조차도 괴로운 하루를 보내며 말도 안 되지만 코가 정말로 동생과 합류하려고 넘어간 것은 아닐까 남몰래 생각했다.

물론 다음 날 아침 대형 보트는 보트 대회라도 다녀오듯이 주요 항구로 돌아왔다. 아름다운 리제가 비누 광고에서처럼 햇볕에 금발 머리를 나부끼며 트랩을 내려왔고, 뒤를 이어 코가 기분 좋게 배에서 내렸다.

이 정보가 들어오자 스마일리는 코의 파일을 다시 자세히 읽은 다음 기나긴 숙고 끝에 — 물론 코니와 디샐리스와 격한 논쟁을 벌인 끝에 — 두 가지 결정을 동시에 내렸다. 또는, 도박 용어를 쓰자면 마지막으로 남은 두

장의 카드를 동시에 내밀었다.

하나. 제리는 〈최종 단계〉에 돌입한다, 즉 리카르도에게 접근한다. 그는 이 방법을 통해 코를 압박하여 코가 행동을 취할 구실이 필요하다면 이것이 그 구실이 되어주기를 바랐다.

둘. 샘 콜린스를 〈투입〉한다.

두 번째는 코니 색스와 단둘이 의논한 끝에 내린 결정이었다. 제리의 서류에는 이 사실이 언급되지 않았고, 나중에 더욱 널리 검토하기 위해서 일부 삭제한 채 발간한 기밀 부록에만 실렸다.

이러한 지연과 망설임이 제리에게 끼친 분열 효과는 세상에서 가장 뛰어난 정보 조직 책임자도 계산에 넣을 수 없는 것이었다. 그 기미를 알아차리는 것은 별개의 문제였다. 스마일리는 분명히 알아차렸고, 미연에 방지하려고 몇 가지 조치도 취했다. 그러나 책임자가 사실에 휘둘렸다면, 그것을 매일 직면하는 복잡한 정책적 요소들과 똑같이 취급했다면 정말 무책임한 일이었을 것이다. 우선순위를 정하지 못하는 장군은 장군이 아니다.

제리가 마냥 기다리기에는 사이공이 최악의 장소였다는 사실은 변함이 없다. 일이 계속 지연되자 서커스에서는 제리를 더욱 건전한 곳으로, 말하자면 싱가포르나 쿠알라룸푸르로 보내자는 이야기가 주기적으로 나왔지만 편의를 따지고 위장을 중시하는 의견 때문에 제리는 계속 사이공에 남았다. 게다가 당장 내일부터 상황이 달라질지도 몰랐다. 또 제리의 안전도 문제였다. 홍콩은 애초에 고려 대상도 아니었고, 싱가포르와 방콕 모두 코의 영향력이 강한 곳이었다. 게다가 위장 신분 문제가 다시 떠올랐다. 몰락이 점차 다가오는 사이공보다 기자에게 더 자연스러운 곳이 어디 있을까? 그러나 제리는 어중간한 도시에서 어중간하게 지내고 있었다. 약 40년 동안 사이공의 주요 산업은 전쟁이었지만 1973년에 미군이 철수하면서 불황이 시작되었고, 결국 사이공은 침체에서 회복하지 못했다. 따라서 오랫동안 기다려온 종막에는 배우가 잔뜩 등장하지만 관객은 별로 없었다. 제리가 의무감 때문에 최전선을 방문했을 때에도 선수들이 대기실로 돌아가고 싶다는 생각밖에 없는 우중 크리켓 경기를 보는 느낌이었다. 서커스는 제리가 언제 어디서 필요할지 모른다는 이유로 사이공을 떠나지 못하게 했지만 이 명령을 곧이곧대로 지킨다면 우스꽝스러워 보였을 것이다. 그래서 그는 명령을 무시했다. 80킬로미터 정도 떨어진 수안록은 고무를 생산하는 따분한 프랑스 마을이었지만 이제 사이공의 전략적 경계선이 되었다. 프놈펜의 전쟁과는 전혀 다른 전쟁, 더욱 기술적이고 유럽적인 전쟁이었다. 크메르 루주는 장갑차가 없었지만 북베트남은 러시아 탱크와 130밀리미터 포를 고전적인 러시아 방식으로 빽빽하게 배치했다. 주코프 원수의 지휘하에 베를린이라도 침공하려는 것 같았고, 마지막 포가 발사 준비를 마칠 때까지 아무것도 움직이지 않았다. 마을은 반쯤 비었고 성당에는 프랑스인 신부 한 명밖에 없었다.

「C'est terminé(끝났습니다).」 신부가 제리에게 간단히 설명했다. 그는 남베트남인들이 늘 하던 대로 할 것이라고, 전진을 멈추고 돌아서서 달아날 것이라고 말했다.

두 사람은 텅 빈 광장을 보며 같이 포도주를 마셨다.

제리가 이번 쇠퇴는 돌이킬 수 없을 것이라는 기사를 써서 보내자 스텁시가 〈예언보다는 인물 기사가 좋겠음, 스텁스〉라는 간결한 말로 퇴짜를 놓았다.

그가 사이공으로 돌아왔을 때 카라벨 호텔 계단에서 거지 아이들이 쓸모없는 화환을 팔고 있었다. 제리는 아이들에게 돈을 주면서 자존심이 상하지 않도록 꽃을 받아 왔지만 호텔 방 폐지통에 버렸다. 그가 일층에 앉아 있으면 아이들이 와서 창문을 두드리며 미군 신문 『스타스 앤드 스트라이프스』를 팔았다. 텅 빈 술집에서 술을 마시면 그가 마지막 기회라도 되는 것처럼 여자들이 절박하게 몰려들었다. 경찰만 변함이 없었다. 그들은 하얀 헬멧을 쓰고 하얀 새 장갑을 끼고서 모퉁이마다 서 있었다. 적군이 승리를 거두어 밀고 들어오면 길을 알려 주려고 벌써부터 대기 중인 것 같았다. 경찰은 흰색 지프를 타고 보도의 새장에 갇힌 난민을 군주처럼 당당하게 지나쳤다. 호텔 방으로 돌아오니 에르큘에게 전화가 왔다. 그는 제리가 가장 좋아하는 베트남인이었지만 요즘은 최선을 다해 피하고 있었다. 에르큘은 자칭 반체제주의자이자 반(反)티에우[18]파로, 영국은 이 전쟁과 관계가 없다는 미심쩍은 이유로 영국 기자들에게 베트콩에 대한 정보를 제공하며 조용히 생계를 꾸렸다. 「영국인은 내 친구 잖아요!」 그가 전화기 너머에서 간청했다. 「나 좀 내보내 줘요! 서류가 필요해요. 돈도 필요해요!」

제리는 〈미국인한테 부탁해 봐요〉라고 말하고 어쩔 수 없이 전화를 끊었다.

제리가 실리지도 않을 기사를 송고하러 갔던 로이터 통신사 사무실은 잊힌 영웅들과 실패담에 바치는 기념비 같았다. 책상 위 유리판 밑에는 머리카락이 헝클어진 소년들의 잘린 머리 사진이 끼워져 있고, 벽에는 유명한 기사 거절 통지서들과 편집장의 분노가 담긴 편지의 견본이 붙어 있었다. 낡은 신문지의 악취가 공기 중에 떠돌았고, 임시 거주지를 영국 어딘가처럼 생각하는, 해외 특파원이라면 누구나 몰래 품고 있는 향수가 감돌았다. 모퉁이를 돌면 바로 여행사가 나왔는데, 나중에 밝혀진 바에 따르면 제리는 대기하는 동안 홍콩행 비행기를 두 번 예약했지만 공항에 나타나지는 않았다. 파이크라는 이름의

18 응우옌 반 티에우Nguyễn Văn Thiệu(1923~2001). 베트남의 군인이자 정치가로, 1967~1975년에 대통령을 지냈다.

젊고 진지한 사촌이 제리를 담당했다. 그는 가끔 안내원이라는 위장 신분으로 호텔을 찾아와서 〈긴급 보도〉라고 그럴듯하게 적힌 노란 봉투에 담긴 암호 통지문을 전달했다. 그러나 봉투 안의 메시지는 항상 똑같았다. 결정된 바 없음, 대기할 것, 결정된 바 없음. 제리는 포드 매덕스 포드의 소설과 옛 홍콩에 관한 정말 끔찍한 소설을 읽었다. 그런 다음 그레이엄 그린과 조지프 콘래드와 T. E. 로런스의 책을 읽었지만, 여전히 아무 소식도 없었다. 폭격 소리는 밤에 제일 심했고, 역병이 퍼질 때처럼 사방이 공황 상태였다.

제리는 스텁시의 충고에 따라 예언이 아닌 인물을 찾아서 만 명쯤 되는 베트남 사람들이 미국 시민권이 있다고, 증명하겠다며 문을 두드리는 미국 대사관으로 갔다. 그가 이 광경을 지켜보고 있을 때 남베트남인 장교가 지프를 타고 와서 뛰어내리더니 여자들에게 창녀이자 배신자라고 고함을 지르며 진짜 미국인의 아내들에게 비난을 퍼부었다.

제리가 다시 기사를 보냈고, 스텁스 역시 다시 거절했으므로 제리는 아마 더욱 침울해졌을 것이다.

며칠 뒤 서커스 작전 본부는 초조함에 지고 말았다. 패배가 계속 이어지며 상황이 악화되자 제리에게 당장 비엔티안으로 가서 사촌 연락원이 다른 명령을 전할 때까지 몸을 낮추고 대기하라고 지시했던 것이다. 그래서 제리는 비엔티안으로 가서 리지가 자주 가던 콘스텔레이션 호텔에 방을 잡았고, 리지가 자주 가던 바에서 술을 마셨으며, 호텔 경영자 모리스와 가끔 잡담을 나누면서 기다렸다. 바는 60센티미터 두께의 콘크리트로 만들어져 있었으므로 필요하면 방공호나 발사대로 쓸 수 있었다. 바와 연결된 쓸쓸한 식당에서는 매일 밤 나이 많은 〈콜롱〉이 칼라에 냅킨을 끼우고서 까다롭게 음식을 먹으며 술을 마셨다. 제리는 다른 자리에 앉아서 책을 읽었다. 식사를 하는 사람은 항상 그 둘밖에 없었지만 두 사람은 절대로 대화를 나누지 않았다. 거리에서는 산에서 내려온 지 얼마 안 된 파테트라오[19]가 인민복과 인민모 차림으로 적절하게도 둘씩 짝을 지어 걸어 다니면서 여자들의 시선을 피했다. 모퉁이 빌라들과 공항까지 가는 도롯가의 빌라들은 모두 징발당했다. 그들은 웃자란 정원 담 너머로 비죽 튀어나온 깨끗한 텐트에서 야영을 했다.

「연합이 유지될까요?」 한 번은 제리가 모리스에게 물었다.

모리스는 정치에 관심이 별로 없었다.

「지금으로서는 그렇죠.」 그가 과장된 프랑스어 어조로 대답했고, 아무 말 없이 제리를 위로하듯 볼펜을 건넸다. 〈뢰벤브로이〉라고 적혀 있었다. 모리스는 라오스 전역의

---

19 라오스의 좌파 민족 단체. 1950년에 창설되어 1975년에 정권을 장악하였다.

뢰벤브로이 맥주 판매권을 가지고 있었고, 1년에 여러 병을 판다고들 했다. 제리는 인도차터 사무실이 위치한 거리는 철저히 피했고, 찰리 마셜의 증언에 따르면 세 사람이 동거했던 시내 끝의 벼룩투성이 오두막에 가보고 싶다는 호기심도 꾹 참았다. 모리스에게 묻자 요즘은 중국인이 거의 없다고 했다. 「중국인들은 싫어하거든요.」 그가 다시 미소를 지으면서 바깥 보도의 파테트라오를 고갯짓으로 가리켰다.

전화 녹취록의 수수께끼가 아직 남아 있다. 제리는 콘 스텔레이션 호텔에서 리지에게 전화를 걸었을까, 걸지 않았을까? 만약 전화를 걸었다면 그녀와 대화하기 위해서였을까, 그녀의 목소리를 듣기 위해서였을까? 만약 그녀와 대화할 생각이었다면 무슨 말을 하려고 했을까? 또는 전화를 거는 행위 자체가 ─ 사이공에서 비행기를 예약한 행위와 마찬가지로 ─ 충분한 카타르시스를 주었기 때문에 실행에 옮길 필요가 없었을까?

확실한 것은 누구에게도 ─ 스마일리도, 코니도, 중요한 녹취록을 읽은 그 누구도 ─ 의무를 다하지 않았다고 비난할 수 없다는 사실이다. 기록된 내용은 기껏해야 애매한 수준이었기 때문이다.

〈홍콩 시간 00:55. 해외 전화 착신. 수신자 개인 번호. 교환원이 통화. 수신자가 전화를 받고 《여보세요》라고 여러 번 말함.

교환수: 전화 거신 분, 더 크게 말씀해 주세요!

수신자: 여보세요? 여보세요?

교환수: 전화 거신 분, 제 말 들리세요? 크게 말씀해 주세요!

수신자: 여보세요? 저는 리제 워스인데요. 누구세요?

발신자가 전화를 끊음.〉

녹취록 어디에도 발신 장소가 비엔티안이라는 말은 없었고, 서명란에 스마일리의 가명이 없으므로 그가 녹취록을 보았는지조차 의심스럽다.

아무튼 발신자가 제리든 다른 사람이든, 다음 날 사촌한 사람도 아니고 두 사람이 그에게 출격 명령을 전달했고, 마침내 기다리고 기다리던 행동을 개시하게 되었다. 몇 주나 이어진 끝날 것 같지 않던 빌어먹을 무력함이 드디어 끝났다 — 사실, 영영 끝나게 되었다.

제리는 오후 내내 비자와 교통편을 마련했고, 다음 날 새벽이 되자 숄더백과 타자기를 가지고 메콩강을 건너 태국 동북부로 갔다. 길쭉한 목조 페리보트는 농부와 비명을 지르는 돼지로 가득했다. 도하 지점 검문소에서 제리는 같은 경로를 통해 라오스로 돌아오겠다고 맹세했다. 관리가 그렇게 하지 않을 경우 서류가 인정되지 않는다고 엄하게 경고했다. 돌아오게 된다면 말이지. 제리가 생각했다. 멀어지는 라오스의 강가를 돌아보자 예선로에 세워진 미국 자동차와 그 옆에서 지켜보는 늘씬하고 움직임이 없는 두 형체가 보였다. 사촌은 어딜 가나 우리와 함께하지.

태국에 도착하자마자 모든 것이 불가능해졌다. 제리의 비자는 미흡했고, 사진은 전혀 닮지 않았고, 〈파랑〉은 모든 지역에 출입 금지였다. 10달러가 생각을 바꾸어 주었다. 비자 다음은 자동차였다. 제리는 영어를 하는 운전사를 고집했고 요금도 그에 따라 정해졌지만, 그를 기다리고 있던 노인은 태국어밖에 하지 못했고 그마저도 거의 못 했다. 제리는 근처 식당으로 가서 영어로 고함을 친 끝에 마침내 영어를 좀 하고 운전도 할 수 있다는 뚱뚱하고 게으른 청년을 찾아냈다. 공들인 계약서가 작성되었다. 노인의 보험은 다른 운전사까지 보장하지 않았지만 어차피 이미 만료된 상태였다. 지친 표정의 여행사 직원이 새로운 보험 증서를 발급하는 동안 남자는 준비를 하러 집으로 갔다. 자동차는 낡아빠진 빨간색 포드였고 타이어가 맨들맨들했다. 만약 제리가 하루 이틀 내에 죽는다면 절대 원하지 않는 방식 중 하나가 바로 이것이었다. 그들은 흥정을 했고, 제리는 20달러를 더 내놓았다. 그는 닭들이 가득한 차고에서 정비공들이 새 타이어를 장착하는 동안 한시도 눈을 떼지 않았다.

이렇게 한 시간을 허비한 다음 두 사람은 동남쪽을 향

해 평평한 시골 땅을 맹렬한 속도로 달렸다. 남자가 「매사추세츠는 항상 불이 꺼져 있네」를 다섯 번 틀고 나자 제리가 이제 조용히 가자고 요청했다.

도로는 포장되어 있었지만 아무도 없었다. 가끔 노란 버스가 언덕을 내려오면 운전사는 액셀을 밟으며 도로 중앙에서 비키지 않았고, 그러면 버스는 아슬아슬하게 비켜 굉음을 내며 지나갔다. 한 번은 꾸벅꾸벅 졸던 제리가 대나무 울타리 부서지는 소리에 깜짝 놀라 깬 순간 바로 앞에서 대나무 파편들이 햇빛 속으로 치솟는 것이 보였고, 픽업트럭이 느린 동작으로 도랑에 굴러떨어졌다. 문이 나뭇잎처럼 날아오르고 운전자가 팔을 휘두르며 차와 함께 울타리를 넘어 높다란 풀 속으로 사라졌다. 청년은 속도를 늦추지도 않고 차가 흔들릴 정도로 크게 웃었다. 제리가 〈차 세워!〉라고 소리쳤지만 청년은 신경도 쓰지 않았다.

「옷에 피를 묻히고 싶어요? 그런 건 의사한테 맡겨 둬요.」그가 엄하게 충고했다. 「당신은 내가 돌봐요, 알겠어요? 여긴 아주 안 좋은 시골이에요. 빨갱이가 많죠.」

「이름이 뭐지?」제리가 단념하고 물었다.

발음하기 힘든 이름이었기 때문에 미키라 부르기로 합의했다.

두 시간을 더 달린 후에야 첫 번째 검문소가 가까워졌

다. 제리는 자기 대사를 연습하며 다시 꾸벅꾸벅 졸았다.
항상 발을 들여야 할 문이 하나 더 있지. 그가 생각했다.
제리는 — 서커스에서든 신문사에서든 — 나이 많은 광
대가 더 이상 농담을 못 하는 날이, 살금살금 걸어가서
문턱을 넘는 것만으로도 지치는 날이, 세일즈맨처럼 친
근한 미소를 띠고 힘없이 서 있지만 말이 차마 나오지 않
는 날이 올까 생각했다. 이번에는 아니야. 그가 얼른 생
각했다. 세상에, 이번에는 아니야, 제발.

그들이 차를 세우자 숲에서 〈와트〉 그릇을 든 젊은 승
려가 얼른 나왔고, 제리가 그릇에 몇 바트를 떨어뜨렸다.
미키가 트렁크를 열었다. 보초를 서던 경찰이 안을 들여
다보고 제리에게 차에서 내리라고 하더니 그늘진 헛간에
혼자 앉아 있는 대장에게 데려갔다. 대장은 한참 뒤에야
제리의 존재를 알아차렸다.

「미국인이냐는데요?」 미키가 말했다.

제리가 서류를 내밀었다.

검문소 너머 평평한 관목지에 완벽한 포장도로가 연
필처럼 곧게 뻗어 있었다.

「여기 무슨 일로 왔냅니다.」 미키가 말했다.

「대령한테 볼일이 있어서.」

두 사람은 차를 타고 마을과 영화관을 지났다. 여기는
최신 영화도 무성 영화였지. 제리가 기억을 떠올렸다. 그
와 관련된 기사도 쓴 적 있었다. 현지 배우들이 목소리를

넣었는데, 머리에 떠오르는 대로 아무렇게나 이야기를 만들어 나갔다. 그는 태국어로 꽥꽥거리는 존 웨인, 신이 난 관객들, 동성애자로 유명한 시장을 흉내 내는 것이라는 통역관의 설명을 기억했다. 그들은 숲을 통과하는 중이었지만 기습의 위험 때문에 도로 양쪽으로 45미터 정도는 나무가 다 베어지고 없었다. 가끔 지상 교통과 아무 상관 없는 또렷한 흰색 선들이 보였다. 미군이 보조 활주로로 활용하려고 놓은 도로였기 때문이다.

「그 대령이라는 사람 아세요?」 미키가 물었다.

「몰라.」 제리가 말했다.

미키가 즐거워하며 웃었다. 「무슨 일인데요?」

제리는 대답하지 않았다.

32킬로미터를 더 가자 경찰이 접수한 작은 마을 중앙에 두 번째 검문소가 있었다. 회색 트럭 한 무리가 〈와트〉 마당에 서 있고 지프 네 대가 검문소 옆에 세워져 있었다. 마을은 교차 지점에 위치하고 있었다. 그들이 달리는 도로와 직각으로 난 노란 흙길이 평원을 가로질러 반대편 산지로 구불구불 이어졌다. 이번에는 제리가 먼저 차에서 뛰어내려 기분 좋은 목소리로 〈대장한테 안내해!〉라고 외쳤다. 대장은 초조한 표정의 젊은 대위로, 자신이 배운 지식을 넘어서는 일들을 감당하려 애쓰는 사람처럼 걱정스럽게 얼굴을 찌푸리고 있었다. 그는 권총을 책상에 올려두고 앉아 있었다. 임시 경찰서였다. 창밖으로 가장 최근에 폭격을 당한 폐허가 보였다.

「대령은 바쁜 사람이다.」 대위가 운전사 미키를 통해서 전했다.

「용맹한 사람이기도 하지.」 제리가 말했다.

〈용맹〉이 무슨 뜻인지 전달하느라 몸짓이 동원되었다.

「공산주의자를 수없이 쏴 죽였지.」 제리가 말했다. 「우리 신문에 이 용맹한 태국 대령에 대한 기사를 싣고 싶어.」

대위가 한참 동안 말을 했고, 미키가 갑자기 큰소리로 웃었다.

「대위가 그러네요, 빨갱이가 아니야! 방콕이 문제야! 여기 가난한 사람들은 아무것도 몰라. 방콕이 학교를 안 만들어 주니까. 그래서 밤이면 빨갱이들이 와서 이야기를 해줘. 아들 전부 모스크바에 보내라고, 공부해서 박사 되라고, 그래서 경찰서를 폭파시키라고.」

「대령은 어디서 만날 수 있지?」

「대위가 여기 있으라는데요.」

「대령에게 이쪽으로 오라고 할 건가?」

「대령은 아주 바쁘답니다.」

「대령은 어디 있지?」

「다음 마을에요.」

「다음 마을 이름이 뭐지?」

운전사가 다시 한번 폭소를 터뜨렸다.

「이름 없어요. 전부 죽었어요.」

「죽기 전에는 뭐라고 불렸지?」

미키가 무슨 이름을 댔다.

「그 죽은 마을까지 도로가 있나?」

「대위 말로는 군사 기밀이랍니다. 모른다는 뜻이지요.」

「잠깐 가서 보고 싶은데, 대위가 허락해 줄까?」

긴 대화가 이어졌다.

「물론이죠.」 마침내 미키가 말했다. 「가도 된답니다.」

「대위가 대령에게 무선 통신으로 연락해서 우리가 간다고 알려 줄 수 있나?」

「대령은 바쁘답니다.」

「무선 통신으로 연락해 주나?」

「물론이죠.」 운전사가 그렇게 뻔한 사실을 중요하게 다루는 사람은 기분 나쁜 〈파랑〉밖에 없다는 듯이 말했다.

그들은 다시 차에 올랐다. 차단기가 올라가고, 두 사람은 갓길이 텅 비어 있고 가끔 표지판이 보이는 완벽한 포장도로를 따라 달렸다. 20분을 달려도 살아 있는 것은 아무것도 보이지 않았지만 제리에게는 아무런 위안도 되지 않았다. 산길에서 총을 들고 싸우는 게릴라가 한 명 있으면 평야에서 쌀과 탄약, 인프라를 마련하는 게릴라가 다섯 명이라는 말을 들었는데, 이곳은 평야였다. 오른쪽으로 흙길이 있었는데 최근에 누가 지나갔는지 포장도로에 흙이 묻어 있었다. 미키가 그쪽으로 꺾어서 진한 타이어

자국을 따라가면서 제리는 신경 쓰지도 않고 「매사추세츠는 항상 불이 꺼져 있네」를 아주 크게 틀었다.

「이러면 빨갱이들은 사람이 많은 줄 알겠죠.」 그가 더욱 웃으며 설명했고, 그래서 제리는 항의할 수가 없었다. 게다가 미키가 좌석 아래 가방에서 크고 총열이 긴 45구경 권총을 꺼내서 제리는 깜짝 놀랐고, 총을 집어넣으라고 날카롭게 명령했다. 몇 분 뒤 뭔가 타는 냄새가 났다. 두 사람은 나무를 태우는 연기 속을 달려 마을의 잔해에 도착했다. 겁먹은 사람들, 불에 타서 화석처럼 변해 버린 몇 에이커의 티크 숲, 지프 세 대, 경찰 약 스무 명 그리고 한가운데에 작고 다부진 대령이 있었다. 마을 사람들과 경찰 모두 직경 55미터 정도의 연기가 피어오르는 잿더미를 보고 있었다. 까맣게 탄 들보 몇 개가 타버린 집들의 윤곽을 보여 주었다. 차를 세우고 내려서 다가오는 제리와 미키를 대령이 지켜보았다. 그는 전투적인 남자였다. 제리는 바로 알아보았다. 대령은 땅딸막하고 강건했고, 미소를 짓거나 얼굴을 찌푸리지 않았다. 얼굴이 까무잡잡하고 머리는 희끗희끗했고, 두꺼운 몸통만 아니면 말레이 사람이라고 해도 믿을 것 같았다. 그는 낙하 기장과 비행 기장, 두 줄 정도의 약식 기장을 달고 있었다. 전투복 차림에 오른쪽 허벅지에는 가죽 총집에 넣은 제식 가죽 권총을 차고 있었는데, 고정용 끈이 풀려 있었다.

「기자인가?」 그가 단조로운 군대식 영어로 제리에게

물었다.

「그렇습니다.」

대령의 눈이 운전사를 향했다. 그가 뭐라고 말하자 미키가 급히 차로 가서 올라타더니 나오지 않았다.

「뭘 원하지?」

「여기서 누가 죽었습니까?」

「세 사람. 방금 내가 쐈네. 전부 3천8백만 명이지.」거의 완벽하고 기능적인 미국식 영어가 점점 더 놀라웠다.

「왜 쐈지요?」

「밤이면 CT가 여기서 수업을 하지. 사람들이 CT의 이야기를 들으러 사방에서 오네.」

공산주의 테러리스트Communist Terrorist 말이군. 제리가 생각했다. 원래 영국식 표현이라는 느낌이 들었다. 대형 트럭이 흙길을 따라 천천히 움직였다. 마을 사람들이 트럭을 보고 침구와 아이들을 챙기기 시작했다. 대령이 명령을 내리자 부하들이 사람들을 대충 정렬시켰고, 트럭이 방향을 바꾸었다.

「이 사람들에게 더 나은 곳을 찾아 줄 거야.」대령이 말했다.「다시 시작하는 거지.」

「누구를 쐈습니까?」

「지난주에 부하 두 명이 폭격을 당했네. 이 마을에서 CT가 벌인 작전이지.」대령이 트럭에 오르던 시무룩한 여자를 지목해서 불러왔고, 제리가 그녀를 보았다. 여자는 고개를 숙이고 서 있었다.

「그들이 이 여자 집에 머물렀어.」 그가 말했다. 「이번에는 남편을 쐈지. 다음에는 여자를 쏜다.」

「나머지 두 명은요?」 제리가 물었다.

질문을 계속하는 것이 곧 공격이기 때문에 계속 물었지만, 심문을 당하는 사람은 대령이 아니라 제리였다. 대령의 갈색 눈은 냉혹하게 평가하는 듯했고, 많은 것을 숨기고 있었다. 제리를 바라보는 그의 눈에 호기심이 담겨 있었지만 불안은 없었다.

「CT 중 하나가 여기서 어떤 여자랑 잤네.」 그가 간단히 말했다. 「우리는 단순한 경찰이 아니야. 판사이자 법원이지. 달리 아무도 없어. 방콕은 공개 재판을 좋아하지 않지.」

마을 사람들이 트럭에 탔다. 그들은 뒤도 돌아보지 않고 멀어졌다. 아이들만이 트럭 개폐판 위로 손을 흔들었다. 지프가 뒤를 따랐고, 이제 그들 세 사람과 자동차 두 대, 열다섯 살쯤 되어 보이는 소년만 남았다.

「저 애는 누구죠?」 제리가 말했다.

「우리가 데려간다. 내년이나 내후년, 내가 저 애도 쏘겠지.」

제리가 대령과 함께 지프에 올랐고 대령이 운전을 했다. 소년은 뒷자리에 무표정하게 앉아서 대령이 단호하고 기계적인 어조로 설교하는 동안 네, 아니요만 중얼거렸다. 미키가 차를 몰고 뒤따라왔다. 지프 바닥, 좌석과 페달 사이에 대령은 수류탄 네 개를 상자에 담아 놓았다. 뒷좌석에 소형 기관총이 놓여 있었지만 대령은 소년을 위해 치워 주지도 않았다. 백미러 위 편액 옆에 존 케네디의 사진과 〈국가가 무엇을 해줄 수 있는지 묻지 말고 국가를 위해 무엇을 할 수 있는지 물어라〉라는 유명한 말이 적힌 엽서가 붙어 있었다. 제리가 공책을 꺼냈다. 소년을 향한 연설이 계속되었다.

「지금 뭐라고 하시는 겁니까?」

「민주주의의 원칙을 설명하고 있네.」

「원칙이 뭔데요?」

「공산주의도 안 되고, 장군도 안 된다는 거지.」 그가 이렇게 대답하고 웃었다.

포장도로가 나오자 오른쪽으로 꺾어서 더욱 안쪽으로 들어갔고, 빨간 포드에 탄 미키가 따라왔다.

「방콕을 상대하는 건 저기 저 큰 나무에 오르는 것과 같아.」 대령이 제리에게 이렇게 말하고 숲을 가리켰다. 「가지에 올라서서 위로 조금 올라간 다음 다른 가지에 올라서고, 가지가 부러지면 또다시 올라가지. 언젠가는 최고 장군에 다다를지도 몰라. 평생 안 될지도 모르고.」

작은 아이 두 명이 손을 흔들자 대령이 차를 세우고 뒷좌석 소년의 옆자리에 태웠다.

「자주 이러는 건 아니야.」 그가 다시 미소를 지으며 말했다. 「내가 좋은 사람이라는 걸 당신한테 보여 주려고 태워 주는 거야. CT는 우리가 아이들한테 차를 세워 준다는 것을 알고 애들을 보내서 차를 세우지. 늘 변화를 줘야 해. 그러면 살아남을 수 있지.」

차가 다시 숲으로 들어갔다. 대령은 몇 킬로미터 정도 지나 아이들을 내려 주었지만 시무룩한 소년은 내려 주지 않았다. 나무들이 사라지고 적막한 관목지가 나왔다. 하늘이 점점 하얘지고 산 그림자가 안개 너머로 언뜻언뜻 보였다.

「이 아이가 무슨 짓을 했죠?」 제리가 물었다.

「쟤? CT라네. 우리가 잡았지.」 숲에서 번쩍이는 금빛이 보였지만, 〈와트〉였다. 「지난주에 내 부하가 CT에게 정보를 넘겼어. 나는 그 부하를 순찰에 데리고 나가서 쏴 죽인 다음 대단한 영웅으로 만들어 주었지. 아내는 연금을 받게 해주고, 시체를 감쌀 커다란 국기를 사 주고, 성대한 장례식을 치러 주었고, 마을은 조금 더 부유해졌네. 그는 더 이상 내통자가 아니야. 마을의 영웅이지. 중요한 건 사람들의 마음을 얻는 거야.」

「그렇죠.」 제리가 동의했다.

그들은 넓은 밭에 도착했다. 밭 한가운데에서 괭이질을 하는 여자 두 명을 제외하면 저 멀리 보이는 관목과 하얀 하늘로 이어지는 바위투성이 모래 언덕밖에 없었

다. 제리와 대령은 미키를 포드에 남겨 둔 채 밭을 가로
질렀고, 시무룩한 소년이 뒤따라왔다.

「영국인인가?」

「네.」

「나는 워싱턴 국제 경찰 학교에 다녔지.」 대령이 말했
다. 「아주 좋은 곳이야. 미시간 주립 대학에서 법률을 공
부했어. 우리에게 좋은 시절을 보여 주었지. 나랑 좀 떨
어져 걷지 않겠나?」 그들이 밭을 가로지를 때 대령이 예
의 바르게 물었다. 「놈들은 당신이 아니라 나를 쏠 거야.
〈파랑〉을 쏘면 문제가 너무 커지니까. 그건 바라지 않지.
내 관할 구역에서는 아무도 〈파랑〉을 쏘지 않아.」

여자들 앞에 도착했다. 대령이 그들에게 뭐라 말한 다
음 조금 더 걸어가서 멈추더니 시무룩한 소년을 한 번 보
고 여자들에게 돌아가서 다시 뭐라 말했다.

「무슨 일이죠?」 제리가 말했다.

「근처에 CT가 없는지 물었네. 없다는군. 그러다가 문
득 생각이 났지. CT가 이 아이를 되찾고 싶어 할지도 모
른다고. 그래서 돌아가서 말했네. 〈무슨 일이 생기면 당
신들 먼저 죽인다.〉」 두 사람이 관목에 도착했다. 눈앞에
모래 언덕이 펼쳐져 있고 키 큰 관목과 야자나무가 칼날
처럼 웃자라 있었다. 대령이 두 손을 모아 입에 대고 소
리를 지르자 대답이 들려왔다.

「정글에서 배웠지.」 그가 다시 미소를 지으며 설명했

다. 「정글에서는 항상 먼저 소리를 질러야 해.」

「어느 정글이었지요?」 제리가 말했다.

「이제 가까이 오는 게 좋아. 나한테 말할 때는 미소를 짓고. 놈들은 당신을 똑똑히 보고 싶어 해.」

이제 작은 개울에 도착했다. 백 명쯤 되는 남자 어른과 소년이 그 주변에서 곡괭이와 삽으로 돌을 무심히 골라내거나 불룩한 시멘트 부대를 나르고 있었다. 무장 경찰 몇 명이 멍하니 지켜보았다. 대령이 소년을 불러서 뭐라 말하자 소년이 고개를 숙였다. 대령이 소년의 양쪽 귀를 날카롭게 때렸다. 소년이 뭐라고 중얼거리자 대령이 다시 때린 다음 어깨를 두드렸다. 그러자 소년은 풀려났지만 불구가 된 새처럼 절뚝거리며 걸어가서 일하는 사람들과 합류했다.

「CT에 대해서 쓰고, 내가 만드는 댐에 대해서도 써주게.」 걸어 돌아가는 길에 대령이 말했다. 「우리는 여기에 멋진 초원을 만들 거야. 내 이름을 따서 부르겠지.」

「어느 정글에서 싸우셨지요?」 제리가 다시 물었다.

「라오스. 아주 힘든 싸움이었지.」

「자원하셨습니까?」

「물론이지. 자식이 있으니 돈이 필요했어. 나는 파루[20]에 들어갔네. 들어 봤나? 미군이 운영했는데. 미군이 시켜서 만들었지. 나는 태국 경찰을 그만두겠다는 사직서

20 태국 경찰 내 준군사조직인 국경 수비대의 공수 부대.

232

를 썼고 그들이 그것을 서랍에 넣어 두었네. 내가 죽으면 그 사직서를 꺼내서 내가 파루에 들어가기 전에 사직했다고 증명하는 거지.」

「거기서 리카르도를 만났습니까?」

「맞아. 리카르도는 내 친구였어. 우리는 같이 싸웠고, 나쁜 놈들을 많이 죽였지.」

「그를 만나고 싶습니다.」 제리가 말했다. 「사이공에서 그의 여자를 만났어요. 은신처가 여기 있다고 말해 주더군요. 그에게 사업을 제안하고 싶습니다.」

두 사람이 여자들을 다시 지나쳤다. 대령이 손짓을 했지만 여자들이 무시했다. 제리는 그의 얼굴을 보고 있었지만 모래 언덕의 바위를 보고 있는 것과 다름없었다. 대령이 지프에 올랐고 제리도 따라 탔다.

「대령님이 저를 리카르도에게 데려다줄 수 있을지도 모른다고 생각했습니다. 며칠 만에 그를 부자로 만들어 줄 수 있을지도 몰라요.」

「신문 기사 때문인가?」

「개인적인 일입니다.」

「개인적인 사업 제안?」 대령이 물었다.

「맞습니다.」

두 사람이 포장도로로 돌아가는데 노란 레미콘 트럭 두 대가 반대편에서 다가오자 대령은 트럭이 지나가도록 차를 후진시켰다. 제리는 반사적으로 트럭 측면에 적힌 이름을 보았다. 그때 대령의 시선이 느껴졌다. 그들은 계속 안쪽으로 들어갔다. 누군가의 나쁜 의도에 넘어가지 않도록 지프가 낼 수 있는 최고 속력으로 달렸다. 미키는 뒤에서 충실하게 따라왔다.

「리카르도는 내 친구고 여기는 내 관할 구역이야.」 대령이 훌륭한 미국식 영어로 다시 말했다. 처음 듣는 말은 아니었지만 이번에는 아주 뚜렷한 경고였다. 「약속에 따라 그는 여기에서 나의 보호를 받으며 살고 있지. 다들 아는 사실이야. 마을 사람들도 알고, CT도 알지. 아무도 리카르도를 건드리지 못해. 건드렸다가는 내가 아까 그 댐에서 일하는 CT를 모조리 죽일 테니까.」

포장도로를 벗어나 흙길로 접어들 때 제리는 경비행기가 미끄러진 흔적을 알아보았다.

「여기에 착륙합니까?」

「우기에만.」 대령은 이 문제에 대한 자신의 도덕적 입장을 계속 설명했다. 「만약 리카르도가 당신을 죽인다면 그건 그 친구의 일이야. 내 관할 구역에서 〈파랑〉 하나가 다른 〈파랑〉을 쏘면 그럴 수밖에 없지.」 아이에게 기초적인 산수를 설명하는 듯한 말투였다. 「리카르도는 내 친구야.」 그가 곤혹스러운 기색도 없이 반복했다. 「동지야.」

「그가 나를 기다리고 있습니까?」

「조심하게. 리카르도 기장은 가끔 아프니까.」

〈티우가 특별한 장소를 마련해 줬어.〉 찰리 마셜이 말했었다. 〈미친 사람들만 가는 곳. 티우가 리카르도에게 말했어. 《살아도 되고, 비행기도 가져도 되고, 원한다면 언제든지 찰리 마셜의 비행기 조수석에 타도 되고, 그를 위해 돈을 가지고 다녀도 되고, 찰리가 원하면 그의 뒤를 봐줘도 돼. 약속이다. 드레이크 코는 절대 약속을 어기지 않아.》 그렇게 말했어. 하지만 릭이 말썽을 피우거나 일을 망치면, 릭이 어떤 문제에 대해서 떠들어 대면 티우와 부하들은 그 미친 녀석을 누군지 알아보지도 못하는 꼴로 만들어서 죽일 거야.〉

「릭은 왜 비행기를 타고 도망치지 않지?」 제리가 물었다.

〈티우가 릭의 여권을 가지고 있어, 볼테르. 티우가 릭의 빚과 사업과 범죄 기록을 샀어. 티우는 릭에게 아편 50톤을 밀매한 죄를 뒤집어씌웠고 필요하면 언제든지 마약 단속국에 넘길 수 있는 증거도 전부 가지고 있어. 원한다면 언제든지 자유롭게 떠날 수 있지만 세상 어디를 가도 감옥이 기다리고 있지.〉

그의 집은 넓은 흙길 한가운데 여러 개의 기둥 위에 세워진 고상 가옥으로, 사방이 발코니로 둘러싸여 있었다. 바로 옆에 작은 시냇물이 흘렀고 집 아래에 태국 여자 두 명이 있었는데, 한 명은 아기에게 젖을 먹였고 한 명은

솥을 저었다. 뒤로는 평평한 갈색 들판이 펼쳐져 있고 들판 한쪽 끝에 경비행기 — 예를 들면 비치크래프트 — 가 들어갈 만큼 커다란 헛간이 있었다. 최근에 누군가가 착륙했는지 들판의 풀이 짓눌려 은색 길이 나 있었다. 집은 약간 솟은 땅에 서 있고 그 주변에는 나무가 없었다. 주변 시계가 탁 트여 있고 넓은 창들은 별로 높지 않았다. 제리는 내부에서 넓은 발사각을 확보하기 위해 개조한 것이 아닐까 추측했다. 집에 조금 못 미쳤을 때 대령이 제리에게 차에서 내리라고 하더니 미키의 차로 같이 걸어갔다. 대령이 뭐라 말하자 미키가 얼른 내려서 트렁크를 열었다. 대령이 좌석 밑으로 손을 뻗어 권총을 꺼내더니 경멸스럽다는 표정을 지으며 지프에 던져 넣었다. 그는 제리와 미키의 몸을 차례로 수색한 다음 차 안을 직접 수색했다. 그런 다음 두 사람에게 기다리라고 말하고 계단을 올라 1층으로 들어갔다. 여자들은 그를 못 본 척했다.

「훌륭한 대령이에요.」 미키가 말했다.

두 사람은 기다렸다.

「영국은 부자 나라죠.」 미키가 말했다.

「영국은 아주 〈가난한〉 나라야.」 제리가 반박했고, 두 사람은 집을 지켜보았다.

「가난한 나라에 부자 국민이라니.」 미키가 말했다. 그가 자기 농담에 아직도 웃고 있을 때 대령이 밖으로 나와서 지프에 올라타고 떠났다.

「여기서 기다려.」제리가 말했다. 그는 계단으로 천천
히 걸어가서 양손을 입에 대고 위쪽을 향해 외쳤다.

「내 이름은 웨스터비다. 몇 주 전 프놈펜에서 나한테
총 쐈던 걸 기억하고 있겠지. 나는 가난한 기자지만 돈이
될 만한 아이디어가 있어.」

「무슨 일이지, 볼테르? 당신은 이미 죽었다고 들었
는데.」

컴컴한 위쪽에서 라틴 아메리카 사람의 굵고 빠른 목
소리가 들렸다.

「드레이크 코를 협박하고 싶어. 우리 둘이서 2백만 달
러 정도 뜯어내고 당신은 자유를 살 수 있을 것 같은데.」

머리 위 천장에 달린 뚜껑 문 속 어둠에서 총열 하나가
키클롭스의 눈처럼 깜빡이더니 다시 제리를 물끄러미 바
라보았다.

「〈한 사람당.〉」제리가 외쳤다. 「당신 2백만, 나 2백만
이야. 계획은 다 세워 놨어. 내 머리에 당신의 정보, 리지
워딩턴의 몸매면 확실해.」

그가 천천히 계단을 오르기 시작했다. 〈볼테르〉인가.
그가 생각했다. 찰리 마셜은 이야기를 퍼뜨릴 때 꾸물대
지 않았다. 이미 죽었다는 말은 ── 조금 더 두고 보자.

제리가 뚜껑 문으로 올라가 어두운 곳에서 밝은 곳으

로 움직이자 라틴 아메리카인의 목소리가 말했다. 「거기 멈춰.」제리는 그가 시키는 대로 하면서도 방을 둘러볼 수 있었다. 작은 무기 박물관과 미군 PX를 섞어 놓은 듯한 곳이었다. 한가운데 삼각(三脚) 테이블 위에는 리카르도가 그에게 쏘았던 것과 비슷한 AK47이 놓여 있었고, 제리의 생각대로 사방 어디에서 접근하든 창문을 통해 총을 쏠 수 있었다. 만약 실패할 경우 여분의 총이 몇 자루 더 있었고, 각각의 총 옆에 탄약 클립이 웬만큼 쌓여 있었다. 그리고 수류탄이 서너 개씩 과일처럼 놓여 있고, 플라스틱 마리아상이 놓인 보기 싫은 호두나무 칵테일 캐비닛에는 언제든지 쓸 수 있는 권총과 자동 소총이 여러 자루 들어 있었다. 방은 하나뿐이었지만 무척 컸고, 가장자리에 옻칠을 한 낮은 침대가 있었다. 제리는 잠시 리카르도가 도대체 저 침대를 비치크래프트에 어떻게 싣고 왔을까, 바보 같은 생각을 했다. 냉장고가 두 대, 제빙기가 한 대 있고 무척 힘들게 그린 듯한 태국 여자 누드 유화가 몇 점 있었는데, 보통 대상을 접할 일이 별로 없을 때 그렇듯 관능적인 묘사가 정확하지 않았다. 파일 캐비닛에는 루거 권총이 놓여 있고 책장에는 회사법, 국제 세법, 성적 테크닉에 대한 책들이 꽂혀 있었다. 벽에는 태국에서 만든 성인들과 성모 마리아, 아기 예수의 부조가 여러 점 걸려 있었다. 바닥에는 슬라이딩 좌석이 달린 운동용 보트 철골이 놓여 있었다.

이 모든 것들의 한가운데에, 제리가 처음 만났을 때와 거의 같은 자세로, 리카르도가 중역용 회전의자에 앉아 있었다. CIA 팔찌를 차고 허리에 사롱을 둘렀고, 근사한 맨가슴에 십자가 금목걸이가 걸려 있었다. 수염이 지난 번보다 훨씬 적었기 때문에 제리는 여자들이 잘라 주었나 보다고 생각했다. 모자는 쓰지 않았고, 곱슬곱슬하고 까만 머리카락은 목 뒤에서 금으로 만든 작은 고리로 묶여 있었다. 어깨가 넓은 근육질에 갈색으로 탄 피부가 번들거렸고, 가슴은 매끈했다.

바로 근처에 스카치위스키병과 물병이 있었지만 냉장고를 작동시킬 전기가 없었으므로 얼음은 없었다.

「재킷을 벗어 줘, 볼테르.」 리카르도가 명령하자 제리가 시키는 대로 했다. 리카르도가 한숨을 쉬며 일어나더니 테이블 위의 자동 소총을 집어 들고 제리의 주변을 천천히 돌면서 그의 몸을 살펴보는 동시에 무기가 없는지 가볍게 수색했다.

「테니스를 치나?」 리카르도가 뒤에서 한 손으로 제리의 등을 가볍게 훑으며 물었다. 「찰리 말로는 고릴라 같은 근육을 가졌다던데.」 그러나 질문이 아니라 혼잣말이었다. 「난 테니스를 참 좋아해. 아주 잘 치지. 항상 이겨. 아쉽게도 여기서는 칠 기회가 거의 없지만.」 그가 다시 자리에 앉았다. 「가끔 친구한테서 도망치기 위해 적과 함께 숨어야 할 때도 있어. 나는 승마도 하고, 복싱도 하고,

사격도 해. 학위도 있고, 비행기도 조종할 줄 알고, 인생도 잘 알고, 머리도 좋지만 어쩔 수 없는 상황 때문에 정글에서 원숭이처럼 살지.」자동 소총이 그의 왼손에 아무렇게나 놓였다. 「그걸 편집증 환자라고 하던가, 볼테르? 모두가 자기 적이라고 생각하는 사람 말이야.」

「그런 것 같군.」

리카르도는 즐겨 말하는 농담을 꺼내려고 기름을 바른 갈색 가슴을 손가락으로 찔렀다.

「음, 하지만 이 편집증 환자에게는 진짜 적이 있어.」그가 말했다.

「2백만 달러면 분명 대부분 제거할 수 있을 거야.」리카르도가 지나간 뒤에도 같은 자리에 서 있던 제리가 말했다.

「볼테르, 솔직히 말해야겠군. 당신의 제안은 개소리야.」

리카르도가 웃었다. 즉, 새로 다듬은 수염 사이로 흰 이를 멋지게 드러내고 복근을 약간 수축시키더니 제리의 얼굴에 시선을 고정한 채 잔에 담긴 위스키를 마셨다. 지령을 받았군. 제리가 생각했다. 나와 마찬가지로.

〈그가 찾아오면 이야기를 들어라.〉티우가 이렇게 말한 것이 분명했다. 그리고 리카르도가 이야기를 다 듣고 나면 ─ 그다음에는 어떻게 될까?

「당신은 사고를 당한 줄 알았는데, 볼테르.」리카르도가 슬픈 듯 말하고 자신의 형편없는 정보에 불평하듯 고개를 저었다. 「한잔할 텐가?」

「내가 직접 따르지.」 제리가 말했다. 잔은 캐비닛 안에 들어 있었는데 크기와 색깔이 전부 제각각이었다. 그는 캐비닛으로 조심스럽게 걸어가서 겉면에는 옷을 입은 여자, 안에는 벌거벗은 여자가 그려진 길쭉한 분홍색 술잔을 꺼냈다. 제리는 위스키를 손가락 몇 마디만큼 따르고 물을 약간 섞은 다음 테이블을 사이에 두고 리카르도의 맞은편에 앉았다. 리카르도가 그를 흥미롭게 지켜보았다.

「웨이트 트레이닝이나 뭐 그런 운동 하나?」 그가 격의 없이 물었다.

「병이나 드는 정도지.」 제리가 말했다.

리카르도가 지나치게 큰 소리로 웃음을 터뜨리더니 반쯤 감긴 눈을 반짝거리며 제리를 계속 관찰했다.

「찰리 녀석한테는 너무 심했어, 알아? 금단 증상에 시달리는 내 친구를 어둠 속에서 찍어 누른 건 마음에 안 들어. 찰리가 회복하려면 한참 걸릴 거야. 찰리의 친구랑 친해지고 싶으면서 그러면 안 되지, 볼테르. 코 씨에게도 무례하게 굴었다더군. 내 귀여운 리지랑 저녁 식사도 하고 말이야. 맞나?」

「저녁 식사를 같이했지.」

「잤어?」

제리는 대답하지 않았다. 리카르도가 다시 웃음을 터뜨렸는데, 시작할 때처럼 갑자기 뚝 끊겼다. 그가 위스키를 길게 한 모금 마시고 한숨을 쉬었다.

「음, 난 그냥 리지가 고마운 줄 알면 좋겠어, 그뿐이야.」 갑자기 리카르도는 제대로 이해받지 못하는 남자가 되었다. 「난 리지를 용서해. 알겠어? 리지를 다시 만나면 리카르도가 용서한다고 전해 줘. 내가 그녀를 가르쳤지. 내가 궤도에 올려 줬어. 예술, 문화, 정치, 사업, 종교. 많은 이야기를 해주고, 사랑을 나누는 법도 가르쳐 주고, 세상에 내보냈다. 내 연줄이 아니었으면 리지가 지금 어디에 있겠어? 응? 리카르도랑 같이 정글에서 원숭이처럼 살고 있겠지. 전부 다 내 덕분이야. 〈피그말리온〉이라는 영화 아나? 음, 내가 바로 그 교수야. 리지에게 이것저것 말해 줬지 — 무슨 말인지 알아? — 리카르도만이 할 수 있는 이야기를 해줬다고. 베트남에서 7년. 라오스에서 2년. CIA한테 매달 4천 달러씩 받는 가톨릭교도. 그게 바로 나야. 내가 리지한테, 그 별 볼 일 없는 여자한테 영국 창녀한테 아무것도 못 가르칠 것 같아? 리지는 애가 있어, 알고 있나? 런던에 아들이 있지. 그녀는 아들을 버렸어, 생각해 봐. 그런 엄마가 어디 있나, 응? 창녀보다 더 나쁘지.」

제리는 할 말을 찾을 수 없었다. 그는 리카르도의 큼지막한 오른손 중지에 나란히 끼워진 커다란 반지 두 개를 보고 있었고, 기억을 더듬어 리지의 턱에 난 두 개의 상처와 크기를 비교하는 중이었다. 위에서 내리쳤군. 그가 결론을 내렸다. 그녀가 밑에 깔려 있을 때 오른손으로 펀치를 날린 거야. 턱이 부러지지 않은 것이 이상했다. 어쩌면 부러졌는데 운 좋게 나았을지도 몰랐다.

「귀먹었나, 볼테르? 사업 제안을 설명해 보라고 하잖아. 객관적으로 말이야. 나는 한마디도 안 믿겠지만.」

제리가 위스키를 조금 더 마셨다. 「당신이 드레이크 코의 지시에 따라 비행했을 때 그가 무슨 일을 맡겼는지 말해 주면, 또 리지가 나를 코와 만나게 해주면, 우리가 서로 속이지만 않으면, 그를 몽땅 벗겨 먹을 가능성이 아주 높다는 거야.」

막상 말을 하고 보니 연습할 때보다 더 설득력 없게 들렸지만 제리는 별로 신경 쓰지 않았다.

「미쳤군, 볼테르. 미쳤어. 허공에다가 그림을 그리고 앉았군.」

「코가 당신에게 중국 본토로 가라고 시켰다면 그렇지 않아. 코가 홍콩을 전부 가질 수 있다 해도 상관없어. 총독이 그 짤막한 모험을 알게 되면 두 사람의 관계는 하룻밤 사이에 끝날 거야. 그건 시작일 뿐이야. 더 있어.」

「무슨 말을 하는 거야, 볼테르? 중국? 도대체 무슨 헛소리야? 중국 〈본토〉라고?」 그가 번들거리는 어깨를 으쓱하더니 술을 마시면서 잔에 대고 싱글싱글 웃었다. 「무슨 생각인지 모르겠군, 볼테르. 똥구멍으로 말을 하고 있어. 내가 코의 지시에 따라 비행기를 몰고 중국에 갔다고 생각하는 이유가 도대체 뭐야? 어이없군. 아주 웃겨.」

거짓말 솜씨만 보면 리카르도가 리지보다 몇 수 아래
야. 제리가 생각했다. 아주 서툴다는 뜻이었다.

「우리 편집장 덕분에 아이디어가 떠올랐지. 편집장은
아주 날카로운 사람이거든. 정보도 많고 유력한 친구들
이 잔뜩 있지. 그 친구들이 이야기를 흘리거든. 예를 들
어 우리 편집장의 직감에 따르면, 당신은 비행기 추락으
로 비극적인 죽음을 맞이하고 얼마 안 돼서 위험 약물을
단속하는 호의적인 미국인 구매자에게 생아편을 대량으
로 팔았어. 또 다른 직감에 따르면 그 생아편은 당신이
아니라 코의 물건이었고, 중국 본토로 운반할 예정이었
지. 하지만 당신이 손을 좀 쓰기로 한 거야.」제리가 이야
기를 계속했고, 리카르도의 눈이 위스키 잔 너머로 그를
지켜보았다. 「만약 그랬다면, 그리고 코의 야망이 중국
본토에 아편벽(癖)을 다시 퍼뜨리는 거였다면 — 느리지
만 꾸준하게 새로운 시장을 개척하는 거지, 무슨 말인지
알겠지? — 음, 코는 이런 내용이 전 세계 온갖 신문의
1면을 장식하는 것을 막기 위해서 상당한 수고도 감수하
겠지. 그게 다가 아니야. 전혀 다른 면이 있어, 훨씬 더 큰
돈이 되는.」

「그게 뭐지, 볼테르?」 리카르도가 물었다. 그는 소
총 조준기 너머로 보는 것처럼 제리를 꼼짝도 않고 지켜
보았다. 「당신이 말하는 다른 면이 뭔데? 설명 좀 해주

시지.」

「음, 그건 일단 미뤄 둬야겠어.」제리가 솔직한 미소를 지으며 말했다. 「잠시 당신 이야기를 들으면서 준비하도록 하지.」

여자가 밥과 레몬그라스, 삶은 닭을 들고 소리 없이 계단을 올라왔다. 그녀는 단정하고 아주 아름다웠다. 집 아래에서 미키의 목소리와 아기가 웃는 소리가 들려왔다.

「저 밑에 누군가, 볼테르?」리카르도가 공상에서 반쯤 깨어나 멍하니 물었다. 「빌어먹을 경호원이라도 데려왔나?」

「그냥 운전사야.」

「그가 총을 가지고 있나?」

대답이 없자 리카르도가 놀라서 고개를 저었다. 「당신은 정말 미쳤군.」그가 손짓으로 여자를 내보내며 말했다. 「정말로 정신이 나간 친구야.」그가 제리에게 밥그릇과 젓가락을 건넸다. 「세상에. 티우라는 놈은 꽤 거칠어. 나도 꽤 거칠지. 하지만 그놈들은 아주 냉혹해질 수 있어, 볼테르. 티우 같은 사람을 잘못 건드리면 큰일 나는 거야.」

「우리가 그놈들 수법으로 그놈들을 물리치면 되지.」제리가 말했다. 「영국 변호사들을 고용하는 거야. 주교단이 와도 쓰러뜨리지 못할 만큼 높은 벽을 쌓는 거지. 증인을 모을 거야. 당신. 찰리 마셜. 조금이라도 아는 게 있는 사람은 누구든. 그가 무슨 말을 하고 어떤 행동을 했는지 날짜와 시간을 기록하는 거지. 그에게 사본을 보여주고 나머지는 은행에 보관한 다음 그와 거래를 하는 거야. 서명하고, 봉인하고, 전달하고. 아주 합법적이지. 코는 그런 걸 좋아하잖아. 아주 법적인 사람이라고. 코의 사업도 살펴봤어. 은행 거래 내역이랑 자산도 봤고. 기사를 쓰려면 지금까지 알아낸 것만으로도 훌륭해. 하지만 내가 이야기하는 다른 면까지 더하면 5백만도 싼값이야. 당신 2백만, 나 2백만, 리지 백만.」

「리지한테는 한 푼도 안 줘.」

리카르도가 파일 캐비닛 위로 몸을 숙이고 서랍을 열더니 안을 뒤적이면서 전단지와 편지를 살피기 시작했다.

「발리에 가봤나, 볼테르?」

리카르도가 엄숙하게 안경을 꺼내고 테이블 앞에 다시 앉아서 파일을 살펴보기 시작했다. 「몇 년 전에 거기 땅을 좀 사놨지. 내가 거래를 했어. 거래를 많이 했지. 걸어도 다니고, 차도 타고 다니면서 말이야. 거기 혼다 750도 한 대 있고 여자도 하나 있어. 라오스에서는 다 죽이고, 베트남에서는 시골을 모조리 불태우고, 그렇게 해서 발리에 땅을 샀어. 이번만큼은 태우지 않을 땅과 죽이지 않을 여자야. 무슨 말인지 알아? 관목지 50에이커지. 여기야, 이리 와봐.」

제리가 그의 어깨 너머로 보니 몇 개의 건설 구획으로

나넌 지협의 설계용 등사 도판이었다. 왼쪽 아래 구석에
〈네덜란드령 앤틸리스 제도, 리카르도 앤드 워딩턴 유한
회사〉라고 적혀 있었다.

「나랑 사업을 하지, 볼테르. 이걸 같이 개발하자고, 어
때? 집을 50채 지어서 하나씩 갖는 거야, 좋은 사람들끼
리. 찰리 마셜을 관리인으로 삼고, 여자도 좀 데려오고,
예술인촌 같은 걸 만드는 거야. 가끔 콘서트도 열고. 음
악 좋아하나, 볼테르?」

「내가 원하는 건 확실한 사실이야.」 제리가 단호하게
주장했다.「날짜, 시간, 장소, 목격자 진술. 나한테 이야
기해 주면 거래를 하지. 다른 면을 설명해 주겠어 — 큰
돈이 되는 면을 말이야. 전부 다 설명하지.」

「당연하지.」리카르도가 여전히 지도를 보며 건성으로
말했다.「그놈을 망가뜨려 주자고. 당연하지.」

이런 식으로 셋이 살았구나. 제리가 생각했다. 한 발은
요정의 세계에, 한 발은 감옥에 딛고 서로의 환상을 지탱
하면서. 셋이서 주연하는 거지 오페라군.

한참 동안 리카르도는 자신의 악행과 사랑에 빠졌고,
제리는 그를 막을 수 없었다. 리카르도의 단순한 세상에
서는 자기 이야기를 하는 것이 곧 상대방을 더 잘 아는
것이었다. 그래서 그는 자신의 위대한 정신에 대해서, 대
단한 성적 능력과 그것을 유지하는 문제에 대해서, 무엇
보다도 전쟁의 끔찍함에 대해서 이야기했다. 본인이 특

히 잘 안다고 생각하는 주제였다. 「베트남에서 어떤 여자
랑 사랑에 빠졌어, 볼테르. 내가, 이 리카르도가 사랑에
빠졌다고. 나에게는 아주 드물고 신성한 일이야. 검은 머
리카락, 쭉 뻗은 등, 성모 마리아 같은 얼굴, 작은 가슴.
나는 아침마다 학교에 걸어가는 그녀 옆에 지프를 세웠
고, 그녀는 아침마다 〈싫어요〉라고 말했지. 내가 말했어.
〈이봐, 리카르도는 미국인이 아니야. 멕시코인이야.〉 그
녀는 멕시코를 들어 본 적도 없었어. 난 완전히 미쳤었어,
볼테르. 이 리카르도가 몇 주 동안이나 수도승처럼 살았
지. 이제 다른 여자는 건드리지도 않았다고. 매일 아침
찾아갔어. 그러던 어느 날 내가 그만 가보려고 1단 기어
를 넣었는데 그녀가 양손을 들더니 멈추라는 거야! 그런
다음 내 옆자리에 탔어. 그녀는 학교를 그만두고 어느 캄
퐁[21]에 가서 살게 됐어, 이름은 언젠가 말해 줄게. 그런데
B-52 여러 대가 그 마을로 날아가서 쑥대밭을 만들었어.
어느 영웅이 지도를 잘못 본 거지. 작은 마을은 해변의
돌멩이들이나 마찬가지야, 서로 똑같거든. 나는 헬기를
타고 쫓아갔어. 무엇도 나를 막을 수 없었지. 내 옆에 찰
리 마셜에 있었는데 나더러 미쳤다고 소리를 치더군. 난
신경 안 썼지. 마을에 착륙한 다음 그녀를 찾아다녔어.
마을 사람들은 전부 죽었지. 나는 그녀를 찾아냈어. 그녀
도 죽었지만, 어쨌든 찾아낸 거야. 기지로 돌아오자 헌병

21 말레이시아의 작은 마을을 가리키는 말.

이 나를 두들겨 팼지. 7주 동안 독방에 갇히고 연공 수장을 빼앗겼어. 내가. 이 리카르도가 말이야.」

「안됐군.」제리가 말했다. 그 역시 이런 게임을 해봤고, 정말 싫었다. 그 말을 믿든 말든 어쨌든 싫었다.

「그래.」리카르도가 제리의 말에 고개를 숙여 인사했다.「안됐다는 게 정확한 표현이야. 그놈들은 우리를 농민처럼 취급해. 나랑 찰리는 비행기로 뭐든지 운반하지만 제대로 된 보상을 받은 적은 한 번도 없지. 부상자, 사망자, 시체의 일부, 마약. 뭘 운반해도 똑같아. 세상에, 그 전쟁은 정말 힘들었어. 나는 비행기를 타고 원난성에 두 번 갔지. 무섭진 않았어. 전혀. 내 잘생긴 얼굴도 전혀 걱정하지 않았다고.」

「드레이크 코가 지시했던 비행도 넣어야지.」제리가 상기시켰다.「그러면 세 번이잖아, 안 그래?」

「캄보디아 공군 조종사도 가르쳤어. 아무 대가도 없이. 캄보디아 공군 말이야, 볼테르! 장군 열여덟 명, 비행기 쉰네 대 ― 그리고 리카르도. 기한이 끝나면 생명 보험금을 받는다, 그게 조건이었어. 미화 10만 달러. 나만. 리카르도가 사망할 경우 유족은 아무것도 못 받는다, 그게 조건이었어. 리카르도가 해내면 전부 갖는 거야. 프랑스 외인부대 친구들한테 말했더니 그 수법을 잘 알더군. 나한테 이렇게 경고했어. 〈조심해, 리카르도. 곧 빠져나올 수 없는 지독한 곳으로 보낼 거야. 그러면 너한테 돈을 줄 필요가 없거든.〉 캄보디아인들은 연료를 반만 채우고 다니게 했어. 나는 날개에 연료 탱크를 달고 거부했지. 또 내 유압 장치를 손본 적도 있어. 하지만 나는 비행기를 직접 수리했지. 그래서 결국 나를 못 죽였어. 내가 손가락만 한 번 튕기면 리지는 나한테 돌아올 거야. 알겠어?」

점심 식사가 끝났다.

「그래서, 티우랑 드레이크는 어떻게 됐지?」 제리가 말했다. 새러트에서는 자백을 끌어내려면 흐름을 조금만 바꾸면 된다고 했다.

제리가 느끼기에 리카르도는 이때 처음으로 동물 같은 우둔함이 담긴 강렬한 눈으로 제리를 똑바로 보았다.

「사람을 헷갈리게 하는군, 볼테르. 내가 너한테 말을 너무 많이 하면 널 쏠 수밖에 없어. 나는 말이 아주 많은 사람이야, 알겠어? 여긴 정말 외롭거든, 나는 늘 외로움을 타는 성격이야. 마음에 드는 사람이 있으면 이야기를 하고, 그런 다음 후회하지. 사업상의 약속이 기억나서 말이야, 무슨 뜻인지 알겠지?」

이제 내면의 정적이 제리를 덮쳤다. 새러트의 인간은 새러트의 녹음기가 되어 아무 말도 없이 들으면서 기억에 새기기만 했다. 그는 알았다, 작전상 이제 그의 여정은 이제 거의 끝났다. 돌아가는 방법은 기껏해야 예측 불가일지라도 말이다. 작전상, 그가 아는 어떤 전례에 비춰

보더라도, 소리 없는 승리의 종소리가 경외에 찬 그의 귓가에 울려야만 했다. 하지만 울리지 않았다. 종소리가 울리지 않는다는 사실은 그의 목표가 어느 모로 보나 새러트 가정 교사들의 목표와 더 이상 맞아떨어지지 않는다는 조기 경보였다.

이야기의 첫 부분은 — 리카르도의 드높은 자만을 빼면 — 찰리 마셜의 이야기와 대체로 비슷하게 흘러갔다. 쿨리 같은 복장에 고양이 냄새를 풍기는 티우가 비엔티안으로 와서 제일 뛰어난 조종사가 누구인지 물어보고 다녔고, 당연히 리카르도라는 대답을 들었다. 마침 리카르도는 잠시 쉬는 중이었기 때문에 특수하고 보수가 무척 높은 비행 일을 맡을 수 있었다.

리카르도는 찰리 마셜과 달리 자기보다 지능이 떨어지는 사람을 상대하는 것처럼 꼼꼼하고 직설적으로 이야기를 했다. 티우는 항공 산업에 연줄이 많은 사람이라고 자신을 소개했고, 인도차이나와의 막역한 관계를 언급했으며, 찰리 마셜에게 이미 이야기했던 기본 조건을 다시 설명했다. 그런 다음 마침내 이번에 할 일에 대해서 말했다 — 즉, 새러트식으로 말하자면 리카르도에게 거짓 사연을 주입했다. 티우는 자신과 관계가 있는 방콕의 대규모 무역 회사가 어느 우호적인 이웃 나라의 관리들과 더없이 적법한 거래를 성사시키려고 애쓰고 있다고 말했다.

「내가 아주 진지하게 물었지, 볼테르. 〈티우 씨, 별세계를 발견하신 것 같군요. 이웃 나라와 사이가 좋은 아시아 국가라니, 처음 듣는 소린데요.〉티우가 이 농담에 웃었어. 당연히 아주 재치 넘치는 발언으로 기여했다고 생각한 거야.」가끔 이상한 경영 대학원식 영어를 쓰는 리카르도가 아주 진지하게 말했다.

그러나 수익성 높고 합법적인 거래를 성사시키기 전에 ─ 리카르도의 어법으로 티우가 설명했다 ─ 그의 사업 파트너들은 성가신 관료주의의 장애물을 해결해 준 이웃 나라의 관리와 관계자 들에게 사례를 해야 한다는 문제에 직면했다.

「그게 왜 문젭니까?」리카르도가 이렇게 물은 것도 부자연스러운 일은 아니었다.

그 나라가 버마라고 생각해 봐요. 티우가 말했다. 가정일 뿐이죠. 지금 버마에서는 공무원이 부자가 되는 것이 금지되어 있고 은행에 쉽게 돈을 맡길 수도 없어요. 그렇다면 다른 지불 수단을 찾아야 하죠.

리카르도가 금은 어떠냐고 제안했다. 티우는 아쉽지만 그가 염두에 두고 있는 나라에서는 금을 현금화하기도 어렵다고 말했다. 이런 경우에는 유통 화폐로 아편을 선택하게 된다고 했다. 아편 4백 킬로그램. 거리는 멀지 않았다, 리카르도라면 하루 내에 다녀올 수 있었다. 보수는 5천 달러였고, 기이하고 지나치게 말을 꾸미는 버릇이 있는 리카르도의 표현에 따르면 ─ 리카르도가 리지

에게 가르쳤다는 것은 주로 이러한 말버릇이 분명했다
—〈기억의 불필요한 부식〉을 막기 위해 나머지 세부 사
항은 출발 직전에 알려 주겠다고 했다. 리카르도가 티우
의 말에 따르면 수월하고 유익할 것이 분명한 비행을 끝
내고 돌아오면 원하는 권종으로 준비된 미화 5천 달러가
즉시 그의 것이 된다. 물론 리카르도가 탁송품이 목적지
에 도착했다는 증거를 마땅한 형태로 제시할 경우에 말
이다. 예를 들면 영수증이라든지.

리카르도가 설명하는 수법에 따르면 그는 티우와 거
래하면서 이 시점에 노골적인 간사함을 드러냈다. 그는
제안을 생각해 보겠다고 말했다. 다른 급한 일들이 있다
고, 자기 항공사를 열고 싶다는 야망이 있다고도 말했다.
그런 다음 리카르도는 티우가 도대체 어떤 사람인지 알
아보기 시작했다. 티우가 그를 만난 다음 방콕이 아니라
홍콩행 직항 비행기를 타고 돌아갔다는 사실은 금방 밝
혀졌다. 리지를 시켜서 인도차터의 차오저우 사람들에게
물어보자 누군가 티우가 방콕에 있을 때 에라완 호텔의
차이나 에어시 스위트룸에 묵는 것을 보면 차이나 에어
시의 높은 사람이 분명하다는 말을 흘렸다. 티우가 대답
을 듣기 위해 비엔티안을 다시 찾았을 때 리카르도는 그
에 대해서 더 많이 알고 있었다 — 제대로 이해하지는 못
했지만 티우가 드레이코의 오른팔이라는 사실도 알았다.

리카르도는 티우와 두 번째 만났을 때 하루 비행에 미

화 5천 달러라는 액수는 너무 적거나 너무 많거나 둘 중
하나라고 말했다. 티우의 말처럼 쉬운 일이라면 보수가
너무 많다. 또 리카르도가 의심하는 것처럼 완전히 정신
나간 짓이라면 보수가 너무 적다. 리카르도는 다른 거래
를 제안했다. 「사업적 협상이지.」 그가 말했다. 리카르도
는 〈일시적인 유동성 문제〉 — 분명 자주 쓰는 말이었을
것이다 — 를 겪고 있다고 설명했다. 다시 말해서 (제리
의 해석에 따르면) 리카르도는 늘 그렇듯 파산 상태였고
채권자들이 그의 목을 죄고 있었다. 그에게 당장 필요한
것은 정기적인 수입이므로 티우가 손을 써서 인도차터의
조종사 고문으로 연봉 미화 2만5천 달러에 1년 동안 일
하게 해주면 쉽게 해결할 수 있다.

리카르도의 말에 따르면 티우는 이 제안에 별로 놀란
것 같지 않았다. 고상 가옥이 무척 조용해졌다.

하나 더, 리카르도는 탁송품을 배달한 다음 5천 달러
를 받는 대신 중요한 문제를 당장 해결할 수 있도록 선금
으로 미화 2만 달러를 요구했다. 만 달러는 아편을 배달
하는 보수, 만 달러는 남은 고용 기간 인도차터에서 받을
월급에서 〈원천〉 — 또 다른 리카르도식 표현이었다 —
공제하면 된다. 그는 티우와 파트너들이 이 조건을 받아
들이지 못하면 안타깝지만 아편을 배달하기 전에 이곳을
뜰 수밖에 없다고 설명했다.

다음 날, 티우는 그의 제안을 몇 가지 수정한 다음 동

의했다. 티우와 파트너들은 리카르도에게 선금으로 2만 달러를 지급하는 대신 그의 빚을 채권자들로부터 직접 사겠다고 제안했다. 티우는 그쪽이 더 마음 편하다고 설명했다. 같은 날, 이 약속은 멋진 계약서로 〈축성받았고〉 — 리카르도의 종교적 신념은 결코 멀리 있지 않았다 — 영어로 작성된 계약서에 양측이 서명했다. 제리는 리카르도가 영혼을 팔았다고 말없이 머릿속에 기록했다.

「리지는 이 계약을 어떻게 생각했지?」제리가 물었다.

리카르도가 번들거리는 어깨를 으쓱했다. 「여자들이 다 그렇지 뭐.」그가 말했다.

「그렇지.」제리가 안다는 듯 미소를 지으며 말했다.

이로써 앞날이 보장된 리카르도는, 그의 표현에 따르면 〈이와 어울리는 프로페셔널한 생활 방식〉을 되찾았다. 그의 관심을 끈 것은 아시아 축구 도박을 만드는 것과 로지라는 이름의 열네 살짜리 방콕 소녀였다. 그는 인도차터에서 받는 월급 덕분에 로지를 정기적으로 찾아가 앞으로 더 멋진 인생에 대비하여 가르칠 수 있었다. 아주 가끔 인도차터에서 비행도 했지만, 대단한 일은 아니었다.

「치앙마이 두어 번. 사이공. 찰리 마셜의 아버지를 만나러 산족 마을에도 두어 번 갔지. 아편을 조금 받아 오기도 하고, 총이랑 쌀, 금도 좀 갖다 주고. 바탐방에도 갔을 거야.」

「그동안 리지는 어디 있었지?」제리가 아까처럼 남자들끼리의 격의 없는 말투로 물었다.

리카르도는 또다시 상관없다는 듯 어깨를 으쓱했다. 「비엔티안에 있었지. 뜨개질을 하고 콘스텔레이션에서 청소도 하고. 그 여자는 이미 늙었어, 볼테르. 난 젊음이 필요해. 낙천주의. 에너지. 나를 존경하는 사람들. 나는 주는 게 천성이야. 늙은 여자한테 내가 뭘 주겠어?」

「언제?」제리가 물었다.

「응?」

「키스가 언제 멈췄지?」

이 말을 오해한 리카르도가 갑자기 험상궂은 표정을 지었고 목소리는 낮게 경고하는 어조로 바뀌었다. 「도대체 무슨 뜻이지?」

제리가 더없이 우호적인 미소로 그를 달랬다.

「얼마 동안이나 월급을 받으면서 놀았더니 티우가 계약 이행을 요구했냐고.」

6주였어. 리카르도가 침착함을 되찾으며 말했다. 8주였을지도. 비행이 두 번 예정되었다가 취소되었다. 한 번은 지시를 받고 치앙마이에 가서 며칠 빈둥거렸지만 티우에게 연락이 와서 상대편이 준비가 안 되었다고 말했다. 리카르도의 말에 따르면 그는 쉽지 않은 일에 휘말렸다는 느낌이 점차 들었지만 역사는 항상 그에게 대단한 배역을 맡겼고, 적어도 채권자들에게서는 한숨 돌렸다.

리카르도가 말을 끊고 다시 제리를 관찰하면서 생각에 잠겨 수염을 긁었다. 마침내 그가 한숨을 쉬고 위스키를 따른 다음 테이블 위로 잔을 밀었다. 그들의 밑에서는 완벽한 하루가 스스로의 느린 죽음을 준비하고 있었다. 초록색 나무들이 무거워졌다. 여자들의 솥에서 나는 나무 연기의 냄새가 축축해졌다.

「이제 여기서 어디로 가지, 볼테르?」

「집으로.」제리가 말했다.

리카르도가 다시 웃음을 터뜨렸다.

「자고 가, 내 여자를 하나 보내 주지.」

「내 일은 내가 알아서 할게.」제리가 말했다. 두 남자는 싸우는 두 마리의 짐승처럼 서로를 관찰했고, 잠시나마 전투의 불꽃이 아주 가까워졌다.

「진짜 제정신이 아니군, 볼테르.」리카르도가 중얼거렸다.

그러나 새러트의 인간이 이겼다. 「그래서 어느 날 비행이 진짜로 잡혔군, 그렇지?」제리가 말했다. 「그리고 아무도 취소하지 않아. 그다음엔 어떻게 됐지? 말해 봐, 이야기 좀 들어 보자고.」

「물론이지.」리카르도가 말했다. 「물론이지, 볼테르.」그런 다음 그에게서 눈을 떼지 않고 술을 마셨다. 「어떻게 됐냐고.」그가 말했다. 「잘 들어, 어떻게 됐는지 말해 주지, 볼테르.」

그런 다음 죽여 주지. 그의 눈이 말했다.

리카르도는 방콕에 있었다. 로지는 요구하는 것이 많아졌다. 티우는 리카르도가 항상 연락이 닿는 곳에 있어야 한다고 고집했고, 어느 날 아침 5시쯤 전령이 사랑의 보금자리로 찾아와서 에라완 호텔로 즉시 오라고 했다. 리카르도는 스위트룸에 압도당했다. 자기도 그런 방을 갖고 싶었다.

「베르사유에 가봤나, 볼테르? 책상이 B−52만 하더군. 이 티우라는 사람은 비엔티안에 찾아왔던 고양이 냄새를 풍기는 쿨리와 전혀 다른 인간이었어, 알겠나? 아주 유력한 인물이었지. 〈리카르도.〉 그가 내게 말했어. 〈이번에는 확실하네. 이번에는 진짜 배달할 거야.〉」

명령은 단순했다. 몇 시간 뒤에 치앙마이행 비행기가 있다. 리카르도는 그것을 타야 한다. 린컴 호텔에 방을 예약해 두었다. 그날 밤 거기서 묵어야 한다. 혼자서. 술도 안 되고, 여자도 안 되고, 사람들과 어울려서도 안 된다.

「〈읽을 걸 잔뜩 가져가는 게 좋을 거요, 리카르도 씨.〉 그가 말했지. 〈티우 씨.〉 내가 말했어. 〈나한테 어디로 비행하라고 시킬 수는 있지만 어디서 뭘 읽으라고 시킬 순 없어요, 알겠어요?〉 큰 책상 앞에 앉더니 아주 오만해졌더라고, 내 말 알겠어, 볼테르? 내가 그에게 매너를 가르

258

쳐야 했지.」

다음 날 아침 6시에 누군가 호텔로 리카르도를 찾아와서 조니 씨의 친구라고 자신을 소개할 것이다. 리카르도는 그와 함께 가야 한다.

일은 계획대로 흘러갔다. 리카르도는 치앙마이로 가서 린컴 호텔에서 금욕적인 밤을 보냈고, 6시에 한 명도 아닌 두 명의 중국인이 찾아와서 그를 차에 태운 다음 북쪽으로 몇 시간 달려 하카족 마을에 도착했다. 차에서 내려 30분쯤 걸어가자 텅 빈 들판이 나왔고, 맨 끝에 헛간이 있었다. 헛간 안에 〈작고 멋진 비치크래프트〉가, 이제막 뽑은 새 비행기가 있었고, 티우가 수많은 지도와 서류를 무릎에 올려놓고서 조종석 옆자리에 앉아 있었다. 뒷좌석은 마대 자루를 싣기 위해서 떼어 냈다. 중국인 순경두 명이 떨어져 서서 지켜보고 있었다. 리카르도의 말에 따르면 전체적인 분위기가 전혀 마음에 들지 않았다.

「우선 나는 주머니를 비워야 했지. 나한테 주머니는 아주 개인적인 부분이야, 볼테르. 여자의 핸드백과 같다고. 기념품. 편지. 사진. 나의 마돈나. 모든 게 들어 있다고. 내 여권, 조종사 면허증, 돈…… 내 팔찌까지.」 그가이렇게 말하며 갈색 팔을 들자 금팔찌가 찰캉거렸다.

리카르도는 못마땅한 듯 얼굴을 찌푸리며 아직 서명할 서류가 더 있었다고 말했다. 인도차터와의 계약 이후남은 리카르도의 인생을 넘기는 위임장. 〈예전에 행했던,

엄밀히 말해서 불법적인 일들〉에 대한 각종 자백 등이었는데, 그중 여러 건은 — 리카르도가 상당히 분개하며 단언했다 — 인도차터를 대신해서 한 일이었다. 심지어 중국 순경 한 명은 사실 변호사였다. 리카르도는 이 부분이 특히 공정하지 못하다고 생각했다.

서명을 마친 다음에야 티우가 지도를 보여 주며 지시를 내렸다. 리카르도는 자기 말투와 티우의 말투를 섞어 가며 설명했다. 「〈북쪽으로 가요, 리카르도 씨, 북쪽으로 계속 가야 합니다. 라오스 쪽으로 살짝 넘어가든 샨 지역 위를 날든 난 상관없어요. 비행은 당신 일이지 내 일이 아닙니다. 중국 국경에서 80킬로미터 정도 들어가서 메콩강을 따라가세요. 그런 다음 북쪽으로 가서 티엔파오라는 작은 산악 마을을 찾은 다음 그 유명한 강의 지류를 따라가요. 동쪽으로 32킬로미터 정도 가면 활주로가 보일 겁니다. 하얀색 조명이 하나, 초록색 조명이 하나 있을 거요. 거기 착륙해요. 남자가 하나 기다리고 있을 겁니다. 영어를 아주 못하지만 통하긴 합니다. 여기, 1달러 지폐 반쪽입니다. 그 남자가 나머지 반쪽을 가지고 있을 거예요. 아편을 내리세요. 남자가 당신한테 짐을 주면서 지시도 같이 내릴 겁니다. 그 짐이 당신의 영수증이에요, 리카르도 씨. 돌아올 때 그걸 가져오고, 지시대로 따라야 합니다. 특히 착륙 지점까지 말입니다. 내 말 다 알아들었어요, 리카르도 씨?〉」

「짐은 뭐지?」 제리가 물었다.

「말 안 했고, 나도 신경 안 썼어. 〈그렇게 하세요.〉 그가 내게 말했지. 〈그리고 입은 다물고 살아요, 리카르도 씨. 그러면 내 파트너들이 당신을 평생 아들처럼 보살펴 줄 겁니다. 당신 자식들도 보살필 거고, 당신 여자도 보살필 거예요. 발리에 있는 당신 여자도. 당신이 살아 있는 내내 감사할 겁니다. 하지만 당신이 그들을 엿먹이거나 이야기를 떠벌리고 다니면 당신을 확실하게 죽일 겁니다, 리카르도 씨. 내 말 믿어요. 내일은 아니고 모레도 아닐지 모르지만, 확실하게 죽일 겁니다. 우리는 계약을 했어요, 리카르도 씨. 내 파트너들은 절대 계약을 어기지 않습니다. 아주 합법적인 친구들이죠.〉 난 땀이 났어, 볼테르. 몸 상태도 완벽하게 좋았고 나는 아주 강건한 사람이지만 땀이 났지. 〈걱정 마세요, 티우 씨.〉 내가 말했어. 〈티우 씨, 당신이 중공으로 아편을 운반하라고 하면 리카르도는 언제든지 따릅니다.〉 볼테르, 정말이지, 나는 정말 걱정이 됐어.」

리카르도가 바닷물이 들어가서 따갑기라도 한 것처럼 코를 꽉 쥐었다.

「들어 봐, 볼테르. 주의 깊게 들어 보라고. 나는 제정신이 아니었던 젊은 시절에 미국을 위해서 윈난성으로 두 번이나 비행을 했어. 영웅이 되려면 미친 짓을 해야 하고, 만약에 추락해도 언젠가 나를 빼내 줄지도 모르니까. 하지만 그쪽으로 비행을 할 때마다 그 끔찍한 갈색 땅을 내려다보면 나무 새장에 든 리카르도가 보였지. 여자는 없고, 음식은 정말 끔찍하고, 앉을 데도 없고, 서 있거나 잠을 잘 데도 없고, 팔에는 사슬에 감겨 있고, 어떤 지위나 신분도 보장되지 않아. 〈저 제국주의 스파이 주구를 좀 봐.〉 볼테르, 난 그런 상상이 싫어. 아편을 싣고 가서 중국에 평생 갇힌다고? 별로야. 〈물론이죠, 티우 씨! 안녕히 계세요! 오후에 만납시다!〉 나는 진지하게 생각해 봐야 했어.」

저무는 태양의 갈색 아지랑이가 갑자기 방을 가득 채웠다. 리카르도는 몸 상태가 완벽했음에도 불구하고 그때처럼 가슴에 땀이 모였다. 딱 달라붙은 까만 털과 기름을 바른 어깨에 땀이 방울방울 맺혔다.

「그때 리지는 어디 있었지?」 제리가 다시 물었다.

리카르도의 대답은 초조하고 이미 화가 나 있었다.

「비엔티안에! 달에! 찰리랑 같이 침대에! 내가 무슨 상관이야?」

「리지도 티우와의 거래를 알았나?」

리카르도는 경멸스럽다는 듯 얼굴을 찌푸릴 뿐이었다.

이제 가야겠군. 제리가 생각했다. 마지막 도화선에 불을 붙이고 도망칠 때다. 밑에서는 미키가 리카르도의 여자들과 즐거운 시간을 보내고 있었다. 미키가 노래하듯 말하는 소리가 들렸고, 가끔 여학교 한 반 전체가 웃는 것처럼 높다란 웃음소리에 말이 중간중간 끊겼다.

「그래서 비행을 했군.」 그가 말했다. 제리는 기다렸지만 리카르도는 생각에 빠져 있었다.

「이륙해서 북쪽으로 향했어.」 제리가 말했다.

리카르도가 눈을 살짝 들고 황소처럼 분노한 눈빛으로 제리를 보았지만 용맹한 무용담을 이야기할 생각에 굴복하고 말았다.

「그렇게 멋진 비행은 처음이었지. 한 번도 없었어. 난 정말 대단했어. 그 작고 까만 비치크래프트. 북쪽으로 160킬로미터를 날아갔지, 난 아무도 안 믿으니까. 그놈들이 어디선가 레이더로 지켜보고 있을지도 모르잖아? 난 요행을 안 믿거든. 그런 다음 동쪽으로 향했지. 하지만 천천히, 산 위로 아주 낮게 날았어, 볼테르. 암소 다리 사이를 날았다고, 알겠어? 전쟁 당시 우리는 위쪽에 작은 활주로를 만들었어, 불모지의 한가운데에 말도 안 되는 감청 기지를 만들었지. 난 그런 곳을 날아다녔어, 볼테르. 그런 기지를 잘 안다고. 산꼭대기에서 그런 기지를 발견했지, 하늘에서만 접근할 수 있는 곳이었어. 난 주변을 살피다가 연료 저장고를 발견하고 비행기를 착륙시켜 연료를 채운 다음 한숨 잤어, 정신이 나갔지. 하지만 볼테르, 거긴 원난성이 아니었어, 알겠어? 중국이 아니었다고. 미국 전범이자 아편 밀수업자인 리카르도는 베이징에서 닭고기처럼 고리에 걸려서 평생을 보내진 않을 거야, 알겠어? 잘 들어, 나는 비행기를 타고 다시 남쪽으로 내려왔어. 난 아는 데가 많아. 공군 한 부대를 전부 따돌릴 수 있을 만큼 여러 군데를 알지, 진짜야.」

그 후 몇 달간에 대해서는 이야기가 갑자기 무척 애매해졌다. 그는 희망봉 근처를 떠도는 네덜란드 유령선에 대해서 들어 본 적이 있는데 자신이 바로 그 유령선이었다고 했다. 비행하고, 다시 숨고, 비행하고, 비치크래프트를 도색하고, 한 달에 한 번 등록지 바꾸고, 아편을 눈에 띄지 않도록 조금씩 조금씩, 여기서 1킬로그램, 저기서 50킬로그램씩 팔고, 인도인에게 스페인 여권을 샀지만 믿지 않았고, 방콕의 로지뿐 아니라 심지어는 찰리 마셜까지 포함해서 아는 사람은 모조리 피했다. 제리는 크로의 설명을 떠올리며 리카르도가 코의 아편을 단속국 용사들에게 팔았지만 정보를 팔겠다는 이야기에는 냉대를 당한 것도 바로 이때였음을 기억해 냈다. 리카르도의 말에 따르면 인도차터는 티우의 명령에 따라 리카르도의 사망 소식을 황급히 발표했고, 관심을 피하기 위해서 비행 루트는 남쪽이었다고 말했다. 리카르도 역시 이 소식을 들었지만 자신의 사망 선언에 이의를 제기하지 않았다.

「리지는 어떻게 했지?」 제리가 물었다.

다시 한번 리카르도가 발끈했다. 「〈리지, 리지!〉 내 앞에서 계속 〈리지〉 얘기를 꺼내는 걸 보니 그 매춘부한테

264

꽂혔군, 볼테르? 그 여자는 관계없어. 잘 들어, 내가 그 여자를 드레이크 코한테 넘겼어, 알아? 그 여자한테 한몫 챙겨 줬다고.」리카르도가 위스키 잔을 들고 제리를 노려 보며 마셨다.

리지가 리카르도를 위해 로비를 하고 있었군. 제리가 생각했다. 리지와 찰리 마셜이. 리카르도의 목을 사려고 바쁘게 돌아다니고 있었던 거야.

「아까 이 일에 더욱 큰돈이 되는 측면이 있다고 거들 먹거리면서 언급했었지.」리카르도가 다시 위압적인 경영 대학원식 영어로 말했다. 「그게 뭔지 말 좀 해보시지, 볼테르.」

새러트의 인간에게는 생각할 필요도 없을 만큼 술술 나오는 부분이었다.

「첫째, 코는 비엔티안의 러시아 대사관에서 거액의 돈을 받고 있었어. 인도차터를 통해 세탁해서 홍콩의 비자금 계좌에 넣었지. 증거도 있어. 입출금 내역을 찍은 사진.」

리카르도는 위스키 맛이 이상하다는 듯 얼굴을 찌푸렸지만 계속 마셨다.

「중공에 아편을 퍼뜨리기 위한 돈인지, 아니면 다른 목적이 있는지, 아직은 몰라.」제리가 말했다. 「하지만 알아 낼 거야. 둘째. 내 말 들을 거야, 아니면 자고 싶은 거야?」

리카르도가 하품을 했다.

「둘째.」제리가 말을 이었다. 「중공에 코의 남동생이

있어. 예전 이름은 넬슨이었지. 코는 동생이 죽은 척하지만 사실은 베이징 정부의 거물이야. 코는 몇 년 전부터 동생을 빼내려고 애썼어. 당신이 맡은 일은 아편을 배달하고 짐을 가져오는 거였지. 그 짐이 바로 넬슨이었어. 그래서 그를 데려오면 코가 당신을 아들처럼 사랑하겠다고 한 거야. 그래서 빼내 오지 못하면 죽이겠다고 한 거고. 어때, 5백만 달러짜리 이야기 아닌가?」

흐릿해지는 빛 속에서 제리가 리카르도를 지켜보았다. 이렇다 할 변화는 없었지만 리카르도의 내면에서 잠자던 동물이 깨어나는 것이 눈에 보였다. 그는 잔을 내려놓으려고 몸을 천천히 숙였지만 팽팽하게 긴장한 어깨나 경직된 복근은 숨길 수 없었다. 리카르도는 제리를 향해 각별히 호의적인 미소를 빛내며 나른하게 몸을 돌렸지만 그의 눈에는 공격 신호와 같은 반짝임이 있었다. 따라서 그가 몸을 숙여 오른손으로 제리의 뺨을 다정하게 두드렸을 때 제리는 필요하다면 그 손을 잡고 그대로 뒤로 넘어져 리카르도를 집어던질 기회를 노릴 준비가 되어 있었다.

「5백만 달러야, 볼테르!」리카르도가 흥분해서 얼굴을 강철같이 빛내며 외쳤다. 「5백만 달러라고! 잘 들어 ― 불쌍한 찰리 마셜한테 뭔가 해 줘야 돼, 알겠어? 애정의 표시로 말이야. 찰리는 항상 파산 상태거든. 축구 도박을 맡겨도 되고 말이야. 잠깐만. 스카치위스키 더 있어, 축하해야지.」그가 일어나서 고개를 한쪽으로 갸웃하더니

양팔을 내밀었다. 「볼테르.」 그가 부드럽게 말했다. 「〈볼
테르!〉」 그가 애정을 담아 제리의 양 뺨을 잡고 입을 맞
췄다. 「자네들 조사 실력이 대단하군! 편집장이 아주 똑
똑해. 같이 사업을 하자고. 자네가 말한 대로. 알겠어? 내
인생에는 영국인이 필요해. 한 번쯤은 리지처럼 살아야
돼, 학교 선생이랑 결혼해야지. 리카르도를 위해서 그렇
게 해주겠나, 볼테르? 날 좀 눌러 줄 거야?」

「문제없지.」 제리가 같이 미소를 지으며 말했다.

「총이라도 좀 갖고 놀고 있어, 알겠나?」

「그럼.」

「여자들한테 말해 둘 게 있어.」

「그래.」

「가족끼리 얘기야.」

「난 여기 있을게.」

리카르도가 나가자 제리는 뚜껑 문 위에서 다급히 아
래를 내려다보았다. 운전사 미키가 아기를 안고 귀밑을
만지면서 어르고 있었다. 미친 세상에서는 이야기를 계
속 꾸며 내야 하지. 그가 생각했다. 씁쓸하게 끝날 때까
지 계속 지어내면서 달려들지 말지는 상대방한테 맡겨야
해. 제리는 책상으로 돌아가 리카르도의 연필과 메모장
을 들고 언제든지 자신에게 연락할 수 있는 가짜 홍콩 주
소를 적었다. 리카르도는 아직 돌아오지 않았지만 제리
가 일어서자 자동차 뒤쪽 숲에서 나오는 그가 보였다. 리

카르도는 계약서를 좋아하지. 제리가 생각했다. 서명할 것을 줘야겠어. 그가 새 종이를 꺼냈다. 〈나 제리 웨스터비는 내 친구 타이니 리카르도 기장의 경험담을 공동 이용하는 것과 관련된 모든 진행 상황을 그와 공유하기로 엄숙히 선서한다.〉 그는 이렇게 적은 다음 서명했다. 리카르도가 계단을 올라오고 있었다. 제리는 리카르도의 무기 중에서 하나를 슬쩍 할까 생각했지만 리카르도가 바로 그것을 노리고 있다는 생각이 들었다. 돌아온 리카르도가 위스키를 더 따르자 제리가 종이를 두 장 건넸다.

「법적 문서를 작성하지.」 그가 리카르도의 타오르는 눈을 똑바로 보면서 말했다. 「방콕에 내가 전적으로 믿는 영국인 변호사가 있어. 그 사람한테 검토를 받은 다음 서명을 받으러 가져올게. 그런 다음 일정을 정하고 내가 리지한테 이야기하지. 그러면 되겠지?」

「그럼. 이봐, 이제 어두워졌어. 저 숲에는 나쁜 놈들이 많아. 여기서 자고 가. 여자들한테 얘기도 해놨어. 당신이 좋다는군. 아주 강한 남자래. 나만큼은 아니지만.」

제리는 시간을 낭비하고 싶지 않다고, 내일까지는 방콕에 도착하고 싶다고 둘러댔다. 본인이 듣기에도 다리가 세 개밖에 없는 노새만큼 허술하게 들렸다. 들어오기는 쉽지만 절대 나가지 못할지도 모른다. 그러나 리카르도는 아무 불만도 없는 듯했고, 오히려 아주 침착했다. 함정 계약일지도 모르겠군. 제리가 생각했다. 대령이 일을 꾸몄을지도 몰라.

「안녕, 경마 기자. 잘 가, 친구.」

리카르도가 양손으로 제리의 목을 붙잡고 엄지 끝으로 제리의 턱을 찌르더니 얼굴을 끌어당겨 다시 입을 맞췄고, 제리는 가만히 있었다. 심장이 철렁 내려앉고 축축해진 등이 셔츠에 쓸려 따가웠지만, 제리는 가만히 있었다. 바깥은 반쯤 캄캄해졌다. 리카르도는 그들을 자동차까지 배웅하는 대신 기둥 밑에 서서 너그럽게 지켜보았고, 여자들이 그의 발치에 앉아 있었다. 리카르도가 양팔을 흔들었다. 제리도 자동차 앞에서 몸을 돌려 손을 흔들었다. 태양이 티크 나무들 사이에 누워서 죽어 가고 있었다. 마지막 만남이군. 그가 생각했다.

「시동 걸지 마.」 그가 미키에게 나직이 말했다. 「기름을 확인해야겠어.」

어쩌면 미친 건 나일지도 몰라. 그가 생각했다. 말도 안 되는 생각일지도 몰라.

미키가 운전석에 앉은 채 잠금장치를 풀자 제리가 보닛을 열었지만 작은 〈플라스틱〉은 보이지 않았다. 새로 사귄 친구 겸 파트너의 작별 선물은 없었다. 그가 계량봉을 꺼내서 살펴보는 척했다.

「기름이 필요해, 경마 기자?」 리카르도가 흙길을 향해 소리쳤다.

「아니, 괜찮아. 그럼 이만!」

「잘 가.」

손전등이 없어서 어둠 속에서 몸을 굽히고 섀시 밑을 더듬어 보았다. 역시 아무것도 없었다.

「뭐 잃어버렸나, 경마 기자?」 리카르도가 양손을 모아서 입에 대고 다시 외쳤다.

「시동 걸어.」 제리가 이렇게 말하고 차에 탔다.

「전조등을 켤까요?」

「그래, 미키. 전조등을 켜.」

「왜 경마 기자라고 부르는 거죠?」

「친구들끼리 부르는 별명이야.」

리카르도가 CT에게 알렸다면 이러나저러나 똑같겠지. 제리가 생각했다. 미키가 전조등을 켜자 자동차의 미국제 대시보드가 작은 도시처럼 환해졌다.

「출발해.」 제리가 말했다.

「빨리빨리요?」

「그래, 빨리빨리.」

두 사람은 8킬로미터, 11킬로미터, 14킬로미터를 달렸다. 제리는 계기판을 보면서 첫 번째 검문소까지 약 30킬로미터, 두 번째 검문소까지는 약 70킬로미터라고 계산했다. 미키가 시속 110킬로미터로 달렸지만 제리는 불평할 기분이 아니었다. 그들은 도로 한가운데로 달렸고 도로는 쭉 뻗어 있었으며 매복 방지 구간 너머로 키 큰 티크 나무들이 주황색 유령처럼 그들의 뒤로 미끄러지듯 지나갔다.

「좋은 사람이네요.」미키가 말했다. 「아주 근사한 연인이래요. 여자들이 그랬어요, 근사한 연인이라고.」

「철조망 조심해.」제리가 말했다.

오른쪽 숲이 끊기고 붉은 흙길이 그 틈으로 사라졌다.

「저기서 아주 잘 사는군요.」미키가 말했다. 「여자들도 있고, 애도 있고, 위스키도 있고, PX도 있고. 진짜 잘 지내네요.」

「세워, 미키. 차 세워. 도로 한가운데에. 세우라니까, 미키.」

미키가 웃기 시작했다.

「여자들도 잘 지내요.」미키가 말했다. 「여자들도 사탕을 먹고, 아기도 사탕을 먹고, 다들 사탕을 먹는다니까요!」

「빌어먹을 차 세우라고!」

미키가 여전히 여자들을 생각하느라 낄낄 웃으며 느긋하게 차를 세웠다.

「이거 정확해?」제리가 연료계를 손가락으로 짚으며 물었다.

「정확하냐고요?」미키가 영어를 알아듣지 못하고 따라 말했다.

「휘발유 말이야. 기름. 가득 있어? 아니면 절반? 4분의 3? 달리는 내내 맞았어?」

「물론이죠. 맞아요.」

「미키, 우리가 불에 탄 마을에 도착했을 때 기름이 반쯤 차 있었어. 지금도 기름이 반쯤 차 있잖아.」

「그럼요.」

「기름을 넣었어? 깡통으로? 자동차에 기름을 채웠어?」

「아니요.」

「내려.」

미키가 뭐라 항의하려 했지만 제리가 몸을 숙여 운전석 문을 열고 미키를 밀어낸 다음 뒤따라 내렸다. 그는 미키의 팔을 잡아 등 뒤로 돌려서 누르고 강제로 밀면서 뛰어 넓고 부드러운 갓길 끝으로 달려갔고, 20미터 정도 들어간 다음 관목으로 미키를 떠밀고 자신도 몸을 던져 반쯤은 그의 위에, 반쯤은 그의 옆에 엎드렸다. 그러자 미키는 깜짝 놀라 딸꾹질을 했고, 30초가 지난 후에야 화를 내며 〈왜 이래요?〉라는 말을 뱉어낼 수 있었다. 그러나 제리가 폭발을 피해 미키의 얼굴을 다시 땅에 처박았다. 낡은 포드는 불이 먼저 붙은 다음 폭발한 것 같았다. 결국 자동차는 마지막 남은 생명을 보여 주듯 공중으로 붕 뜨더니 쓰러져 숨이 끊어졌고, 측면이 타올랐다. 미키가 숨을 들이마시며 감탄하는 동안 제리는 손목시계를 보았다. 그들이 고상 가옥을 떠난 지 18분이 지났다. 어쩌면 20분. 더 일찍 폭발했어야 하는데. 그가 생각했다. 당연한 일이지만 리카르도는 우리를 빨리 보내려고 했

272

다. 새러트에서는 상상도 못 할 일이다. 이것은 동양의 수법이었고, 새러트는 당연히 유럽과 옛 냉전 시대 — 체코, 베를린, 옛 전선들 — 의 방식밖에 몰랐다. 제리는 어떤 수류탄이었을까 생각했다. 베트콩은 미국식을 선호한다. 그들은 미국 수류탄의 이중 작동을 정말 좋아한다. 휘발유 탱크의 입구만 크면 된다고 했다. 수류탄 핀을 뽑고 용수철에 고무줄을 걸어서 휘발유 탱크에 넣은 다음 휘발유가 고무를 먹어 치우기만 기다리면 된다. 그 결과가 바로 베트콩이 발견한 서구의 발명품이었다. 그는 리카르도가 굵은 고무줄을 썼나 보다고 결론을 내렸다.

그들은 포장도로를 걸어서 네 시간 만에 첫 번째 검문소에 도착했다. 미키는 보험이 있어서 무척 기뻐했다. 제리가 보험료를 냈으므로 돈이 나오면 둘이서 전부 차지할 수 있다고 생각했던 것이다. 제리는 이 생각을 고쳐 줄 수가 없었다. 그러나 미키는 겁도 먹었다. 처음에는 CT, 그다음은 귀신, 그다음은 대령 때문이었다. 그래서 제리는 차가 폭발했으니 귀신도 CT도 감히 도로 쪽으로 접근하지 않을 것이라고 설명했다. 대령의 경우, 미키에게는 말하지 않았지만, 그는 아버지이자 군인이었고 댐도 건설해야 했다. 그가 아무 대가도 없이 드레이크 코의 시멘트와 차이나 에어시의 트럭을 이용해서 댐을 건설하는 것은 아니리라.

검문소에서 두 사람은 미키를 집으로 데려다줄 트럭

을 결국 찾아냈다. 제리는 중간까지 미키와 함께 타고 가면서 보험에 문제가 생기면 신문사에서 지원해 줄 거라고 약속했지만, 기뻐서 어쩔 줄 모르는 미키는 문제가 생길지도 모른다는 말이 전혀 들리지 않았다. 두 사람은 만면에 웃음을 띠고 주소를 주고받은 다음 진심 어린 악수를 수도 없이 나누었고, 제리는 도롯가의 카페에 내려서 동쪽의 새로운 전장으로 데려다줄 버스를 반나절 동안 기다렸다.

제리가 애초에 리카르도를 찾아갈 필요가 있었을까? 찾아가지 않았다면 제리가 맞이할 결과가 달랐을까? 아니면 스마일리 지지자들이 지금까지도 주장하듯이, 제리의 리카르도 방문이야말로 나무를 흔들어서 탐내던 과일을 떨어뜨린 마지막 결정적 한 방이었을까? 스마일리 지지자 클럽에게는 의문의 여지가 없는 일이다. 리카르도를 찾아간 것이야말로 코를 쓰러뜨린 마지막 결정타였다. 제리가 찾아가지 않았다면 코는 덜덜 떨면서도 버텼을 것이고, 그러다가 해금일이 되어 누구든지 코와 그에 대한 정보를 채 갈 수 있었을 것이다. 더 이상 논쟁은 없다. 표면적으로 봤을 때 사실들은 놀라운 인과 관계를 증명했다. 제리와 운전사 미키가 태국 동북부 도롯가의 흙먼지에서 빠져나오고 나서 겨우 여섯 시간 뒤에 서커스 5층은 미키가 빌린, 활활 타오르는 포드 자동차보다 더 빛나는 무아지경의 환희로 불타오르고 있었다. 오락실에서 스마일리가 그 소식을 발표하자 독 디샐리스는 뻣뻣하게 춤을 추었고, 코니는 류머티즘 때문에 형편없는 휠체어에 앉아 있지만 않았어도 분명 같이 춤을 추었을 것이다. 트로트가 길게 울부짖고 길럼과 몰리는 끌어안았다. 이 들뜬 소동 속에서 스마일리만은 평소처럼 약간 놀란 듯한 분위기 그대로였지만 몰리는 그가 깜빡거리는 눈으로 일동을 둘러보다가 얼굴을 붉혔다고 맹세했다.

이제 막 들어온 소식이라고 했다. 사촌으로부터의 긴급 전언이었다. 홍콩 시간으로 오늘 아침 7시에 티우가 스타하이츠에 있던 코에게 전화를 걸었다. 코는 리지 워스와 하룻밤 편안하게 쉰 참이었다. 처음에는 리지가 전화를 받았지만 코가 다른 방에서 수화기를 들고 리지에게 끊으라고 날카롭게 명령했고, 그녀는 시키는 대로 했다. 티우는 당장 시내에서 만나 아침 식사를 하자고 했다. 티우가 〈조지네 가게에서〉라고 말했기 때문에 녹취원들은 무척 재미있어했다. 세 시간 뒤, 티우는 여행사에 전화를 걸어 중국 본토 출장 일정을 급히 잡았다. 첫 번째 목적지는 차이나 에이시 대리점이 있는 광둥이었지만 최종 목적지는 상하이였다.

리카르도는 전화도 없는데 어떻게 그렇게 빨리 티우에게 연락을 했을까? 가장 그럴듯한 이론은 대령의 경찰 연줄을 통해 방콕으로 전달했다는 것이었다. 그럼 방콕에서는? 아무도 모른다. 상용 텔렉스, 외환 시세 연락망, 무엇이든 가능하다. 중국은 이런 일을 처리하는 나름의 방법이 있다.

반대로, 하필이면 그때 모종의 이유로 코의 인내심이 다했을지도 모른다 — 그리고 〈조지네 가게〉에서의 아침 식사는 전혀 다른 일 때문이었을지도 모른다. 어느 쪽이든 이것은 그들 모두가 꿈꿔 오던 돌파구였으며 스마일리의 작업 방식이 옳았다는 당당한 증거였다. 점심때쯤 레이컨이 직접 전화를 걸어서 축하 인사를 건넸고, 초저녁에는 트라팔가르 광장 반대편의 솔 엔더비가 누구도 하지 않았던 제스처를 취했다. 베리 브라더스 앤드 러드에서 샴페인 한 상자를, 정말 좋은 빈티지 크루그[22]를 보냈던 것이다. 조지에게 보내는 메시지가 샴페인 상자에 붙어 있었는데, 〈여름 첫날을 위해〉라고 적혀 있었다. 4월 말이었지만 정말로 여름의 첫날 같았다. 저층의 두꺼운 레이스 커튼 너머로 플라타너스가 벌써 잎을 피우고 있었다. 더 높은 층에는 코니의 창가 화분에서 히아신스가 피었다. 「빨강이네.」 코니가 솔 엔더비의 건강을 위해 건배하며 말했다. 「카를라가 제일 좋아하는 색이지, 그에게 축복이 있기를.」

22 최고급 샴페인 상표.

18
강굽이

공군 기지는 아름답지도, 승리의 기운이 감돌지도 않
았다. 엄밀히 따지자면 태국의 지휘하에 있었지만 실제
로는 태국인들이 쓰레기를 수거하고 기지 근처 병영을
쓸 수 있도록 허락받은 것뿐이었다. 검문소는 아예 다른
마을이었다. 숯과 오줌, 생선 절임과 부탄가스 냄새 속에
서 쓰러져 가는 양철 오두막들이 늘어서서 역사적으로
군대 점령지에서 빼놓을 수 없는 각종 장사를 하고 있었
다. 사창가는 다리를 못 쓰는 포주들이 지켰고 양복점에
서는 결혼식용 턱시도를 제공했으며 서점은 포르노그래
피와 여행 서적을 팔았다. 술집 이름은 선셋 스트립, 하
와이, 러키 타임이었다. 제리가 헌병 초소에 가서 공보실
의 어커트 대위를 만나고 싶다고 하자 흑인 중사가 그를
쫓아내려 했지만, 제리가 기자라고 밝혔다. 제리가 기지
내선 전화를 건네받아 찰칵거리는 소리를 수없이 듣고
난 다음에야 느릿한 남부 지방의 목소리가 말했다. 「어커

트는 지금 없습니다. 저는 매스터스입니다. 누구시라
고요?」

「지난여름에 크로스 장군의 작전 설명회에서 만났었
는데요.」 제리가 말했다.

「아, 그랬지요, 네.」 아까와 똑같이 아주 느릿한 목소리
는 데스위시가 떠올랐다. 「택시는 돈을 주고 돌려보내세
요. 바로 내려가겠습니다. 파란색 지프예요. 눈 흰자 같
은 전조등이 보일 때까지 기다리세요.」

긴 정적이 뒤따랐다. 아마 암호첩에서 어커트와 크로
스를 찾아보는 듯했다.

공군 기지 병사들이 캠프를 들락날락했는데, 흑인과
백인끼리 나뉘어서 찌푸린 얼굴로 돌아다녔다. 백인 장
교가 하나 지나갔다. 흑인 병사들이 주먹을 번쩍 들어 보
이는 블랙 파워식 경례를 했다. 장교가 조심스럽게 똑같
은 경례를 했다. 사병들은 군복에 찰리 마셜 같은 인식표
를 붙이고 있었는데, 대부분 마약을 예찬했다. 전반적으
로 시무룩하고 패배감이 감돌고 폭력적인 분위기였다.
태국 부대는 누구에게도 경례를 하지 않았다. 태국인들
에게 경례하는 사람도 없었다.

파란 지프가 전조등을 번쩍이고 사이렌을 울리며 달
려와서 빗장 너머에 끼익 섰다. 중사가 제리에게 지나가
라고 손짓했다. 잠시 후, 그는 비행장 가운데 일렬로 늘
어선 흰색의 낮은 헛간들을 향해 맹렬한 속도로 활주로

를 달리고 있었다. 운전사는 견습 사관 티가 많이 나는 삐삐 마른 청년이었다.

「당신이 매스터스입니까?」 제리가 물었다.

「아닙니다. 저는 소령님의 심부름꾼입니다.」 그가 말했다.

지프는 계속 사이렌을 울리고 전조등을 번쩍이며 황폐한 야구장을 지나쳤다.

「멋진 위장이군.」 제리가 말했다.

「뭐라고 하셨습니까?」 청년이 소음보다 소리를 높여 외쳤다.

「아무것도 아닙니다.」

대규모 기지는 아니었다. 제리는 더 큰 기지도 본 적 있었다. 늘어선 팬텀 전투기와 헬리콥터를 지나 하얀 헛간으로 다가가면서 그는 이곳이 사실 별도의 부지와 안테나 그리고 검은색으로 칠한 경비행기들을 갖춘 스파이 본부임을 깨달았다. 이 경비행기는 보통 괴짜라고 불렸고, 군대가 철수하기 전에는 아무도 모르게 어딘가에서 누군가를 태우거나 내려 주거나 했다.

청년이 옆문을 열자 두 사람이 안으로 들어갔다. 짧은 복도는 텅 비어 있었고 아무 소리도 나지 않았다. 복도 끝 전통적인 가짜 자단 문이 약간 열려 있었다. 매스터스는 반팔 공군 제복 차림이었고 표장은 거의 없었다. 훈장과 소령 계급장을 달고 있었지만 제리는 그가 사촌의 준

군사 요원일 거라고, 어쩌면 직업 군인조차 아닐지도 모른다고 추측했다. 혈색이 나빴고 화난 듯 얇은 입술과 홀쭉한 뺨을 가지고 있었다. 그는 벽에 걸린 앤드류 와이어스의 복제화 아래 가짜 난로 앞에 서 있었고, 묘하게도 정적이고 단절된 느낌이었다. 마치 사람들이 다들 서두르기 때문에 일부러 느릿느릿 움직이는 사람 같았다. 청년이 소개를 한 다음 머뭇거렸다. 매스터스는 청년이 나갈 때까지 빤히 바라보다가 커피가 놓인 자단 탁자로 생기 없는 시선을 돌렸다.

「아침 식사가 필요하신 것 같군요.」매스터스가 말했다.

그가 커피를 따르고 도넛 한 접시를 내놓았는데, 전부 느린 동작이었다

「막사가 다 이렇죠, 뭐.」그가 말했다.

「그렇죠.」제리가 동의했다.

책상에 전기 타자기가 놓여 있고 그 옆에 백지가 있었다. 매스터스가 의자로 뻣뻣하게 걸어가서 팔걸이에 앉았다. 그가 『스타스 앤드 스트라이프스』를 들고 보란 듯이 읽는 척했고, 제리는 책상 앞에 앉았다.

「우리를 위해 당신들이 단독으로 전부 되찾을 거라더군요.」매스터스가 『스타스 앤드 스트라이프스』를 보며 말했다. 「그럼.」

제리는 전기 타자기 대신 자신의 휴대용 타자기를 꺼내서 보고서를 작성했다. 타자기를 빠르게 치는 소리가

그의 귀에 점점 더 크게 들렸다. 어쩌면 매스터스의 귀에
도 점점 더 크게 들렸는지 자주 흘끔거렸지만, 제리의 손
과 장난감 같은 휴대용 타자기까지만 보았다.

　제리가 그에게 원고를 건넸다.

　「당신은 여기 남으라는 명령입니다.」 매스터스가 한
마디 한 마디 조심스럽게 발음하며 말했다. 「우리가 보고
서를 보내는 동안 여기 남아 있으라는 명령입니다. 자,
보고서는 우리가 보내겠습니다. 확인하고 추가 지시가
내려올 때까지 대기하라는 명령입니다. 알겠습니까? 아
시겠습니까?」

　「물론이죠.」 제리가 말했다.

　「혹시 기쁜 소식은 들으셨습니까?」 매스터스가 물었
다. 두 사람은 마주 보고 있었고 둘 사이의 거리는 1미터
도 되지 않았다. 매스터스는 제리의 통신문을 보고 있었
지만 그의 눈은 행을 따라 읽는 것 같지 않았다.

　「무슨 소식 말입니까?」

　「우리가 방금 전쟁에서 졌습니다, 웨스터비 씨. 맞아
요. 마지막 용사들이 사이공 대사관 옥상에서 헬리콥터
를 타고 떠났습니다. 매음굴에서 바지를 벗은 채 붙잡힌
신병들처럼 말입니다. 당신한테는 아무 상관 없겠지요.
대사가 키우던 개도 구했답니다, 안심하세요. 신문 기자
가 빼냈답니다. 어쩌면 그것도 아무 상관 없을지도 모르
겠군요. 개를 좋아하지 않을 수도 있으니까요. 개에 대한

당신의 생각이 기자에 대한 제 개인적인 생각과 비슷할지도 모르겠군요, 웨스터비 씨.」

제리는 매스터스에게서 커피를 아무리 마셔도 가릴 수 없는 브랜디 냄새를 맡았고, 한참 마셨지만 취하지 못했구나 생각했다.

「웨스터비 씨?」

「네.」

매스터스가 손을 내밀었다.

「저와 악수하시죠.」

그가 엄지를 치켜든 채 손을 내밀었다.

「왜요?」 제리가 말했다.

「환영의 손을 내밀어 주시기 바랍니다. 미합중국이 방금 이류 국가 클럽에 지원했으니까요, 당신의 조국이 그 클럽의 회장이자 최고참 멤버가 아닙니까. 〈악수합시다!〉」

「가입을 환영합니다.」 제리가 이렇게 말하고 소령과 친근하게 악수를 했다.

그러자 즉시 환한 거짓 감사의 미소가 돌아왔다.

「으음, 〈정말로〉 친절하시군요, 웨스터비 씨. 여기서 지내시면서 불편한 점이 있으시면 언제든지 알려 주시죠. 이 막사를 빌리고 싶으실 경우 가격만 합리적이라면 항상 환영이니까요.」

「창살 사이로 스카치위스키나 조금 넣어 주면 좋겠군

요.」 제리가 생기 없이 웃으며 말했다.

「얼마든지요.」 매스터스가 대답했는데, 어찌나 느릿느릿 말하는지 아주 느린 펀치 같았다. 「마음에 드는군요. 네, 알겠습니다.」

매스터스가 찬장에서 반쯤 남은 J&B 한 병과 『플레이보이』 과월 호를 꺼내 그에게 주었다.

「우리를 도울 생각이 전혀 없었던 영국 신사들을 위해서 항상 준비해 두는 거죠.」 그가 격의 없이 말했다.

「아주 사려 깊으시군요.」 제리가 말했다.

「그럼 고향의 어머니께 당신 편지를 보내러 가보겠습니다. 참, 여왕님은 잘 지내십니까?」

매스터스가 열쇠를 넣고 돌리지는 않았지만 제리가 문손잡이를 확인해 보니 잠겨 있었다. 비행장이 내다보이는 창문은 까만 이중 유리였다. 활주로에서 비행기가 소리도 없이 이륙하고 착륙했다. 이런 식으로 이기려고 했구나. 제리가 생각했다. 방음이 되는 방 안에서, 검은 유리 너머로, 총을 팔 하나 길이만큼 떨어뜨려 놓고서. 그래서 졌구나. 그는 아무 감정 없이 술을 마셨다. 끝났구나. 제리가 생각했다. 그뿐이었다. 이제 그의 다음 행선지는 어디일까? 찰리 마셜의 아버지? 샨 지역으로 가서 장군의 경호원과 허심탄회한 대화를 나눌까? 그는 형체도 없는 수많은 생각을 하며 기다렸다. 제리는 자리에 앉아 있다가 소파에 누워 잠시 눈을 붙였다. 얼마나 잤는지 알 수 없었다. 문득 깨어 보니 레코드음악과 중간중간 친근한 어조의 공지가 흘러나오고 있었다. 모모 대위는 무엇 무엇을 해주십시오. 한 번은 스피커에서 고등 교육 안내가 흘러나왔다. 또 한 번은 특가 세탁기. 한 번은 기도. 제리는 화장터 같은 정적과 음악 때문에 초조해져서 방을 서성였다.

그가 맞은편 창으로 다가가는데 리지의 얼굴이 어깨에서 어른거리는 느낌이 들었다. 더 이상은 아니지만, 예전에는 고아의 얼굴이 그런 식으로 어른거렸다. 제리는 위스키를 더 마셨다. 트럭에서 잤어야 하는 건데. 그가 생각했다. 어쨌든 더 자야 해. 결국 전쟁에서 졌군. 조금 전의 잠은 아무 도움도 되지 않았다. 예전처럼 푹 잔지 아주 오래된 것 같았다. 프로스티의 일이 생긴 뒤로 그런 잠은 끝났다. 손이 떨리고 있었다. 세상에, 이것 좀 봐. 그는 루크를, 같이 술에 취해 소란을 피우던 때를 떠올렸다. 루크는 엉덩이에 총을 맞지 않은 한 지금쯤 돌아갔을 것이다. 잠시 머리를 쉬지 않으면 안 되는데. 제리가 생각했다. 그러나 요즘은 머리가 가끔 자기 멋대로 돌아다녔다. 사실은 조금 지나쳤다. 잘 붙들어 놓지 않으면 안 돼. 그가 스스로에게 엄하게 말했다. 〈세상에.〉 그는 리카르도의 수류탄을 생각했다. 서둘러. 그가 생각했다. 자, 결정을 내리자. 다음은 〈어디〉지? 이제 〈누구〉지? 이유는 필요 없다. 얼굴이 뜨겁고 건조했고, 손은 축축했다.

눈 바로 위쪽 머리가 아팠다. 빌어먹을 음악. 그가 생각했다. 빌어먹을, 빌어먹을 말세의 음악. 음악을 끌 스위치가 없는지 다급히 둘러보는데, 매스터스가 봉투를 들고 아무 감정도 없는 눈빛으로 문 앞에 서 있었다. 제리가 통신문을 읽었다. 매스터스가 의자 팔걸이에 다시 앉았다.

「〈아들아, 집으로 오너라.〉」매스터스가 본인의 남부 억양을 과장하며 노래하듯 말했다. 「〈즉시 집으로 가시오.《출발》칸을 지나치지 마시오. 2백 달러를 받지 마시오.〉[23] 사촌이 당신을 방콕에 태워다 줄 겁니다. 방콕에서 〈당신이〉 선택한 비행편으로 영국 런던으로, 온타리오의 런던이 아니라 영국 런던으로 갑니다. 무슨 이유로든 홍콩으로 돌아가면 안 됩니다. 절대 안 됩니다! 절대로! 임무는 끝났다, 〈아들아.〉고맙다, 잘했다. 여왕 폐하께서 〈너무나 기뻐하신다.〉그러니 어서 저녁을 먹으러 집으로 돌아오너라, 곱게 간 옥수수와 칠면조 〈블루〉베리 파이가 있단다. 호모들 밑에서 일하는 것 같군.」

제리가 통신문을 다시 읽었다.

「방콕행 비행기는 11시에 출발합니다.」매스터스가 말했다. 그는 혼자만 시간을 볼 수 있도록 시계를 손목 안

---

23 모노폴리 게임의 감옥 카드에는 〈즉시 감옥으로 가시오. 출발 칸을 지나치지 마시오. 2백 달러를 받지 마시오.〉라고 쓰여 있고 이 카드를 뽑은 플레이어는 해당 지시를 따라야 한다.

쪽으로 차고 있었다. 「내 말 들립니까?」

제리가 싱긋 웃었다. 「미안합니다. 읽는 속도가 느려서. 고맙군요. 어려운 단어가 너무 많아서 말입니다. 머리를 많이 굴려야 돼요. 음, 호텔에 짐을 놓고 왔는데요.」

「우리 일꾼들을 마음껏 쓰시죠.」

「고맙지만, 괜찮다면 공적으로 연관되는 것은 피하고 싶군요.」

「뜻대로 하시죠, 뜻대로.」

「정문에서 택시를 타겠습니다. 한 시간이면 다녀올 겁니다. 고마워요.」 그가 다시 말했다.

「오히려 제가 고맙지요.」

새러트의 인간은 작별 선물로 빈틈없는 스파이 기술을 하나 가르쳐 주었다. 「이건 놓고 가도 될까요?」 그가 매스터스의 IBM 전기 타자기 옆에 놓인 초라한 휴대용 타자기를 고갯짓으로 가리키며 말했다.

「가장 귀중한 보물로 삼지요.」

매스터스가 이때 제리의 얼굴을 보았다면 그의 눈에 떠오른 의미심장한 반짝임을 보고 망설였을 것이다. 그가 제리의 목소리를 더 잘 알았다면, 특히나 우호적인 쉰 목소리를 알아차렸다면, 역시 망설였을 것이다. 제리가 앞머리를 잡아당기는 것을, 본능적으로 자신을 숨기려는 몸짓으로 한쪽 팔을 가슴에 붙이는 것을 보았다면, 견습 사관이 파란 지프로 정문까지 데려다주려고 왔을 때 제리가 지은 수줍은 듯한 감사의 미소에 그가 답했더라면, 의구심이 들었을 것이다. 그러나 매스터스 소령은 수많은 환멸에 분개한 군인이었을 뿐 아니라 무지한 야만인들에게 패배하여 괴로워하는 남부 신사였다. 따라서 당시 그는 사용 기한이 다 된 자신의 스파이 기지를 우체국으로 쓰려고 뒤늦게 찾아온, 뼛속까지 지친 영국인의 기이함에 신경 쓸 시간이 별로 없었다.

서커스 홍콩 작전부의 고별식은 흥겨웠고, 계획이 극비였기 때문에 그러한 분위기는 더욱 고조되었다. 제리가 돌아왔다는 소식이 흥겨운 분위기를 일으켰고, 그가 보낸 통신문의 내용이 분위기를 한층 더 고조시켰다. 동시에 사촌으로부터 드레이크 코가 개인적인 약속과 사업상의 약속을 모두 취소하고 헤들랜드 로드 세븐게이츠의 자기 집에 틀어박혀 있다는 소식이 전해졌다. 사촌의 정찰 밴이 원경으로 찍은 사진에는 커다란 정원의 장미 나무가 자라는 정자 끝에서 바다를 내다보는 코의 옆모습이 찍혀 있었다. 콘크리트 정크선은 보이지 않았지만 그는 헐렁한 베레모를 쓰고 있었다.

「어머, 현대판 제이 개츠비 같네!」다 같이 사진을 열심히 보고 있을 때 코니 색스가 기뻐하며 외쳤다. 「부두 끝에서 꺼져 가는 불빛을 멍하니 봤던가 뭐 그랬잖아!」

두 시간 뒤 밴이 다시 왔을 때에도 코는 똑같은 자세였기 때문에 사진은 굳이 다시 찍지 않았다. 더욱 중요한 것은 코가 전화도 아예 하지 않았다는 사실이었다 — 또는, 적어도 사촌이 도청하는 번호는 쓰지 않았다.

샘 콜린스도 보고서를 보냈다. 세 번째였고 가장 길었다. 그의 보고서는 평소처럼 특별 위장을 통해 스마일리의 개인 우편으로 도착했고, 스마일리는 평소처럼 그 내용에 대해서 코니 색스와만 이야기했다. 홍콩 작전부가 런던 공항을 향해 출발하는 순간, 티우가 중국에서 돌아왔으며 현재 코와 함께 헤들랜드 로드에 틀어박혀 있다는 마텔로의 전언이 도착했다.

그러나 당시에도 나중에 길럼이 돌이켜 보았을 때에도 가장 중요한 의식(儀式)이자 가장 불안한 의식은 마텔로의 별관에서 열린 소박한 출정식이었다. 마텔로 5인조와 조용한 부하 두 명, 스마일리와 길럼뿐 아니라 예외적으로 레이컨과 솔 엔더비도 참석했는데, 의미심장하게도 두 사람은 같은 관용차를 타고 왔다. 스마일리가 주최한 이 의식의 목적은 열쇠를 공식적으로 넘겨주는 것이었다. 이제 마텔로는 너무나도 중요한 넬슨과의 연관성을 포함하여 돌핀 작전의 모든 정황을 넘겨받게 되었다. 그는 이 계획의 온전한 파트너로서 나중에야 드러난 몇 가지 사소한 내용만 빼고 전부 알게 될 것이었다. 길럼은 어떻게 해서 레이컨과 엔더비가 이 일에 끼어들게 되었는지 알지 못했고, 물론 스마일리는 나중에도 그에 대해

말을 삼갔다. 엔더비는 〈질서와 군기를 위해서〉 왔다고 딱 잘라 말했다. 레이컨은 평소보다 힘이 없었고 경멸 어린 표정이었다. 길럼은 그들이 뭔가를 꾸미고 있다는 느낌이 강하게 들었고, 엔더비와 마텔로가 서로를 대하는 태도를 보자 이 느낌은 더욱 강해졌다. 즉, 새로 사귄 두 친구는 비밀 연애를 하는 연인이 시골집에서 다 같이 아침 식사를 하는 자리에서 만났을 때처럼 — 길럼은 그런 상황에 처할 때가 많았다 — 서로를 아예 못 본 척하는 것 같았다.

엔더비가 일의 〈규모〉가 중요하다고 설명했다. 사건이 이렇게 커졌으니 공식적인 관찰자가 몇 명 있어야 할 것 같다고 말했다. 식민부의 로비도 있었다고 그가 설명했다. 윌브러햄이 재무부와 소동을 피우고 있었다.

「좋아, 소문은 들었네.」 스마일리가 긴 보고를 끝내고 마텔로가 지붕이 무너질 듯 떠들썩하게 칭찬을 늘어놓자 엔더비가 이렇게 말했다. 「우선, 작전 주도권은 누구에게 있나, 조지?」 그가 물었다. 엔더비가 참석하면 보통 그렇듯 지금부터 이 모임은 엔더비의 독무대가 되었다. 「상황이 무르익었을 때 누가 명령을 내리지? 자네인가, 조지? 아직도? 내 말은, 자네가 작전 계획을 아주 잘 세웠어, 그건 인정하네. 하지만 실제로 무기를 제공한 장본인은 마티가 아닌가?」

그러자 마텔로는 역시 못 들은 척하면서 영광스럽게

도 친교를 맺게 된 훌륭하고 사랑스러운 영국인들을 보며 벙글거렸고, 엔더비가 자기를 대신해서 혹평을 늘어놓도록 가만히 내버려 두었다.

「마티, 자네 생각은 어떤가?」 엔더비가 전혀 모르겠다는 듯이, 마텔로와 낚시를 하러 가거나 성대한 저녁 식사를 대접하거나 일급 기밀을 사적으로 논의한 적 없다는 듯이 말했다.

이때 길럼은 묘한 사실을 간파했는데, 이를 조금 더 중요하게 생각하지 못한 것을 나중에 크게 후회했다. 〈마텔로가 알고 있다.〉 마텔로는 넬슨의 이야기를 듣고 감탄하는 척했지만 사실은 전혀 새로운 이야기가 아니었고, 그와 조용한 부하들이 이미 알고 있는 정보의 재진술에 불과했다. 길럼은 그들의 창백하고 무표정한 얼굴과 조심스러운 눈빛에서 그것을 읽었다. 마텔로의 과장된 칭찬에서도 그것을 읽었다. 〈마텔로가 알고 있다.〉

「아, 엄밀히 말해서 이건 조지의 독무대예요, 솔.」 마텔로가 엔더비의 질문에 성실하게 대답했지만, 〈엄밀히 말해서〉라는 말로 살짝 비틀어서 뒷말을 미심쩍게 만들었다. 「함교에 서 있는 사람은 조지예요, 솔. 우리는 엔진을 작동시키려고 거기 있는 거죠.」

엔더비가 불만스럽게 얼굴을 찌푸리는 척하고 성냥을 물었다.

「조지, 〈자네〉는 어떤가? 그렇게 하는 게 만족스러운

가? 위장, 현장에서의 편의, 통신, 온갖 첩보 활동, 감시, 홍콩 안팎을 분주히 뛰어다니는 일은 전부 마티한테 맡기고 자네가 진두지휘를 하는 것이? 거참. 다른 사람의 옷을 입은 느낌일 것 같군.」

스마일리는 흔들림 없었지만, 길럼이 보기에는 이 질문에만 신경을 쓰고 훤히 보이는 두 사람의 공모는 거의 신경 쓰지 않기 때문인 것 같았다.

「전혀 아닙니다.」 스마일리가 말했다. 「마텔로와 저는 확실히 협의했습니다. 작전의 선봉은 저희가 맡고, 필요한 지원은 마텔로가 제공하고, 결과는 공유한다. 미국의 투자에 대한 배당에 대해서라면, 그것은 결과물을 배분할 때 계산할 겁니다. 결과를 끌어낼 책임은 우리에게 있습니다.」 그는 강력한 말로 마무리했다. 「이 모든 내용을 정한 협약서는 물론 한참 전부터 파일에 첨부해 놓았습니다.」

엔더비가 레이컨을 흘끔 보았다. 「올리버, 보내 준다고 했었지. 어디 있나?」

레이컨이 길쭉한 얼굴을 갸웃하더니 정확히 무엇에 대해서라고 할 것 없이 따분한 듯 미소를 지었다. 「자네 부서 세 번째 방 근처에 있을 것 같은데, 솔.」

엔더비가 방법을 바꾸었다. 「어떤 우발 사태가 벌어져도 그 결정이 유효하다고 생각하는 건가, 자네 둘은? 그러니까 내 말은, 안전 가옥 준비는 어떻게 되어 가고 있지? 뒤처리나 뭐 그런 준비는?」

다시 스마일리. 「하우스키핑부에서 시골에 작은 집을 하나 빌려 놓았고, 사용할 준비를 하고 있습니다.」 그가 무심하게 말했다.

엔더비가 입에서 축축한 성냥을 꺼내 재떨이에 대고 부러뜨렸다. 「미리 부탁했으면 내 별장을 빌려줬을 텐데.」 그가 멍하니 중얼거렸다. 「방이 아주 많지. 아무도 오지 않고. 일손도 있고. 다 갖춰져 있네.」 그러나 다시 주제로 돌아갔다. 「자, 하나만 대답해 보게. 자네 부하가 패닉 상태에 빠지면 어떻게 할 건가. 그가 홍콩 뒷골목으로 도망치면 말일세. 누가 그를 붙잡아 오지?」

대답하면 〈안 됩니다〉! 길럼이 기도했다. 엔더비는 이런 식으로 캐고 다닐 권리가 없어요! 꺼지라고 하세요!

스마일리의 대답은 효과적이었지만 길럼이 바라던 격분은 없었다.

「〈가정〉은 얼마든지 세울 수 있겠지요.」 그가 가볍게 항변했다. 「가장 좋은 대답은, 그렇게 되면 마텔로와 제가 생각을 모아서 최선의 행동을 취할 것입니다.」

「조지와 저는 아주 매끄럽게 협력 중이에요, 솔.」 마텔로가 친절하게 말했다. 「괜찮습니다.」

「훨씬 〈깔끔〉하지 않겠나, 조지.」 엔더비가 새 성냥을 물고 말했다. 「미국한테 다 맡기는 게 훨씬 〈안전〉하지. 마티 쪽 사람들이라면 만에 하나 실수를 저질러도 총독한테 사과하고 두어 명 월러월러로 좌천시키고 다시는 그런 일이 없을 거라고 약속하면 그만이야. 다들 그쪽에 뭘 기대하겠나. 악명의 장점이지, 안 그런가, 마티? 자네가 가정부랑 잔다고 해도 아무도 안 놀랄걸?」

「이런, 솔.」마텔로가 수준 높은 영국식 유머에 큰 웃음을 터뜨리며 말했다.

「〈우리〉가 나쁜 놈이 되면 훨씬 더 골치 아파.」엔더비가 말을 이었다. 「아니, 〈자네〉가 특히 그렇지. 현재 상황이라면 총독이 단번에 자네를 날릴 수 있어. 윌브러햄은 벌써부터 시끄럽게 떠들고 있다고.」

스마일리의 무심한 완고함 때문에 더 이상의 진전이 없었으므로 엔더비가 잠시 물러났고, 그들은 〈고기와 감자〉 — 방식을 뜻하는 마텔로의 재미있는 표현이었다 — 에 대한 논의를 재개했다. 그러나 논의를 끝내기 전에 엔더비가 스마일리를 끌어내리려고 마지막 시도를 했고, 다시 포획물의 효과적인 관리와 사후 처리라는 주제를 선택했다.

「조지, 심문 등등은 누가 담당할 예정이지? 그 우스꽝스러운 예수회 수사를, 멋 부리는 이름을 가진 녀석을 쓸 생각인가?」

「중국 쪽은 디샐리스가, 러시아 쪽은 소비에트 조사부가 맡을 겁니다.」

「다리가 불편한 대학교수의 딸 말이군. 맞나, 조지? 음

주 문제 때문에 빌 헤이든한테 쫓겨났었지?」

「맞습니다, 둘이서 이 사건을 여기까지 끌고 왔지요.」
스마일리가 말했다.

당연히 마텔로가 재빨리 끼어들었다.

「아니, 조지, 그건 안 되지! 그건 아니라고 생각하네.
솔, 올리버, 이것만은 확실히 해주세요. 저는 모든 면에
서 돌핀 작전이 조지의, 조지 〈혼자만〉의 개인적인 승리
라고 생각합니다!」

친애하는 조지를 위해 다 같이 큰 박수를 친 다음 그들
은 케임브리지 서커스로 돌아왔다.

「그야말로 화약과 반역, 음모군요!」[24] 길럼이 충고했
다. 「엔더비가 왜 국장님을 배신하려는 거죠? 서신이 사
라졌다는 말도 안 되는 소리는 뭡니까?」

「그래.」 마침내 스마일리가 말했지만, 아주 멀리서 말
하는 것 같았다. 「그래, 저들이 너무 부주의했지. 사실 사
본을 보내야겠다고 생각했네. 발송 증거가 없는 참고용
복사본을 인편으로 보내야겠어. 엔더비는 아주 〈혼란스
러워〉 보이더군, 안 그런가? 피터, 자네가 맡아 주게. 마
더들에게 부탁해 줘.」

협약서 ─ 레이컨의 표현에 따르자면 협약서 〈항목〉

---

24 가이 포크스가 1605년에 가톨릭 탄압에 대항하여 의회 의사당을
폭파하고 왕과 대신들을 몰살하려 했던 〈화약 음모 사건〉에 빗댄 표현
이다.

— 이야기가 나오자 길럼은 가장 우려했던 문제가 다시 떠올랐다. 바보같이 샘 콜린스 편에 협약서를 보냈던 것이, 샘이 협약서를 전달한다는 핑계로 한 시간 넘게 마텔로와 단둘이 있었다는 폰의 말이 생각났다. 길럼은 또 샘 콜린스를 레이컨의 사무실 곁방에서 흘깃 보았던 것과 그가 이상하게도 레이컨과 엔더비와 가까웠던 것 그리고 빌어먹을 체셔 고양이처럼 화이트홀에서 어슬렁거리던 것도 기억했다. 또한 엔더비가 백개먼 주사위 놀이를 좋아해서 큰돈을 걸고 했었다는 기억이 떠올랐고, 음모론을 떨치려 했지만 엔더비가 샘 콜린스 클럽의 손님이었을지도 모른다는 생각이 문득 들었다. 길럼은 너무 말도 안 된다며 그 생각을 얼른 치웠지만, 아이러니하게도 나중에 사실로 판명되었다. 그리고 길럼은 스마일리가 알려 주려 했던 내용을 그들이 이미 알고 있다는, 스쳐 지나간 확신도 떠올랐다. 미국인 세 명의 표정 외에는 근거가 없는 생각이었고, 따라서 곧 일축해 버렸다.

그러나 샘 콜린스가 그날 아침 축하연에 맴도는 유령이었다는 생각은 버리지 않았고, 몰리와의 길고 열정적인 작별 인사에 지친 그가 런던 공항에서 비행기에 오를 때 샘이 즐겨 피우는 그 지긋지긋한 갈색 담배의 연기 너머로 바로 그 유령이 길럼을 보며 싱긋 웃었다.

비행은 한 가지만 제외하면 별일 없이 지나갔다. 일행은 세 명이었고, 좌석을 정할 때 길럼은 폰과의 전쟁에서 작은 승리를 거두었다. 하우스키핑부의 반대를 무릅쓰고 길럼과 스마일리는 일등석에 탔고 베이비시터인 폰은 이코노미석의 통로 자리에 항공사 보안 요원들과 거의 딱 붙어 앉았다. 폰은 내내 부루퉁했지만 보안 요원들은 아무것도 모른 채 거의 잠만 잤다. 다행히도 마텔로와 조용한 부하들이 비행기를 같이 타자고 제안하지는 않았다. 스마일리가 어떤 경우에도 그렇게 되어서는 안 된다고 굳게 결심했기 때문이다. 사실 마텔로는 랭글리에 가서 지시를 받기 위해 서쪽으로 갔고, 호놀룰루와 도쿄를 거쳐 홍콩으로 와서 그들의 도착을 기다렸다.

이들의 출발에는 미처 알지 못했지만 무척 아이러니한 부록이 하나 있었다. 제리가 서커스에 들어오면 전달하라며 스마일리가 최고의 공적을 축하하는 긴 자필 편지를 남겼던 것이다. 제리의 파일에 카본지로 뜬 이 편지의 복사본이 아직 남아 있다. 아무도 그것을 없앨 생각을 하지 못했다. 스마일리는 제리의 〈흔들림 없는 충성〉과 〈30년 넘는 공로의 정점〉을 언급한다. 그는 〈소설가로서도 똑같이 멋진 커리어를 쌓기를 나와 함께 바라고 있다〉는 앤의 메시지도 꾸며 내서 넣었다. 스마일리는 〈우리가 하는 일의 특권은 이렇게 멋진 동료들을 만날 수 있다는 거지. 우리 모두 자네에 대해서 그렇게 생각한다는 말을 꼭 전하고 싶네〉라는 심정을 전하며 약간 어색하게 편지를 끝맺는다.

어떤 사람들은 왜 작전부가 이륙하기 전에 제리의 소재를 걱정하는 소식이 서커스에 전달되지 않았냐고 아직도 묻는다. 그의 복귀가 며칠 늦어지고 있었기 때문이다. 그런 사람들은 역시 스마일리를 탓하려 하지만 서커스가 과실을 저질렀다는 증거는 없다. 사촌은 태국 북동부의 공군 기지에서 보낸 보고서 — 제리의 마지막 보고서 — 를 전달하려고 방콕을 거쳐 런던의 별관으로 바로 이어지는 직통 라인을 확보했다. 그러나 이 라인은 통신문 한 통과 그에 대한 대답 한 통만을 위한 것이었고, 후속 연락은 고려되지 않았다. 따라서 제리의 소재 불명 소식은 먼저 군 통신망을 통해 방콕으로 전달되었다가 — 돌핀 작전 관련 정보는 모두 홍콩에 우선권이 있다고 여겨졌으므로 — 〈사촌〉의 통신망을 통해 홍콩의 사촌에게 전달되었고, 그런 다음에야 〈일반〉이라고 표시되어 홍콩에서 런던으로 전달되었다. 런던에서도 누군가 그 중요성을 알아보기 전까지 합판 자단으로 만든 미결 서류함을 여러 개 거쳐야 했다. 그리고 열의 없는 매스터스 소령이 여기저기 돌아다니는 영국 호모가 약속을 어기고 돌아오지 않았다는 사실을 별로 중요하게 생각하지 않은 점도 있었다. 그의 메시지는 〈그쪽에서도 양해할 것으로 생각함〉이라는 말로 끝났다. 매스터스 소령은 현재 오클라호마 노먼에 살고 있으며, 작은 자동차 정비소를 운영하고 있다.

하우스키핑부 역시 패닉을 일으킬 이유가 없었다 —
적어도 그들은 아직까지도 그렇게 주장한다. 제리에게
내린 지시는 방콕에 도착하면 항공 여행 카드로 비행기
표를 사서 런던으로 돌아오라는 것이었다. 날짜도 항공
사도 따로 언급하지 않았다. 어느 정도 융통성을 주기 위
해서였다. 제리가 긴장을 풀기 위해 어딘가에 들렀을 가
능성이 가장 컸다. 현장 요원이 귀국할 때 그렇게 하는
경우가 많았고, 제리는 성적으로 왕성하다는 기록도 있
었다. 따라서 하우스키핑부는 평소처럼 승객 명단을 살
펴보면서 새러트에 2주간의 최종 마무리와 재배치 절차
를 임시 예약해 두었고, 돌핀 안전 가옥을 마련하는 훨씬
더 다급한 문제에 신경을 돌렸다. 안전 가옥은 서식스 매
어스필드의 베드타운에 있지만 상당히 외지고 괜찮은 제
분소였고, 거의 매일 그곳에 갈 이유가 생겼다. 기술자들
과 베이비시터들, 중국어를 할 수 있는 의사뿐만 아니라
디샐리스와 중국 관찰 팀 직원 상당수에다가 꽤 많은 통
역관과 기록관까지 수용해야 했다. 곧 동네 주민들은 일
본인이 잔뜩 유입되었다며 경찰에 불평했다. 그들이 해
외에서 온 무용단이라는 기사가 지역 신문에 실렸다. 하
우스키핑부가 흘린 기사였다.

제리는 호텔에 가지러 갈 짐이 없었고, 사실은 호텔도
없었다. 그러나 그는 한 시간, 아니 어쩌면 두 시간은 가
야 벗어날 수 있다고 생각했다. 제리는 미국이 마을 전체

를 도청 중이라고 확신했고, 런던이 요청할 경우 매스터스 소령으로서는 미군 탈영병이 위조 여권을 가지고 돌아다니고 있다며 제리의 이름과 인상착의를 방송하는 것이 가장 쉬운 방법임을 잘 알고 있었다. 그러므로 그는 택시가 정문을 벗어나자마자 마을 남쪽 끝으로 가서 기다렸다가 택시를 바꿔 타고 북쪽으로 향했다. 축축한 안개가 논을 뒤덮었고 논 사이로 쭉 뻗은 도로가 끝없이 이어졌다. 라디오에서는 태국 여가수들의 목소리가 끝이 없고 느릿한 자장가처럼 흘러나왔다. 미군의 전자 공학 기지를 지나쳤다. 마을 주민들이 〈코끼리 우리〉라고 부르는 직경 약 4백 미터의 원형 그리드가 안개 속에 둥둥 떠 있었다. 거대한 바늘들이 늘어서서 경계를 표시했고, 중간에는 거미줄 같은 가섭선에 둘러싸인 지옥 불 같은 불빛 하나가 앞으로 일어날 전쟁을 약속하는 것처럼 타올랐다. 이곳에 어학 연수생이 1천2백 명 있다고 들었지만 한 명도 보이지 않았다.

제리는 시간이 필요했고, 결국 일주일 넘는 시간을 썼다. 지금 같은 상황에서도 생각을 정리하려면 그 정도로 긴 시간이 필요했다. 제리는 뼛속까지 군인이었고 다리로 결정을 내렸기 때문이다. 스마일리는 실패한 사제 같은 분위기를 풍기며 좋아하는 독일 시인의 말을 인용해서 〈태초에 행동이 있었다〉고 제리에게 자주 말했다. 이 단순한 격언은 제리의 단순한 철학의 기둥이 되었다. 무슨 생각을 하는지는 그 사람 마음이다. 중요한 것은 그의 행동이다.

이른 저녁 메콩강에 도착한 그는 마을을 하나 골라서 며칠 동안 숄더백을 메고 사슴 가죽 부츠로 빈 코카콜라 깡통을 차면서 강둑을 걸어 다녔다. 강 건너 갈색 개밋둑 같은 산 뒤에 호찌민 통로가 있었다. 한 번은 중앙 라오스에서 약 5킬로미터 떨어진 바로 이 자리에서 B-52의 폭격을 보았다. 그는 발밑의 땅이 흔들리고 하늘이 텅 비어 불타오르는 것을 기억했고, 그 폭격 한가운데 있으면 어떤 느낌인지 알았다, 한순간이나마 알았다.

같은 날 밤, 제리 웨스터비는 본인의 유쾌한 표현을 따르자면 벽을 무너뜨릴 정도로 실컷 즐겼다. 상황은 달랐지만 하우스키퍼들의 예상대로였다. 그는 주크박스로 옛날 노래를 틀어 주는 강가의 술집에서 PX에서 빼내다 파는 스카치위스키를 마셨고, 매일 밤 모든 것을 잊을 때까지 술을 마시고 잘 웃는 여자를 매일 바꿔 가며 불 꺼진 계단을 지나 낡을 대로 낡은 방으로 데리고 올라갔으며, 결국 어느 날 밤에는 그대로 잠들어 나오지 않았다. 새벽에 수탉 울음과 강을 오가는 뱃소리에 깜짝 놀라 잠에서 깨자 머리가 맑았다. 제리는 친구이자 멘토인 조지 스마일리에 대해서 오래, 많이 생각했다. 그것은 의지의 행동이었고, 순종적인 행동이나 다름없었다. 제리는 그저 자신이 따르는 교리의 조항을 복창하고 싶었고, 지금까지 그의 교리는 바로 조지였다. 새러트는 현장 요원의 지원 동기를 무척 세속적이고 관대한 눈으로 평가했지만 맹렬한 눈빛으로 이를 갈며 〈난 공산주의를 증오해〉라고 말하는 열광자에 대해서는 전혀 관용적이지 않았다. 그들은 공산주의를 그렇게 증오한다는 것은 이미 공산주의와 사랑에 빠졌을 가능성이 높다는 뜻이라고 주장했다. 새러트에서 정말 좋아하는 것 ― 그리고 제리가 가지고 있는 것, 사실상 제리 자체인 것 ― 은 아첨할 시간은 없지만 이 일을 사랑하고 ― 물론 요란을 떨면 안 된다 ― 〈우리〉가 옳다는 사실을 아는 사람이었다. 〈우리〉는 당연히 유동적인 개념이지만 제리에게 〈우리〉는 조지라는 뜻일 뿐이었다.

조지. 최고야. 좋은 아침.

제리는 기억 속에서 제일 좋아하는 조지의 모습을 떠올렸다. 바로 전쟁 직후 새러트에서 처음 만났을 때였다. 당시 제리는 아직 육군 소위였지만 제대하고 옥스퍼드로 돌아갈 날이 얼마 남지 않았었고, 지루해 죽을 지경이었다. 그래서 런던 임시 공작원 과정에 참가했다. 서커스의 정식 직원은 아니지만 부정한 일을 좀 했던 사람들을 지원군으로 교육하는 과정이었다. 제리는 정식 직원 자리에 지원했었지만 서커스 인사부에게 퇴짜를 맞았고, 그래서 기분이 별로 좋지 않았다. 따라서 묵직한 외투를 입고 안경을 쓴 스마일리가 파라핀 난로를 피운 강의실에

아장아장 걸어 들어왔을 때 제리는 속으로 신음을 하면서 또다시 50분 동안 지루함을 견딜 준비를 했다. 분명 연락 정보 전달 장소를 발견하기 좋은 지역들에 대해서 이야기할 확률이 높았고, 그런 다음에는 릭맨스워스에서 은밀하게 자연을 관찰하고 돌아다니면서 묘지에서 속이 빈 나무를 찾는 법에 대해서 이야기할 것이다. 조지가 수강생들을 볼 수 있도록 감독관이 교탁 높이를 낮추느라 애를 먹는 코미디가 펼쳐졌다. 결국 스마일리는 교탁 옆에 약간 허둥지둥하며 서서 오늘 오후에 이야기할 주제는 〈적진 내 통신 루트 유지와 관련된 문제점들〉이라고 선언했다. 제리는 조지가 교과서가 아니라 자기 경험에 따라서 이야기하고 있다는 생각이 점점 들었다. 자신 없는 목소리, 자꾸 깜빡이는 눈, 사과하는 듯한 몸짓의 이 올빼미처럼 자그마한 학자가 어느 미개한 독일 마을에서 주요 정보망을 지휘하면서 3년 동안 땀 흘리며 고생을 한 것이다. 언젠가 문을 걷어차는 군홧발이나 얼굴을 가격하는 권총 손잡이 끝이 그에게 심문의 즐거움을 알려 줄 날을 기다리면서 말이다.

강의가 끝나자 스마일리가 제리에게 만나자고 했다. 그들은 텅 빈 술집 구석 자리에서, 다트판이 걸려 있는 사슴뿔 밑에서 만났다.

「자네를 고용하지 못해서 미안하군.」 그가 말했다. 「먼저 〈바깥〉을 조금 더 겪어야 한다는 생각이었던 것 같네.」이는 미숙하다는 그들의 표현이었다. 제리는 스마일리가 자신을 떨어뜨린 선발 위원회에서 아무 말도 없었던 사람들 중 하나였음을 뒤늦게 기억해 냈다. 「학위를 받고 다른 삶을 조금 더 경험하고 오면 아마 그 사람들도 생각을 바꿀 걸세. 그때까지 연락을 끊지 말았으면 좋겠군, 그렇게 해주겠나?」

그 뒤로 조지는 어떻게든 항상 곁에 있었다. 조지는 절대 놀라거나 인내심을 잃지 않고 제리의 삶을 친절하면서도 확고하게 손봐 주었고, 마침내 제리는 서커스의 소유가 되었다. 제리의 아버지가 세운 제국이 무너졌을 때 조지는 제리를 받으려고 팔을 내밀고 기다리고 있었다. 그의 결혼이 무너졌을 때 조지는 그를 위해 머리를 끌어안고 밤새 앉아 있었다.

「나는 이 일이 조국에 갚을 기회를 주었기 때문에 항상 고맙게 생각하네.」스마일리가 말했었다. 「누구나 그렇게 느껴야 해. 나는 우리가…… 헌신하기를 두려워하지 말아야 한다고 생각하네. 내가 너무 구식인가?」

「저를 지목하시면 언제든 출동하겠습니다.」제리가 대답했다. 「명령을 내리시면 그대로 할게요.」

아직 시간이 있었다. 제리도 알았다. 기차를 타고 방콕으로 가서 집으로 돌아가는 비행기를 타면 된다. 최악의 경우라고 해봐야 며칠간의 무단 이탈에 대해서 따끔한 소리를 들으면 그만이다. 〈집.〉 제리가 혼자서 말해 보았다. 그게 약간 문제였다. 토스카나로 돌아가서 고아도 없고 하품이 나오는 언덕 꼭대기 텅 빈 집으로 가야 할까? 펫에게 돌아가서 찻잔을 깨서 미안하다고 사과해야 할까? 친애하는 스텁시에게 돌아가서 기사 게재 결정권을 가진 직원으로 임명을 받을까? 서커스로 돌아가서 〈자네는 은행 담당부가 제일 잘 맞을 것 같네〉라는 말을 들어야 할까? 아니면 새러트로 돌아가서 — 대단한 생각이었다 — 요원들의 교육을 맡아 와트퍼드의 임대 아파트에서 위험하게 출퇴근하며 신입들의 마음과 정신을 빼앗을까?

사흘째인지 나흘째 날, 제리는 무척 일찍 일어났다. 새벽이 강 위로 떠오르며 처음에는 강을 붉게, 그다음에는 주황색으로, 이제 갈색으로 물들였다. 물소 가족이 배를 흔들며 진흙 속을 뒹굴었다. 강물 한복판에서 삼판 세 대가 연결되어 길고 복잡한 저인망을 설치하고 있었다. 쉬익 소리가 들리면서 그물이 날아올랐다가 싸라기눈처럼 물속으로 떨어졌다.

하지만 지금 내가 여기 있는 건 미래가 없어서가 아니야. 제리가 생각했다. 현재가 없어서야.

집이란, 집이 다 떨어졌을 때 가는 곳이야. 그가 생각했다. 그러면 다시 리지에게 돌아가는군. 골치 아픈 문제야. 나중에 생각하자. 아침이나 먹자.

제리는 티크 발코니에 앉아서 달걀과 밥을 우적우적

먹으며 조지가 헤이든에 대해서 처음 이야기해 주었을 때를 떠올렸다. 플리트 스트리트의 엘비노 바였고, 비 오는 한낮이었다. 제리는 원래 누구든 오랫동안 미워하지 못했고, 최초의 충격이 가시자 할 말이 별로 없었다.

「음, 술이나 마시면서 울어 봐야 소용없잖아요, 안 그래요? 쥐들한테 배를 맡길 순 없잖아요. 계속해 나가야죠. 그게 중요하죠.」

스마일리도 동감했다. 그래, 그게 중요하지, 계속해 나가면서 갚을 기회에 감사하는 것. 제리는 심지어 빌이 자신과 같은 계층이었다는 사실에서 기묘한 위안 같은 것을 발견했다. 그는 막연하게나마 자신의 조국이 돌이킬 수 없을 만큼 쇠락했으며 그 책임이 자신과 같은 계급에 있다는 생각을 단 한 번도 의심한 적 없었다. 〈우리가 빌을 《만들었어》.〉 그는 이렇게 생각했다. 〈그러니 우리가 빌의 배신이라는 멍에를 짊어지고 가야 해.〉 사실은 갚아야 한다. 조지가 늘 하는 말이었다.

제리는 다시 강가를 어슬렁거리면서 따뜻한 공기를 공짜로 들이마시고 평평한 돌멩이를 던져 물수제비를 떴다.

리지. 그가 생각했다. 리지 워딩턴, 교외 출신의 탈주자. 리카르도의 제자이자 샌드백. 찰리 마셜의 누나이자 어머니 대지이자 손에 넣을 수 없는 창녀. 드레이크 코의 새장 속에 갇힌 새. 네 시간 동안 내 저녁 식사 상대. 그리고 샘 콜린스에게는 — 다시 묻지만 — 리지가 뭐였을까? 18개월 전 찰리의 〈기분 나쁜 영국 상인〉이었던 멜론 씨에게 리지는 홍콩의 헤로인 루트를 오가는 운반책이었다. 그러나 그녀는 그 이상이었다. 언젠가 샘은 리지에게 자기 정체를 슬쩍 드러내며 그녀가 여왕과 조국을 위해 일하고 있다고 말했다. 리지는 이 기쁜 소식을 감탄하는 친구들에게 바로 알렸다. 그래서 샘은 분노했고, 그녀를 헌신짝처럼 버렸다. 샘은 그녀를 호구로 이용했던 것이다. 견습 미끼. 어떤 면에서는 그렇게 생각하면 재미있었다. 샘은 최고의 공작원으로 명성이 높았지만 리지 워딩턴은 새러트에서 〈말을 하거나 숨을 쉬는 한 절대 스카우트하면 안 되는 여자〉의 원형으로 등장해도 될 정도였기 때문이다.

〈지금〉 그녀가 샘에게 무엇인지 생각하면 그다지 재미있지 않았다. 샘은 도대체 왜 인내심 많은 살인자처럼 음울하고 불쾌한 미소를 지으며 그녀의 그림자 속에 숨어 따라다니는 것일까? 이 의문이 제리를 무척 괴롭혔다. 까놓고 말해서 그는 이 의문에 집착했다. 그는 리지가 또다시 모습을 감추는 것만큼은 정말 보고 싶지 않았다. 그녀가 코의 침대에서 나와 어디론가 간다면 그것은 제리의 침대여야 했다. 그는 한동안 띄엄띄엄 — 사실은 리지를 만난 이후 줄곧 — 토스카나의 상쾌한 공기를 들이마시면 그녀에게 얼마나 큰 도움이 될까 생각했다. 제리는 샘 콜린스가 홍콩에 온 방법도 이유도 몰랐고, 서커스가 드레이크 코를 어떻게 할 작정인지도 몰랐지만 — 이 부분이 가장 중요했다 — 만약 지금 이 순간 자신이 런던으로 가버리면 리지를 백마에 태우는 것이 아니라 아주 커다란 폭탄 위에 앉히는 것이나 마찬가지라는 느낌이 아주 강하게 들었다.

그것은 용납할 수 없었다. 다른 때였다면 전성기에 수많은 문제를 현명한 올빼미들에게 맡겼던 것처럼 이 문제도 맡길 수 있었을지도 모른다. 그러나 지금은 그런 때가 아니었다. 이번에 비용을 부담하는 것은 사촌이었다. 제리는 사촌에 대해서 딱히 적개심은 없었지만 그들의 존재가 문제를 더욱 어렵게 만들었다. 그러므로 그가 조지의 인간성에 대해서 막연하게 가지고 있는 생각이 무엇이었든 이번에는 해당되지 않았다.

게다가 제리는 리지를 좋아했다. 절박하게. 그의 감정에 애매함은 전혀 없었다. 그는 있는 그대로의 리지를 갈구했다. 그녀는 제리와 똑같은 실패자였고, 그는 리지를 사랑했다. 지금까지는 잘 생각해서 선을 그었지만 이것이 며칠간의 고민 끝에 내린 최종적인 불변의 결론이었다. 그는 약간 두려웠지만 무척 기뻤다.

제럴드 웨스터비. 그가 스스로에게 말했다. 넌 네가 태어날 때 그 자리에 있었어. 여러 번의 결혼을 할 때도 그 자리에 있었고, 이혼할 때도 가끔은 있었고, 장례식 때도 분명 그 자리에 있을 거야. 깊은 생각 끝에 내린 결론을 말하자면 또다시 네 역사의 중대한 순간을 맞이해서 그 자리를 지킬 때야.

제리는 버스를 타고 몇 킬로미터 정도 강을 거슬러 올라간 다음 걷고, 시클로를 타고, 술집에 가고, 여자들과 자면서 리지만을 생각했다. 그가 묵는 여관에는 아이들이 가득했는데, 어느 날 아침에 일어나 보니 두 아이가 그의 침대에 앉아서 〈파랑〉의 어마어마한 다리 길이에 놀라며 침대 밖으로 비어져 나온 그의 맨발을 보고 웃었다. 그냥 여기 있을까. 제리가 생각했다. 하지만 진심이 아니었다. 돌아가서 리지에게 물어봐야 한다는 사실을 본인도 알고 있었기 때문이다. 거절을 당하더라도 말이다. 그가 아이들을 위해 발코니에서 종이비행기를 날리자 아이들이 손뼉을 치며 춤을 추었다.

제리는 뱃사공을 구해서 저녁이 되자 정식 출입국 절차를 피해 강을 건너서 비엔티안으로 갔다. 다음 날 아침에도 정식 절차 없이 예약도 하지 않은 로열 라오스 항공 DC-8 비행기에 속임수를 써서 자리를 마련했고, 오후에는 비행기에 올라 미지근하고 맛있는 위스키를 마시며 붙임성 좋은 아편 밀수업자 몇 명과 즐겁게 잡담을 나누었다. 비행기가 착륙하니 검은 비가 내리고 있었고 공항 버스 차창이 먼지 때문에 더러웠다. 제리는 전혀 신경 쓰지 않았다. 홍콩으로 돌아왔을 때 마침내 집으로 돌아온 느낌이 든 것은 평생 처음이었다.

그러나 공항 로비에서는 신중하게 움직였다. 요란을 떨면 안 돼. 제리가 스스로에게 말했다. 절대 안 되지. 며칠 휴식을 취했더니 머리가 아주 맑았다. 제리는 주변을 면밀히 살핀 다음 출입국 관리소가 아닌 남자 화장실로 들어가서 일본인 관광객들이 떼를 지어 도착할 때까지 기다렸다가, 그들에게 다가가서 영어를 할 줄 아는 사람이 있냐고 물었다. 그런 다음 네 명을 골라서 홍콩 기자증을 보여 주었고, 그들이 여권 검사를 위해 줄을 서서 기다리는 동안 홍콩에 왜 왔는지, 누구와 무엇을 할 것인지 질문을 퍼부으며 메모장에 마구 휘갈겨 적었고, 다시 네 명을 골라서 똑같은 과정을 반복했다. 그러면서 공항 경찰이 교대하기를 기다렸다. 4시에 경찰이 교대하자 제리는 아까 봐 두었던 〈출입 금지〉라고 적힌 문으로 가서 문이 열릴 때까지 쾅쾅 두드린 다음 반대편으로 나갔다.

「어디 가는 겁니까?」 스코틀랜드인 경위가 화를 내며 물었다.

「신문사로 돌아가는데요. 우리의 친애하는 일본 관광객들에 대해 지저분한 기사를 써야 해서요.」

제리가 기자증을 보여 주었다.

「다른 사람들처럼 게이트로 들어와야죠.」

「말도 안 되는 소리. 여권을 안 가지고 왔어요. 그래서 당신의 멋진 동료가 이 문으로 들여보내 준 건데요.」

거대한 체구, 큰 목소리, 틀림없는 영국인의 생김새, 붙임성 있는 미소 덕분에 제리는 5분 뒤 시내로 가는 버스에 오를 수 있었다. 자기 아파트 건물 앞으로 가서 잠시 서성여 보았지만 의심스러운 사람은 보이지 않았다. 하지만 상대는 중국이니 누가 알겠는가? 엘리베이터에는 언제나처럼 아무도 없었다. 제리는 엘리베이터를 타고 올라가면서 뜨거운 목욕을 하고 옷을 갈아입을 생각에 기분이 좋아서 데스위시 더 훈의 유일한 레코드에서 들은 곡을 흥얼거렸다. 현관문 앞에서 자신이 끼워 놓았던 작은 쐐기가 떨어져 있는 것을 보고 잠시 걱정했지만 뒤늦게 루크를 기억해 내고 그를 다시 볼 생각에 미소를 지었다. 제리가 방범문의 잠금장치를 풀 때 안에서 웅웅 소리가 들렸다. 둔탁하고 단조로운 소리였는데, 에어컨 소리일지도 몰랐지만 데스위시의 목소리는 절대 아니었다. 너무 비효율적이고 쓸데없었기 때문이다. 멍청한 루크가 축음기를 틀어놔서 터지기 직전인가 보군. 그가 생각했다. 그러다가 다시 생각했다. 괜한 사람을 탓했군, 냉장고 소리잖아. 제리가 문을 열자 바닥에 널브러진 루크의 사체가 보였다. 머리는 총을 맞아 반쯤 날아갔고, 홍콩에 사는 파리 절반이 그의 사체에 앉아 있거나 주변을 날아다니고 있었다. 제리는 재빨리 들어가서 문을 닫고 손수건으로 입을 틀어막은 다음 아직 누가 있을지도 모른다는 생각에 부엌으로 달려갔다. 그 외에는 어떻게 해야 할지 생각이 나지 않았다. 제리는 거실로 돌아와서 루크의 발을 한쪽으로 치우고 조각 나무 세공의 마루판을 들어서 금지된 여분의 무기와 탈출 장비를 꺼내 주머니에 넣은 다음 토했다.

그랬군. 제리가 생각했다. 그래서 리카르도는 경마 기자가 죽었다고 그렇게 굳게 믿었던 거야.

전부 똑같군. 그가 다시 거리에 서서 귀와 눈에서 박동하는 분노와 슬픔을 느끼며 생각했다. 넬슨 코는 죽었지만 중국을 움직이고 있다. 리카르도는 죽었지만 드레이크 코는 그가 그림자 속에 숨어 있는 한 살 수 있다고 한다. 경마 기자 제리 웨스터비 역시 확실히 죽었지만, 코의 멍청하고 악독한 이교도 앞잡이 새끼 빌어먹을 티우 씨는 너무나 어리석어서 엉뚱한 백인을 쏘았다.

19
황금 실

홍콩의 미국 영사관 내부는 런던의 별관 내부인가 싶
을 정도로 비슷했다. 어디에나 있는 가짜 자단과 상냥한
호의, 공항 의자, 보는 사람을 격려하는 대통령 사진까지
똑같았지만 이번에는 포드 대통령이었다. 하워드 존슨[25]
스파이의 집에 잘 오셨습니다. 길럼이 생각했다. 그들이
일하는 구역은 격리 병동이라고 불렸는데, 거리로 이어
지는 독립적인 출구가 따로 있고 해병대 두 명이 지켰다.
그들은 가명을 썼고 — 길럼은 고든이었다 — 이곳에 머
무는 동안 전화 통화를 제외하면 건물 내의 누구와도 이
야기하지 않고 자기들끼리만 대화했다. 「우리는 존재를
부정당하기만 하는 것이 아닙니다, 여러분.」 마텔로가 작
전 지시 회의에서 자랑스럽게 말했다. 「눈에 보이지도 않

25 동명의 사업가 하워드 존슨Howard Johnson(1897~1972)이 만든
식당 및 모텔 체인의 이름으로 미국 전역에 수천 개의 사업장을 가졌다.
세계 어디를 가나 분위기가 똑같은 미국 정부 기관 사무실을 식당 체인에
빗대고 있다.

지요.」 그는 작전이 그런 식으로 진행될 것이라고 말했다. 미국 총영사는 홍콩 총독에게 영국 정보부가 여기에 없으며 자기 부하들은 관련이 없다고 성경에 손을 얹고 맹세할 수 있다. 「철저히 안 보이는 겁니다.」 그런 다음 〈조지, 이건 처음부터 끝까지 자네의 독무대일세〉였기 때문에 조지에게 넘겼다.

영사관에서 내리막길을 5분 내려가면 힐튼 호텔이 있었고 마텔로가 방을 예약해 두었다. 오르막길로 올라가면 힘들긴 하겠지만 걸어서 10분 거리에 리지 워스의 아파트 건물이 있었다. 그들은 홍콩에서 닷새를 보냈다. 지금은 밤이었지만 작전실에는 창문이 없었기 때문에 알 수가 없었다. 창문 대신 지도와 해도가 붙어 있고 마텔로의 조용한 부하 머피와 그의 친구가 지키는 전화기가 두 대 있었다. 마텔로와 스마일리는 각각 커다란 책상을 하나씩 썼다. 길럼과 머피, 그의 친구는 전화기가 놓인 탁자를 같이 썼고, 폰은 뒷벽에 일렬로 늘어선 영화관 의자 한가운데에 시사회에 참석한 따분한 비평가처럼 언짢은 표정으로 앉아서 가끔 이를 쑤시고 가끔 하품을 했지만 길럼이 여러 번 권해도 나가려 하지 않았다. 크로에게는 모든 일에서 손을 떼고 물러나 있으라고 명령했다. 완전 잠수였다. 스마일리는 프로스트의 죽음 때문에 크로가 걱정되어서 철수시키고 싶었지만 본인이 가지 않으려 했다.

지금은 드물게도 조용한 부하들의 시간이기도 했다. 「우리 쪽 최종 상세 브리핑이네.」 마텔로가 말했다. 「아, 〈자네〉가 괜찮다면 말이야, 조지.」 흰 셔츠에 파란 바지를 입은 창백한 머피가 벽에 걸린 해도 앞에 놓인 약간 높은 단에 서서 공책을 보며 혼잣말을 했다. 스마일리와 마텔로를 포함한 모두가 그의 발치에 앉아서 주로 말없이 귀를 기울였다. 머피는 진공청소기를 설명하는 것 같았고, 그래서 길럼은 더욱 졸렸다. 해도는 대부분 넓은 바다를 보여 주었지만 위쪽과 왼쪽에 남중국 해안이 레이스 장식처럼 그려져 있었다. 홍콩 뒤로 해도를 고정하는 누름대 바로 밑에 물을 뿌린 듯한 광둥이 보였고, 해도 중앙인 홍콩 남쪽에는 초록색 윤곽선으로 표시된 구름 같은 것이 네 부분으로 나뉘어 각각 A, B, C, D라고 표시되어 있었다. 이것은 어장이며 가운데 십자가 표시는 중심점입니다. 머피가 공손하게 말했다. 처음부터 끝까지 조지의 독무대든 어쨌든, 머피는 마텔로만 보면서 말했다.

「드레이크가 마지막으로 중공에서 나왔을 때를 바탕으로 현재 상황에 대한 평가를 업데이트했을 때, 우리와 해군 정보부 ─」

「머피, 머피.」 마텔로가 상냥하게 말했다. 「긴장 좀 풀어, 응? 여긴 훈련 학교가 아니야, 알겠나? 힘을 좀 빼라고, 알겠지?」

「네, 알겠습니다. 하나. 날씨.」 머피가 마텔로의 충고에도 불구하고 아무런 변함없이 말했다. 「4월과 5월은 북동 계절풍이 끝나고 남서 계절풍이 시작하는 시기입니다. 각 날짜의 예보는 예측 불가능하지만 이번 항해 중에 극단적인 상황이 생길 것으로는 예상되지는 않습니다.」 머피가 지시봉으로 산터우에서 남쪽으로 어장까지 선을 그린 다음 어장에서 북서쪽으로 홍콩을 지나고 주장강을 거쳐서 광둥으로 이어지는 선을 그렸다.

「안개는?」 마텔로가 말했다.

「이 계절에는 항상 안개가 끼고 구름은 6에서 7옥타로 예상됩니다.」

「〈옥타〉가 도대체 뭐지, 머피?」

「1옥타는 하늘을 8분의 1을 덮는다는 뜻입니다. 예전에는 10분의 1 단위였지만 이제 옥타로 바뀌었습니다. 50년이 넘는 기간 동안 4월에는 태풍 기록이 없고, 해군 정보부에 따르면 태풍의 가능성은 별로 없습니다. 바람은 편동풍이고 9에서 10노트입니다만, 바람과 같은 방향으로 진행하는 선단은 가끔 바람이 불지 않거나 역풍이 불 가능성도 고려해야 합니다. 습도는 약 80퍼센트, 기온은 섭씨 15도에서 24도입니다. 바다는 파도가 좀 있지만 고요합니다. 산터우 부근의 해류는 대만 해협을 통해 북동쪽을 향하는 경향이 있고, 속도는 하루에 3해리 정도입니다. 그러나 서쪽은, 〈이쪽〉 지역은 ─」

「그 정도는 나도 알아, 머피.」 마텔로가 날카롭게 말했다. 「서쪽이 어딘지는 나도 안다고, 제기랄.」 그런 다음 〈요즘 애송이들은 건방져서〉라고 말하듯이 조지를 향해 씩 웃었다.

머피는 여전히 변함이 않았다. 「우리는 이번 항해의 어떤 시점에든 속도 요인을 계산하고 선단의 이동 거리를 계산할 수 있도록 준비되어야 합니다.」

「그렇지, 그래.」

「다음은 달입니다.」 머피가 말을 이었다. 「선단이 4월 25일 금요일 밤에 산터우를 출발했다고 가정하면 만월 3일 후로—」

「왜 그렇게 가정하지, 머피?」

「그때 선단이 산터우에서 출발했기 때문입니다. 한 시간 전 해군 정보부에서 확인해 주었습니다. 정크선 한 무리가 C 어장 동쪽 끝에서 목격되었고 바람을 따라 서쪽으로 이동했답니다. 선두 정크선이 확인되었습니다.」

따끔따끔한 정적이 흘렀다. 마텔로가 얼굴을 붉혔다.

「자네는 똑똑해, 머피.」 마텔로가 경고하는 투로 말했다. 「하지만 그 정보는 조금 더 빨리 보고했어야지.」

「네, 알겠습니다. 또한 넬슨 코를 태운 정크선이 5월 4일에 홍콩 해역에 들어온다면 달은 하현입니다. 우리가 지금까지의 전례를 철저히 따른다면—」

「그래.」 스마일리가 단호하게 말했다. 「이번 탈출은 1951년 드레이크의 탈출과 정확히 똑같네.」

길럼은 이번에도 스마일리에게 이의를 제기하는 사람이 하나도 없음을 눈치챘다. 왜 그럴까? 정말 당혹스러웠다.

　「……그러면 문제의 정크선은 내일 20:00에 최남단 섬 포토이에 도착, 주장강에서 선단을 만나 다음 날인 5월 5일 10:30부터 12:00 사이에 광둥항에 도착합니다.」

　머피가 열심히 설명하는 동안 길럼은 스마일리를 몰래 지켜보면서 그를 처음 만났던 암울한 유럽 냉전 시대와 마찬가지로 지금도 그를 잘 모르겠다는 생각을 하고 있었다. 종종 하는 생각이었다. 왜 이상한 시간에 빠져나갔을까? 앤을 생각하려고? 아니면 카를라? 누구를 만났기에 새벽 4시에 호텔로 돌아왔을까? 설마 조지가 두 번째 청춘이라거나 그런 건 아니겠지. 길럼이 생각했다. 어젯밤 11시에 런던에서 긴급 연락이 왔기 때문에 길럼은 여기까지 올라와서 통신문을 받았다. 웨스터비가 행방불명이었다. 런던 본부에서는 코가 웨스터비를 죽였을까 봐, 더욱 나쁘게는 그를 납치하고 고문해서 결국 작전이 실패할까 봐 걱정했다. 길럼은 제리가 런던으로 돌아가다가 만난 승무원 몇 명과 어딘가에 틀어박혀 있을 가능성이 더 높다고 생각했지만, 긴급 통신문이었기 때문에 스마일리를 깨워서 말할 수밖에 없었다. 스마일리의 방으로 전화를 걸었지만 대답이 없었기 때문에 옷을 입고 가서 방문을 두드렸고, 결국에는 문을 딸 수밖에 없었다. 이제 길럼이 패닉에 빠질 차례였다. 스마일리가 아플지도 모른다는 생각이 들었다.

그러나 스마일리의 방은 비어 있고 침대에서 잔 흔적조차 없었다. 길럼은 스마일리의 소지품을 살피다가 이 노장 요원이 셔츠 이름표에도 가명을 쓴 것을 보고 깜짝 놀랐다. 그러나 그 외에는 아무것도 찾지 못했다. 그래서 길럼은 스마일리의 의자에 앉아서 졸았고, 4시가 되어서야 푸득거리는 작은 소리에 잠에서 깨 눈을 떠보니 스마일리가 몸을 숙여 겨우 15센티미터 앞에서 그를 물끄러미 바라보고 있었다. 어떻게 그렇게 소리도 없이 들어왔는지는 알 수 없었다.

「고든?」 그가 조용히 물었다. 「무슨 볼일이라도 있나?」 물론 그들은 작전 수행 중이었으므로 방이 도청당하고 있다고 가정했기 때문에 가명을 썼다. 같은 이유 때문에 길럼 역시 말하는 대신 코니의 메시지가 담긴 봉투를 건넸다. 스마일리는 그것을 읽고, 한 번 더 읽은 다음 태웠다. 길럼은 스마일리가 이 소식을 진지하게 받아들여서 깜짝 놀랐다. 이른 시간이었는데도 그는 바로 영사관으로 가서 손을 써야 한다고 고집했고, 그래서 길럼도 돕기 위해 동행했다.

「유익한 밤이었습니까?」 그들이 언덕을 올라갈 때 길럼이 가볍게 물었다.

「나? 아, 어느 정도는 그랬지, 어느 정도는. 고맙네.」스
마일리가 늘 그렇듯 꼬리를 감추었다. 길럼이든 누구든
스마일리의 밤 산책이나 다른 산책에 대해서 알아낼 수
있는 것은 그게 전부였다. 한편 조지는 정보원(情報源)에
대한 설명은 일언반구도 없이 누구의 질문도 허용하지
않는 태도로 구체적인 작전 데이터를 꺼냈다.

「아, 조지. 믿을 수 있는 건가?」처음 그랬을 때 마텔로
가 당황하며 물었다.

「뭐? 아, 그래, 그래, 믿을 수 있지.」

「좋아. 대단한 솜씨군, 조지. 진짜 감탄스러워.」곤혹스
러운 침묵 끝에 마텔로가 진심으로 말했고 그 이후로는
다들 그렇게 했다. 선택의 여지가 없었다. 아무도, 심지
어는 마텔로조차도 스마일리의 권위에 감히 도전할 수
없었다.

「그럼 며칠 동안 조업을 하는 거지, 머피?」마텔로가
물었다.

「선단은 7일 동안 조업을 한 다음 아마 만선으로 광둥
에 도착할 겁니다.」

「괜찮은가, 조지?」

「응. 아, 그래, 덧붙일 건 없네. 고맙네.」

마텔로는 내일 밤 선단이 넬슨이 탄 정크선과 시간 맞
춰서 만나려면 몇 시에 어장을 떠나야 하는지 물었다.

「나는 오전 11시로 보고 있네.」스마일리가 공책에서 고개도 들지 않고 말했다.

「저도 그렇습니다.」머피가 말했다.

「단독 정크선 말이야, 머피.」마텔로가 스마일리를 다시 경의에 찬 눈으로 바라보며 말했다.

「네.」머피가 말했다.

「그렇게 쉽게 선단에서 빠져나갈 수 있나? 무슨 위장으로 홍콩 영해에 들어오는 거지, 머피?」

「항상 있는 일입니다. 중공 정크 선단은 이익 동기가 없는 집단 어획 체제입니다. 따라서 밤이면 불도 켜지 않고 선단에서 빠져나와서 외딴섬 사람들에게 돈을 받고 생선을 파는 경우도 있습니다.」

「〈문자 그대로〉문라이팅[26]이군!」마텔로가 표현이 딱 맞아드는 것을 재미있어하며 외쳤다.

스마일리는 반대편 벽에 걸린 포토이섬 지도 쪽으로 돌아서서 안경의 배율을 잘 맞추기 위해서 고개를 기울였다.

「우리가 얘기하는 정크선의 크기가 어느 정도지?」마텔로가 물었다.

「28인용 주낙 어선으로 상어, 실꼬리돔,[27] 붕장어를 잡

26 문라이트moonlight는 달빛이라는 뜻과 함께 야간 부업을 한다는 뜻도 가진다.
27 golden thread. 영어로는 황금 실이라는 뜻이 된다.

습니다.」

「드레이크도 그런 배를 이용했나?」

「그랬지.」스마일리가 여전히 지도를 보며 말했다.「그랬어.」

「그런 배가 이렇게 가까이 접근할 수 있다는 거지? 날씨만 허락하면?」

이번에도 스마일리가 대답했다. 길럼은 스마일리가 배에 대한 말을 이렇게 많이 하는 모습을 처음 보았다.

「주낙 어선의 홀수는 5패덤[28]이 채 안 되네.」그가 말했다.「바다가 너무 거칠지만 않으면 어디든 들어갈 수 있지.」

뒤쪽 긴 의자에서 폰이 과장된 웃음을 터뜨렸다. 길럼이 앉은 채 고개를 돌려 얼굴을 찌푸리며 노려보았다. 폰이 심술궂게 곁눈질을 하더니 주인의 박식함에 감탄하며 고개를 저었다.

「선단이면 정크선이 몇 척이지?」마텔로가 물었다.

「스무 척에서 서른 척이네.」스마일리가 말했다.

「맞습니다.」머피가 온순하게 말했다.

「그럼 넬슨은 어떻게 하지, 조지? 저기서 선단 가장자리로 다가가서 미적거리나?」

「뒤처질 거야.」스마일리가 말했다.「선단은 보통 종렬

---

28 바다나 광산의 깊이를 말할 때 사용하는 단위로 1패덤은 약 1.8미터이므로 5패덤은 약 9미터이다.

로 전진하지. 넬슨이 선장에게 최후방에 서라고 명령하
겠지.」

「그렇군.」 마텔로가 작은 소리로 중얼거렸다. 「머피,
선단은 보통 무엇으로 식별하지?」

「그 방면에 대해서는 알려진 바가 거의 없습니다. 보
트피플은 잘 빠져나가기로 악명이 높습니다. 그들은 해
사 법규를 지키지 않습니다. 대체로는 해적이 무서워서
바다에 나갔을 때 조명도 켜지 않습니다.」

스마일리는 다시 혼자만의 생각에 빠졌다. 그는 뻣뻣
하게 꼼짝도 하지 않았지만 시선은 커다란 해도에 고정
되어 있었다. 길럼은 알았다. 스마일리의 마음은 머피가
지루하게 읊는 통계가 아닌 다른 곳에 있었다. 그러나 마
텔로는 그렇지 않았다.

「총 연안 무역은 어느 정도인가, 머피?」

「통제 기관이 없기 때문에 자료도 없습니다.」

「정크선이 홍콩 영해에 들어오면 검역을 하지 않나,
머피?」 마텔로가 물었다.

「이론적으로 모든 선박은 정박한 다음 검역을 거쳐야
합니다.」

「실제로는, 머피?」

「정크선은 자기들이 곧 법입니다. 엄밀히 말해서 중국
정크선은 빅토리아섬과 주룽갑 사이의 항해가 금지되어
있지만, 영국은 통행권을 두고 본토와 싸우기를 바라지

않습니다. 죄송합니다.」

「괜찮네.」스마일리가 여전히 해도를 보며 예의 바르게 말했다. 「우린 영국인이고, 앞으로도 영국인일 거야.」

카를라 표정이군. 길럼이 결론을 내렸다. 그가 카를라의 사진을 볼 때 떠오르는 표정이다. 스마일리는 문득 카를라의 사진이 눈에 들어오면 깜짝 놀라고, 잠시 그 얼굴을, 윤곽과 흐릿한 눈을 찬찬히 살펴보는 것 같다. 그러면 스마일리의 눈에서 빛이 천천히 사라지고, 희망도 사라지고, 어느덧 그가 자기 내면을 들여다보고 있다는 느낌이 들어서 깜짝 놀라게 된다.

「머피, 항해등에 대해서 말했나?」스마일리가 고개를 돌리며 물었지만 시선은 여전히 해도를 향하고 있었다.

「네, 그렇습니다.」

「넬슨이 탄 정크선에는 등이 세 개 있을 거야.」스마일리가 말했다. 「고물 돛대에 녹색등이 위아래로 두 개, 우현에 적색등이 하나.」

「네.」

마텔로가 길럼과 눈을 맞추려 했지만 길럼이 맞춰 주지 않았다.

「하지만 아닐 수도 있어.」뒤늦게 다른 생각이 떠오른 스마일리가 경고했다. 「등을 하나도 달지 않고 가까워지면 신호를 보낼지도 몰라.」

머피가 다시 보고를 시작했다. 주제가 바뀌었다. 통신

이었다.

「통신 부분을 살펴보면, 송신기를 갖춘 정크선은 거의 없지만 대부분 수신기는 가지고 있습니다. 가끔 트롤 작업을 위해서 유효 거리 1.6킬로미터 정도의 싸구려 워키토키를 사는 선장도 있지만, 오랫동안 이 일을 했기 때문에 서로 연락할 필요도 없는 것으로 보입니다. 그리고 항로를 찾는 것은, 해군 정보부의 말에 따르면 수수께끼에 가깝답니다. 믿을 만한 정보에 따르면 주낙 어선 대다수가 원시적인 나침반이나 수동으로 조작하는 측심줄을 이용하고 심지어는 진북을 찾을 때 녹슨 알람 시계를 이용한다고 합니다.」

「머피, 도대체 어떻게 그렇게 한다는 거지?」 마텔로가 외쳤다.

「줄에 납덩이를 매달아서 밀랍을 붙입니다. 그것을 해저에 늘어뜨린 다음 밀랍에 무엇이 붙었는지 보고 위치를 측정합니다.」

「참 힘든 방법을 쓰는군.」 마텔로가 말했다.

전화가 울렸다. 마텔로의 또 다른 조용한 부하가 전화를 받아 귀를 기울이더니 손으로 수화기를 덮었다.

「감시 대상인 워스가 방금 돌아왔답니다.」 그가 스마일리에게 말했다. 「감시단이 한 시간 동안 자동차로 미행했는데 방금 워스가 차를 아파트 뒤쪽에 세웠습니다. 맥의 말에 따르면 여자가 목욕을 하는 것 같다니, 나중에 다시 나갈 생각인가 봅니다.」

「여자 혼자인가.」스마일리가 무표정하게 말했다. 질문이었다.

「여자 혼자야, 맥?」그가 크게 웃었다. 「그렇겠지, 더러운 자식. 네, 여자 혼자 목욕을 하고 있다고 합니다. 맥이 비디오는 언제 쓸 수 있냐는군요. 여자가 욕실에서 노래를 하고 있나, 맥?」그가 전화를 끊었다. 「노래는 안 한답니다.」

「머피, 계속하지.」마텔로가 매섭게 말했다.

스마일리는 포획 계획을 복기하고 싶다고 말했다.

「물론이지, 조지! 그렇게 하게! 자네의 독무대 아닌가, 잊지 않았겠지?」

「포토이 지도를 다시 보고 싶네, 괜찮겠나? 그런 다음 머피가 자세히 설명해 주면 될 것 같은데. 괜찮은가?」

「괜찮지, 조지, 괜찮고말고!」마텔로가 이렇게 외쳤기 때문에 머피가 지시봉으로 가리키며 다시 설명을 시작했다. 해군 정보부의 감시 장소는 〈여기〉입니다……. 기지와 항상 쌍방향 통신 중입니다……. 상륙 지역에서 2해리 내에는 아무것도 없습니다……. 코의 대형 보트가 홍콩으로 출발하는 순간 해군 정보부가 기지에 알릴 겁니다……. 코의 보트가 항구에 들어오면 정규 영국 경찰선이 포획을 실시합니다……. 미국은 작전 정보를 제공하고 지원이 필요한 예상치 못한 상황에 대비하여 대기할 계획입니다…….」

스마일리가 깐깐하게 고개를 끄덕이며 모든 세부 사항을 감독했다.

「결국은 말이야, 마티.」 그가 말했다. 「일단 코가 넬슨을 배에 태우고 나면 달리 갈 데가 없어, 안 그런가? 포토이는 중국 영해의 끝이야. 우리한테 넘어올 수밖에 없어.」

길럼은 계속 귀를 기울이면서 언젠가 조지에게 일어날 일은 둘 중 하나라고 생각했다. 더 이상 신경을 쓰지 않거나 역설에 깔려 죽을 것이다. 더 이상 신경을 쓰지 않으면 공작원으로서 지금의 절반밖에 안 될 것이다. 반대로 신경을 계속 쓰면, 우리가 하는 일에 대한 설명을 찾으려고 애쓰다가 저 작은 가슴이 터져 버릴 것이다. 스마일리는 처참하게 끝난 간부들과 비공식적인 대담 자리에서 자신의 딜레마를 설명했었고, 길럼은 아직까지도 스마일리가 그때 했던 말을 떠올리면 당황스러웠다. 그는 이렇게 말했다. 〈인간성을 옹호하기 위해서 비인간적으로 행동하고, 동정심을 옹호하기 위해 잔혹해집니다.〉 또, 〈하나가 되어서 격차를 옹호합니다〉. 간부들은 진심으로 화가 나서 항의하며 밖으로 나갔다. 자기 할 일이나 하고 입이나 닫고 있으면 될 텐데, 조지는 왜 굳이 신념을 꺼내서 흠이 드러날 때까지 사람들 앞에서 갈고 닦는 것일까? 코니는 카를라가 했던 말이라며 길럼에게 러시아 금언을 속삭이기도 했다.

「전쟁은 일어나지 않을 거야, 그렇지 피터?」 복도에서 길럼이 부축하자 코니가 그의 손을 꼭 잡으며 확인하듯 말했다. 「하지만 평화를 위한 투쟁에서는 돌 하나도 남지 않고 다 무너지고 말 거야.[29] 수뇌부에서도 〈저런〉 행동은 반기지 않을 거야.」

쿵 소리가 들려서 길럼이 홱 돌아보았다. 폰이 영화관 좌석 같은 의자를 또다시 옮기고 있었다. 그는 길럼을 보고 콧구멍을 부풀리며 뻔뻔하게 비웃었다.

〈미쳤군.〉 길럼이 몸서리를 치며 생각했다.

폰 역시 다른 이유로 길럼을 무척 불안하게 만들었다. 그는 이틀 전 길럼과 함께 있을 때 역겨운 사건을 일으켰다. 스마일리는 평소처럼 혼자 나갔다. 길럼은 시간을 때우기 위해서 차를 빌려 폰을 태우고 중국 국경으로 갔는데, 그곳에서 폰은 신비한 산을 깔보며 킬킬거렸다. 돌아오는 길에 시골 신호등 앞에 차를 세우고 기다리고 있을 때 혼다 오토바이를 탄 중국 청년이 옆에 섰다. 길럼이 운전을 했고 폰은 조수석에 앉아 있었다. 폰은 힐튼 쇼핑몰에서 새로 산 도금 손목시계를 보며 감탄할 수 있도록 차창을 내리고 재킷을 벗은 채 왼팔을 문에 걸쳤다. 차가 출발할 때 중국 청년이 경솔하게도 손목시계를 낚아채려

29 마태오 복음 24장 2절 〈그러자 예수께서는《저 건물들이 보이느냐? 모두 무너지고 말 것이다! 돌 하나도 제 자리에 남지 못하고 다 무너지고 말 것이다》라고 대답하셨다〉를 인용하고 있다.

했지만 폰이 훨씬 더 빨랐다. 그는 청년의 손목을 낚아채서 질질 끌고 갔고 청년은 뿌리치려 애썼지만 소용없었다. 길럼은 45미터 정도 달린 다음에야 무슨 일인지 깨닫고 즉시 차를 멈췄다. 폰이 기다리던 바였다. 그는 길럼이 말리기도 전에 차에서 내려서 청년을 오토바이에서 끌어 내리더니, 도롯가로 끌고 가서 양팔을 부러뜨린 다음 미소를 지으며 차로 돌아왔다. 추문이 퍼질까 봐 겁에 질린 길럼은 재빨리 현장을 벗어났고, 남겨진 청년은 덜렁거리는 자기 팔을 보며 비명을 질렀다. 길럼은 폰의 만행을 조지에게 즉시 알려야겠다고 생각하며 홍콩에 도착했지만, 폰에게는 다행히도 스마일리는 여덟 시간이나 지나서 모습을 드러냈고, 그때쯤 길럼은 조지가 안 그래도 걱정할 일이 너무 많다는 결론을 내렸다.

또 다른, 빨간색 전화기가 울렸다. 마텔로가 직접 전화를 받았다. 그가 잠시 귀를 기울이더니 큰 소리로 웃음을 터뜨렸다.

「그를 찾았다네.」 마텔로가 스마일리에게 전화기를 내밀며 말했다.

「누구를?」

수화기가 두 사람 사이에 떠 있었다.

「자네 〈부하〉 말이야, 조지. 자네의 웨더비 ─」

「웨스터비입니다.」 머피가 정정하자 마텔로가 아주 불쾌한 표정으로 그를 노려보았다.

「찾았다는군.」마텔로가 말했다.

「어디 있지?」

「어디 〈있었냐〉는 뜻이겠지! 조지, 자네 부하는 메콩 강 상류의 사창가 두 곳에서 평생 다시없을 시간을 보냈다는군. 내 부하들의 말이 과장이 아니라면, 그는 바넘 서커스의 새끼 코끼리가 도망쳤던 1949년 이후 가장 유명한 지명 수배자야!」

「지금은 어디 있지?」

마텔로가 그에게 수화기를 건넸다. 「직접 듣지 그래? 강을 어떻게 건넜는지에 대한 이야기도 있네.」그가 길럼을 보며 한쪽 눈을 찡긋했다. 「비엔티안에도 그가 즐길 수 있는 곳이 몇 군데 있다는군.」마텔로는 이렇게 말한 다음 계속 껄껄 웃었고, 스마일리는 수화기를 귀에 대고 묵묵히 앉아 있었다.

제리는 사이드 미러가 두 개 달린 택시를 골라서 앞자리에 앉았다. 주룽으로 간 그는 눈에 띄는 가장 큰 렌터카 회사에서 탈출용 여권과 면허증으로 차를 빌렸다. 설사 한 시간밖에 더 못 벌지라도 가명이 더 안전하다고 생각했기 때문이다. 그는 해 질 무렵 미드레벨로 향했다. 아직도 비가 내리고 있었고 산허리를 밝히는 네온사인에 커다란 후광이 어른거렸다. 그는 미국 영사관을 지나 샘 콜린스가 눈에 띄기를 반쯤 기대하며 스타하이츠 앞을 두 번 지나쳤고, 두 번째로 지나칠 때에는 불이 환히 켜진 그녀의 아파트를 찾아냈다. 전망창에 우아하게 늘어뜨린, 얼핏 이탈리아제 예술품처럼 보이는 커튼은 3백 달러짜리 허세였다. 욕실의 간유리 창문도 불이 밝혀져 있었다. 세 번째로 지나칠 때에는 리지가 어깨에 뭔가를 두르고 있었고, 본능인지 뭔지 알 수 없는 무언가가 그녀의 딱딱한 몸짓을 보니 저녁 외출을 준비 중이라고, 이번에는 정말 근사하게 차려입었다고 말해 주었다.

루크를 떠올릴 때마다 어둠이 그의 눈을 덮었다. 제리는 자신이 캘리포니아에 사는 루크의 가족에게, 지국의 난쟁이에게, 또는 무슨 이유에선지 로커에게 전화를 거는, 숭고하지만 소용없는 행동을 한다고 상상해 보았다. 나중에 하자. 제리가 생각했다. 그는 나중에 반드시 루크를 잘 어울리는 방식으로 추도하겠다고 스스로에게 약속했다.

그는 건물 현관으로 이어지는 진입로로 천천히 들어가서 주차장으로 이어지는 경사로에 도착했다. 주차장은 세 층이었다. 제리는 천천히 둘러보다가 안전한 구석 자리에 세워진 그녀의 빨간 재규어를 발견했다. 조심성 없는 이웃들이 더없이 훌륭한 도색에 접근하지 못하도록 사슬이 쳐져 있었다. 운전대에 모조 표범 가죽 커버가 씌워져 있었다. 그녀는 이 빌어먹을 차에 끝도 없이 신경을 썼다. 차라리 애를 낳지. 제리가 분노를 터뜨리며 생각했

다. 개를 사든가. 쥐라도 키우든가. 제리는 여기서 조금
만 더 화가 나면 프론트로 확 밀고 들어갈 참이었지만 그
〈조금〉이야말로 지금까지 몇 번이나 제리를 말렸다. 그
녀가 이 차를 못 쓰게 되면 그가 리무진을 보내겠지. 제
리가 생각했다. 호위를 위해 티우가 동승할지도 모른다.
아니면 그가 직접 올 수도 있다. 아니면, 저녁이라서 의
식처럼 치장하는 것뿐이고 외출하지 않을지도 모른다.
그는 오늘이 일요일이면 좋겠다고 생각했다. 일요일에는
드레이크 코가 가족과 함께 지내기 때문에 리지 혼자 지
내야 한다는 크로의 말이 떠올랐다. 그러나 오늘은 일요
일이 아니었고, 바로 옆에서 무슨 근거인지는 제리도 모
르겠지만 코가 사업 때문에 방콕이나 팀북투에 갔다고
말해 줄 크로도 없었다.

　그는 비가 안개로 변한 것에 감사하며 경사로를 다시
올라 진입로로 돌아가다가 합류 지점에서 좁은 갓길을
발견했다. 차를 울타리에 바짝 붙여서 대면 다른 차들이
불평은 할지언정 겨우 지나갈 수 있었다. 제리는 울타리
에 차를 긁었지만 신경 쓰지 않았다. 그가 지금 앉아 있
는 자리에서는 줄무늬 차양 아래로 드나드는 보행자들과
도로에서 드나드는 차들이 다 보였다. 그는 아무 경계심
도 느끼지 못했다. 제리가 담배에 불을 붙였고, 양방향에
서 리무진이 그의 곁을 지나갔지만 코의 리무진은 없었
다. 가끔 자동차가 그를 피해 지나가면서 운전자가 경적

을 울리거나 큰 소리로 불평했지만 제리는 무시했다. 제리의 눈은 몇 초에 한 번씩 미러를 보았고, 한 번은 티우와 비슷한 통통한 형체가 뒤에서 꺼림칙하게 다가오는 것을 보고 재킷 주머니 안에서 권총의 안전장치를 풀었지만, 다시 보니 그 남자에게는 티우와 같은 근육이 없었다. 그 형체가 옆을 지나가자 제리는 〈꽉파이〉[30] 운전사들한테서 도박 빚이라도 받으러 왔나 보지, 생각했다.

그는 루크와 해피밸리에 갔던 때를 생각했다. 루크와 함께였을 때를 생각했다.

그가 아직 미러를 보고 있을 때 뒤에서 빨간 재규어가 경사로를 올라왔다. 차에는 운전자밖에 없고 지붕이 닫혀 있었다. 제리가 딱 하나 생각하지 못한 것은 리지가 지난번처럼 수위를 시켜서 차를 대기시키는 것이 아니라 직접 엘리베이터를 타고 주차장으로 내려가서 차를 몰고 올라올 수도 있다는 것이었다. 그가 리지의 뒤를 따라 차를 출발시키면서 위를 흘끔 보자 그녀의 집 창가에서 불이 여전히 빛나고 있었다. 누군가를 두고 나왔나? 아니면 금방 돌아올 생각일까? 그러다가 생각했다. 머리 너무 굴리지 마, 그냥 불을 잘 안 끄고 다니는 거야.

내가 루크에게 마지막으로 한 말은 귀찮게 좀 하지 말라는 거였지. 제리가 생각했다. 그리고 루크가 나에게 마지막으로 한 말은 나 대신 스텁시한테 기사를 보냈다는

30 홍콩의 불법 택시.

거였어.

리지가 시내를 향해 언덕을 내려갔다. 제리는 그녀를 따라갔지만 잠시 동안 그의 뒤를 따르는 차가 하나도 없었다. 그것이 부자연스럽게 느껴졌지만, 어차피 지금은 자연스러운 시간이 아니었다. 제리의 안에서 새러트의 인간이 스스로도 어떻게 할 수 없을 정도로 빨리 죽어 가고 있었다. 리지는 시내에서 가장 환한 곳을 향해 가고 있었다. 제리는 아직 그녀를 사랑한다고 생각했지만, 이제 무엇이든 의심할 준비가 되어 있었다. 그는 리지가 미러를 거의 보지 않았다는 것을 떠올리며 그녀의 뒤를 바짝 쫓았다. 어차피 침침한 안개 때문에 전조등밖에 보이지 않을 것이다. 안개가 군데군데 짙게 뭉쳐 있고 항구는 불이라도 난 것 같았다. 크레인의 불빛이 스멀스멀 기어오르는 연기를 겨냥하는 소방 호스 같았다. 센트럴에 도착한 리지가 어느 지하 주차장으로 들어가자 제리도 바로 뒤따라 들어가서 여섯 칸 떨어진 곳에 차를 세웠지만 그녀는 알아차리지 못했다. 리지가 차 안에서 화장을 고쳤고, 제리는 턱의 흉터에 파우더를 바르는 그녀를 보았다. 그런 다음 리지가 차에서 내려 문을 잠갔지만 어린애도 면도칼만 있으면 자동차 지붕을 쉽게 찢을 수 있었다. 실크 케이프와 긴 실크 원피스 차림의 그녀가 석조 나선 계단을 향해 걸어가면서 양손을 들어 목 뒤에서 하나로 묶은 머리카락을 조심스럽게 들어 포니테일을 케이프 밖으로 뺐다. 제리도 차에서 내려 호텔 로비까지 따라갔지만, 새틴 드레스와 나비넥타이 차림으로 수다를 떠는 남녀 패션 기자들에게 사진을 찍히기 직전에 옆으로 피했다.

비교적 안전한 복도로 들어간 제리가 상황을 이어 맞춰 보았다. 규모가 큰 비공개 파티였고, 리지는 보이지 않는 곳에서 입장했다. 다른 손님들은 정면 입구로 도착했는데, 롤스로이스가 너무 많아서 아무도 특별해 보이지 않았다. 청회색 머리카락의, 주인 역할을 하는 여자가 비틀비틀 돌아다니며 진에 푹 젖은 프랑스어로 말했다. 꼼꼼한 중국인 홍보 담당 여성이 조수 두 명과 함께 손님들을 맞이하고 있었다. 사람들이 몰려오자 그녀와 호위대가 무서울 만큼 성심성의껏 앞으로 나와서 이름을 물었고, 가끔은 초대장을 보여 달라고 한 다음 초대 손님 명단을 확인하고 〈아, 네, 그럼요〉라고 말했다. 청회색 머리의 여성이 미소를 지으며 투덜거렸다. 호위대는 남자에게 라펠 핀을, 여자에게 난초를 건넨 후 다음으로 도착한 손님들을 맞이했다.

리지 워딩턴은 이 심사를 무표정하게 통과했다. 제리는 〈수아레〉[31]라고 적혀 있고 큐피트의 화살이 그려진 쌍여닫이문 안으로 들어가는 그녀를 지켜본 다음 줄을 섰다. 홍보 담당자는 그의 사슴 가죽 부츠가 거슬렸다. 양

31 프랑스어로 〈파티〉라는 뜻.

복도 충분히 불쾌했지만 특히 부츠가 거슬렸다. 그녀가 부츠를 흘끔거리자 제리는 신발을 유심히 보라고 교육받았구나, 생각했다. 양말 위로는 부랑자처럼 입고 다니는 백만장자들도 있지만 2백 달러짜리 구찌 구두는 확실한 통행권이었다. 그녀는 얼굴을 찌푸리며 제리의 기자증을 보고, 초대 손님 명단을 보고, 다시 기자증을 보고 부츠를 한 번 더 본 다음 청회색 머리 여성에게 곤란한 시선을 보냈지만, 그녀는 여전히 미소를 지으며 투덜거리고 있었다. 제리는 그녀가 약에 취해 제정신이 아니라고 추측했다. 결국 홍보 담당자가 반갑지 않은 손님에게만 특별히 보여 주는 미소를 지으며 커피잔 받침 크기의 배지를 제리에게 건넸다. 형광 핑크색 바탕에 2.5센티미터 정도 되는 흰색 글자로 〈기자〉라고 적혀 있었다.

「오늘 밤 우리는 〈모두〉를 아름답게 만들고 있답니다, 웨스터비 씨.」 그녀가 말했다.

「저도 부탁할까요.」

「제 〈파르핑〉[32] 어떠세요, 웨스터비 씨?」

「멋지군요.」 제리가 말했다.

「이름이 〈포도나무의 정수〉랍니다, 웨스터비 씨. 작은 병 하나에 홍콩 달러로 백 달러지만, 오늘 밤 메종 플로베르에서는 모든 손님에게 무료 샘플을 나눠 드리고 있어요. 마담 몬티피오리…… 아, 〈물론〉이죠, 플로베르의

32 프랑스어로 〈향수〉라는 뜻.

집에 어서 오세요. 제 〈파르펭〉 마음에 드세요, 마담 몬티피오리?」

치파오 차림의 유라시아 여자가 쟁반을 내밀며 속삭였다. 「이국적인 밤 보내시기를 플로베르가 기원합니다.」

「이런, 세상에.」제리가 말했다.

쌍여닫이문 안쪽 두 번째 접수 행렬에는 매력을 발휘하러 파리에서 날아온 예쁜 청년 세 명과 대통령이라도 수행하는 듯한 무장 경비원들이 있었다. 제리는 순간적으로 경비원이 몸수색을 할 줄 알았고, 그렇게 되면 이곳을 엉망으로 만들 수밖에 없음을 알았다. 그들은 제리가 직원인 줄 알았는지 호의가 전혀 없는 눈으로 보았지만 머리카락 색이 옅었기 때문에 안으로 들여보내 주었다.

「언론 관계자는 패션쇼 무대에서 세 번째 줄입니다.」카우보이 가죽 정장 차림의 양성구유 같은 금발이 그에게 취재 자료를 건네며 말했다. 「카메라는 없나요, 무슈?」

「저는 기사 담당이라서요.」제리가 이렇게 말하며 엄지로 어깨 너머를 가리켰다. 「사진은 저기 스파이크가 담당이죠.」그런 다음 주변을 흘끔거리면서 연회장으로 들어가서 활짝 웃으며 누구든 눈이 마주치면 손을 흔들었다.

샴페인 잔으로 만든 피라미드는 높이가 1.8미터 정도

였고 웨이터들이 위에서부터 잔을 내릴 수 있도록 검은
색 새틴 계단이 놓여 있었다. 푹 꺼진 얼음 관에는 커다
란 술병들이 매장되기를 기다리는 것처럼 누워 있었다.
바닷가재가 잔뜩 담긴 손수레가 있었고 결혼식 케이크
같은 〈파테 드 푸아그라〉[33] 윗면에 아스픽[34]으로 〈메종
플로베르〉라고 적혀 있었다. 음악이 흐르고 엄청난 부자
들이 지루하고 단조롭고 작은 목소리로 대화도 나누었
다. 긴 유리창 밑에서 연회장 중앙까지 패션쇼 무대가 뻗
어 있었다. 창문으로 항구가 내다 보였지만 안개 때문에
풍경이 조각조각 났다. 에어컨이 켜져 있으므로 여자들
은 밍크코트를 입고도 땀을 흘리지 않았다. 남자들은 대
부분 디너 재킷 차림이었지만 젊은 중국인 한량들은 뉴
욕 스타일의 슬랙스와 검정 셔츠, 금목걸이를 과시했다.
술에 취한 영국 〈타이팬〉들이 여성 동행인들과 함께 모
여서 지루한 수비대 모임에 참석한 장교들처럼 서 있
었다.

어깨에 손이 닿는 느낌이 들어서 제리가 재빨리 돌아
보았지만, 그의 앞에 서 있는 사람은 가십을 다루는 홍콩
신문사에서 일하는 중국인 동성애자 그레이엄이었다. 제
리는 그레이엄이 신문사에 팔 기사를 쓸 때 도와준 적이

---

33 프랑스어로 〈거위나 오리의 간을 잘게 다져 다양한 향신료와 함께
몰드에 넣어 익히는 요리〉를 의미한다.
34 육수나 생선 국물로 만든 요리용 젤리.

있었다. 안락의자 몇 줄이 편자 같은 모양을 그리며 무대를 마주 보고 있었고, 리지는 맨 앞줄의 아르페고 씨와 그의 아내 혹은 정부 사이에 앉아 있다. 제리는 해피밸리에서 만났던 두 사람을 알아보았다. 그들이 오늘 밤 리지의 보호자인 것 같았다. 아르페고 커플이 리지에게 뭐라 말했지만 그녀는 거의 듣지 않았다. 리지는 바른 자세로 아름답게 앉아 있었고, 케이프를 벗었기 때문에 제리가 앉아 있는 자리에서 보면 진주목걸이와 귀걸이 말고는 아무것도 입지 않은 것 같았다. 적어도 아직은 무사하군. 제리가 생각했다. 썩지도 않았고, 콜레라에 걸리지도 않았고, 머리에 총을 맞지도 않았다. 그는 리지를 처음 만난 날 엘리베이터 안에서 그녀의 뒤에 서 있을 때 본, 척추를 따라 난 금빛 털을 기억했다. 그레이엄이 제리의 옆자리에 앉고 피비 웨이페어러가 그 옆자리에 앉았다. 제리는 피비를 잘은 몰랐지만 그녀에게 열심히 손을 흔들었다.

「이런. 최고야. 피비. 정말 멋져. 무대에 올라가서 다리를 좀 보여 줘야 되는 거 아닌가?」

그는 피비가 약간 취했다고 생각했지만 아마 그녀는 제리가 취했다고 생각할 것이다. 비행기에서 내린 후 아무것도 마시지 않았지만 말이다. 제리가 메모장을 꺼내서 기자답게 뭔가 끄적이면서 기분을 가다듬으려고 애썼다. 차분하게 해. 사냥감을 놀래지 마. 메모장을 내려다보니 〈리지 워딩턴〉이라는 글자밖에 안 보였다. 그레이 엄도 그것을 읽고 웃음을 터뜨렸다.

「내 새로운 필명이야.」 제리가 이렇게 말했고 두 사람이 같이 웃었다. 그 소리가 너무 커서 앞자리 사람들이 돌아볼 때 조명이 어두워졌다. 리지는 돌아보지 않았지만 제리는 그녀가 자기 목소리를 알아들었을 수 있다고 생각했다.

뒤에서 문이 닫히고 조명이 더 어두워지자 제리는 이 부드럽고 기분 좋은 의자에 앉아서 잠이나 잘까 싶었다. 음악이 멈추고 심벌즈를 살짝 두드리는 정글 비트가 흘러나왔다. 검은 무대 위에 샹들리에 하나만이 깜빡거리며 뒤쪽 창밖에서 군데군데 흔들리는 항구의 불빛에 응답했다. 사방의 증폭기에서 북소리가 천천히 점점 커졌다. 집요하고 솜씨 좋은 북소리가 한참 이어지더니 항구 쪽 창 앞에서 그로테스크한 사람 그림자가 점차 드러났다. 북소리가 멈췄다. 널리 퍼진 침묵 속에서 보석 외에는 아무것도 걸치지 않은 흑인 여자 두 명이 나란히 서서 무대를 성큼성큼 걸었다. 머리카락은 바짝 밀었고 둥근 상아 귀걸이와 노예 소녀가 찬 쇠고리 같은 다이아몬드 목걸이를 하고 있었다. 오일을 바른 팔다리에서 다이아몬드와 진주, 루비가 반짝거렸다. 키가 크고 아름답고 유연한 이들의 존재는 완전히 예기치 못한 것이었고, 잠깐 동안 모든 관객에게 절대적인 욕정의 주문을 걸었다. 북소리가 다시 시작되어 높이 치솟았고, 스포트라이트가 보석과 팔다리를 재빨리 스쳤다. 두 사람은 몸을 뒤틀며 울렁거리는 항구에서 빠져나와 관능적인 노예의 분노를 드러내며 관객을 향해 다가왔다. 그런 다음 뒤로 돌아서 엉덩이로 도전과 경멸을 드러내며 천천히 멀어졌다. 불이 다시 켜지고 박수 소리가 흥분 속에 터져 나오더니 다들 웃으며 술을 마셨다. 모두 동시에 이야기를 시작했고 제리가 가장 큰 소리로 말했다. 상대방은 달걀도 하나 못 삶는 어머니를 둔 귀족 사회의 유명한 미인 리지 워딩턴과 경마 클럽의 그랜트 대위가 가르쳐 주었듯이 마닐라 전체와 외딴섬 몇 개를 가진 아르페고 커플이었다. 제리는 급사장처럼 메모장을 들고 있었다.

「리지 워딩턴, 이런 말씀 드려도 될지 모르겠지만, 홍콩 전체가 당신 발치에 놓여 있지요. 저희 신문사에서 이번 행사를 독점적으로 취재하고 있습니다. 워스, 아니 워딩턴 씨, 우리는 당신과 당신의 패션, 환상적인 라이프 스타일 그리고 더욱 환상적인 친구들에 대한 특집 기사를 쓰고 싶습니다. 저희 사진 기자가 저 뒤에 있습니다.」 그런 다음 아르페고 커플에게 고개를 숙여 인사했다. 「안녕하십니까, 부인, 선생님. 이 자리에 함께해서 정말 영광입니다. 홍콩은 처음이신가요?」

그는 커다란 강아지같이 쾌활한 소년을 연기하고 있었다. 웨이터가 샴페인을 가져오자 제리가 직접 잔을 나 뭐 주겠다고 고집했다. 아르페고 커플은 이 과장된 행동에 무척 즐거워했다. 크로는 그들이 사기꾼이라고 했다. 제리를 바라보는 리지의 눈에 그가 알아볼 수 없는 무언가, 진지하고 겁에 질린 듯한 무언가가 있었다. 문을 열고 루크를 발견한 사람이 제리가 아니라 그녀인 것 같았다.

「웨스터비 씨는 이미 저에 대한 기사를 한 번 쓰신 걸로 아는데요.」그녀가 말했다. 「신문에 실리지 않았죠. 아닌가요, 웨스터비 씨?」

「어느 신문사입니까?」아르페고가 불쑥 물었다. 더 이상 미소를 짓고 있지 않았다. 그는 위험하고 언짢아 보였다. 그가 들어 본 적이 있지만 마음에 들지 않았던 무언가를 리지가 상기시켜 준 것이 분명했다. 예를 들면 티우가 경고했던 무언가를.

제리가 그에게 신문사 이름을 댔다.

「그렇다면 가서 기사나 쓰시지. 이 여자분은 가만두시고. 이분은 인터뷰 안 해. 당신은 할 일이 있으니 다른 데 가서 하시지. 여기에 놀러 온 것도 아닐 테고. 돈을 벌어야지.」

「그럼 〈당신〉에게 몇 가지 묻고 싶은데요, 아르페고 씨. 곧 갈 테니 잠깐만요. 당신을 뭐라고 쓰면 될까요? 무례한 필리핀 백만장자? 아니, 오십만장자?」

「세상에.」리지가 한숨을 쉬었다. 다행히 조명이 다시

341

꺼지고 북소리가 시작되면서 모두 자기 자리로 돌아갔다. 스피커에서 어떤 여자가 부드러운 프랑스어 억양으로 말을 시작했다. 무대 뒤쪽에서 흑인 여자 두 명이 길고 선정적인 그림자 춤을 추고 있었다. 첫 번째 모델이 등장했을 때 앞쪽 어둠 속에서 리지가 일어나서 케이프를 둘렀다. 그녀는 그를 지나쳐 재빠르고 부드럽게 통로를 걸어가더니 고개를 숙인 채 문 쪽으로 향했다. 제리는 그녀를 쫓아갔다. 로비에서 리지가 그를 보려는 것처럼 반쯤 몸을 돌렸고 제리는 그녀가 자기를 따라오기를 기대하는 게 아닌가 하는 생각이 스쳤다. 그녀의 표정은 조금 전과 변함이 없었고, 그의 기분을 그대로 나타나는 표정이기도 했다. 불안하고 지치고 아주 혼란스러워 보였다.

「리지!」그가 오래전부터 알던 친구를 발견한 것처럼 부르면서 그녀가 파우더룸에 도착하기 전에 재빨리 옆으로 뛰어갔다. 「리지! 세상에! 이게 몇 년 만이야! 진짜 오랜만이네! 최고야!」

그가 오랜 우정의 증표로 입을 맞추려고 그녀를 끌어안는 모습을 경비원 두 명이 온순하게 바라보았다. 제리가 왼손을 그녀의 케이프 밑으로 미끄러뜨리고 웃는 얼굴을 숙이면서 그녀의 맨 등에 작은 리볼버를 가져다 댔다. 총열이 그녀의 목덜미 바로 밑에 있었다. 이렇게 해서 그는 오랜 우정을 핑계로 그녀에게 딱 붙어 즐겁게 이야기하며 밖으로 데리고 나왔고, 손을 들어 택시를 불렀다. 제리는 총을 꺼내고 싶지 않았지만 그녀를 거칠게 다룰 수밖에 없는 상황이 되는 것은 싫었다. 이런 거지. 제리가 생각했다. 사랑한다고 말하러 돌아왔지만 결국 총을 겨누고 데려가는 것이다. 리지는 화를 내며 떨고 있었지만 제리는 그녀가 두려워한다고 생각하지 않았고, 이 끔찍한 모임을 중간에 빠져나와서 유감스럽겠다고 생각하지도 않았다.

「아주 멋져.」 그들이 안개 속에서 다시 언덕을 올라갈 때 리지가 말했다. 「완벽해. 빌어먹을 정도로 완벽해.」

그녀는 낯선 향수를 뿌리고 있었지만 그는 〈포도나무의 정수〉보다 훨씬 더 좋다고 생각했다.

길럼은 정확히 말해서 지루하지는 않았지만 조지와 달리 집중력이 무한한 것도 아니었다. 그는 제리 웨스터비가 도대체 뭘 어쩌려는 걸까 생각할 때만 빼면 어느새 몰리 미킨의 옷을 벗기는 야한 상상에 빠지거나 총에 맞아 팔이 꺾인 채 멀어지는 자동차를 보며 빈사 상태에 빠진, 산토끼처럼 낑낑거리던 중국인 청년을 떠올렸다. 이제 머피의 주제는 포토이섬이었는데, 역시나 아주 장황하게 설명하고 있었다.

화산입니다. 그가 말했다.

홍콩 전체에서 가장 단단한 암석으로 이루어져 있습

니다.

그리고 바로 저기 중국해 가장 끝에 위치한 최남단 섬입니다.

고도 240미터입니다. 어부들은 먼 바다로 나갔을 때 이 섬을 항로 표지로 이용했습니다.

엄밀히 말해서 단일한 섬이 아니라 여섯 개의 섬으로 이루어진 군도인데, 그중 다섯 개 섬은 황폐하고 수목도 없고 사람도 살지 않습니다.

훌륭한 사원입니다. 대단히 오래된 유적입니다. 멋진 목각이 많지만 자연수(自然水)가 거의 없습니다.

「세상에, 머피, 우린 그 섬을 〈사려는〉 게 아니야, 안 그런가?」 마텔로가 훈계했다. 길럼이 보기에 작전이 가까워지고 런던에서 멀어지자 마텔로는 겉치레와 영국인 같은 분위기를 많이 잃었다. 트로피컬 정장은 완전히 미국식이었고, 그는 사람들에게, 되도록 자기 사람들에게 계속 이야기를 했다. 길럼은 그에게는 런던조차도 모험이 아니었을까, 홍콩은 아예 적국의 영토가 아닐까 생각했다. 반면 스마일리는 압박을 받으면 사람들과 어울리지 않았고 극도로 정중해졌다.

「포토이 자체의 인구는 농부와 어부 180명에서 점차 감소하는 추세입니다. 대부분 공산주의자이고 살아 있는 마을 세 개와 죽은 마을 세 개가 있습니다.」머피가 말했다. 단조로운 설명이 이어졌다. 스마일리는 계속 열심히 들었지만 마텔로는 수첩에 초조하게 낙서를 끄적였다.

「그리고 〈내일〉 밤에는 포토이에서 바다의 신 틴하우에게 감사를 드리는 축제가 열립니다.」머피가 말했다.

마텔로가 낙서를 멈추었다. 「이 사람들은 그런 말도 안 되는 소리를 진짜로 믿나?」

「누구나 종교의 자유가 있습니다.」

「훈련소에서도 그렇게 가르치나, 머피?」마텔로가 다시 낙서를 시작했다.

불편한 침묵이 흐르고 머피가 용감하게 지시봉을 들더니 섬 남쪽 가장자리 해안선을 가리켰다.

「틴하우 축제는 주요 항구에, 바로 여기 오래된 사원이 위치한 남서쪽 끝에 집중됩니다. 스마일리 씨의 예측에 따르면 코의 상륙 작전은 주요 만에서 멀리 떨어진 바로 〈여기〉, 섬 동쪽의 작은 만에서 실시될 것입니다. 〈주요〉 만에서 벌어지는 축제에 이목이 집중되는 사이 주민이 〈하나도〉 없고 바다로 이어지는 접근 경로가 〈하나도〉 없는 섬 동쪽에 상륙함으로써 ―」

길럼은 전화벨 소리를 전혀 못 들었다. 마텔로의 조용한 부하가 전화 받는 소리만 들었을 뿐이다. 「그래, 맥.」그런 다음 그가 스마일리를 빤히 보며 똑바로 앉자 공항 의자가 끼익 하는 소리. 「좋아, 맥. 물론이지, 맥. 지금 당장. 그래. 잠깐만. 바로 옆에 있어. 전부 중지해.」

스마일리가 이미 그의 곁에 서서 수화기를 향해 손을

내밀고 있었다. 마텔로가 스마일리를 바라보았다. 단상에 등을 돌리고 선 머피는 방해받은 것을 인식하지 못하고 포토이의 더욱 흥미로운 특징들을 지적하고 있었다.

「이 섬은 어부들에게 유령 바위라고도 알려져 있습니다.」그가 여전히 지루한 목소리로 설명했다. 「하지만 그 이유는 아무도 모르는 것 같습니다.」

스마일리가 잠시 귀를 기울이더니 전화기를 내려놓았다. 「고맙네, 머피.」그가 정중하게 말했다. 「아주 흥미로웠네.」

그는 생각에 잠긴 픽윅 씨[35] 같은 자세로 손가락을 윗입술에 댄 채 잠시 꼼짝도 하지 않았다. 「그렇지.」그가 다시 말했다. 「그래, 무척이나.」

그가 문 앞까지 걸어가서 멈추었다.

「마티, 미안하지만 잠시 자넬 두고 나가야겠군. 한두 시간은 넘지 않을 걸세. 무슨 일이 생기면 전화하도록 하지.」

그가 문손잡이를 잡았다가 다시 길럼을 돌아보았다.

「피터, 자네도 같이 가는 게 좋겠군. 괜찮겠나? 차가 필요할지도 모르는데, 자네는 홍콩의 도로에서도 전혀 흔들림이 없는 것 같으니 말이야. 폰은 어디 있지? 아, 거기 있군.」

---

35 찰스 디킨스Charles Dickens(1812~1870)의 소설 『픽윅 클럽 여행기*The Pickwick Papers*』의 주인공.

헤들랜드 로드에 핀 꽃들은 크리스마스를 위해 장식한 양치식물처럼 털이 많고 눈이 부셨다. 보도는 좁아서 아이들을 운동시키는 유모들 외에는 거의 쓰지 않았는데, 유모들은 마치 개를 산책시키는 것처럼 아이들에게 아무 말도 하지 않았다. 사촌의 정찰 밴은 쉽게 잊을 만한 갈색 메르세데스 화물 자동차로, 무척 낡아 보이고 사이드 미러에 진흙 먼지가 앉아 있는 데다가 한쪽 측면에 스프레이로 〈홍콩 개발 건설 측량사〉라고 적혀 있었다. 중국 깃발 장식이 붙은 낡은 안테나가 운전석 위로 늘어져 있었다. 트럭이 코의 집 앞을 침울하게 천천히 지나쳤지만 — 오늘 아침에만 두 번째, 아니 네 번째였나? — 아무도 별다르게 생각하지 않았다. 홍콩 어디나 그렇듯 헤들랜드 로드에서는 항상 누군가가 건물을 짓고 있었다.

화물 자동차 안 맞춤 가죽 침대에 늘어진 두 남자가 빽빽하게 들어찬 렌즈와 카메라와 무선 전화 장비들을 열심히 지켜보고 있었다. 그들에게도 세븐게이츠 앞을 지나가는 것이 일종의 일과가 되었다.

「이상 무?」 첫 번째 남자가 말했다.

「이상 무.」 두 번째 남자가 확인했다.

「이상 무.」 첫 번째 남자가 무선 전화에 대고 반복했고, 수화기 너머에서 메시지를 확인하는 머피의 목소리가 들렸다.

「밀랍 인형일지도 몰라.」첫 번째 남자가 눈을 떼지 않고 말했다. 「가서 소리를 지르나 어쩌나 찔러 봐야 할지도.」

「그럴지도 모르지.」두 번째 남자가 말했다.

두 사람은 지금까지 이 일을 하면서 이렇게 고요한 상대를 미행한 것은 처음이라고 입을 모았다. 코는 항상 서 있는 곳에, 장미 정자 끝에 서서 그들을 등진 채 바다를 보고 있었다. 그의 자그마한 아내는 평소와 마찬가지로 검은 옷을 입고 그와 약간 떨어진 흰색 정원 의자에 앉아 있었는데, 남편을 보고 있는 것 같았다. 움직이는 사람은 티우밖에 없었다. 그 역시 앉아 있었지만 코의 반대쪽이었고, 도넛 같아 보이는 것을 우물거리고 있었다.

바깥 도로에 도착한 트럭이 스탠리 방면을 향했고 위장을 위해서 그 근처를 조사하는 척했다.

20
리제의 연인

그녀의 아파트는 크고 조화롭지 못했다. 호텔 라운지,
중역실, 매춘부의 침실을 합친 것 같았다. 응접실 천장은
점차 내려앉는 교회 입구처럼 점점 낮아졌다. 바닥은 높
이가 끊임없이 바뀌었고, 카펫은 잔디처럼 두꺼워서 그
들이 지나가자 반짝이는 발자국이 남았다. 거대한 창문
은 무한하지만 외로운 풍경을 보여 주었고, 그녀가 블라
인드를 내리고 커튼을 닫자 두 사람은 어느새 정원이 없
는 교외 방갈로에 있었다. 주방 뒤쪽의 자기 방에 돌아가
있던 아마[36]가 나오자 리지가 방으로 돌려보냈다. 아마는
얼굴을 찌푸리고 씩씩거리면서 나갔다. 그 표정은 〈두고
봐, 사장님한테 다 말할 테니까〉라고 말하고 있었다.

제리가 현관문에 체인을 건 다음 그녀를 자기 왼쪽에
약간 앞세우고 방마다 데리고 다니면서 문과 수납장을

---

36 중국에 주재하는 외국인 가정에서 집안일을 하고 아이들을 돌보
는 여자.

열게 했다. 팜파탈이 등장하는 텔레비전 무대 세트 같은
침실에는 둥근 퀼트 침대가 있고 스페인식 병풍 뒤에 둥
근 매립형 욕조가 있었다. 그는 침대 옆 자물쇠가 달린
장을 뒤져 소형 무기가 없는지 확인했다. 홍콩에 총기가
많은 것은 아니었지만 인도차이나에 살았던 사람들은 보
통 뭔가를 가지고 있었기 때문이다. 옷방은 전화로 센트
럴의 세련된 스칸디나비아 인테리어 가게 하나를 통째로
주문한 것 같았다. 식당은 스모크 글라스, 윤이 나는 크
롬과 가죽으로 장식되어 있었고 게인즈버러가 그린 선조
들의 초상화 복제품이 빈 의자들을 구슬프게 내려다보았
다. 전부 달걀 하나 못 삶는 엄마들이군. 그가 생각했다.
검은 호피 계단은 코의 서재로 이어졌다. 제리는 서재를
둘러보며 자신도 모르게 매료되어서 모든 것에서 그 남
자를, 샘보와 그가 얼마나 비슷한지를 보았다. 둥글게 휜
모양의 다리에 공을 쥔 짐승의 발 모양이 달린 특대 사이
즈의 책상, 고급스러운 날붙이들. 잉크병, 칼집을 씌운
종이칼과 가위, 손도 대지 않은 법률서는 샘보가 늘 곁에
두었던 것들이었다. 시먼스 세법, 찰스워스 회사법. 벽에
걸린 증명서 액자들. 대영 제국 훈장 표창장은 이렇게 시
작했다. 〈엘리자베스 2세는 하느님의 은총으로……〉 죽
은 기사의 문장처럼 새틴에 감싸인 훈장. 사원 계단에서
찍은 중국 노인들의 단체 사진. 승리를 거둔 경주마들.
그를 보며 웃고 있는 리지. 놀랄 만큼 아름다운 수영복

차림의 리지. 파리의 리지. 제리는 책상 서랍을 살며시 열어 열두 가지 다른 회사의 이름이 돋을새김된 편지지를 발견했다. 벽장에는 텅 빈 파일들, 플러그가 없는 IBM 전기 타자기, 주소가 하나도 없는 주소록이 있었다. 상의를 벗은 채 긴 등 너머로 그를 돌아보는 리지. 세상에, 웨딩드레스를 입고 치자나무 꽃다발을 쥔 리지. 코가 그녀를 웨딩드레스 가게에 보내서 찍은 사진이 분명했다.

아편이 담긴 마대 자루 사진은 없었다.

중역의 피난처군. 제리가 서재에 가만히 서서 생각했다. 그의 기억에 샘보도 이런 곳을 여러 군데 가지고 있었다. 아파트를 — 한 명은 심지어 주택을 — 받았지만 그를 1년에 몇 번밖에 보지 못한 여자들. 그러나 책상과 쓰지도 않는 전화기들과 기념품들로 장식한 특별한 비밀의 방이, 다른 사람의 삶에서 잘라 낸 비밀 장소가, 다른 피난처들로부터의 피난처가 항상 있었다.

「그는 어디 있지?」 제리가 다시 루크를 떠올리며 물었다.

「드레이크?」

「아니, 산타클로스.」

「당신이 말해 보시지.」

그가 그녀를 따라 침실로 들어갔다.

「모를 때가 많아?」 그가 물었다.

리지는 귀걸이를 빼서 보석함에 넣고 있었다. 그런 다

음 브로치, 목걸이와 팔찌.

「그는 어디서든, 밤이든 낮이든 전화를 해. 연락이 끊긴 건 이번이 처음이야.」

「당신도 전화를 걸 수 있고?」

「빌어먹을 〈아무〉 때나.」그녀가 신랄하게 비꼬듯 말했다. 「물론 할 수 있지. 첫 번째 부인이랑 나랑 사이가 〈아주〉 좋거든.」

「사무실은?」

「그는 사무실에 가지 않을 거야.」

「티우는?」

「빌어먹을 티우.」

「왜지?」

「그 사람은 돼지 새끼니까.」그녀가 벽장을 당겨 열면서 쏘아붙였다.

「티우가 당신 메시지를 전해 줄 수 있잖아.」

「내키면 전해 주겠지만, 내키지 않겠지.」

「왜?」

「대체 내가 어떻게 알아?」그녀가 스웨터와 청바지를 꺼내서 침대에 내팽개쳤다. 「나한테 화가 났으니까. 나를 믿지 않으니까. 대단하신 주인님한테 들러붙는 백인 여자가 싫으니까. 옷 갈아입을 거니까 나가.」

그래서 제리는 등을 돌리고 실크가 부스럭거리는 소리를 들으며 옷방으로 갔다.

「리카르도를 만났어.」그가 말했다. 「솔직한 이야기를 나눴지.」

제리는 그들이 리지에게 이야기를 했는지 꼭 알아야 했다. 그녀에게서 루크를 죽인 책임을 면제해 주어야 했다. 그가 귀를 기울이다가 말을 이었다.

「찰리 마셜이 리카르도의 주소를 알려 줬고, 내가 찾아가서 잡담을 좀 나눴지.」

「잘됐네. 이제 아주 가족 같겠어.」

「멜론에 대해서 얘기하더군. 당신이 그를 위해서 약을 운반했다고.」

아무 대꾸도 들리지 않아서 제리가 뒤를 돌아보자 리지가 얼굴을 손에 묻고 침대에 앉아 있었다. 청바지와 스웨터를 입으니 열다섯 살 소녀 같았고 키도 15센티미터는 더 작아 보였다.

「당신이 원하는 게 도대체 뭐야?」그녀가 마침내 속삭였는데, 그 소리가 어찌나 작았는지 혼잣말을 하는 것 같았다.

「당신.」그가 말했다. 「영원히.」

리지는 긴 한숨을 쉬더니 〈아, 세상에〉라고 속삭일 뿐이었다. 그래서 제리는 그녀가 자기 말을 들었는지 알 수 없었다.

「멜론이 당신 친구야?」마침내 그녀가 물었다.

「아니.」

「안됐네. 그는 당신 같은 친구가 필요한데.」

「아르페고는 코가 어디 있는지 알아?」

그녀가 어깨를 으쓱했다.

「코와 마지막으로 통화한 게 언제지?」

「일주일 전.」

「뭐라고 했지?」

「준비할 게 있다고.」

「무슨 준비?」

「세상에, 그만 좀 물어봐! 온 세상이 질문을 퍼붓잖아, 그러니까 당신까지 그러지는 마, 알겠어?」

제리가 리지를 보니 그녀의 눈이 분노와 절망으로 빛났다. 그가 발코니 문을 열고 밖으로 나갔다.

작전 지시가 필요해. 그가 씁쓸하게 생각했다. 이렇게 필요할 때 새러트의 가정 교사들은 어디 있는 거지? 지금까지 그는 예인선을 자르면 도선사와도 헤어진다는 생각을 하지 못했다.

발코니는 세 면을 따라 나 있었다. 안개가 잠시 걷혔다. 그의 뒤쪽에 금색 불빛으로 어깨를 장식한 빅토리아 피크가 우뚝 솟아 있었다. 달리는 구름이 달 주변에 계속 변화하는 공동을 만들었다. 항구는 아름다움을 전부 파냈다. 항구 한가운데에서 투광 조명을 환히 밝히고 깃발로 장식한 미국 항공 모함이 대형 보트 무리에 둘러싸여 제멋대로 구는 여자처럼 목욕을 하고 있었다. 갑판에 일렬로 늘어선 헬리콥터와 작은 전투기들을 보니 태국 북부의 공군 기지가 떠올랐다. 큰 바다로 나가는 정크선 종대가 항공 모함을 지나 광둥으로 향했다.

「제리.」리지가 불렀다.

그녀는 열린 문 앞에 서서 늘어선 화분들 너머로 그를 보았다.

「들어와. 나 배고파.」그녀가 말했다.

누구도 요리를 하거나 음식을 먹는 일이 없는 주방이 었지만 술과 음식을 간단히 먹을 수 있는 자리가 마련되어 있고 소나무 의자와 산을 그린 중국풍 그림들, 〈칼스버그〉라고 적힌 재떨이가 놓여 있었다. 그녀는 항상 준비되어 있는 커피 메이커의 커피를 따라서 제리에게 주었다. 경계심을 늦추지 않을 때의 리지는 예전에 고아가 그랬던 것처럼 어깨를 오므리고 팔로 몸을 감쌌다. 그녀는 떨고 있었다. 제리는 자신이 총을 겨눈 뒤로 리지가 계속 떨고 있었다고 생각했고, 그러지 말걸 후회했다. 그녀가 자기만큼이나, 어쩌면 훨씬 더 상태가 안 좋다는 생각이 들었기 때문이다. 리지와 제리는 재난을 겪은 뒤 각자의 지옥에서 살고 있는 사람들 같았다. 제리가 그녀에게 브랜디 탄 소다를 만들어 주고 자기 것도 한 잔 만든 다음 조금 더 따뜻한 응접실에 그녀를 앉혔다. 리지가 양팔로 자신을 끌어안고 카펫을 보며 브랜디를 마셨다.

「음악이라도?」그가 물었다.

그녀가 고개를 저었다.

「난 나야.」 그가 말했다. 「어디와도 관계없어.」

못 들은 것 같았다.

「난 자유의 몸이야.」 그가 말했다. 「그냥, 내 친구가 죽었어.」

리지가 고개를 끄덕였지만 동정의 표시일 뿐이었다. 무슨 말인지 모르는 것이 분명했다.

「코 사태가 아주 지저분해지고 있어.」 그가 말했다. 「잘 안 풀릴 거야. 당신은 아주 거친 남자들과 어울리고 있어. 코도 마찬가지고. 냉정하게 봤을 때 코는 일급 공공의 적이야. 당신이 빠져나오고 싶을지도 모른다고 생각했지. 그래서 돌아온 거야. 정의로운 기사 갤러해드 흉내를 내봤지. 그런데 당신이 어떤 상황에 처해 있는지 난 아직 모르겠어. 멜론이니 뭐 그런 것들 말이야. 서로 솔직히 털어놓고 고민해 보는 게 좋겠어.」

그런 다음 별로 구체적이지 않은 설명이 이어졌고, 전화가 울렸다. 신경에 거슬리지 않도록 소리를 둔하게 만든 벨소리였다.

전화기는 반대편 도금 트롤리에 놓여 있었다. 둔한 벨소리가 울릴 때마다 전화기 불빛이 깜빡거렸고, 줄무늬 유리 선반에 그 불빛이 비쳤다. 그녀가 전화기를 흘끔 보더니 제리를 흘끔 보았고, 얼굴에 희망의 빛이 떠올랐다.

그가 벌떡 일어나서 트롤리를 리지 쪽으로 밀자 바퀴가 카펫에 걸려 덜컹거렸다. 제리가 트롤리를 밀며 걸어가자 전선이 풀려서 아이가 낙서를 해놓은 것처럼 방이 어지러워졌다. 리지가 얼른 수화기를 들고 혼자 사는 여자들이 익히게 되는 약간 무례한 말투로 〈워스입니다〉라고 말했다. 제리는 도청당하고 있다고 말해 줄까 생각했지만 무엇을 경고하는 것인지 알 수 없었다. 그는 이제 이쪽에도 저쪽에도 자리가 없었다. 제리는 이제 편이 무엇인지도 알 수 없었지만 다시 머릿속이 루크로 가득 찼고 내면의 사냥꾼이 번쩍 깨어났다.

리지는 수화기를 귀에 대고 있었지만 아무 말도 하지 않았다. 지시에 따르는 것처럼 〈네〉라고 한 번 말했고, 강력한 어조로 〈아뇨〉라고 한 번 말했다. 얼굴은 무표정해졌고, 목소리 역시 그에게 아무것도 가르쳐 주지 않았다. 그러나 제리는 순종과 은폐를 감지했고, 그러자 마음속의 분노가 활활 타올라 이제 다른 무엇도 중요하지 않았다.

「아뇨.」 그녀가 수화기에 대고 말했다. 「파티에서 일찍 나왔어요.」

제리가 옆에 무릎을 꿇고 앉아서 들으려 했지만 리지가 수화기를 귀에 딱 붙이고 있었다.

왜 어디냐고 묻지 않았을까? 왜 언제 만날 수 있냐고 묻지 않았을까? 괜찮냐고는? 전화를 왜 안 했냐고는? 왜 그녀는 제리를 이런 식으로, 전혀 안심하는 기색 없이 바라볼까?

그가 리지의 뺨에 손을 대고 억지로 고개를 돌리게 한 다음 반대쪽 귀에 속삭였다.

「〈꼭〉 만나야 한다고 말해! 당신이 가겠다고. 〈어디든〉 가겠다고.」

「네.」 그녀가 전화기에 다시 말했다. 「좋아요. 네.」

「말해! 꼭 만나야 한다고 해!」

「꼭 만나야 해요.」 리지가 드디어 말했다. 「어디든 내가 거기로 갈게요.」

수화기가 아직 그녀의 손에 들려 있었다. 리지는 어깨를 으쓱하며 어떻게 할지 물었고, 그녀의 시선은 여전히 제리를 보고 있었다 ─ 그녀의 갤러해드 경이 아니라 그녀를 둘러싼 적대적인 세계의 일부로서.

「〈사랑해요!〉」 그가 속삭였다. 「평소처럼 말해!」

「사랑해요.」 그녀가 눈을 감고 말하더니 제리가 막기도 전에 전화를 끊었다.

「여기로 온대.」 그녀가 말했다. 「나쁜 자식.」

제리는 아직 그녀의 옆에 무릎을 꿇고 있었다. 리지가 그에게서 벗어나려고 일어섰다.

「그도 알아?」 제리가 물었다.

「뭘?」

「내가 여기 있다는 걸.」

「어쩌면.」그녀가 담배에 불을 붙였다.

「그는 지금 어디 있지?」

「몰라.」

「언제 도착하지?」

「금방이랬어.」

「혼자야?」

「아무 말 안 했어.」

「그는 총을 가지고 다녀?」

리지는 그의 맞은편에 서 있었다. 긴장한 회색 눈이 여전히 겁에 질리고 화난 눈빛으로 그를 보고 있었다. 그러나 제리는 그녀의 기분 따위 신경 쓰지 않았다. 행동하고 싶다는 열띤 충동이 다른 모든 감정을 압도했다.

「드레이크 코. 당신을 여기에 살게 한 좋은 남자. 총을 가지고 다녀? 날 쏠까? 티우가 같이 있어? 그냥 물어보는 것뿐이야.」

「침대에 총을 차고 들어오진 않아, 그게 묻고 싶은 거라면.」

「어디 가?」

「그 사람이랑 단둘이 있고 싶을 줄 알았지.」

제리가 그녀를 다시 소파로 이끌어 반대쪽 끝 쌍여닫이문을 마주 보게 앉혔다. 문에는 불투명 유리가 끼워져 있고 그 너머는 복도와 현관이었다. 그가 문을 열어서 누가 들어오는지 리지에게 바로 보이도록 했다.

「사람을 들여보낼 때 규칙이 있어, 당신들?」 그녀는 제리의 질문을 이해하지 못했다. 「여기 외시경이 있잖아. 그가 문을 열기 전에 항상 확인하라고 시켜?」

「아래에서 인터폰을 할 거야. 그런 다음 열쇠로 열고 들어올 거고.」

현관문은 합판이라서 단단하지 않았지만 그 정도면 충분했다. 새러트에는 〈당신의 존재를 모르는 단독 침입자를 상대할 때는 문 뒤에 숨지 말라. 두 번 다시 못 나오게 된다〉라는 말이 있다. 이번만큼은 제리도 동의하고 싶었다. 그러나 문이 열리는 쪽에 서 있으면 상대가 공격 의도가 있을 경우 공격하기 쉽고, 제리는 코가 자신의 존재를 모르는지도 혼자인지도 전혀 몰랐다. 소파 뒤로 갈까도 생각했지만 총격이 일어날 경우 여자가 그 중간에 있기를 바라지 않았다. 절대로 바라지 않았다. 그녀의 수동성, 그녀의 무기력한 시선도 불안했다. 제리가 마시던 브랜디 잔이 탁자 위 그녀의 잔 옆에 놓여 있었다. 그는 말없이 플라스틱 난이 꽂힌 꽃병 뒤로 잔을 숨겼다. 제리가 재떨이를 비우고 그녀의 앞 탁자에 『보그』를 펼쳐 놓았다.

「혼자 있을 때 음악을 틀어 둬?」

「가끔.」

그는 엘링턴을 골랐다.

「소리가 너무 커?」

「더 올려.」그녀가 말했다. 미심쩍었던 그는 리지를 지켜보며 소리를 낮추었다. 그때 복도에서 인터폰이 두 번 울렸다.

「조심해.」제리가 이렇게 경고하고 총을 든 채 현관문이 열리는 쪽으로, 공격당하기 쉬운 위치로 이동했다. 문에서 1미터 정도 떨어져 있었기 때문에 상대방에게 달려들기도 좋고 총을 쏜 다음 몸을 멀리 던지기에도 좋은 위치였다. 그는 몸을 반쯤 구부리면서 후자를 염두에 두고 있었다. 이 정도 거리에서는 어느 손으로 쏘든 빗맞힐 수 없는 데다가 공격을 하려면 오른손이 자유로운 것이 좋았기 때문에 왼손에는 총을 들고, 오른손에는 아무것도 들지 않았다. 그는 티우가 항상 주먹을 쥐고 다녔던 것을 떠올리며 너무 가까이 다가가지 말라고 스스로에게 경고했다. 뭘 하든 멀리서 해. 사타구니를 걷어차되 그 이상 다가가지 마. 주먹이 닿는 곳으로 들어가면 안 돼.

「〈올라와요〉라고 말해.」그가 리지에게 말했다.

「올라와요.」리지가 인터폰에 대고 그대로 따라 했다. 그런 다음 인터폰을 끊고 체인을 풀었다.

「들어오면 카메라를 보듯이 미소를 지어. 소리 지르지 말고.」

「지옥에나 가.」그녀가 말했다.

민감해진 제리의 귀에 통로에서 엘리베이터가 올라오는 소리와 벨이 단조롭게 〈땡〉 울리는 소리가 들렸다. 문으로 다가오는 발소리, 흐트러짐 없는 한 사람의 발소리가 들렸고, 해피밸리에서 본 드레이크 코의 우스꽝스럽고 약간 유인원 같은 걸음걸이가, 회색 플란넬 바지 안에서 구부러지던 무릎이 떠올랐다. 열쇠가 찰칵 잠금장치를 풀더니 문 뒤에서 손 하나가 안으로 들어왔고, 몸의 나머지 부분이 조심성 없이 그 뒤를 따랐다. 제리는 온 힘을 다해 몸을 날려서 저항하지 않는 상대방을 벽에 딱 붙였다. 베니스 사진이 떨어지고 유리가 박살났고, 제리는 문을 쾅 닫는 동시에 시야에 들어온 상대방의 목에 권총을 깊이 찔렀다. 그때 바깥에서부터 문이 다시 재빨리 열리더니 그의 몸에서 숨이 빠져나가고, 발이 위로 번쩍 들리고, 극심한 고통이 신장을 덮쳐 두꺼운 카펫 위로 그를 쓰러뜨렸다. 두 번째로 사타구니를 강타당하자 제리는 숨을 헐떡이며 무릎을 턱에 바짝 붙였다. 그를 내려다보며 서 있는 베이비시터 폰의 땅딸막하고 분노에 찬 형체가 세 번째 타격을 위해 자세를 잡는 모습과 폰의 어깨 너머로 얼마나 다쳤나 침착하게 엿보며 딱딱하게 웃는 샘 콜린스의 얼굴이 줄줄 흐르는 눈물 사이로 보였다. 또한 문 앞에는 제리의 실패한 공격이 끝난 뒤 목깃을 정리하면서 무척 걱정스러운 표정과 숨찬 목소리로 자기 사냥개들을 진정시키는 당황한 형체가 있었다. 바로 한때 제리의 지도자이자 멘토였던 조지 스마일리 씨였다.

제리는 자리에 앉을 수는 있었지만 몸을 앞으로 기울

여야 했다. 그는 양손을 앞으로 내밀고 위팔을 허벅지에 붙였다. 독이 점차 퍼지는 것처럼 온몸에서 통증이 느껴졌다. 여자는 복도 문 앞에 서서 지켜보았다. 폰은 제리를 때릴 다른 핑계가 생기기를 바라며 잠복 중이었다. 샘콜린스는 맞은편 안락의자에 다리를 꼬고 앉아 있었다. 스마일리가 제리에게 브랜디를 따라 주고 그의 위로 몸을 숙여 손에 유리잔을 쥐여 주었다.

「여기서 뭐 하는 거지, 제리?」 스마일리가 말했다. 「이해가 안 되는군.」

「구애요.」 제리가 이렇게 말한 다음 검은 통증의 파도가 덮치자 눈을 감았다. 「이쪽에 계신 여성분께 예정에 없던 애정을 품게 되었거든요. 그건 죄송합니다.」

「정말 위험한 행동이었네, 제리.」 스마일리가 꾸짖었다. 「작전을 전부 망칠 수도 있었어. 내가 코였다고 생각해 봐. 아주 끔찍한 결과가 나왔을 거야.」

「그런 것 같군요.」 제리가 브랜디를 마셨다. 「루크가 죽었어요. 총을 맞고 머리가 날아가서 제 아파트에 누워 있더군요.」

「루크가 누구지?」 스마일리가 크로의 집에서 만났던 것을 잊고 물었다.

「아무도 아닙니다. 그냥 친구예요.」 제리가 다시 술을 마셨다. 「미국 기자죠. 주정뱅이예요. 아무도 아쉬워하지 않을 겁니다.」

스마일리가 샘 콜린스를 흘깃 보았지만 샘은 어깨를 으쓱할 뿐이었다.

「〈우리〉가 아는 사람은 아닙니다.」그가 말했다.

「어쨌든 그쪽에 연락하게.」스마일리가 말했다.

샘은 무슨 상황인지 알았기 때문에 핸드폰을 들고 방에서 나갔다.

「협박이라도 했습니까?」제리가 리지를 향해 고갯짓을 하며 말했다. 「교과서에 있는 방법 중에서 저 여자한테 아직 안 쓴 건 그것밖에 없는 것 같은데.」그가 그녀에게 큰 소리로 말했다. 「괜찮아? 몸싸움은 미안하게 됐어. 부서진 건 없지?」

「응.」그녀가 말했다.

「이 사람들, 당신의 부도덕한 과거를 물고 넘어졌군, 그렇지? 당근과 채찍이었나? 기록을 깨끗이 없애 주겠다고 약속했어? 어리석군, 리지. 이 게임에서 과거는 허락되지 않아. 미래도 가질 수 없어. 〈금지 사항〉이야.」

그런 다음 다시 스마일리에게 말했다.

「그게 다예요, 조지. 대단한 철학 같은 건 없어요. 제가 리지한테 집착하게 된 겁니다.」

제리가 고개를 살짝 젖히며 반쯤 감은 눈으로 스마일리의 표정을 살폈다. 그리고 가끔 그렇듯 통증 때문에 오히려 정신이 맑아지면서 자신의 행동 때문에 스마일리의 존재가 위험에 처했음을 느꼈다.

「걱정 마세요.」 그가 부드럽게 말했다. 「〈당신〉한테는 그런 일 없을 거예요, 그건 분명해요.」

「제리.」 스마일리가 말했다.

「네.」 제리가 바짝 긴장해 고쳐 앉는 척하며 말했다.

「제리, 자네는 무슨 일이 일어나고 있는지 몰라. 자네가 상황을 얼마나 망칠 수 있었는지. 수십억 달러의 돈과 수천 명의 인원이 있어도 우리가 이번 딱 한 번의 작전에서 얻을 수 있는 결과의 아주 작은 부분도 얻을 수 없어. 이렇게 작은 희생으로 그렇게 막대한 이익을 얻을 수 있다니, 전쟁 중인 장군이라면 웃음이 멈추지 않겠지.」

「〈저〉한테 구해 달라고 하시면 안 되죠.」 제리가 그의 얼굴을 다시 올려다보며 말했다. 「올빼미는 내가 아니라 당신이잖아요, 기억하시죠?」

샘 콜린스가 돌아왔다. 스마일리가 무언가를 묻는 눈빛으로 그를 보았다.

「그쪽 사람도 아니랍니다.」 샘이 말했다.

「그놈들은 나를 노렸어요.」 제리가 말했다. 「루크를 대신 죽였죠. 좋은 녀석인데. 아니, 좋은 녀석이었는데.」

「자네 아파트에 있다고?」 스마일리가 물었다. 「죽었다고. 총에 맞아서. 자네 아파트에서?」

「좀 됐어요.」

스마일리가 콜린스에게 말했다. 「흔적을 지워야겠군, 샘. 스캔들의 위험을 무릅쓸 순 없어.」

「다시 연락하겠습니다.」콜린스가 말했다.

「그리고 비행기 좀 알아보게.」스마일리가 콜린스의 뒤통수에 대고 말했다. 「일등석으로 두 장.」

콜린스가 고개를 끄덕였다.

「저 사람은 정말 마음에 안 들어요.」제리가 털어놓았다. 「항상 그랬죠. 콧수염 때문인가 봐요.」그가 엄지로 리지를 가리키며 물었다. 「저 여자가 도대체 얼마나 중요한 정보를 가지고 있는 겁니까, 조지? 코는 저 여자한테 비밀을 속삭이지 않아요. 서양인이니까.」제리가 그녀를 향해 고개를 돌렸다. 「그가 얘기했어?」

리지가 고개를 저었다.

「그가 얘기했어도 리지는 기억 못 할 겁니다.」제리가 말을 이었다. 「그런 일에는 정말 둔하거든요. 넬슨에 대해서 들어 보지도 못했을 겁니다.」그가 다시 리지에게 외쳤다. 「당신. 넬슨이 누구지? 말해 봐, 누구야? 코의 죽은 아들이지, 안 그래? 맞아. 아들의 이름을 따서 배의 이름을 지었지, 안 그래? 그리고 말 이름도.」제리가 다시 스마일리를 보았다. 「보셨죠? 둔하다니까요. 저 여자는 빼세요, 그게 제 충고입니다.」

콜린스가 비행기 시간이 적힌 쪽지를 들고 돌아왔다. 스마일리가 얼굴을 찌푸리며 안경 너머로 그것을 읽었다. 「자네를 즉시 돌려보내야 해, 제리.」그가 말했다. 「길럼이 차에서 자네를 기다리고 있어. 폰도 같이 갈 거야.」

「괜찮으시면 한 번 더 토하고 싶은데요.」

제리가 손을 위로 뻗어 스마일리의 팔을 잡고 기대자 폰이 당장 나섰지만, 제리가 손가락 하나를 내밀어 경고하는 동시에 스마일리가 폰에게 물러서라고 명령했다.

「거리를 두는 게 좋을 거야, 악독한 레프러콘[37] 같으니.」제리가 충고했다. 「한 번은 물렸지만 두 번은 안 돼. 두 번째는 그렇게 쉽지 않다고.」

제리는 몸을 웅크린 채 양손을 사타구니에 대고 천천히 발을 끌며 움직였다. 그가 여자 앞에서 멈춰 섰다.

「여기서 머리를 맞대고 회의를 했지? 코와 부하들이. 코가 친구들을 데려와서 잡담을 나누었지, 안 그래?」

「가끔.」

「당신이 마이크 설치를 도왔군, 착한 주부처럼 말이야. 안 그래? 도청 담당자를 집에 들여보내고 램프를 지켰군? 당연히 그랬겠지.」

리지가 고개를 끄덕였다.

「그래도 부족해.」제리가 욕실로 절룩절룩 걸어가며 말했다. 「그래도 내 질문에 대한 답이 되질 않아. 뭔가 더 있을 거야. 〈훨씬〉 더 많이.」

욕실로 들어간 제리가 수도꼭지 아래에 얼굴을 대고 차가운 물을 조금 마시더니 바로 토했다. 나오는 길에 다

---

37 아일랜드 민담에 나오는 요정. 키 작은 노인의 모습을 하고 있으며 장난을 좋아한다.

시 리지를 찾았다. 그녀는 응접실에 있었고, 중압감을 느끼는 사람들이 사소한 할 일을 찾듯이 레코드판을 정리하면서 하나하나 원래의 포켓에 넣고 있었다. 스마일리와 콜린스는 저 멀리 구석에서 조용히 의논 중이었다. 폰은 가까운 문 앞에서 기다리고 있었다.

「잘 있어.」 제리가 그녀에게 말했다. 그가 리지의 어깨에 손을 올리더니 빙글 돌려 그녀의 회색 눈이 자신을 똑바로 보게 했다.

「잘 가.」 리지가 이렇게 말하고 그에게 키스했다. 열정적인 키스는 아니었지만 적어도 웨이터들에게 한 것보다는 더 신중했다.

「나는 말하자면 사전 공범이었어.」 그가 설명했다. 「그건 미안해. 다른 건 전혀 미안하지 않지만. 당신도 코 녀석을 지켜보는 게 좋을 거야. 저들이 코를 죽이지 못하면 내가 죽일 테니까.」

제리가 그녀의 턱선을 건드리더니 폰이 서 있는 문 쪽으로 절뚝절뚝 걸어갔고, 뒤로 돌아서 스마일리에게 작별인사를 했다. 콜린스는 전화를 하러 가고 다시 스마일리 혼자 남아 있었다. 스마일리는 제리가 기억하는 가장 멋진 모습으로, 짧은 팔을 약간 들고 머리는 약간 젖히고, 지하철에 우산을 두고 온 사람처럼 미안하면서도 의아한 표정으로 서 있었다. 리지는 두 사람 모두를 등진 채 여전히 레코드판을 정리했다.

「앤한테 안부 전해 주세요, 그럼.」제리가 말했다.

「고맙네.」

「당신이 틀렸어요. 어떻게인지, 왜인지도 모르지만 당신이 틀렸어요. 하지만 너무 늦은 것 같군요.」제리는 다시 토할 것 같았고 육체적인 고통 때문에 머리가 비명을 지르고 있었다. 그가 폰에게 말했다. 「조금만 더 가까이 다가오면 네 빌어먹을 목을 확실하게 부러뜨릴 거야, 알아들어?」스마일리를 돌아보니 아까와 똑같은 자세로 서서 그의 말이 들렸다는 티도 내지 않았다.

「좋은 시간 보내세요, 그럼.」제리가 말했다.

제리가 마지막으로 고개를 한 번 끄덕인 다음 여자에게는 아무 인사도 없이 절룩절룩 복도로 나갔고, 폰이 그 뒤를 따랐다. 제리가 엘리베이터를 기다리는데 열린 문 앞에 서서 그의 출발을 지켜보는 우아한 미국인이 보였다.

「아, 그래, 당신을 잊고 있었군.」제리가 크게 소리쳤다. 「당신이 저 여자 아파트를 도청했지? 영국인은 협박하고 사촌은 도청하고. 운 좋은 여자는 전부 다 갖는다니까.」

미국인이 재빨리 문을 닫고 사라졌다. 엘리베이터가 도착하자 폰이 제리를 안으로 밀어 넣었다.

「하지 마.」제리가 경고했다. 「이 신사분의 이름은 폰이랍니다.」그가 아주 큰 목소리로 엘리베이터에 타고 있던 사람들에게 말했다. 대부분 디너 재킷과 스팽글로 장식한 드레스 차림이었다. 「영국 정보부 소속인데 방금 제불알을 걸어찼죠. 러시아 사람들이 오고 있어요.」 그가 반죽처럼 늘어지고 아무 관심도 보이지 않는 얼굴들을 보며 덧붙였다. 「그 사람들이 빌어먹을 당신네들 돈을 다 가져갈 겁니다.」

「취했습니다.」 폰이 역겹다는 듯이 말했다.

로비에서 로런스가 무척 흥미롭게 지켜보았다. 파란색 푸조 세단이 안뜰에서 기다리고 있었고 피터 길럼이 운전석에 앉아 있었다.

「타.」 그가 쏘아붙였다.

조수석 문은 잠겨 있었다. 제리가 뒷좌석에 올라타자 폰이 뒤따라 탔다.

「도대체 뭘 어쩔 작정이지?」 길럼이 꽉 다문 잇새로 물었다. 「언제부터 덜떨어진 런던 임시 공작원이 작전 도중에 도망쳤지?」

「떨어져.」 제리가 폰에게 경고했다. 「이제 당신이 얼굴을 찌푸리는 시늉만 해도 무서우니까. 진심이야. 경고한다. 정식 경고야.」

다시 안개가 내려앉아 보닛 위를 덮었다. 차창 밖에서 지나가는 도시의 풍경은 폐품 처리장 사진을 액자에 끼운 것 같았다. 페인트로 쓴 간판, 가게 진열장, 네온사인에 매달린 전선들, 질식할 것 같은 나뭇잎 덩어리. 투광 조명이 비추는 언제나와 같은 건설 현장. 제리는 거울을 통해서 뒤따라오는 검은색 메르세데스의 운전석과 조수석에 각각 남자가 하나씩 타고 있는 것을 보았다.

「사촌이 따라오고 있군.」 그가 말했다.

제리는 복부의 경련 같은 통증 때문에 거의 기절할 지경이었고, 혹시 폰한테 한 대 더 맞은 게 아닌가 잠시나마 진심으로 생각했지만 아까 맞은 충격의 여파일 뿐이었다. 센트럴에서 제리가 길럼에게 말해 차를 세우더니 어엿한 공공장소에서 창문에 머리를 기댄 채 하수구에 토했고, 폰이 몸을 숙이고 그에게 딱 붙어 있었다. 뒤에서 메르세데스도 멈춰 섰다.

「가끔 머리를 맑게 하려면 한 대 얻어맞는 것처럼 좋은 것도 없지. 안 그래, 피터?」 제리가 차에 다시 타면서 외쳤다.

화가 치밀어오른 피터가 대답 대신 욕을 퍼부었다.

〈자네는 무슨 일이 일어나고 있는지 몰라.〉 스마일리가 말했었다. 〈자네가 상황을 얼마나 망칠 수 있었는지. 수십억 달러의 돈과 수천 명의 인원이 있어도 우리가 얻을 수 있는 결과의 아주 작은 부분도 얻을 수 없어……〉

〈어떻게?〉 제리는 계속 자문했다. 〈무엇〉을 얻는다는 거지? 중국에서 넬슨이 어떤 위치를 차지하는지 제리는 자세히 알지 못했다. 크로는 알아야 하는 최소한의 정보만 가르쳐 주었다. 〈넬슨은 베이징 왕궁의 보고에 접근할

수 있네. 넬슨을 낚는 자는 자신에게도 자기 일가에게도 일생의 공적을 세우는 거야.〉

그들은 항구를 빙 둘러 터널을 향하는 중이었다. 해수면에 떠 있는 미국 항공 모함은 흥겨운 주룽반도를 배경으로 이상하게 작아 보였다.

「그런데 드레이크가 어떻게 빼내지?」 제리가 잡담을 하듯 길럼에게 물었다. 「또다시 비행기로 빼낼 생각은 아니겠지. 〈그건〉 확실해. 그 방법은 리카르도가 확실하게 막아 버렸으니까, 안 그래?」

「빨아올릴 거야.」 길럼이 쏘아붙였다. 제리는 아주 멍청한 행동이었다고 의기양양하게 생각했다. 길럼은 아무 말도 하지 말았어야 했다.

「헤엄쳐 오나?」 제리가 물었다. 「넬슨이 미르스 베이를 헤엄친단 말이지. 〈그건〉 드레이크의 방식이 아니야, 안 그래? 넬슨은 헤엄쳐 오기에는 너무 늙었어. 상어한테 물리지 않는다 해도 얼어 죽을 거야. 돼지를 싣고 나오는 열차는 어때? 꿀꿀이들이랑 같이 나오는 거지. 나 때문에 대단한 순간을 놓치게 돼서 미안하군.」

「그래, 동감이야. 앞니가 쑥 들어가도록 차주고 싶군.」

제리의 머릿속에서 즐겁고 달콤한 음악이 흘렀다. 〈진짜군!〉 그가 스스로에게 말했다. 〈바로 그거야! 드레이크가 드디어 넬슨을 빼내기로 해서 다들 마지막 순간을 기다리고 있는 거군!〉

길럼의 실수 — 딱 한마디였지만 새러트의 관점에서는 용서할 수 없는 절대적인 잘못이었다 — 뒤에는 제리가 지금 견디고 있는 것만큼이나 황홀하고 어떤 면에서는 훨씬 더 괴로운 깨달음이 있었다. 경솔함의 죄를 경감하는 것이 있다면 — 새러트의 관점에서는 그런 것은 없었다 — 지난 한 시간 동안 길럼이 한 일일 것이다. 지난 한 시간의 반은 스마일리를 태우고 러시아워의 교통 체증 속을 누비며 미친 듯이 운전하는 데 썼고, 반은 스타하이츠 바깥에 세워 둔 자동차에서 괴로워하며 망설이는 데 썼다. 지난 60분 사이에 그가 런던에서 두려워했던 모든 것, 엔더비와 마텔로가 유착 관계이고 레이컨과 샘 콜린스가 그것을 지원하고 있다는 가장 무서운 우려가 전부 사실이고, 정확하고, 정당하고, 오히려 실제는 그보다 더 심하다는 사실이 합리적 의심의 여지도 없이 증명되었던 것이다.

그들은 먼저 미드레벨의 보엔 로드로, 휑하고 특징도 없고 거대해서 그곳 주민들조차도 맞는 건물인지 번지수를 한 번 더 확인해야 하는 아파트로 갔다. 스마일리가 〈멜론〉이라고 적힌 초인종을 누르자 길럼은 멍청하게도 〈멜론이 누구죠?〉라고 물었고, 바로 그 순간 멜론이 샘 콜린스의 암호명이라는 사실이 떠올랐다. 그런 다음 도대체 어떤 미친놈이 몰락 전에 쓰던 암호명을 헤이든 참사 이후에도 그대로 쓸 수 있을까 자문했지만, 이미 엘리베이터에 탔기 때문에 스마일리에게는 묻지 않았다. 태국 실크 가운 차림의 콜린스가 홀더에 끼운 갈색 담배를 들고서 손빨래가 가능하고 다림질이 필요 없는 미소를 지으며 문을 열어 주었다. 그들은 대나무 의자가 놓인 조각 나무 세공 마루의 응접실로 들어갔고, 샘은 이야기를 나누는 동안 임시 도청 방지 장치 삼아 라디오 두 개를 켜서 하나로는 목소리가 나오는 프로그램을, 하나로는 음악이 나오는 프로그램을 틀었다. 샘은 길럼을 완전히 무시한 채 이야기를 들었고, 그런 다음 즉시 마텔로에게 직접 전화를 걸어서 — 샘에게 마텔로와 연결되는 〈직통 전화〉가 있었다는 점을 유의해야 한다, 다이얼도 뭣도 없이 곧장 연결되는 유선 전화였다 — 은어로 〈처미는 어떤지〉 물었다. 길럼은 나중에 알게 되었지만, 처미는 호구를 뜻하는 도박 은어였다. 마텔로는 방금 막 정찰 밴의 보고를 받았다고 대답했다. 감시자들의 보고에 따르면 처미와 티우는 현재 코즈웨이 베이의 넬슨 제독호에 타고 있고, (평소처럼) 지향성 마이크에 파도 소리가 너무 많이 잡혀서 기록원들이 잡음을 제거하고 두 사람이 흥미로운 말을 했는지 알아내려면 최소 며칠에서 몇 주는 필요했다. 일단 그들은 고정 감시조로 부두에 한 명을 배치해 두고 배가 닻을 올리거나 감시 대상 두 명 중 하나가 배에서 내릴 경우 즉시 마텔로에게 알리라는 명령을 내려 두었다.

「그렇다면 우리가 당장 가봐야겠군.」스마일리가 이렇게 말했고, 그래서 그들은 다시 자동차에 올랐다. 길럼은 스타하이츠까지 짧은 거리를 운전하면서 부글부글 끓는 속으로 그들의 간결한 대화에 무력하게 귀를 기울였고, 지금 그의 눈앞에 보이는 것이 거미줄이라고 점점 더 확신했다. 이 사건의 전망과 카를라의 이미지에 집착하는 조지 스마일리만이 근시안적이고 너무 쉽게 믿고 역설적이게도 순진했기 때문에 거미줄 한가운데로 혼자 터덜터덜 걸어 들어가고 있었다.

길럼이 생각했다. 조지는 이제 나이가 들었다. 엔더비는 정치적 야심이 크고 매파의 친미 노선을 선호했다 — 샴페인 한 상자와 5층을 향한 터무니없는 구애는 말할 것도 없다. 레이컨은 스마일리를 미적지근하게 지원하면서 비밀리에 후임자를 찾고 있었다. 마텔로는 랭글리를 경유했다. 〈겨우 며칠 전에〉 엔더비는 스마일리를 철수시키고 마텔로에게 이 사건을 떠먹여 주려고 했다. 그리고 지금, 가장 의미심장하고 불길하게도, 마텔로와 연결되는 직통 전화를 가진 샘 콜린스가 예측 불가능한 카드로 다시 등장했다! 그리고 마텔로는, 세상에, 조지가 어디에서 정보를 입수했는지 전혀 모르는 척하고 있다 — 직통 전화로 연결되어 있으면서 말이다.

길럼이 보기에 이 모든 실마리는 단 하나의 사실로 이어졌다. 그는 한시라도 빨리 스마일리를 한쪽 옆으로 불러서 무슨 수단을 써서라도, 단 한순간이라도 좋으니 그를 작전에서 떼어 놓고 그가 어디로 향하고 있었는지 보여 주고 싶었다. 서신에 대해서 이야기하고 싶었다. 샘이 화이트홀로 레이컨과 엔더비를 찾아갔었다고 말하고 싶었다.

그러나 그 대신 길럼은 영국으로 돌아가야 했다. 왜 영국으로 돌아가야 했을까? 웨스터비라는 다정하고 우둔한 놈이 뻔뻔스럽게도 도망을 쳤기 때문이다.

이제 곧 닥칠 재난을 절절하게 의식하지 않았더라도 길럼에게 실망은 견딜 수 없는 것이었다. 그는 이 순간을 위해 많은 것을 견뎠다. 헤이든 치하의 불명예, 브릭스턴으로의 추방. 현장으로 돌아가는 대신 늙은 조지에게 충성하고 조지의 강박적인 비밀주의를 견뎠다. 길럼에게는 모욕적이면서도 자멸적인 행동이었다. 그러나 적어도 그것은 목적지가 있는 여행이었다. 누구도 아닌 빌어먹을 웨스터비가 길럼에게서 그것마저 빼앗기 전까지는 말이다. 지금부터 적어도 24시간 동안 스마일리와 서커스를 늑대 무리에 내맡긴다는 것을 뻔히 알면서, 스마일리에게 미리 경고할 기회도 갖지 못하고 런던으로 돌아간다니. 길럼에게 이것은 계속해서 좌절만 이어지는 커리어의 잔혹한 정점이었다. 만약 제리를 탓하는 것이 도움이 된다면, 빌어먹을 자식, 그는 제리가 아니라 누구라도 탓할 것이다.

「폰을 보내요!」

「폰은 신사가 아니잖나.」 스마일리는 이렇게 대답했을 것이다 — 아무튼 그런 뜻의 말을 했을 것이다.

그렇긴 하지요. 길럼이 부러진 팔을 떠올리며 생각했다.

제리 역시 누군가를 늑대 무리에게 맡기고 떠난다는 생각을 하고 있었지만, 그 누군가는 조지 스마일리가 아닌 리지 워딩턴이었다. 자동차 뒷 유리창을 물끄러미 바라보자 그가 돌아다니던 세상도 버려진 것 같았다. 노상 시장, 보도, 심지어는 문 앞에도 사람 하나 없었다. 그들 위로 우뚝 솟은 빅토리아피크가 드문드문 보였고, 악어의 척추처럼 울퉁불퉁한 능선에 들쭉날쭉한 달이 겹쳐져 있었다. 홍콩 식민지의 마지막 날이군. 제리가 이렇게 결론을 내렸다. 베이징이 그 유명한 전화를 걸어왔다. 「파티는 끝났으니 그만 꺼져.」 마지막 호텔이 문을 닫고 있었고, 항구 주변에 텅 빈 롤스로이스들이 고철처럼 누워 있었고, 면세 모피 코트와 보석들을 잔뜩 걸친 마지막 백인 노부인이 마지막 유람선의 통로를 비틀비틀 올라갔고, 중국 감시자는 최후의 틀린 정보를 문서 세단기에 미친 듯이 넣었고, 약탈당한 가게들과 텅 빈 도시가 사체처럼 다음 무리를 기다리고 있었다. 잠시 동안 이 세상은 멸망하는 단 하나의 세상이었다. 홍콩, 프놈펜, 사이공,

런던, 전부 빌린 세상이었고, 채권자들이 문 앞에서 기다리고 있었다. 제리 역시 어떻게 해서인지는 모르지만 빚의 일부였다.

〈난 항상 우리 조직에 고마워했지, 나에게 갚을 기회를 줬으니까. 《자네》도 그렇게 느끼나? 지금도? 말하자면 생존자로서?〉

그래요, 조지. 제리가 생각했다. 내가 할 말을 대신 해주시는군요. 그런 기분입니다. 하지만 당신이 말하는 그런 의미는 아닐 겁니다. 프로스트가 술을 마시고 장난칠 때의 그 작고 경쾌하고 기분 좋은 얼굴이 눈앞에 떠올랐다. 다시 한번 떠올랐을 때에는 그 끔찍한 절규가 담긴 얼굴이었다. 제리는 어깨에 올려진 루크의 다정한 손을 느꼈고, 똑같은 손이 바닥에 놓인 채 절대 오지 않을 공을 잡으려는 것처럼 머리 위로 쳐들린 것을 보면서 생각했다. 문제는, 빚을 갚는 건 사실 우리가 아니라 다른 불쌍한 녀석들이라는 거야.

예를 들면 리지처럼.

만약 언젠가 술을 마시면서 왜 산에 오르느냐는 그 성가신 문제에 대해서 다시 이야기하게 된다면, 제리는 조지에게, 그때에는 우리가 욕심도 부리지 않고 헌신적으로, 루크와 프로스트와 리지 같은 타인을 희생시킨다는 점을 — 공격적이지 않게, 평지풍파를 일으키지도 않고 — 지적할 것이다. 조지는 물론 완벽한 대답을 가지고 있

을 것이다. 합리적이고, 신중하고, 사과하는 듯한 대답을
말이다. 조지는 더 큰 그림을 볼 줄 알았다. 책무를 이해
했다. 당연했다. 그는 현명한 올빼미였다.

항구 터널이 가까워졌다. 제리는 리지의 떨리는 마지
막 키스를 생각하는 동시에 차를 타고 영안실로 가던 길
을 떠올렸다. 저 앞쪽 안개 속에 영안실로 가는 길에 본
것과 똑같은 건설 현장의 비계가 우뚝 솟아 있었고, 쏟아
지는 환한 조명을 받으며 노란 안전모를 쓴, 번들거리는
쿨리들이 그 위에 모여 있었기 때문이다.

티우도 그녀를 좋아하지 않지. 제리가 생각했다. 주인
님에 대한 비밀을 누설하는 서양인들은 좋아하지 않아.

그는 생각의 방향을 억지로 바꾸어 그들이 넬슨을 어
떻게 할까 생각하려 애썼다. 나라도 없고, 집도 없고, 기
분에 따라 먹어 치우든지 바다에 다시 놓아 줄 물고기.
제리는 그런 물고기들을 몇 번 본 적이 있었다. 그런 물
고기를 포획할 때에도, 즉석 신문을 할 때에도 그 자리에
있었다. 그런 물고기를 데리고, 새러트의 멋진 은어로 말
하자면 황급한 〈재활용〉을 위해서, 〈집을 떠났다는 사실
을 들키기 전에 얼른〉 돌려놓기 위해서, 이제 막 건넌 국
경을 다시 건넌 적도 두 번 이상 있었다. 돌려놓지 않으
면 어떻게 될까? 모두가 탐내는 이 포획물을 간직하기로
하면 어떻게 될까? 그러면 몇 년 — 2년, 심지어는 3년,
어떤 사람은 5년이나 걸렸다는 이야기도 들은 적 있다

── 동안의 정보 청취가 끝난 후 넬슨은 스파이계의 방랑하는 유대인이 되어서 어딘가에 숨겨졌다가, 다시 이동했다가, 또 숨겨질 것이고, 그가 믿음을 배신하고 정보를 넘긴 이들에게조차 사랑받지 못할 것이다.

〈이 작은 드라마가 펼쳐지는 동안 드레이크는 리지를 어떻게 할까?〉 제리가 생각했다. 〈이번에는 어떤 쓰레기장이 리지를 기다리고 있을까?〉

터널 입구에 도착하자 속도가 느려지더니 차가 거의 멈추었다. 메르세데스가 바로 뒤에 섰다. 제리가 고개를 앞으로 숙이더니 양손을 사타구니에 놓고 몸을 흔들며 고통으로 신음했다. 초소 같은 임시 파출소에서 중국인 순경이 이상하다는 듯 바라보았다.

「우리 쪽으로 오면 주취자를 태우고 있다고 해.」 길럼이 쏘아붙였다. 「바닥의 토사물을 보여 줘.」

그들은 느릿느릿 터널로 들어갔다. 북쪽으로 향하는 두 차선은 악천후 때문에 차들이 다닥다닥 붙어 있었다. 길럼이 오른쪽으로 합류했다. 메르세데스는 왼쪽으로 가서 바로 옆에 섰다. 제리가 반쯤 감긴 눈으로 거울을 보니 뒤쪽에서 언덕을 내려오는 갈색 화물 자동차가 보였다.

「잔돈 좀 줘.」 길럼이 말했다. 「나갈 때 잔돈이 필요해.」

폰이 한 손만 써서 주머니를 뒤졌다.

터널 안에서 엔진들의 굉음이 울렸다. 어디선가 누군가 경적을 울리기 시작하니 다른 차들도 합세했다. 안개가 스며들고 배기가스의 악취까지 더해졌다. 폰이 창문을 닫았다. 소음이 점점 커져서 자동차가 덜덜 떨릴 때까지 울렸다. 제리가 양손으로 귀를 막았다.

「미안, 친구. 또 토할 것 같아.」

그러나 이번에는, 폰 쪽으로 몸을 숙이자 폰이 〈더러운 놈〉이라고 중얼거리며 창문을 황급히 내리려던 찰나, 제리의 머리가 폰의 하관에 부딪치고 팔꿈치가 사타구니를 가격했다. 길럼은 운전을 하면서 방어해야 했다. 제리는 길럼의 어깨와 쇄골이 만나는 부분을 아주 세게 내리쳤다. 처음에는 팔에서 힘을 뺀 채로 내리치다가 마지막 순간에 속도를 힘으로 바꾸었다. 그 충격에 길럼이 〈제기랄!〉이라고 외치더니 좌석에서 벌떡 일어났고, 자동차가 오른쪽으로 쏠렸다. 폰이 한 팔로 제리의 목을 감고 다른 손으로 제리의 머리를 꺾으려 했는데, 성공했다면 제리는 확실하게 죽었을 것이다. 그러나 새러트에서는 좁은 공간에서 공격하는 기술을 가르쳤다. 〈호랑이 발톱〉이라고 부르는 이 기술은 팔을 구부린 채 손가락을 뒤로 젖혀 장력을 극대화하고 손바닥 끝으로 상대방의 숨통을 아래에서 위로 가격하는 것이다. 제리가 이 방법대로 공격하자 폰의 머리가 뒷 유리창에 세게 부딪쳐서 강화 유리에 금이 갔다. 메르세데스에 탄 미국인 두 명은 국장(國葬)

에 참석하러 가는 사람들처럼 앞만 보고 있었다. 제리는
손가락으로 폰의 숨통을 꽉 눌러 버릴까 생각했지만 그
럴 필요는 없을 것 같았다. 그가 폰의 허리 밴드에서 총
을 되찾은 다음 오른쪽 문을 열었다. 길럼이 필사적으로
그를 덮치려다가 제리의 충실하지만 아주 낡은 양복 소
매를 팔꿈치까지 찢었다. 제리가 총으로 길럼의 팔을 내
리치자 그의 얼굴이 고통으로 일그러졌다. 폰이 한쪽 다
리를 내밀었지만 제리가 그 위로 문을 쾅 닫자 폰이 다시
〈미친놈!〉이라고 외쳤다. 제리는 자동차의 흐름을 거슬
러 시내 쪽으로 계속 달렸다. 그는 정체 중인 자동차들
사이를 이리저리 부딪치고 누비며 터널을 빠져나왔고,
언덕을 올라가자 작은 초소가 나왔다. 길럼의 고함이 들
린 것 같았다. 총소리도 들린 것 같았지만 엔진의 역화
소리였을지도 몰랐다. 사타구니가 어마어마하게 아팠지
만 고통의 여세로 달리기가 더욱 빨라지는 것 같았다. 연
석에 서 있던 경찰이 그를 향해 고함을 질렀고 다른 경찰
이 양팔을 내밀었지만 제리가 옆으로 밀어냈고, 그들은
결국 제리가 백인이었기 때문에 봐주었다. 제리는 택시
가 보일 때까지 달렸다. 운전사가 영어를 못 했기 때문에
그가 방향을 가리키며 길을 알려 줘야 했다. 「그래, 저 위
로. 왼쪽이야, 이 바보야. 그렇지.」 그렇게 해서 그녀가
사는 건물에 도착했다.

그는 스마일리와 콜린스가 아직 있는지, 혹시 코가 티

우와 함께 찾아오지 않았는지 몰랐지만 한가하게 알아볼 시간은 없었다. 도청 마이크에 소리가 잡힐 것을 알았기 때문에 초인종은 누르지 않았다. 그 대신 지갑에서 카드를 꺼내서 뭐라고 끄적인 다음 편지 투입구에 넣었고, 웅크리고 앉아서 기다렸다. 그는 덜덜 떨리는 몸으로 땀을 흘리고 짐마차를 끄는 말처럼 헐떡거렸고, 그녀의 발소리에 귀를 기울이면서 사타구니를 어루만졌다. 한참 기다리자 드디어 문이 열리고 리지가 나와서 일어나려는 그를 바라보았다.

「세상에, 갤러해드잖아.」 그녀가 중얼거렸다. 화장을 하지 않아서 리카르도가 남긴 손톱자국이 붉고 깊어 보였다. 그녀는 울지 않았다. 제리는 그녀가 울지 않을 것이라고 생각했지만 얼굴이 몸의 다른 부분들보다 늙어 보였다. 제리가 대화를 나누려고 그녀를 복도로 끌어냈고 리지도 저항하지 않았다. 그가 비상계단으로 이어지는 문을 가리켰다.

「정확히 5초 뒤에 저 뒤에서 봐, 알겠어? 전화도 하지 말고, 나올 때 소리도 내지 말고, 멍청한 질문은 하지 마. 따뜻한 옷 가져오고. 지금 당장. 허둥대지 마. 〈부탁이야.〉」

리지가 그를 보고, 그의 찢어진 소매와 땀으로 얼룩진 재킷, 눈을 가린 앞머리를 보았다.

「나를 택하든지, 아니면 아무것도 없어.」 그가 말했다.
「내 말 믿어, 아무것도 없다는 건 보통이 아니야.」

그녀가 문을 열어 둔 채 혼자 아파트로 들어갔다. 그러나 아주 빨리 나왔고, 안전을 위해서 문을 닫지도 않았다. 비상계단에서는 그가 앞장섰다. 리지는 숄더백을 메고 가죽 코트를 입었다. 제리가 찢어진 재킷 대신 입을 카디건도 하나 가져왔다. 말도 안 되게 작은 것을 보니 드레이크의 옷이구나 싶었지만, 억지로 입을 수는 있었다. 재킷 주머니에 들어 있던 것을 전부 리지의 가방에 넣은 다음 재킷은 쓰레기 투하 장치에 집어넣었다. 리지가 너무나 조용히 따라왔기 때문에 제리는 그녀가 어디로 가버린 것은 아닌지 확인하려고 두 번이나 뒤를 돌아보았다. 1층에 도착하자 제리가 망입 유리 밖을 엿본 다음 얼른 물러섰다. 로커가 힘센 부하와 함께 수위실로 가서 경찰 공무원증을 보여 주고 있었다. 두 사람은 비상계단으로 주차장까지 내려갔다. 리지가 말했다. 「빨간 차에 타.」

「바보같이 굴지 마, 그건 시내에 두고 왔잖아.」

제리는 고개를 저으면서 자동차들을 지나 서커스 뒷마당처럼 쓰레기와 건축 폐기물이 가득한 지저분한 공터로 그녀를 데리고 갔다. 여기에서부터 물방울이 맺힌 콘크리트 벽들 사이로 어지러운 계단이 시내까지 이어졌다. 머리 위로 검은 나뭇가지들이 드리워져 있고 계단은 중간중간에 구불구불한 도로와 교차했다. 계단을 내려가자 사타구니가 무척 아팠다. 맨 처음 도로와 마주치자 제리가 리지를 데리고 곧장 길을 건넜다. 두 번째에는 멀리서 피처럼 빨간 경고등이 번쩍거렸기 때문에 제리가 리지를 나무 그늘로 끌어당겨서 빠른 속도로 언덕을 달려 내려가는 경찰차의 불빛을 피했다. 그들은 지하도까지 내려온 다음 팍파이를 발견했고, 제리가 주소를 댔다.

「그게 어디야?」 리지가 물었다.

「숙박부를 적을 필요 없는 곳.」 제리가 말했다. 「입 다물고 내가 알아서 하게 해줘, 알겠어? 돈은 얼마나 있어?」

리지가 가방을 열고 두꺼운 지갑에 꺼내 돈을 셌다.

「마작에서 티우한테 땄어.」 그녀가 말했지만 제리는 그녀가 이야기를 꾸며 내고 있음을 느꼈다.

그들은 뒷골목 끝에서 내린 다음 낮은 대문까지 잠깐 걸어갔다. 불은 켜져 있지 않았지만 현관에 다가가자 문이 열리더니 어둠 속에서 남녀 한 쌍이 나와서 두 사람을 휙 지나쳤다. 복도로 들어가자 뒤에서 문이 닫혔고, 두 사람은 작은 회중전등 불빛을 따라서 벽돌 벽으로 이루어진 짧은 미로 같은 곳을 지나 음악이 흘러나오는 단정한 로비에 도착했다. 중앙의 구불구불한 소파에 연필과 공책을 무릎에 올려놓은 말쑥한 중국 여인이 앉아 있었다. 마치 대저택의 여주인 같았다. 그녀가 제리를 보며 미소를 지었고, 리지를 보더니 미소가 더욱 커졌다.

「하룻밤.」 제리가 말했다.

「그럼요.」 그녀가 대답했다.

두 사람은 여주인을 따라 위층의 더 작은 복도로 올라

갔다. 열린 문틈으로 실크 침대보, 낮은 램프, 거울이 얼핏얼핏 보였다. 여자가 제리의 귓가에 가격을 속삭였다. 제리는 가장 얌전한 방을 고르고, 여자가 부족하면 더 보내 주겠다는 제안을 거절하고, 돈을 낸 다음 레미 마르탱을 주문했다. 리지가 따라 들어와서 숄더백을 침대에 던지더니 문이 닫히기도 전에 긴장된 안도의 웃음을 터뜨렸다.

「리지 워딩턴.」 그녀가 선언했다. 「너처럼 닳아빠진 여자는 결국 이런 데서 끝나는 거라고 다들 말했었잖아. 그 말이 맞았지 뭐야!」

긴 의자가 있어서 제리는 그곳에 누웠다. 그는 브랜디 잔을 들고 발을 포갠 채 천장을 바라보았다. 리지가 침대를 차지했고, 잠시 둘 다 아무 말도 하지 않았다. 무척 조용했다. 가끔 위층에서 쾌락의 비명이나 숨죽인 웃음소리가 들렸고, 한 번은 다투는 소리도 들렸다. 리지가 창가로 가서 바깥을 보았다.

「밖에 뭐가 있지?」 그가 물었다.

「빌어먹을 벽돌 벽, 고양이 서른 마리, 빈 병 더미.」

「안개는?」

「심해.」

그녀가 욕실로 가서 안을 살펴보더니 다시 나왔다.

「리지.」 제리가 조용히 말했다.

그녀가 갑자기 경계하며 딱 멈춰 섰다.

「당신 지금 취하지도 않았고 판단력도 멀쩡하지?」

「왜?」

「당신이 그 사람들한테 뭐라고 말했는지 다 가르쳐 줘. 그다음에는 그 사람들이 무슨 질문을 했는지 다 말해 주고. 당신이 대답을 할 수 있었는지 없었는지는 상관없어. 그리고 나서 둘이서 거꾸로 추리를 하면서 놈들이 도대체 무슨 계획을 꾸미는지 알아볼 거야.」

「재연이네.」 마침내 그녀가 말했다.

「무엇의 재연이야?」

「모르겠어. 전부 예전에 있었던 일 그대로야.」

「예전에 무슨 일이 일어났는데?」

「무슨 일이었든 똑같은 일이 다시 일어날 거야.」 그녀가 지친 듯이 대답했다.

21
넬슨

　새벽 1시였다. 리지가 목욕을 한 다음 머리에 수건을 두르고 흰 가운 차림에 맨발로 욕실에서 나왔다. 그래서 그녀의 비율이 갑자기 달라졌다.

　「변기에 까는 종이까지 있네.」 그녀가 말했다. 「그리고 양치용 컵은 셀로판 봉지에 들어 있어.」

　그녀는 침대에서, 그는 소파에서 꾸벅꾸벅 졸았고, 한 번은 그녀가 〈하고 싶지만 아마 안 될 거야〉라고 말하자 제리도 어차피 폰에게 채여서 성욕이 잠잠하다고 대답했다. 리지는 교사 — 빌어먹을 워딩턴 씨라고 불렀다 — 와 〈착실하게 살아 보려고 했던 노력〉에 대해서 그리고 그에게 예의상 낳아 준 아이에 대해서 이야기했다. 또 부모가 얼마나 끔찍했는지, 리카르도가 어떤 놈이었는지, 그녀가 그를 얼마나 사랑했는지 이야기했다. 콘스텔레이션 호텔 바에서 일하는 여자가 리카르도에게 금사슬나무 독을 먹이라고 알려 주었고, 그래서 어느 날 거의 죽도록 맞은 다음 〈그의 커피에 어마어마한 용량〉을 넣었다. 그러나 그녀가 엉뚱한 물건을 가져왔는지 리카르도는 며칠 동안 앓았을 뿐이고, 〈건강한 리카르도보다 더 나쁜 건 죽음의 문턱까지 갔다 온 리카르도〉였다. 또 한 번은 리카르도가 욕조에 들어갔을 때 칼로 찔렀지만 그는 상처에 반창고를 붙였을 뿐 또 그녀를 팼다.

리카르도가 실종된 척했을 때 리지와 찰리 마셜은 그의 죽음을 인정하지 않고 〈리카르도는 살아 있다!〉라고 이름을 붙인 캠페인을 시작했고, 찰리는 자기 아버지를 찾아가서 졸랐다. 전부 찰리가 제리에게 이야기한 그대로였다. 리지는 배낭에 짐을 싼 다음 곧장 에라완의 차이나 에어시 스위트룸으로 찾아갔다. 티우와 담판을 벌일 생각이었지만 그 대신 코를 만났다. 코와는 예전에 딱 한 번, 홍콩의 티파티에서 잠깐 본 것이 전부였다. 파티를 연 사람은 샐리 케일이라는 여자로, 골동품 장사를 하면서 헤로인도 파는 나이 많은 동성애자였다. 코를 다시 만났을 때는 정말 대단한 소동이었다. 코가 당장 나가라고 날카롭게 명령하는 것으로 시작해서 그녀의 경쾌한 표현을 따르자면 〈자연스러운 흐름〉으로 끝났다. 「리지 워딩턴이 꿋꿋하게 지옥으로 가는 길의 한 걸음이었지.」 찰리 마셜의 아버지가 밀고 〈리지가 당기는 모양새〉로 그들은 천천히 우회하여 무척 중국인다운 계약을 맺었다. 주 서명인은 코와 찰리의 아버지였고, 거래 품목은 하나, 리카르도, 둘, 그의 인생 파트너였다가 최근에 은퇴한 리지였다.

제리는 리지와 리카르도 모두 이 계약에 기꺼이 동의했다는 말을 듣고도 딱히 놀라지 않았다.

「당신은 리카르도가 썩게 내버려 뒀어야 해.」제리가 그의 오른손에 끼워져 있던 반지 두 개와 산산조각 난 포드 자동차를 떠올리며 말했다.

그러나 리지는 그렇게 생각하지 않았고, 지금도 마찬가지이다. 「우린 동지였어.」그녀가 말했다. 「짐승 같은 놈이긴 해도.」

그러나 리지는 리카르도의 목숨을 샀기 때문에 그에게서 해방된 느낌이 들었다.

「중국인들은 항상 결혼을 준비해. 그러니 드레이크와 리제라고 해서 안 될 건 없잖아?」

〈리제〉는 또 뭐지? 제리가 물었다. 왜 〈리지〉가 아니라 〈리제〉야?

그녀는 알지 못했다. 리지는 드레이크가 말해 주지 않았다고 말했다. 제리가 그녀에게 알려 주었다. 드레이크의 인생에 리제라는 사람이 있었다고, 언젠가 또 다른 리제를 만날 거라고 점쟁이가 말했다고, 리지라면 충분히 비슷하니까 조금 바꿔서 리제로 불렀다고, 어차피 그렇게 되었으니 성도 반으로 잘라서 〈워스〉로 바꾸었다고.

「금발의 새.」그녀가 멍하니 말했다.

리지는 개명에 실용적인 목적도 있었다고 말했다. 코는 새로운 이름을 지어 준 다음 굳이 애를 써서 홍콩 경찰에 남아 있던 그녀의 기록을 없앴다. 「그랬는데 멜론이라는 놈이 와서 경찰 기록을 되살릴 거라고, 내가 자기 헤로인을 운반했다고 특별히 덧붙일 거라고 했어.」 리지가 말했다.

그래서 다시 그 사람들이 어디에 있는지, 그 이유는 무엇인지라는 문제로 돌아왔다.

제리는 두 사람이 잠에 취해서 하는 말이 사랑을 나누고 난 후의 고요함과 비슷하다는 생각이 들었다. 그는 잠이 완전히 깬 상태로 긴 의자에 누워 있었지만 리지는 꾸벅꾸벅 졸면서 중간중간에 이야기를 했고, 잠이 들어 중단되었던 이야기를 기억하고 있다가 다시 꿈을 꾸듯 이어서 말했다. 제리는 그녀의 이야기가 대부분 사실이라는 것을 알았다. 그가 이미 알고 이해하는 리지만이 등장했기 때문이었다. 그는 또한 시간이 지나면서 코가 그녀의 닻이 되었음을 깨달았다. 한때 교사가 그랬던 것처럼 코는 리지가 자신의 기나긴 방랑을 돌아볼 근거를 주었다.

「드레이크는 평생 약속을 한 번도 어기지 않았어.」 한번은 리지가 몸을 굴리고 다시 얕은 잠에 빠져들며 말했다. 제리는 고아를 떠올렸다. 나한테 절대 거짓말하지 마요.

몇 시간이 지났는지 몇 년이 지났는지, 한참 후 리지는 옆방에서 들려오는 황홀경의 비명 때문에 잠에서 깼다.

「세상에.」 그녀가 감상하듯 말했다. 「저 여자는 〈정말로〉 달까지 갔네.」 비명이 다시 반복되었다. 리지가 생각을 바꾸었다. 「아니었잖아.」 그녀가 못마땅하다는 듯 말했다. 「연기하는 거야.」 침묵. 「일어났어?」 그녀가 물었다.

「응.」

「뭐 할 거야?」

「내일?」

「응.」

「몰라.」 그가 말했다.

「나랑 똑같네.」 리지는 이렇게 속삭이고 나서 다시 잠든 것 같았다.

새러트의 작전 지시가 필요해. 제리가 생각했다. 정말로 필요해. 크로한테 중간 전화를 걸자. 친애하는 조지한테 요즘 그가 여기저기 나눠 주는 철학적인 충고를 요청하자. 그는 분명 주변에 있을 것이다. 어딘가에.

스마일리는 주변에 있었지만 그 순간 제리에게 아무 도움도 되지 못했을 것이다. 그는 아주 약간만이라도 이해할 수 있다면 자신이 가진 지식을 전부 주었을 것이다. 격리 병동에는 야간이 없기 때문에 그들은 천장에 뚫린 밝은 빛 밑에서 눕거나 기대어 앉아 있었다. 사촌 세 명과 샘이 한쪽을, 스마일리와 길럼이 반대쪽을 차지했다. 폰은 스쿼시 공 같아 보이는 것을 양손에 하나씩 쥐고서 화가 나고 답답한 표정으로 영화관 좌석을 따라 성큼성큼 서성거렸다. 입술은 까맣게 부었고 한쪽 눈은 감겨 있었다. 코 밑의 핏덩이는 지워지지 않았다. 길럼은 오른팔을 끈으로 어깨에 고정하고 스마일리에게서 절대 눈을 떼지 않았다. 그러나 폰을 제외하면 다른 사람들도 다 마찬가지였다. 전화가 울렸지만 위층 통신실에서 온 연락이었는데, 방콕으로부터 제리의 흔적을 비엔티안까지 확실히 파악했다는 보고를 받았다고 했다.

「추적 중지라고 말해, 머피.」마텔로가 여전히 스마일리를 지켜보며 명령했다. 「무슨 말이든 해. 어쨌든 더 이상 연락이 오지 않게 해. 그렇지, 조지?」

스마일리가 고개를 끄덕였다.

「좋습니다.」길럼이 스마일리를 대신해서 단호하게 말했다.

「추적 중지야, 자기.」머피가 전화기에 대고 말했다. 〈자기〉라는 말이 놀라웠다. 머피는 지금까지 그런 인간적인 애정을 한 번도 드러낸 적이 없었다. 「그쪽에서 통신문을 쓸래, 아니면 내가 써줄까? 우린 이제 관심 없어, 알겠지? 끝내.」

그가 전화를 끊었다.

「록허스트가 여자의 자동차를 찾았습니다.」길럼이 같은 말을 한 번 더 했다. 스마일리는 물끄러미 앞만 보고 있었다. 「센트럴의 지하 주차장에 있었답니다. 렌터카도 있었다는데요. 웨스터비가 빌렸답니다. 오늘. 암호명으로요. 조지?」

스마일리가 아주 살짝 고개를 끄덕였다. 참고 있던 졸음을 못 이긴 것뿐이라고 해도 좋을 정도의 움직임이었다.

「그는 적어도 뭔가를 하고 있어, 조지.」마텔로가 콜린스와 조용한 부하들로 구성된 작은 위원회와 같이 앉아서 이쪽을 보며 뾰족하게 말했다. 「그렇게 말하는 사람들도 있지, 무리를 벗어난 코끼리가 있으면 가서 쏘는 게 제일 좋은 방법이라고 말이야.」

「일단 찾아야 말이지요.」길럼이 쏘아붙였다. 그는 신경쇠약으로 쓰러질 지경이었다.

「조지가 그걸 원하기는 하는지 잘 모르겠군, 피터.」마텔로가 다시 자애로운 친척 아저씨라도 되는 것처럼 말했다. 「조지가 공에서 잠시 시선을 뗐나 보군, 우리의 공동 사업이 중대한 위험에 처했는데 말이야.」

「조지가 어떻게 하면 좋겠습니까?」길럼이 신랄하게 대답했다. 「그를 찾을 때까지 거리를 돌아다니면 좋겠어요? 록허스트한테 이름과 인상착의를 퍼뜨리라고 해서 제리가 쫓기고 있다는 사실을 홍콩 기자들한테 전부 알리고 싶습니까?」

스마일리는 길럼의 옆에 노인처럼 구부정하게 앉은 채 말이 없었다.

「웨스터비는 프로예요.」길럼이 주장했다. 「타고나지는 않았지만, 나쁘진 않죠. 이 도시에 몇 달 동안 숨어서 지내면 록허스트는 웨스터비의 냄새도 맡지 못할 겁니다.」

「여자가 딸려 있는데도요?」머피가 말했다.

길럼은 팔에 붕대를 감고 있음에도 불구하고 스마일리 쪽으로 몸을 숙였다. 「이건 당신 작전이에요.」그가 다급하게 속삭였다. 「기다리라고 하면 우린 기다릴 겁니다. 명령만 내리세요. 이 사람들이 원하는 건 주도권을 빼앗을 핑계밖에 없어요. 진공 상태만 아니면 뭐든 괜찮아요. 뭐든지요.」

폰이 영화관 좌석을 배회하며 비아냥거리는 중얼거림을 내뱉었다. 「어쩌고, 저쩌고, 어쩌고, 저쩌고. 움직이는 건 입밖에 없지.」

마텔로가 다시 시도했다. 「조지. 이 섬은 영국령이 아닌가? 자네들은 이런 도시 정도는 언제든 탈탈 털 수 있어.」그가 창문 없는 벽을 가리켰다. 「저 바깥에 난장판을 치려고 마음먹은 남자가, 자네 부하가 있네. 넬슨 코는 자네나 내가 낚을 수 있는 제일 큰 물고기야. 내 경험에서 가장 큰 대어이고 ─ 나는 아내와 할머니, 내 농장 증

395

서라도 걸겠네 ─ 자네 경력에서도 가장 큰 대어겠지.」

「그런 건 아무도 안 받아 줘요.」도박꾼 샘 콜린스가 씩 웃으며 말했다.

마텔로는 공격을 계속했다. 「여기 가만히 앉아서 예수 그리스도가 왜 12월 26일도 27일도 아닌 크리스마스에 태어났느냐는 질문이나 하면서 그가 우리 포획물을 빼앗아 가게 둘 건가, 조지?」

스마일리가 마침내 마텔로를 흘끔 보더니 옆에 뻣뻣하게 서 있던 길럼을 올려다보았다. 길럼은 어깨에 걸친 붕대 때문에 어깨를 쫙 펴고 있었다. 스마일리가 마침내 서로 얽혀서 싸우고 있는 자기 손을 내려다보았다. 그런 다음 얼마 동안 머릿속으로 자신을 꼼꼼히 살펴보고, 카를라를 쫓는 여정을 검토해 보았다. 앤은 카를라를 그의 〈검은 성배〉라고 불렀었다. 그는 앤을, 그녀가 사랑이라고 부르는 자기만의 성배를 위해서 되풀이했던 배신을 생각했다. 스마일리는 더 나은 판단을 할 수 있었지만 그녀의 믿음을 함께 나누려 했고, 진심으로 믿는 사람처럼 매일 그 믿음을 새롭게 하려 노력했지만 앤은 그 노력의 의미를 제멋대로 해석할 뿐이었다. 그는 카를라에게 조종당해서 앤에게 접근했던 헤이든을 생각했다. 그리고 제리와 그 여자를 생각했고, 그녀의 남편 피터 워딩턴을 생각했고, 그와 이야기를 나누려고 이즐링턴의 테라스 하우스에 방문했을 때 워딩턴이 자신에게 보여 주었던,

동족을 보는 듯한 표정을 생각했다. 〈당신과 나는 남겨진 사람들이지요〉라고 말하고 있었다.

스마일리는 제리의 지저분한 발자취에 흩뿌려져 있던 일시적인 사랑들과 서커스가 대신 지불해 준 미납금들을 생각했다. 리지도 그들 중 하나로 묶어서 생각하면 편리했겠지만, 그렇게 할 수가 없었다. 그는 샘 콜린스가 아니었다. 앤이었다면 지금 이 순간 그 여자에 대한 제리의 감정을 따뜻하게 응원했으리라는 생각에는 단 한 점의 의심도 없었다. 하지만 스마일리는 앤도 아니었다. 그러나 여전히 결정을 내리지 못하고 앉아 있는 이 잔인한 순간에, 그는 앤의 말이 맞는 것이 아닐까, 그의 노력이라는 것이 사실 자신의 불충분함이라는 야수와 악당 들 사이를 혼자 걸어가는 여정에 지나지 않는 것이 아닐까, 무자비하게도 거기에 제리처럼 순진한 영혼을 휘말리게 만든 것은 아닐까 진심으로 생각했다.

〈당신이 틀렸어. 어째서인지도 모르고 왜인지도 모르지만, 당신이 틀렸어.〉

스마일리는 끝없는 말다툼 도중 앤에게 이렇게 대답한 적이 있었다. 〈내가 틀렸다고 해서 당신이 옳은 건 아니야.〉

다시 마텔로의 말이 들려왔다. 「조지, 우리의 선물을, 넬슨의 선물을 〈두 팔 벌리고〉 기다리는 사람들이 있네.」

전화가 울렸다. 머피가 전화를 받더니 정적이 흐르는

방에 메시지를 전했다. 「항공 모함으로부터의 유선 연락입니다. 해군 정보부에 따르면 정크 선단이 예정대로 움직이고 있습니다. 남풍은 순조롭고 낚시하기 좋답니다. 넬슨이 같이 타고 있을 것 같지도 않습니다. 그럴 이유가 없을 것 같네요.」

갑자기 모두가 머피를 주목했다. 그는 지금까지 의견을 드러낸 적이 한 번도 없었다.

「〈그게〉 대체 무슨 소리지, 머피?」 마텔로가 깜짝 놀라며 물었다. 「자네도 점쟁이를 만나고 왔나?」

「오늘 아침 항공 모함에 다녀왔는데 데이터가 아주 많았습니다. 상하이에 사는 사람이 왜 산터우를 통해서 나가려는지 모르겠다고 하더군요. 자기들이라면 전혀 다른 방법을 쓰겠답니다. 비행기나 기차를 타고 광둥으로 가서 버스를 타고 후이저우로 갈 거랍니다. 그게 훨씬 더 안전하다는군요.」

「이들은 넬슨의 부하야.」 스마일리가 입을 열자 사람들의 고개가 날카롭게 그를 향했다. 「그의 일족이지. 넬슨은 아무리 위험해도 부하들과 함께 바다로 나갈 거야. 그들을 믿으니까.」 그가 길럼에게 말했다. 「그렇게 하지. 록허스트에게 웨스터비와 여자의 인상착의를 퍼뜨리라고 해. 암호명으로 차를 빌렸다고 했나? 탈출용 서류를 사용했다고?」

「네.」

「워렐?」

「네.」

「그러면 경찰한테 영국인 워렐 부부를 찾으라고 해. 사진은 퍼뜨리지 말고, 의심을 일으키지 않도록 인상착의는 모호하게 설명하고. 마티.」

마텔로가 주의 깊게 보았다.

「코는 아직 자기 배에 있나?」 스마일리가 물었다.

「티우랑 아늑하게 틀어박혀 있네, 조지.」

「웨스터비가 그에게 접근하려고 할지도 몰라. 부두에 고정 감시조가 있지. 인원을 늘리게.」

「뭘 찾으라고 할까?」

「문제. 코의 집을 감시하는 정찰대도 마찬가지야. 그리고 ─」 그가 잠시 깊이 생각에 잠겼지만 길럼은 걱정할 필요가 없었다. 「그리고, 코의 자택 전화선이 고장 난 것처럼 위장할 수 있나?」

마텔로가 머피를 흘끔 보았다.

「지금은 장비가 준비되어 있지 않습니다.」 머피가 말했다. 「그러나 아마······.」

「그럼 자르게.」 스마일리가 간단하게 말했다. 「필요하면 전선을 모두 잘라. 도로 공사 현장 근처에서 하게.」

마텔로가 모든 명령을 내린 다음 경쾌하게 방을 가로질러 스마일리의 옆에 앉았다.

「조지, 내일 말인데. 우리가, 아, 자그마한 장비도 대기

시키는 게 좋지 않겠나?」길럼이 책상 앞에 앉아서 록허스트에게 전화를 하며 두 사람의 대화를 흥미롭게 지켜보았다. 반대편의 샘 콜린스도 마찬가지였다. 「자네 부하웨스터비가 뭘 어떻게 할지 예측 불가능한 것 같아서 말이야, 조지. 모든 긴급 사태에 대비해야지, 안 그런가?」

「무슨 수를 써서든 모든 사태에 대비해야지. 하지만 가능하면 지금 당장은 포획 계획을 그대로 유지하도록 하지. 내 권한도 마찬가지고.」

「물론일세, 조지. 물론이야.」마텔로가 지나치게 열심히 말하더니 늘 그렇듯 교회에서 걷는 것처럼 경건하게 살금살금 걸어서 자기 캠프로 돌아갔다.

「뭘 원하던가요?」길럼이 스마일리 옆에 웅크리고 앉아서 낮은 목소리로 물었다. 「무슨 합의를 얻어 내려 했습니까?」

「아니야, 피터.」스마일리가 역시 숨을 죽여 경고했다. 그가 불쑥 화를 냈다. 「다시는 자네 말을 듣지 않겠네. 궁중 음모 같은 자네의 복잡한 생각은 용납하지 않을 거야. 이들은 우리를 접대하는 주인이자 우리 우방이야. 우리는 서면으로 합의했네. 자네의 기괴하고 ─ 솔직히 말하지 ─ 편집증적인 공상 말고도 걱정거리는 이미 아주 많아. 이제 제발 ─」

「분명히 말씀드리는데요!」길럼이 말을 시작했지만 스마일리가 입을 다물게 했다.

「크로를 데려와. 필요하면 직접 찾아가. 잠시 나갔다 오는 게 자네한테도 좋을 거야. 크로한테 웨스터비가 난동을 부리고 있다고 말해. 연락이 오면 즉시 우리한테 알리라고. 크로는 어떻게 해야 할지 알 거야.」

폰은 주먹 쥔 손안에 든 것을 계속 초조하게 짓이기며 여전히 좌석을 따라 서성거렸다.

제리의 세계도 오전 3시였다. 여주인이 면도기는 주었지만 새 셔츠는 없었다. 면도를 하고 최대한 깨끗하게 씻었지만 아직도 머리부터 발끝까지 아팠다. 그는 침대에 누워 있는 리지 옆에 서서 몇 시간 내로 돌아오겠다고 약속했지만, 그녀가 듣긴 했는지 알 수 없었다. 제리는 코가 했던 말을 기억했다. 〈정치 이야기보다 예쁜 여자를 싣는 신문이 많을수록 세상이 더 좋아집니다, 웨스터비 씨.〉

제리는 팍파이가 경찰의 지시를 덜 따른다는 사실을 알기 때문에 그것을 탔다. 그렇지 않을 때는 걸었다. 걸으면 몸도 좀 괜찮아지고 결정을 내리는 신비로운 과정에도 도움이 되었다. 아까 긴 의자에 누워 있다 보니 갑자기 결정을 내릴 수가 없게 되었다. 방향을 찾으려면 움직일 필요가 있었다. 그는 적진으로 들어가고 있음을 알면서도 딥워터 베이를 향해 걸어갔다. 이제 제리가 도망을 쳤으니 그들은 그 보트에 거머리처럼 달라붙어 있을 것이다. 누가 있을까, 무엇을 이용하고 있을까? 사촌이라면 장비도 너무 많고 사람도 너무 많은 곳을 보면 된다.
비가 내렸고, 제리는 비 때문에 안개가 걷힐까 봐 걱정했
다. 머리 위의 달은 이미 안개에서 어느 정도 벗어났다.
조용히 언덕을 내려가자 흐릿한 빛 속에서 가장 가까운
관광용 정크선이 삐걱거리며 계류 용구를 힘껏 잡아당기
고 있었다. 동남풍이 점점 세지고 있었다. 고정 감시조라
면 높은 위치를 노릴 것이라고 생각했는데, 과연 오른쪽
곶에 낡아 보이는 메르세데스 한 대가 안테나에 중국 국
기 장식을 달고 나무들 사이에 서 있었다.

제리는 넘실거리는 안개를 보며 기다렸고, 드디어 전
조등을 환하게 밝힌 자동차가 언덕을 내려왔다. 그는 자
동차가 지나가자마자 얼른 달려서 길을 건넜다. 온 세상
장비를 다 가져와도 멀어지는 전조등 뒤를 지나가는 그
를 볼 수 없기 때문이다. 물가로 내려가니 시계(視界)가
0으로 떨어졌기 때문에 제리는 지난번 조사 때 보았던
삐걱거리는 목조 제방을 더듬어 찾아야 했다. 그가 찾던
것을 발견했다. 이가 다 빠진 그때 그 노파가 삼판에 앉
아서 안개 속에서 그를 올려다보며 씩 웃었다.

「코.」그가 속삭였다.「〈넬슨 제독호.〉코?」

노파의 웃음소리가 수면에서 메아리치며 굴러갔다.
「포토이!」그녀가 외쳤다.「틴하우! 포토이!」

「오늘?」

「오늘!」

「내일?」

「내일!」

제리는 노파에게 몇 달러를 던져 주었고, 그녀의 웃음소리가 멀어지는 그를 따라왔다.

내가 맞아, 리지가 맞아, 〈우리〉가 맞아. 그가 생각했다. 코는 축제에 갈 거야. 제리는 리지가 숙소에 그대로 있기를 신께 기도했다. 그는 그녀가 눈을 뜨면 어딘가로 가버릴지도 모른다고 생각했다.

제리는 사타구니와 등에서 느껴지는 아픔을 가라앉히려 애쓰면서 걸었다. 차근차근하는 거야. 그가 생각했다. 대단할 거 없어. 닥치는 대로 대응하면 돼. 안개는 여러 개의 방으로 이어지는 복도 같았다. 한 번은 차 주인이 셰퍼드를 산책시키는 동안 혼자 연석을 따라 굴러가는 고물 자동차를 마주쳤다. 한 번은 속옷을 입고 아침 운동을 하는 노인 두 명을 보았다. 공원에서 작은 아이들이 진달래 덤불에서 그를 빤히 보았다. 덤불을 집으로 삼았는지, 가지에 옷을 널어놓았고 프놈펜의 난민 아이들처럼 알몸이었다.

제리가 돌아왔을 때 리지는 일어나서 그를 기다리고 있었는데, 끔찍한 표정이었다.

「다시는 그러지 마.」아침 식사와 배를 찾으러 나갈 때 그녀가 제리의 팔짱을 끼며 경고했다. 「절대 작별 인사도 없이 날 놓고 가버리지 마.」

그날, 처음에는 홍콩에 배가 하나도 없는 듯했다. 애초에 관광객을 실어나르는 커다란 페리는 생각도 하지 않았다. 로커가 손을 뻗치고 있으리라는 사실은 이미 알고 있었다. 만으로 내려가서 눈에 띄게 묻고 다닐 생각은 없었다. 수상 택시 회사 목록을 보며 전화를 돌렸지만 전부 이미 대여되었거나 너무 작아서 제리가 원하는 곳까지 갈 수 없었다. 그때, 외신 기자 클럽의 전설이었던 해결사 루이지 탠이 떠올랐다. 루이지는 한국 무용단부터 특가 항공권까지 뭐든지 홍콩의 그 어떤 해결사보다 빨리 구해 주었다. 두 사람은 택시를 타고 루이지의 은신처가 위치한 완차이의 반대편으로 간 다음 걸었다. 아침 여덟 시였지만 뜨거운 안개가 아직 걷히지 않았다. 좁은 길에 불 꺼진 간판들이 터뜨리고 난 불꽃놀이처럼 흩어져 있었다. 〈해피 보이〉, 〈러키 플레이스〉, 〈아메리카나〉. 배기가스와 검댕의 악취에 북적거리는 식품 가판대의 따뜻한 냄새까지 더해졌다. 벽에 난 틈으로 가끔 운하가 보였다. 「내가 어디 있는지는 누구한테 물어봐도 다 알아.」 루이지 탠이 자주 말했었다. 「다리가 한 짝밖에 없는 덩치 큰 남자 어디 있냐고 물어봐.」

루이지는 가게 카운터 뒤에 있었다. 그는 카운터 위로 겨우 얼굴이 나올 정도의 작고 날랜 포르투갈 혼혈이었는데, 한때는 마카오의 지저분한 가건물에서 중국 복싱을 하면서 생계를 꾸렸었다. 가게 정면은 너비가 1.8미터였다. 그가 파는 상품은 신품 오토바이와 옛날 중국이 통치하던 시절의 유물 — 모자를 쓰고 거북딱지 안경을 착용한 여자들의 은판 사진, 후줄근한 여행 가방, 아편 쾌속선의 항공 일지 — 이었는데, 그는 골동품이라고 불렀다. 루이지는 제리와 아는 사이였지만 리지를 훨씬 더 좋아했고, 빨랫줄 밑을 지나서 〈관계자 외 출입금지〉라고 적힌 별채로 안내할 때에는 리지의 엉덩이를 감상하고 싶어서 그녀가 앞장서야 한다고 고집을 부렸다. 별채에는 의자 세 개와 바닥에 놓인 전화기 한 대가 있었다. 루이지는 말끔한 공 모양으로 몸을 웅크리더니 전화기에는 중국어로, 리지에게는 영어로 말했다. 그는 할아버지가 됐지만 쌩쌩하다고, 아들이 넷인데 전부 착하다고 말했다. 이제 사남까지 그의 품을 떠났다. 다들 좋은 운전사, 좋은 일꾼, 좋은 남편이었다. 그는 스테레오가 달린 메르세데스도 있다고 리지에게 말했다.

「언제 한번 태워 주지.」그가 말했다.

제리는 그가 청혼을, 또는 청혼에 약간 못 미치는 제안을 하고 있음을 리지가 알고 있을까 생각했다.

그렇다, 루이지는 배도 한 척 있을 것 같다고 말했다.

그가 전화를 두 통 돌리더니 배가 있다고, 친구들한테만 아주 적은 돈을 받고 빌려준다고 말했다. 루이지가 리지에게 신용카드 케이스를 건네더니 카드 개수를 세 보라고 했고, 그런 다음 지갑을 꺼내서 가족사진을 보여 주었다. 그중 하나에는 사남이 얼마 전 자기 결혼식에서 잡은 바닷가재가 찍혀 있었지만 아들은 보이지 않았다.

「포토이 별로야.」 루이지 탠이 전화 통화를 하면서 리지에게 말했다. 「아주 더러워. 바다 거칠고, 축제 형편없고, 음식 별로야. 거기 왜 가?」

물론 틴하우 때문이라고 제리가 그녀 대신 끈기 있게 대답했다. 유명한 사원과 축제 때문에 간다고.

루이지 탠은 리지와 대화하려 했다.

「란타우에 가.」 그가 충고했다. 「란타우 좋은 섬이야. 음식 맛있고, 생선 맛있고, 사람들 착하고. 란타우에 가면 찰리네 식당에서 먹어. 찰리 내 친구야.」

「포토이.」 제리가 단호하게 말했다.

「포토이 돈이 엄청 많이 들어.」

「우린 돈이 엄청 많아요.」 리지가 사랑스러운 미소를 지으며 말했고, 루이지가 생각에 잠겨 그녀를 다시 보더니 위아래를 한참 훑어보았다.

「내가 같이 갈까.」 그가 리지에게 말했다.

「아니.」 제리가 말했다.

루이지가 두 사람을 차에 태워 코즈웨이 베이로 가서 삼판에 같이 탔다. 배는 유목(流木)만큼이나 흔한 약 4미터짜리 모터보트였지만, 제리는 배가 튼튼하다고 생각했고 루이지는 용골이 깊다고 설명했다. 고물에서 어떤 청년이 한쪽 발을 물에 담그고 빈둥거리고 있었다.

「내 조카.」루이지가 자랑스러운 듯 청년의 머리카락을 헝클어뜨리며 말했다.「애 엄마가 란타우에 있어. 애가 당신들을 란타우로 데려가서 찰리네에서 먹고 재밌게 해줄 거야. 돈은 나한테 나중에 내.」

「이봐.」제리가 인내심을 발휘하며 말했다.「우린 란타우에 가고 싶지 않아. 포토이에 가고 싶어. 포토이만. 포토이 아니면 아무 데도 안 가. 우릴 거기 내려 주고 가면 돼.」

「포토이 날씨 나빠, 축제 나빠. 나쁜 곳이야. 중국이랑 너무 가까워. 빨갱이 많아.」

「포토이 아니면 안 가.」제리가 말했다.

「배 너무 작아.」루이지가 무섭게도 자기 체면까지 깎으며 말했고, 기분을 풀어 주기 위해서 리지가 매력을 모두 발휘해야 했다.

그때부터 한 시간 동안 청년들이 배를 준비했고, 그동안 제리와 리지가 할 수 있는 것은 반쯤 뚫린 객실에 눈에 띄지 않게 앉아서 레미 마르탱을 홀짝거리는 것뿐이었다. 가끔 둘 중 하나가 혼자만의 생각에 빠졌다. 리지는 생각에 빠지면 자기 몸을 끌어안고 고개를 숙인 채 몸을 앞뒤로 천천히 흔들었다. 제리는 자기 앞머리를 잡아당겼는데, 한 번은 어찌나 세게 잡아당겼는지 리지가 그의 팔을 잡으며 말려야 했고, 그가 웃음을 터뜨렸다.

그들은 거의 아무것도 신경 쓰지 않고 항구를 출발

했다.

「보이지 않게 숨어 있어.」 제리가 명령했다. 안전을 위해서 그는 리지에게 팔을 둘러 별로 가려지지 않는 객실에서 몸이 나오지 않게 했다.

미국 항공 모함은 장식을 벗겨 회색이 되었고 칼집에서 뺀 칼처럼 위협적인 모습으로 물 위에 떠 있었다. 처음에는 끈적끈적한 정적이 계속 이어질 뿐 아무것도 없었다. 해안에 층층이 쌓인 안개가 회색 고층 건물들을 짓눌렀고 갈색 연기 기둥이 하얗고 표정 없는 하늘로 미끄러져 올라갔다. 그들의 배가 평평한 물 위에서 풍선처럼 높이 뜬 느낌이 들었다. 그러나 항구에서 벗어나 동쪽으로 향하자 파도가 배의 측면을 세게 때려 흔들 정도였고, 이물이 위로 들렸다 떨어졌으며, 똑바로 서 있으려면 발에 힘을 꽉 주어야 했다. 작은 이물이 거친 말처럼 위아래로 흔들리면서 배는 크레인과 창고, 공장, 돌을 캐낸 언덕을 지나쳤다.

정면으로 바람을 향해 나아가자 사방에서 물보라가 튀었다. 외륜을 잡은 키잡이가 웃으면서 동료에게 큰 소리로 말했고 제리는 하필이면 미친 듯이 흔들리는 배에서 구애를 하는 정신 나간 백인들을 비웃나 보다 생각했다. 거대한 유조선이 움직이는 것 같지도 않게 그들을 지나쳤고 그 뒤로 갈색 정크선들이 쫓아갔다. 화물선을 만들고 있는 조선소에서 하얀 용접 불꽃이 그들에게 신호를 보내는 것처럼 깜빡거렸다. 바다로 나오자 청년들의 웃음소리가 가라앉고 평범하게 말을 했다. 벽처럼 연결되어 흔들리는 화물선들 사이를 돌아보니 구름에 잘려 탁상형 산지처럼 보이는 홍콩섬이 서서히 멀어졌다. 다시 한번 홍콩이 존재를 멈추었다.

또 하나의 곳을 지났다. 바다가 거칠어지면서 배가 계속 흔들리고 머리 위 구름이 점점 내려와 돛대에서 고작 몇 미터 위에 걸렸다. 한동안 그들은 이 낮고 현실 같지 않은 세상에서 그들을 보호하는 담요 같은 구름에 가려진 채 앞으로 나아갔다. 안개가 갑자기 사라지고 그들은 춤추는 햇살 속에 남겨졌다. 남쪽으로 강렬해 보일 만큼 우거진 산에서 주황색 항해등이 맑은 공기 너머 그들에게 윙크를 보냈다.

「이제 어떻게 하지?」 그녀가 현창을 내다보며 부드럽게 물었다.

「웃으면서 기도해.」 제리가 말했다.

「내가 웃을게, 당신이 기도해.」 그녀가 말했다.

수로 안내인의 대형 보트가 옆으로 나란히 다가오자 순간적으로 제리는 자신을 노려보는 로커의 무시무시한 얼굴이 분명히 보일 거라고 생각했지만, 선원들은 그들을 완전히 무시했다.

「저 사람들은 누구지?」 그녀가 속삭였다. 「어떻게 생각해?」

「정해진 절차야.」제리가 말했다. 「아무 의미도 없어.」

보트가 멀어졌다. 그렇군. 제리가 아무 느낌도 없이 생각했다. 우리를 봤어.

「정해진 절차일 뿐이라는 거 확실해?」그녀가 물었다.

「축제 때문에 들어오는 배가 수백 척은 돼.」그가 말했다.

배가 거칠게 흔들리더니 멈추지 않았다. 뭐가 항해에 적합한 배라는 거야. 제리가 리지를 붙잡으며 생각했다. 용골이 깊긴 무슨. 계속 이런 식이면 우리가 뭘 결정할 필요도 없겠군. 바다가 우리 대신 결정해 줄 테니까. 성공하면 아무도 모르고 실패하면 목숨을 갖다 버렸다는 수군거림을 들을 만한, 그런 여행이었다. 동풍이 언제든지 방향을 바꿀 수 있어. 그가 생각했다. 계절풍이 바뀌는 시기에는 그 무엇도 확실하지 않았다. 그는 엔진이 불규칙하게 움직이는 소리에 초조하게 귀를 기울였다. 여기서 엔진이 고장 나면 우리는 바위에 남겨지고 만다.

단번에 악몽이 비이성적으로 늘어났다. 〈부탄가스〉, 그가 생각했다. 〈빌어먹을, 부탄가스!〉청년들이 배를 준비할 때 배 앞쪽 물탱크 옆에 놓인 원통형 용기 두 개를 얼핏 보았는데, 아마 루이지가 바닷가재를 요리할 때 쓰는 것 같았다. 바보같이, 왜 지금까지 생각을 못 했을까. 제리가 머리를 굴렸다. 부탄가스는 공기보다 무겁다. 모든 용기는 샌다, 정도의 차이일 뿐이다. 바다가 이물을 때리고 있으니 더욱 빨리 샐 것이고, 지금쯤이면 새어 나온 가스가 배 밑바닥 만곡부에 모여 있을 것이다. 엔진 불꽃과의 거리는 60센티미터밖에 안 되고, 가스는 연소를 도와줄 산소와 아주 잘 섞여 있다. 리지가 그의 손에서 빠져나가 뒤에 섰다. 바다가 갑자기 북적거렸다. 별안간 정크 선단이 모였고 그녀가 배들을 열심히 보았다. 제리가 그녀의 팔을 잡고 다시 객실 안으로 숨겼다.

「지금 여기가 어디라고 생각하는 거야?」 그가 외쳤다. 「빌어먹을 카우스[38] 같아?」

리지가 잠시 그를 물끄러미 보더니 부드럽게 키스하고, 다시 키스했다.

「진정해.」 그녀가 경고했다. 그런 다음 세 번째로 키스하더니 기대가 충족된 것처럼 〈좋아〉라고 말하고 잠시 가만히 앉아서 그의 손을 잡은 채 갑판을 보았다.

제리는 배가 바람을 향해 5노트의 속도로 항해 중이라고 짐작했다. 머리 위에서 작은 비행기가 휙 날아갔다. 그가 리지를 보이지 않게 감추면서 날카롭게 올려다보았지만 너무 늦어서 뭐라고 적혀 있는지 읽지 못했다.

〈그래, 너도 좋은 아침이다.〉 그가 속으로 생각했다.

배는 물보라 속에서 흔들리고 신음하며 마지막 갑을 돌고 있었다. 한 번은 프로펠러가 굉음을 내며 물 밖으로 완전히 나왔다. 프로펠러가 다시 물속으로 들어가자 엔

38 잉글랜드 남쪽 해안의 항구 도시.

진이 털털거리며 기침을 했지만 버티기로 한 것 같았다. 제리는 리지의 어깨를 건드린 다음 구름에 찢긴 앞쪽 하늘에서 오려 낸 것처럼 등장한 가파르고 헐벗은 포토이섬을 가리켰다. 바다와 거의 수직을 이루는 봉우리 두 개는 남쪽으로 갈수록 높았고 중간에 등마루가 있었다. 바다는 감청색으로 변했고 바람이 그 위로 거칠게 불어 그들의 입에서 나오는 숨을 잡아채고 물보라를 우박처럼 뿌렸다. 좌현의 이물에 보포트섬이 있었다. 등대, 방파제, 주민 없음. 바람이 애초부터 불지 않았던 것처럼 가라앉았다. 잔잔한 바다로 들어가자 산들바람조차 없었다. 태양의 열기가 가혹하게 곧장 내리쬐었다. 1.5킬로미터쯤 앞에 포토이섬의 만 입구가 있고 그 뒤로 나지막하고 갈색 유령 같은 중국 섬들이 보였다. 곧 그들은 만으로 몰려든 난잡한 정크선 선단과 크루즈 배들을 알아볼 수 있었다. 북과 심벌즈, 들쭉날쭉한 노랫소리가 물을 건너 들려오기 시작했다. 뒤쪽 산에 자리 잡은 판잣집 마을에서 양철 지붕이 반짝거렸고, 작은 곳에 견고한 건물이 한 채서 있었다. 바로 틴하우 사원이었는데, 임시로 만든 특별석은 대나무 비계에 가죽끈을 두른 것이었고 수많은 관중의 머리 위에 연기가 드리워져 있었으며 중간중간 금색이 보였다.

「어느 쪽이었지?」 제리가 리지에게 물었다.

「몰라. 어떤 집으로 올라가서 거기서부터 걸어갔어.」

제리는 말할 때마다 그녀를 보았지만 이제 리지가 그의 시선을 피했다. 제리가 키잡이의 어깨를 톡톡 두드리고 가고 싶은 방향을 손가락으로 가리켰다. 청년이 즉시 항의하기 시작했다. 제리가 그를 매수하려고 돈을 한 뭉치 보여 주었다, 그에게 남은 거의 전 재산이었다. 청년이 마지못해 항구 입구를 가로질러 빙 돌아서 배들 사이를 누비며 작은 화강암 곶으로 갔다. 그곳에 금방이라도 쓰러질 듯한 방파제가 있어서 위험하지만 상륙할 수 있었다. 축제의 소음이 훨씬 더 커졌다. 숯과 새끼 돼지 냄새가 나고 동시에 웃음소리가 터졌지만 한동안 사람들은 보이지 않았고, 그들 역시 사람들에게 보이지 않았다.

「여기!」 제리가 소리쳤다. 「여기 세워. 지금! 〈지금!〉」

두 사람이 상륙하자 방파제가 술에 취한 것처럼 기울어졌다. 그들이 육지에 도착하기도 전에 배가 방향을 바꾸었다. 아무도 작별 인사를 하지 않았다. 두 사람은 손을 잡고 바위에 올라 수많은 사람들이 깔깔대며 바라보는 돈 던지기 놀이를 하는 곳을 향해 곧장 걸어갔다. 가운데에 동전 자루를 든 광대 같은 노인이 서 있었는데, 그가 바위 밑으로 동전을 하나씩 던지자 열정이 넘치는 맨발의 소년들이 거의 벼랑 끝으로 서로 밀치면서 동전을 쫓아 달려들었다.

「두 사람이 배를 탔습니다.」 길럼이 말했다. 「록허스트가 배 주인이랑 얘기를 했어요. 배 주인이 웨스터비의 친구인데, 네, 웨스터비와 아름다운 여자였고, 틴하우 때문에 포토이에 가려고 했답니다.」

「그래서 록허스트는 어떻게 했나?」 스마일리가 물었다.

「그러면 자기가 찾던 부부가 아니라며 인사하고 나왔답니다. 실망한 척하면서요. 항구 경찰들도 축제에 참석하러 가는 배를 보았다고 뒤늦게 보고했습니다.」

「정찰기를 띄울까, 조지?」 마텔로가 초조하게 물었다. 「해군 정보부가 전부 대기 중이네.」

머피가 영리한 제안을 했다. 「헬기를 타고 가서 최후 방 정크선에서 넬슨을 낚아채는 게 어떨까요?」 그가 물었다.

「머피, 닥쳐.」 마텔로가 말했다.

「그들은 섬으로 향하고 있어.」 스마일리가 단호하게 말했다. 「우린 이미 알고 있지. 그 사실을 증명하려고 헬기를 띄울 필요는 없을 것 같군.」

마텔로는 만족하지 못했다. 「그렇다면 섬으로 사람을 몇 명 보내야겠네, 조지. 결국 우리가 좀 끼어들어야 할 것 같군.」

폰은 꼼짝도 없이 서 있었다. 그의 주먹조차 움직임을 멈추었다.

「안 돼.」 스마일리가 말했다.

마텔로의 옆에서 샘 콜린스가 살짝 웃었다.

「무슨 이유라도 있나?」 마텔로가 물었다.

「최후의 순간까지 코에게는 한 가지 결정권이 있어. 동생한테 상륙하지 말라고 신호를 보낼 수 있지.」 스마일리가 말했다. 「섬에서 소동이 일어날 기미가 약간만 보여도 그렇게 할 수 있어.」

마텔로가 초조하고 성난 한숨을 쉬었다. 그는 가끔 피우던 파이프를 제쳐 두고 샘이 주는 갈색 담배를 자주 피웠는데, 담배는 끝도 없이 나오는 것 같았다.

「조지, 이 남자는 도대체 뭘 〈원하는〉 거지?」 그가 분개하며 물었다. 「협박이나 분열 같은 건가? 도대체 무슨 일인지 파악이 안 되는군.」 끔찍한 생각이 떠올랐다. 마텔로가 목소리를 낮추더니 팔을 길게 뻗어 반대편을 가리켰다. 「설마, 저자도 그런 건 아니겠지, 세상에! 중년이 돼서 사람들 앞에서 회개하겠다는 냉전 시대 전향자는 아니겠지! 만약 그렇다면, 다음 주 『워싱턴 포스트』에 그의 솔직한 인생 역정이 실릴 거라면, 내가 직접 제5함대를 그 섬으로 보내겠네, 그렇게 해서 막을 수만 있다면 말이야.」 그가 머피를 보았다. 「비상사태에 대한 계획은 있지?」

「그렇습니다.」

「조지, 상륙조를 대기시키고 싶네. 자네들은 타든 남든 마음대로 하게.」

스마일리가 마텔로를 보고, 팔에 붕대를 감고 있어서 쓸모없는 길럼을 보고, 폰을 보았다. 폰은 다이빙대 끝에 선 다이버처럼 눈을 반쯤 감고 뒤꿈치를 모은 채 발끝을 천천히 들었다 놨다 했다.

　「폰과 콜린스.」 마침내 스마일리가 말했다.

　「자네 둘이 웨스터비와 리제를 항공 모함으로 데려가서 그쪽에 넘겨주게. 머피는 돌아오고.」

　콜린스가 앉아 있던 자리에 구름 같은 연기가 남았다. 폰이 서 있던 자리에서 스쿼시 볼 두 개가 천천히 굴러가더니 멈추었다.

　「신께서 우리 모두를 도우시기를.」 누군가 열렬하게 중얼거렸다. 길럼이었다. 하지만 스마일리는 그를 무시했다.

　사자는 사람 셋을 합친 길이였고, 사람들을 무는 척했다. 자진해서 나선 창잡이들이 막대로 찌르자 사자가 북과 심벌즈 소리에 맞춰 춤을 추듯 껑충껑충 뛰면서 좁은 길을 내려갔고, 사람들이 웃음을 터뜨렸다. 곳에 도착한 행렬은 천천히 돌아서 왔던 길을 돌아가기 시작했고, 이때 제리가 리지를 행렬 가운데로 얼른 이끌면서 몸을 숙여 키를 낮췄다. 처음에는 웅덩이가 많은 진흙길이었지만 곧 춤추는 행렬이 두 사람을 이끌고 사원을 지나 콘크리트 계단을 내려가서 새끼 돼지를 굽고 있는 모래 해변으로 이끌었다.

「어느 쪽이지?」제리가 리지에게 물었다.

리지가 그를 왼쪽으로, 춤추는 행렬 바깥으로 얼른 이끌더니 판잣집 마을 뒤쪽을 지나 작은 만을 건너는 목조다리로 데려갔다. 리지가 앞장서고 두 사람은 사이프러스 숲 가장자리를 따라 올라갔다. 마침내 다시 두 사람만 남아서 완벽한 편자 모양의 만을, 수백 척의 유람선과 정크선 가운데 당당한 귀부인처럼 서 있는 코의 넬슨 제독호를 내려다보았다. 갑판에는 아무도, 선원조차도 보이지 않았다. 회색 경찰선 대여섯 대가 바다 저 멀리 정박 중이었다.

축제니까 당연하지. 제리가 생각했다.

리지가 잡았던 손을 놓아서 제리가 고개를 돌려보니 그녀는 코의 대형 보트를 보고 있었다. 제리는 그녀의 얼굴에서 혼란의 그림자를 보았다.

「그가 정말 이 길로 당신을 데려갔어?」그가 물었다.

리지가 이 길이었다고 말하더니 마음속으로 뭔가를 확인하거나 가늠하는 듯 고개를 돌려 그를 보았다. 그런 다음 키스한 곳을 살피는 것처럼 검지로 그의 입술을 진지하게 쓸었다. 「세상에.」그녀가 이렇게 말한 다음 마찬가지로 진지하게 고개를 저었다.

두 사람은 다시 오르기 시작했다. 제리가 위를 보니 말도 안 되게 가까워 보이는 갈색 섬 정상과 산허리의 폐허가 된 계단식 논이 보였다. 신경을 곤두세운 개들밖에 살지 않는 작은 마을로 들어서자 이제 만이 보이지 않았다. 텅 빈 학교 문이 열려 있었다. 문 너머로 전투기 설명도가 보였다. 계단에 물통이 놓여 있었다. 리지가 양손을 모아 얼굴을 씻었다. 오두막에는 태풍에 대비하여 철사에 매단 벽돌이 주렁주렁 걸려 있었다. 길이 모래로 변해서 걷기가 더 힘들어졌다.

「여기도 맞아?」 그가 물었다.

「그냥 〈위로〉 올라가는 거야.」 리지가 말하기도 지겹다는 듯이 대답했다. 「그냥 〈위로〉 올라가면 〈집〉이 나오고, 끝이야. 내 말은, 도대체 날 뭐라고 생각하는 거야? 바보 같아?」

「난 아무 말도 안 했어.」 제리가 말했다. 그가 팔을 두르자 리지가 그에게 딱 달라붙더니 댄스 플로어에서 그랬던 것처럼 몸을 내맡겼다.

스피커를 시험하느라 사원에서 음악이 요란하게 울려 퍼졌고, 그런 다음 느릿하고 구슬픈 음악이 흘러나왔다. 만이 다시 모습을 드러냈다. 사람들이 해변에 모여 있었다. 연기가 더 짙어졌고 바람도 불지 않는 섬 이쪽 편의 열기 속에서 향냄새가 피어올랐다. 바다는 파랗고 맑고 고요했다. 바다를 둘러싼 막대에서 흰빛이 타올랐다. 코의 대형 보트는 꼼짝도 하지 않았고, 경찰선도 마찬가지였다.

「그가 보여?」 제리가 물었다.

그녀가 군중을 살피더니 고개를 저었다.

「점심 먹고 한숨 자나 봐.」그녀가 말했다.

햇살이 뜨거웠다. 산허리 그늘로 들어가면 황혼이 내린 것 같았고 다시 볕으로 나오면 햇살이 화재 현장의 열기처럼 얼굴을 찔렀다. 잠자리가 떼 지어 날아다녔고, 산허리 군데군데 커다란 바위가 있었지만 덤불이 자라는 부분은 구불구불 우거져서 빨간색, 흰색, 노란색의 나팔 모양 꽃이 잔뜩 피어 있었다. 예전에 누군가 소풍을 왔다가 두고 간 깡통이 잔뜩 흩어져 있었다.

「저게 그 집이야?」

「있다고 했잖아.」그녀가 말했다.

폐허였다. 부서진 갈색 회반죽 빌라로, 벽에는 구멍이 나 있고 전망이 좋았다. 말라 버린 시내 위쪽에 웅장하게 지어진 집이었고, 콘크리트 인도교를 건너게 되어 있었다. 진흙은 악취가 나고 벌레가 들끓었다. 야자수와 고사리 사이로 보이는 베란다의 잔해에서는 바다와 만이 넓게 보였다. 인도교를 건널 때 그가 그녀의 팔을 잡았다.

「자, 여기서부터 시작하자.」제리가 말했다.「심문이 아니야. 그냥 말해 봐.」

「우린 여기까지 걸어 올라왔어. 이미 말한 것처럼. 나, 드레이크, 빌어먹을 티우였지. 남자들이 바구니랑 술을 가져 왔어. 내가 〈우리 어디 가요?〉라고 물었더니 그가 〈소풍〉이라고 말했어. 티우는 날 데려가기 싫어했지만 드레이크가 같이 가도 된다고 했지. 내가 말했어. 〈당신 걷는 거 《싫어》하잖아요. 당신이 《길》 하나 건너는 것도 못 봤는데!〉 그랬더니 대실업가라도 되는 것처럼 〈오늘은 걸을 거야〉라고 척 말했어. 그래서 나도 입 다물고 따라갔지.」

두꺼운 구름이 이미 위쪽 봉우리를 가린 다음 산을 따라 천천히 내려오고 있었다. 태양이 사라졌다. 곧 그들이 있는 곳까지 구름이 내려오자 세상 끝에 단둘만 남았고 자기 발조차 보이지 않았다. 두 사람은 더듬더듬 집으로 들어갔다. 리지는 제리와 조금 떨어져서 망가진 지붕 들보에 앉았다. 문기둥에 붉은 페인트로 중국어 슬로건이 적혀 있었다. 바닥에는 소풍 쓰레기와 길고 구불구불한 바탕 벽지가 흩어져 있었다.

「그가 선원들에게 그만 가보라고 했고, 그래서 그들은 떠났어.」 그녀가 말을 이었다. 「그와 티우는 뭔지 모르지만 이번 주에 얘기하던 것에 대해서 한참 진지하게 이야기했어. 그러다가 점심을 반쯤 먹었을 때 그가 갑자기 영어로 나한테 말했어. 포토이가 〈자기〉 섬이라고. 중국을 떠났을 때 처음 상륙한 곳이라고. 보트피플이 그를 여기에 내려 줬다. 그는 〈우리 일족〉이라고 불러. 그가 매년 축제에 참석하고, 사원에 헌금을 하고, 우리가 빌어먹을 산 위로 땀을 흘리며 소풍을 온 것도 그것 때문이었어. 두 사람은 다시 중국어로 말했고, 티우가 그에게 말을 너무 많이 했다며 호통을 치는 것 같았지만 드레이크는 완전히 흥분해서 아이처럼 말을 들으려 하지 않았어. 그러고 나서 다시 위로 올라갔어.」

「〈위로?〉」

「꼭대기까지. 〈구식이 제일 좋아.〉 그가 나에게 말했어. 〈증명된 방법을 써야 해.〉 그런 다음 침례교도 같은 면이 나왔지. 〈좋은 것을 꼭 붙들어야 해, 리제. 그게 신께서 좋아하시는 거야.〉」

제리는 짙은 안개를 흘끔흘끔 올려다보았고, 경비행기 소리를 분명히 들었다고 생각했지만 그 순간에는 별로 신경 쓰지 않았다. 자신이 가장 원하는 두 가지를 가지고 있었기 때문이다. 그는 여자와 함께였고, 정보가 있었다. 이제 그는 스마일리와 샘 콜린스에게 리지가 정확히 어떤 가치가 있었는지, 어떻게 해서 그녀가 코의 계획에서 가장 중요한 단서를 무의식적으로 그들에게 누설했는지 마침내 이해했다.

「두 사람은 꼭대기까지 갔군. 당신도 같이 갔어?」

「아니.」

「두 사람이 어디로 가는지 봤어?」

「꼭대기. 말했잖아.」

「그다음에는?」

「두 사람이 반대편을 내려다봤어. 얘기를 나눴고, 뭔가를 가리켰어. 그런 다음 또 뭔가를 가리키면서 얘기했어.

그러고 나서 다시 내려왔고, 드레이크는 더욱 흥분했어. 큰 건을 해냈을 때 불평할 부인이 옆에 없으면 항상 그래. 티우는 드레이크가 나한테 다정하게 굴 때마다 늘 그렇듯이 침통해 보였지. 드레이크가 여기 남아서 브랜디를 몇 잔 마시고 싶다고 하자 티우는 발끈 화를 내더니 홍콩으로 돌아갔어. 드레이크가 분위기를 잡으면서 배에서 밤을 보내고 아침에 돌아가자고 했고, 그래서 그렇게 했어.」

「배를 어디에 정박시켰지? 여기? 만에?」

「아니.」

「어디지?」

「란타우 쪽에.」

「란타우로 곧장 갔군?」

리지가 고개를 저었다.

「우린 섬을 한 바퀴 돌았어.」

「〈이〉 섬을?」

「어둠 속에서 보고 싶은 곳이 있다고 했어. 반대편 해안 쪽이야. 선원들이 불빛을 비춰야 했지. 그가 말했어. 〈내가 1951년에 상륙한 곳이야. 보트피플은 항구에 들어가는 것을 두려워했지. 경찰과 유령과 해적과 세관원을 무서워했어. 섬 주민들이 자기들 목을 딸 거라면서 말이야.〉」

「밤에는?」 제리가 말했다. 「란타우에 정박하는 동

안은?」

「자기한테 남동생이 하나 있다고, 무척 사랑한다고 말했어.」

「그 얘기를 처음 한 거야?」

그녀가 고개를 끄덕였다.

「남동생이 어디 있는지 말했어?」

「아니.」

「하지만 당신은 알았고?」

이번에는 고개를 끄덕이지도 않았다.

밑에서 축제의 소란스러움이 구름을 뚫고 올라왔다. 제리가 그녀를 부드럽게 일으켜 세웠다.

「질문이 참 많네.」 그녀가 중얼거렸다.

「거의 끝났어.」 제리가 그녀에게 키스했고 리지도 거부하지 않았지만 가만히 있을 뿐이었다.

「올라가서 한번 보자고.」 그가 말했다.

10분 후, 햇살이 다시 비치고 머리 위로 파란 하늘이 열렸다. 리지가 앞장서고 두 사람이 등마루를 향해 가짜 산봉우리 여러 개를 재빨리 올라갔다. 만에서 들리던 소리가 그쳤고 더 차가워진 공기에 비명을 지르며 뱅뱅 도는 갈매기들이 가득했다. 정상이 가까워지자 길이 넓어져서 두 사람은 나란히 걸었다. 몇 걸음 더 가자 바람이 너무 세게 불어서 둘 다 헐떡이며 뒤로 비틀거렸다. 그들은 깎아지른 비탈에서 심연을 내려다보며 서 있었다. 바로 발밑에서 절벽이 소용돌이치는 바다로 떨어졌고, 물거품이 해안 돌출부를 뒤덮었다. 잔물결 이는 구름이 동쪽에서 불어왔고 두 사람 뒤의 하늘은 검었다. 2백 미터 아래에 흰 파도가 가리지 못하는 작은 만이 있었다. 그곳에서 45미터 정도 떨어진 곳에서 여러 개의 바위가 바다의 힘을 견제했고, 거품이 흰 고리를 만들며 바위를 씻어 냈다.

「저건가?」제리가 바람 때문에 소리를 높여 외쳤다. 「저기 상륙했어? 저쪽 해안에?」

「맞아.」

「저기에 불빛을 비췄어?」

「맞아.」

그는 리지를 남겨 두고 몸을 반으로 접듯이 구부린 채 깎아지른 절벽으로 천천히 올라갔다. 바람이 귀를 스치며 끈적하고 짭짤한 물기로 얼굴을 덮었고 창자 천공이나 내출혈, 또는 둘을 합친 듯한 통증에 그의 배가 비명을 질렀다. 절벽이 바다로 떨어지기 직전 가장 끝부분에서 다시 한번 아래를 내려다보자 아주 좁은 길이, 때로는 바위의 갈라진 틈이나 야생 풀숲의 골에 불과해 보이는 길이 작은 만까지 이어지는 것이 보이는 듯했다. 만에 모래는 없었지만 일부 바위는 메말라 보였다. 제리가 리지에게 돌아가서 그녀를 데리고 가파른 절벽에서 멀어졌다. 바람이 잦아들었고 축제의 소음이 다시, 아까보다 더 크게 들렸다. 불꽃놀이가 시작되자 장난감 전쟁 같은 소리가 났다.

「그의 남동생 넬슨이야.」제리가 설명했다. 「당신이 짐작하지 못했을까 싶어서. 코가 남동생을 중국에서 빼내려 하고 있어. 오늘 밤에. 문제는, 그를 노리는 사람이 아주 많다는 거야. 그와 이야기를 나누고 싶어 하는 사람이 아주 많아. 그래서 멜론이 등장한 거야.」그가 숨을 깊이 들이마셨다. 「당신은 빨리 여기서 빠져나가야 할 것 같군. 어떻게 생각해? 드레이크는 당신이 주변에 얼쩡거리는 것을 원하지 않을 거야, 그건 분명해.」

「당신이 주변에 얼쩡거리는 건 원할까?」그녀가 물었다.

「당신은 항구로 돌아가야 해. 듣고 있어?」

리지가 겨우 〈물론이지〉라고 말했다.

「착하고 친절해 보이는 서양인 가족을 찾아. 이번에는 남자 말고 여자를 노려. 남자 친구랑 싸웠다고, 돌아가는 배에 같이 좀 태워 주면 안 되겠냐고 해. 받아 주면 오늘 밤은 그 사람들이랑 같이 보내. 아니면 호텔로 가고. 아무 얘기나 꾸며 내. 그 정도는 문제없잖아, 그렇지?」

머리 위에서 경찰 헬리콥터가 긴 곡선을 그리며 날아갔는데, 아마도 축제를 보려는 것 같았다. 그가 본능적으로 그녀의 어깨를 잡고 절벽에서 물러섰다.

「우리가 두 번째에 갔던 곳 기억해? 빅 밴드 음악이 나왔던 술집?」제리는 아직도 그녀를 잡고 있었다.

「응.」리지가 말했다.

「내일 밤에 거기로 데리러 갈게.」

「모르겠어.」그녀가 말했다.

「7시에 거기로 와. 7시야, 알겠지?」

그녀가 혼자 서기로 결심한 것처럼 그를 살짝 밀어서 떨어뜨렸다.

「그에게 난 배신하지 않았다고 말해 줘.」리지가 말했다.「그 사람한테는 그게 제일 중요해. 난 약속을 지켰어. 그 사람 만나면 얘기해 줘, 〈리제는 약속을 지켰어〉, 라고.」

「물론이지.」

「〈물론이지〉가 아니야. 〈알았어〉라고 해. 그에게 말해 줘. 그는 약속을 전부 지켰어. 날 돌봐 주겠다고 말했고, 그렇게 했어. 릭을 놔주겠다고 말했고, 또 그렇게 했지. 그는 항상 약속을 지켰어.」

그녀는 밑을 내려다보고 있었다. 그가 양손으로 그녀의 머리를 잡아 고개를 들게 했지만 그녀는 고집스럽게 말을 계속 이었다.

「그에게, 그에게 말해 줘, 그 사람들 때문이라고. 그 사람들이 나를 몰아넣었다고.」

「7시부터 거기서 기다려.」제리가 말했다.「내가 좀 늦더라도. 자, 그렇게 어려운 일도 아니잖아, 그렇지? 그 정도 일에 대학 학위가 필요한 것도 아니잖아.」 그는 리지를 달래며 미소를 지으려 애썼고, 헤어지기 전 마지막으로 약속을 확인하려 했다.

리지가 고개를 끄덕였다.

그녀는 다른 말을 하고 싶었지만 나오지 않았다. 리지가 몇 걸음 걸어간 다음 그를 돌아보았고, 그가 손을 흔들었다 — 팔을 크게 한 번 펄럭였다. 그녀가 몇 걸음 더 떼더니 계속 걸어서 능선 아래로 내려갔지만 〈그럼 7시에〉라고 외치는 소리가 들려왔다. 또는, 제리는 그 소리를 들었다고 생각했다. 그는 리지가 시야 밖으로 사라질 때까지 지켜본 다음 가파른 절벽으로 돌아가 타잔 놀이를 하기 전 마지막으로 자리에 앉아 한숨 돌렸다. 존 던의 시 한 구절이 떠올랐다. 학교에서 배우고 기억하게 된 몇 안 되는 구절 중 하나였지만 왜인지 항상 제대로 인용하지 못했다.

울퉁불퉁하고 가파른
거대한 산에 진실이 있네, 그곳에 이르려는 자는
돌아서, 빙 돌아서 가야 하네.

뭐 그런 것이었다. 그는 한 시간 동안 깊은 생각에 잠겼고, 두 시간 동안 바람이 불지 않는 바위틈에 누워 몇 킬로미터 앞 중국 섬들 위에서 햇빛이 황혼으로 바뀌는

것을 지켜보았다. 제리는 사슴 가죽 부츠를 벗어서 크리
켓화를 신을 때처럼 신발 끈을 헤링본 모양으로 다시 끼
운 다음 부츠를 다시 신고 최대한 팽팽하게 묶었다. 다시
토스카나의 반복이 될 수도 있어. 그가 생각했다. 그리고
말벌 들판에서 빤히 바라보던 다섯 개의 봉우리를 떠올
렸다. 다만 이번에는 그 누구도 버리고 가지 않을 것이다.
여자도. 루크도. 자신조차도. 수고를 아무리 많이 들여야
한다 해도.

「해군 정보부에 따르면 정크 선단은 약 6노트의 속도
로 경로를 정확히 따르고 있습니다.」머피가 발표했다.
「11:00에 어장을 출발했고, 우리의 예측대로입니다.」

그는 어딘가에서 베이클라이트 장난감 배 한 세트를
찾아 와서 해도에 붙여 놓았다. 머피가 자리에서 일어나
포토이섬에 일렬종대로 당당하게 서 있는 배들을 가리
켰다.

머피는 돌아왔지만 그의 동료는 샘 콜린스와 폰과 함
께 남았으므로 총 네 명이었다.

「그리고 록허스트가 여자를 찾았습니다.」길럼이 다른
전화기를 내려놓으며 조용히 말했다. 어깨 상태가 악화
하여서 얼굴이 무척 창백했다.

「어디서?」스마일리가 말했다.

여전히 해도를 보던 머피가 돌아섰다. 마텔로가 책상

앞에서 사건 일지를 기록하다가 펜을 내려놓았다.

「애버딘 항구에 상륙하는 여자를 잡았습니다.」길럼이 말을 이었다. 「홍콩 상하이 은행 직원 부부의 배를 얻어 타고 포토이에서 돌아왔다고 합니다.」

「어떻게 된 건가?」스마일리가 입을 열기 전에 마텔로가 물었다. 「웨스터비는 어디 있지?」

「그 여자도 모른답니다.」길럼이 말했다.

「아, 말도 안 되는 소리!」마텔로가 항변했다.

「여자 말로는 둘이 싸워서 다른 배를 탔답니다. 록허스트가 그 여자와 한 시간만 더 얘기해 보겠다고 합니다.」

「코는?」스마일리가 물었다. 「그는 어디 있지?」

「그의 대형 보트는 아직 포토이에 있습니다.」길럼이 대답했다. 「다른 배들은 대부분 떠났지만 코의 배는 오늘 아침과 같은 자리에 그대로 있습니다. 록허스트 말로는 예쁘게 앉아 있고 사람들은 전부 선실에 내려가 있답니다.」

스마일리가 해도를 보고, 길럼을 보고, 다시 포토이 지도를 보았다.

「여자가 콜린스에게 한 이야기를 웨스터비에게도 했다면 웨스터비는 섬에 남아 있을 거야.」그가 말했다.

「어쩔 생각으로?」마텔로가 아주 큰 소리로 물었다. 「조지, 〈저〉 자가 무슨 목적으로 〈저〉 섬에 남아 있는 건가?」

모두에게 시간이 한참 흐른 것 같았다.

「기다리고 있네.」 스마일리가 말했다.

「〈뭘〉 기다리는지 물어도 되겠나?」 마텔로가 여전히 단호한 어조로 끈질기게 물었다.

아무도 스마일리의 얼굴을 보지 않았다. 그의 얼굴은 자신의 그림자를 발견했다. 그들은 그의 어깨가 구부러지는 것을 보았고, 그의 손이 안경을 벗으려는 것처럼 올라가는 것을 보았고, 빈손이 자단 테이블로 다시 떨어지는 것을 보았다.

「무슨 수를 써서라도 넬슨을 상륙시켜야 해.」 그가 단호하게 말했다.

「무슨 수를 쓸 건데?」 마텔로가 이렇게 물으며 자리에서 일어나 테이블을 빙 둘러 다가왔다. 「웨스터비는 〈여기〉 없네, 조지. 그는 홍콩에 들어오지 않았어. 그렇다는 건 같은 경로로 나갈 수도 있다는 말이지!」

「나한테 소리치지 말아 주게.」 스마일리가 말했다.

마텔로가 그를 무시했다. 「결국 음모나 실패 둘 중 하나일 수밖에 없는 건가?」

길럼이 똑바로 서서 길을 막고 있었다. 놀랍게도 그는 어깨가 부러졌음에도 불구하고 마텔로가 스마일리에게 조금만 더 가까이 오면 그를 제지하겠다고 한 순간이나마 육체적으로 위협하는 듯했다.

「피터.」 스마일리가 조용히 말했다. 「자네 뒤에 전화기가 있군. 좀 주겠나?」

보름달이 뜨자 바람이 가라앉고 바다가 잠잠해졌다. 제리는 작은 만 끝까지 내려가지 않고 약 9미터 위 관목으로 가려진 곳에 최후의 캠프를 차렸다. 손과 무릎이 너덜너덜하게 베이고 나뭇가지에 뺨이 긁혔지만 기분이 좋았다. 배가 고프고 신경이 예민했다. 위험한 비탈을 땀 흘리며 내려오느라 통증을 잊었다. 작은 만은 그가 위에서 내려다보며 생각했던 것보다 컸고 해수면 높이의 화강암 절벽에는 동굴이 여러 개 있었다. 그는 드레이크의 계획을 짐작하려 애썼다 — 리지 때문에 제리는 그를 이제 코가 아니라 드레이크라고 생각하게 되었다. 온종일 생각해 보았다. 드레이크는 절벽에서 기어 내려오는 악몽 같은 일은 할 수 없을 테니 무엇을 하든 바다에서 할 것이다. 처음에는 넬슨이 상륙하기 전에 드레이크가 낚아채지 않을까도 생각했지만 넬슨이 선단에서 빠져나와 바다에서 형과 안전하게 만나는 방법이 떠오르지 않았다.

하늘이 어두워지고 별이 떴고, 달빛이 물 위에 만든 길이 점점 더 밝아졌다. 자, 웨스터비? 그가 생각했다. A는 이제 뭘 할까? A의 행동은 새러트의 종합적인 해법과는 정말 거리가 멀었다. 〈그건〉 확실했다.

드레이크가 섬의 이쪽 편으로 대형 보트를 몰고 오는

것 역시 멍청한 짓이다. 배가 커서 거추장스러운 데다가 해안에서 육지 쪽으로 바람을 거슬러 다가오면 너무 많은 물을 끌어올 것이다. 소형 보트가 낫고 삼판이나 고무보트가 제일 좋다. 제리는 절벽을 내려와서 부츠가 자갈에 닿자 바위 뒤에 숨었다. 하얗게 부서지는 파도와 거품 속에서 인광체가 번득이는 것이 보였다.

지금쯤 리지는 돌아갔겠지. 그가 생각했다. 운이 좋으면 말솜씨를 발휘해서 누군가의 집으로 들어가 아이들을 매혹하고 보브릴 수프라도 마시고 있을 것이다. 「그에게 난 배신하지 않았다고 말해 줘.」 그녀가 말했었다.

달이 높이 떴다. 제리는 계속 기다리면서 더 나은 시야를 확보하기 위해서 가장 어두운 지점을 보며 눈을 적응시켰다. 그때 시끄러운 파도 소리 가운데 목조 선체에 물이 부딪치는 어색한 소리와 엔진이 짧게 켜졌다가 꺼지는 소리가 분명히 들린 것 같았다. 불빛은 보이지 않았다. 그는 그림자 속 바위를 따라서 최대한 물가 가까이 다가가 다시 몸을 웅크리고 기다렸다. 밀려오는 파도에 허벅지까지 푹 젖었을 때 기다리던 것이 보였다. 달빛이 수면에 만든 길을 배경으로 18미터 정도 떨어진 곳에, 객실이 아치형이고 뱃머리가 둥근 삼판 한 대가 닻을 내린 채 흔들리고 있었다. 물이 튀는 소리와 숨죽인 명령이 들렸고, 제리가 경사면에서 최대한 몸을 숙이자 별들이 흩뿌려진 하늘을 배경으로 영국-프랑스풍 베레모를 쓴 드레이크 코의 분명한 형체가 조심스럽게 육지로 걸어왔고 양팔로 M16을 든 티우가 그 뒤를 따랐다. 드디어 오셨군. 제리가 생각했다. 드레이크 코라기보다 자신에게 하는 말이었다. 기나긴 여정의 끝이다. 루크를 죽인 자, 프로스티를 죽인 자 — 직접 죽였는지 대리인을 시켰는지는 중요하지 않다 — 리지의 연인, 넬슨의 아버지, 넬슨의 형. 환영한다, 평생 약속을 어긴 적 없는 남자.

드레이크도 뭔가를 들고 있었지만 대단한 짐은 아니었고, 제리는 그것이 램프와 배터리임을 눈으로 확인하기 한참 전부터 이미 알았다. 헬퍼드 어귀에서 벌어진 서커스 수상 작전에서 그가 썼던 것과 비슷했다. 그러나 서커스는 비가 오거나 물보라가 치면 아무짝에도 소용없는 허울뿐인 금속 테 안경과 자외선을 선호했다.

육지로 올라온 두 남자는 자갈 해변을 지나 제일 높은 곳에 도착했고, 제리와 마찬가지로 검은 바위와 하나가 되었다. 제리는 두 사람이 18미터 정도 떨어져 있다고 짐작했다. 신음이 들리고 라이터 불꽃이, 곧이어 빨간 담뱃불 두 개가 보이더니 중국어로 중얼거리는 소리가 들렸다. 나도 한 대 피우고 싶군. 제리가 생각했다. 그는 몸을 숙이고 커다란 한쪽 손으로 자갈을 가득 주운 다음 바위 아랫부분을 따라 두 개의 빨간 불빛을 향해 최대한 은밀하게 다가갔다. 제리의 계산에 따르면 그들은 여덟 걸음 떨어져 있었다. 그는 왼손에 권총, 오른손에 자갈을 쥐고 있었고, 귀를 기울여 파도가 어떻게 모이고 다가와서 치는지 파악했다. 그는 티우를 해치우면 드레이크와 대화를 하는 것이 훨씬 더 쉬워지리라 생각하고 있었다.

제리는 아주 천천히, 외야수의 고전적인 자세처럼 몸을 뒤로 젖히고 왼쪽 팔꿈치를 앞쪽으로 든 다음 오른팔을 뒤로 뻗어 힘껏 던질 준비를 했다. 파도가 치더니 물러가고, 다시 파도가 모이면서 우르르하는 소리가 들렸다. 오른팔을 젖힌 채 계속 기다리자 자갈을 쥔 손바닥에 땀이 났다. 그러다가 파도가 제일 높아졌을 때 온 힘을 다해 절벽 높이 자갈을 던진 다음 담뱃불에서 시선을 떼지 않은 채 재빨리 몸을 웅크렸다. 잠시 기다리자 자갈이 그의 위쪽 바위에 부딪치고 굴러떨어지며 우박 같은 소리를 냈다. 그러자 티우가 짤막하게 욕을 내뱉는 소리가 들리고 벌떡 일어나면서 빨간 불빛 하나가 공중으로 날아갔다. 그는 제리를 등진 채 손에 든 M16의 총열을 절벽 쪽으로 향했다. 드레이크는 엄폐물을 찾아 재빨리 움직였다.

먼저 제리는 손가락을 방아쇠울 안쪽에 넣은 채 권총을 쥐고 티우를 아주 세게 쳤다. 그런 다음 오른손으로 주먹을 쥐고 새러트에서 가르치는 대로 주먹을 구부려 돌리면서 주먹 마디 뼈 두 개로 다시 있는 힘껏 쳤고, 마지막으로 팔을 끝까지 쭉 뻗었다. 티우가 쓰러지자 제리는 오른발에 체중을 전부 실어서 광대뼈를 찼다. 꽉 다문

턱이 뚝 부러지는 소리가 들렸다. 그는 몸을 굽히고 M16을 주워서 티우의 신장을 힘껏 후려갈겼다. 루크와 프로스트를 생각하며 분노를 담았지만, 리지를 위해서 주룽에서 홍콩까지는 가겠지만 그 이상은 못 가겠다고 했던 천박한 농담도 생각했다. 경마 기자가 보내는 인사다. 제리가 생각했다.

그런 다음 드레이크 쪽을 보았다. 드레이크가 앞으로 나섰지만 여전히 바다 앞에 선 검은 형체일 뿐이었다. 괴상한 베레모 아래로 파이 껍질 같은 귀가 튀어나온 볼품없는 실루엣. 다시 거센 바람이 일었지만 제리가 이제야 인식한 것뿐일지도 몰랐다. 바람이 뒤쪽의 돌들을 덜그럭거리게 하고 드레이크의 통 넓은 바지를 부풀렸다.

「영국인 기자 웨스터비 씨 아니신가?」 그가 해피밸리에서와 똑같이 낮고 거친 어조로 물었다.

「맞아.」 제리가 말했다.

「아주 정치적인 사람이군, 웨스터비 씨. 도대체 여긴 무슨 일이지?」

제리는 호흡을 가다듬고 있었고, 대답이 금방 나오지 않았다.

「리카르도 씨가 우리 일족에게 한 말에 따르면, 나를 협박하는 것이 당신 목적이라더군. 돈이 목적인가, 웨스터비 씨?」

「당신 여자로부터의 전언이다.」 제리가 그 약속을 먼

저 지켜야 할 것 같아서 이렇게 말했다. 「자기는 배신하지 않았대. 당신 편이라는군.」

「난 편 같은 거 없네, 웨스터비 씨. 혼자만의 군대지. 뭘 원하나? 마셜 씨가 우리 일족에게 한 말에 따르면 당신이 영웅 같은 거라더군. 영웅은 아주 정치적이야, 웨스터비 씨. 나는 영웅을 좋아하지 않네.」

「당신한테 경고하러 왔어. 그들이 넬슨을 원해. 넬슨을 홍콩으로 데려가면 안 돼. 그들이 다 준비해 놨어. 남은 평생 그를 어떻게 할 건지 계획이 다 있다고. 당신도 마찬가지고. 당신들 두 사람을 차지하려고 줄을 서서 기다리고 있어.」

「뭘 〈원하지〉, 웨스터비 씨?」

「거래.」

「거래를 원하는 사람은 아무도 없어. 물건을 원하지. 거래를 통해서 물건을 손에 넣지. 뭘 원하나?」 코가 목소리를 높여 명령조로 다시 물었다. 「말해 주게.」

「당신은 리카르도의 목숨으로 여자를 샀지.」 제리가 말했다. 「난 넬슨의 목숨으로 그녀를 되살 수 있지 않을까 생각했어. 내가 당신을 대신해서 그들과 얘기하지. 난 그들이 뭘 원하는지 알아. 그들도 합의할 거야.」

그게 나한테는 마지막 문 안으로 밀어 넣는 마지막 한 발이야. 그가 생각했다.

「〈정치적〉 합의인가, 웨스터비 씨? 〈당신〉 일족과? 난 그들과 정치적 합의를 많이 해봤어. 그들은 신이 아이들을 사랑한다고 내게 말했지. 아시아 아이를 사랑하는 신을 본 적 있나, 웨스터비 씨? 그들은 신이 콰일로라고, 신의 어머니는 노랑머리라고 했지. 그들은 신이 평화를 사랑한다고 말했지만 나는 그리스도 왕국만큼 내전이 많은 나라는 없다고 읽은 적이 있어. 그들은 나에게 ―」

「동생이 당신 바로 뒤에 있어, 코 씨.」

드레이크가 뒤로 돌았다. 그들의 왼쪽에 열두 대 정도 되는 정크선들이 돛을 전부 올리고서 들쭉날쭉한 일렬종대로 달빛의 길을 지나 동쪽에서 남쪽으로 흔들흔들 움직였고, 불빛이 수면을 찔렀다. 드레이크가 무릎을 꿇고 미친 듯이 램프를 더듬기 시작했다. 제리가 삼각대를 찾아서 열었다. 드레이크가 삼각대에 램프를 세우려 했지만 손이 너무 심하게 떨렸기 때문에 제리가 도와야 했다. 제리가 전선을 잡고, 성냥불을 붙이고, 케이블을 단말기에 끼웠다. 그들은 나란히 서서 바다를 보았다. 드레이크가 램프를 한 번, 또 한 번 깜빡였다. 처음에는 빨강, 그다음에는 초록이었다.

「잠깐.」 제리가 부드럽게 말했다. 「너무 빨라. 천천히 하지 않으면 망칠 거야.」

제리가 드레이크를 부드럽게 옆으로 민 다음 접안렌즈에 눈을 대고 다닥다닥 붙은 배들을 살폈다.

「어느 배지?」 제리가 물었다.

「맨 끝.」코가 말했다.

제리는 아직 그림자에 불과한 마지막 정크선을 보면서 빨강 한 번, 초록 한 번, 다시 신호를 보냈고 잠시 후 이에 답하는 깜빡임이 바다를 건너오자 드레이크가 환호했다.

「저걸로 알 수 있나?」제리가 말했다.

「물론이지.」코가 여전히 바다를 보며 말했다. 「물론이지. 알 거야.」

「그럼 그대로 두지. 더 이상 하지 말고.」

코가 그를 향해 돌아섰다. 제리는 그의 얼굴에서 흥분을 보았고 그의 신뢰를 느꼈다.

「웨스터비 씨. 진심으로 충고하지. 만약 내 동생 넬슨에 대해서 나를 속였다면, 내 일족이 당신에게 할 보복에 비하면 당신네 침례교의 지옥은 아주 편안할 거야. 하지만 나를 돕는다면 내가 모든 것을 주겠네. 이게 나의 계약이고, 나는 평생 계약을 어긴 적 없네. 내 동생도 몇 가지 계약을 했지.」그가 바다를 보았다.

선두의 정크선들은 보이지 않았고 제일 뒤쪽 배들만 남아 있었다. 제리는 멀리서 불규칙적인 엔진 소리를 들었다고 생각했지만 자기 정신이 온통 흩어져 있다는 것도 알았다. 파도 소리일 수도 있었다. 달이 봉우리를 넘어가고 산 그림자가 검은 칼끝처럼 바다에 드리워져 저 멀리 바다가 은빛으로 반짝였다. 드레이크가 램프 위로 몸을 숙이고 다시 기쁨의 비명을 질렀다.

「여기! 여기! 한 번 봐봐, 웨스터비 씨.」

제리가 접안렌즈를 들여다보니 흐릿한 램프 세 개 —
돛대에 초록색 둘, 우현에 빨간색 하나 — 만 밝힌 유령
같은 정크선 한 대가 그들을 향해 다가오고 있었다. 배가
은빛 바다에서 어둠 속으로 들어가자 더 이상 보이지 않
았다. 뒤에서 티우의 신음이 들렸다. 드레이크는 티우의
신음을 무시한 채 몸을 숙이고 접안렌즈를 계속 들여다
보았고, 빅토리아 시대 사진사처럼 한 팔을 넓게 벌리고
중국어로 부드럽게 부르기 시작했다. 제리는 자갈 해변
을 달려가서 티우의 벨트에서 권총을 빼고 M16을 집어
든 다음 물가로 가져가서 둘 다 바다에 던졌다. 드레이크
가 다시 신호를 보내려 했지만 다행히 그가 버튼을 찾기
전에 제리가 와서 말릴 수 있었다. 제리는 다시 한번 우
르릉거리는 소리를, 엔진 하나가 아닌 두 개의 소리를 들
었다고 생각했다. 그가 곶으로 달려가서 북쪽과 남쪽을
초조하게 살피며 순찰선을 찾았지만 역시 아무것도 보이
지 않았기에 파도 소리와 긴장한 자신의 상상력을 다시
탓했다. 더 가까워진 정크선이 섬을 향해 다가왔다. 갈색
박쥐 날개 모양 돛이 갑자기 솟구치더니 밤하늘에 대비
되어 무척 눈에 띄었다. 드레이크가 물가로 달려가서 손
을 흔들며 바다를 향해 고함을 질렀다.

「목소리 낮춰!」 제리가 그의 옆에서 씩씩거리며 말

했다.

그러나 이제 드레이크는 제리를 전혀 신경 쓰지 않았다. 드레이크의 온 생애가 넬슨을 위한 것이었다. 가까운 곳에 숨겨져 있던 드레이크의 삼판이 흔들리는 정크선을 따라 기우뚱거렸다. 숨었던 달이 다시 나왔고, 케이폭 외투와 불룩한 인민모 차림의 작고 강건한, 드레이크와 정반대의 회색 형체가 배의 측면에서 몸을 낮춰 기다리고 있던 삼판 선원의 품으로 뛰어들자 제리는 일순 불안을 잊었다. 드레이크가 다시 소리를 질렀다. 정크선이 돛에 바람을 받아 곶 뒤로 사라졌고, 바위 위로 돛대 꼭대기의 초록 불만 보이더니 그것마저 사라졌다. 삼판이 해변으로 다가왔다. 이물에 서서 양손을 흔드는 넬슨의 옹골찬 형체와 베레모를 쓰고 해변에서 흥분해서 미친 사람처럼 춤을 추며 손을 흔들어 대답하는 드레이크 코가 보였다.

엔진 소리가 꾸준히 커졌지만 제리는 그 소리가 어디에서 나는지 파악할 수 없었다. 바다는 텅 비어 있었고, 위를 올려다봐도 망치 모양 절벽과 별들 아래 새까만 봉우리밖에 보이지 않았다. 형제가 만나서 얼싸안더니 서로의 품에 안긴 채 꼼짝도 하지 않았다. 제리가 두 사람을 잡고 마구 때리면서 온 힘을 다해 외쳤다.

「배로 돌아가! 어서!」

두 사람의 눈에는 서로밖에 보이지 않았다. 제리가 해변으로 다시 달려가 삼판의 이물을 잡고 두 사람을 계속 부르고 있을 때 봉우리 뒤쪽 하늘이 노랗게 변하더니 순식간에 환해지면서 맥박 같은 엔진 소리가 굉음으로 부풀어 올랐고, 검게 칠한 헬리콥터들이 앞이 안 보일 만큼 밝은 탐조등 세 개를 그들에게 비추었다. 착륙등이 소용돌이치자 바위가 춤을 추는 듯했고, 바다에 골이 패고 자갈들이 통통 튀어 날아다녔다. 드레이크 코가 도움이 어디에 있는지 너무 늦게 깨달은 것처럼 간청하는 표정으로 제리를 보았다. 그의 입이 뭐라 말했지만 소음에 묻혀 버렸다. 제리가 몸을 던졌다. 넬슨을 위해서는 아니고, 드레이크를 위해서는 더더욱 아니었다. 두 사람을 이어 주는 것, 자신과 리지와 이어 주는 것을 위해서였다. 그러나 제리가 도착하기도 전에 검은 형체들이 다가가 두 남자를 떼어 놓았고, 자루 같은 형체의 넬슨을 헬리콥터에 태웠다. 혼돈 속에서 제리가 총을 뽑아 손에 들었다. 그는 소리를 지르고 있었지만 허리케인 같은 충돌 속에서 자기 목소리가 들리지 않았다. 헬리콥터가 떠오르고 있었다. 열린 문 앞에 선 어떤 사람의 형체가 아래를 내려다보고 있었는데, 어둡고 미친 듯이 흥분한 것을 보니 아마 폰이었을 것이다. 문 앞에서 주황색 섬광이 번쩍이더니 두 번째, 세 번째 연달아 번쩍였고, 제리는 더 이상 세지 않았다. 분노에 휩싸인 제리가 양손을 높이 들었다. 그의 입은 여전히 외치고 있었고, 그의 얼굴은 여전히 말없이 애원했다. 곧 제리가 쓰러졌고, 다시 한번 아무 소리도 들리지 않았다. 해변을 때리는 파도 소리와 드레이크 코가 숨을 꺽꺽대며 우는 소리밖에 없었다. 서구의 무적함대는 그의 남동생을 훔치고 막다른 곳으로 몰린 자기 병사의 시체를 그의 발치에 남겨 두었다.

22
다시 태어나다

사촌을 통해 이 굉장한 소식이 전해지자 광적인 승리의 기운이 서커스를 감쌌다. 넬슨이 상륙했다, 넬슨을 잡았다! 머리털 한 올 다치지 않았다! 이틀 동안 훈장, 기사작위, 승진에 대한 추측이 난무했다. 이번에야말로 조지에게 〈무언가〉를 해줘야 한다, 〈하지 않을 수 없다〉! 그렇진 않을걸. 코니가 터치라인에서 날카롭게 말했다. 조지가 빌 헤이든을 폭로한 것을 절대 용서하지 않을 거야.

희열이 지나가자 난처한 소문이 뒤따랐다. 예를 들어 코니와 독 디샐리스는 이제 〈돌고래 수족관〉이라 불리는 메어스필드 안전 가옥에 꼭꼭 숨어서 심문 대상이 도착하기를 기다렸지만 헛수고였다. 통역사, 기록원, 신문관, 베이비시터, 그 밖에 각종 접대와 심문을 담당한 관련자들도 마찬가지였다.

우천으로 인한 경기 취소야. 하우스키퍼들이 말했다. 그들은 다른 날짜가 정해졌으니 대기하라고 말했다. 그러나 곧 이웃 도시 어크필드 지역 부동산의 한 정보원은 하우스키퍼들이 임대를 취소하려 한다고 폭로했다. 아니나 다를까 일주일이 지난 뒤 팀은 〈정책이 결정되기를 기다리는 동안〉 해산되었다. 재소집은 없었다.

다음으로 엔더비와 마텔로가 영미 합동 처리 위원회의 공동 의장 — 그때에도 이 조합은 이상해 보였다 — 이라는 말이 새어 나왔다. 위원회는 워싱턴과 런던에서 교대로 만나고, 암호명 캐비어라고 불리는 돌핀 작전 결과를 대서양 양안에 동시에 배포한다고 했다.

넬슨이 미국 어딘가에, 미리 준비해 놓은 필라델피아의 무장 경비 수용소에 있다는 사실이 아주 우연히 밝혀졌다. 설명은 훨씬 더 늦게 나왔다. 넬슨이 그곳에서 더 안전할 것이라는 〈느낌〉 — 아마도 누군가에 〈의한〉 느낌이겠지만, 복도가 너무 많았기 때문에 그 느낌이 어디서 나왔는지 추적하기는 어려웠다 — 이 들었다는 것이었다. 육체적으로 더 안전하다. 러시아인들을 생각해 보라. 중국인들을 생각해 보라. 또한 하우스키퍼들은 전례가 없는 수확이 예상되므로 규모를 고려했을 때 사촌의 처리 및 평가 팀이 담당하는 것이 더 알맞다고 주장했다. 또한 그들은 사촌이 비용을 지불할 수 있다고 말했다.

〈또〉 —

「또 말도 안 되는 소리!」 코니가 이 소식을 듣고 분개하며 말했다.

그녀와 디샐리스는 사촌 팀에 합류해 달라는 초대를 울적하게 기다렸다. 코니는 심지어 예방접종까지 했지만 연락은 오지 않았다.

더 많은 설명들. 코니가 휠체어를 타고 찾아가자 하우스키퍼들은 사촌이 하버드에서 새로운 사람을 찾았다고 말했다.

「누구?」 그녀가 분노하며 물었다.

젊은 모스크바 관측통 모 교수. 그는 모스크바 센터의 어두운 면을 〈일생의 전공 분야〉로 삼았다고 했고, 최근 회사 기록 보관실을 바탕으로 내부 배포용 논문을 발표했는데 그 논문에서 〈두더지 원칙〉에 대해, 심지어는 은어를 이용해서 카를라의 사설 군대를 언급했다고 했다.

「물론 그랬겠지, 구더기 같은 놈!」 코니가 쓰라린 좌절의 눈물을 흘리며 그들에게 불쑥 말했다. 「전부 빌어먹을 코니의 보고서에서 훔쳤지, 안 그래? 바로 컬페퍼라는 작자지, 그놈은 카를라에 대해서 내 왼쪽 발가락만큼도 몰라!」

그러나 하우스키퍼들은 코니의 발가락에 흥미가 없었다. 새로운 위원회에서 투표권을 가지고 있는 사람은 색스가 아니라 컬페퍼였다.

「조지가 돌아올 때까지 기다려 보라고!」 코니가 천둥 같은 목소리로 경고했다. 이상하게도 그들은 이런 위협에도 꿈쩍하지 않았다.

디샐리스도 더 나을 건 없었다. 그가 들은 바에 따르면 랭글리에 중국 관측통은 흔해 빠졌다. 공급 과잉이라고, 이 친구야. 미안하지만 엔더비의 명령이네. 하우스키퍼들이 말했다.

〈엔더비〉의 명령? 디샐리스가 따라 말했다.

위원회의 명령이라고. 그들이 모호하게 말했다. 공동 결정이야.

그래서 디샐리스는 이 문제를 레이컨에게 상담했다. 레이컨은 이런 문제에서 약자의 옹호자를 자처했기 때문에 디샐리스를 오찬에 초대한 다음 계산은 정확히 반으로 나누었다. 납세자들이 낸 세금으로 공무원이 서로 대접하는 것에 찬성하지 않았기 때문이다.

「말이 나왔으니 말인데, 자네들 엔더비에 대한 〈느낌〉이 어떤가?」 오찬 도중 디샐리스가 차오저우와 하카 방언을 얼마나 잘 아는지 애처로운 독백을 한창 늘어놓고 있을 때 레이컨이 그의 말을 자르며 물었다. 그때 중요한 것은 〈느낌〉이었다. 「거기서 잘 받아들여지겠나? 나는 자네가 엔더비의 사고방식을 좋아한다고 항상 생각했네만. 엔더비는 건전하지 않은가?」

당시 화이트홀에서 〈건전하다〉는 말은 매파라는 뜻이었다.

서커스로 서둘러 돌아온 디샐리스는 — 물론 레이컨이 바란 대로 — 이 놀라운 질문을 당연히 코니에게 전했고, 그 이후 코니는 거의 모습을 감추었다. 그녀는 본인의 표현에 따르면 조용히 〈짐을 싸면서〉 시간을 보냈다. 즉, 모스크바 센터에 관한 기록 보관실을 후대에 넘겨줄 준비를 했다. 코니가 예뻐하는 젊은 신입 버로어가 있었는데, 두리틀이라는 친절하고 여자를 좋아하는 청년이었다. 그녀는 두리틀을 발치에 앉혀 놓고 자신의 지혜를 나눠 주었다.

「구체제가 오고 있어.」 그녀는 귀를 기울이는 사람이 있으면 누구에게나 경고했다. 「멍청한 엔더비가 뒷문으로 들어오고 있어. 조직적인 대학살이야.」

사람들이 처음에는 방주를 짓기 시작한 노아를 대하듯 그녀를 비웃었다. 이 세계를 잘 아는 코니는 몰리 미킨을 몰래 불러서 사직서를 내라고 설득했다. 「하우스키퍼들에게 더 성취감을 주는 일을 찾고 있다고 말해.」 그녀가 눈을 찡긋거리고 꼬집으며 충고했다. 「최소한 급료는 올려 줄 거야.」

몰리는 자기 말이 곧이곧대로 받아들여질까 봐 걱정했지만 코니는 이 업계를 너무나 잘 알았다. 그래서 몰리는 사직서를 썼고, 즉시 근무 시간이 끝난 뒤 남으라는 명령을 받았다. 이제 곧 변화가 생길 거야. 하우스키퍼들이 굳게 확신하며 그녀에게 말했다. 화이트홀과 더욱 밀접하게 연관된 더 젊고 더 활기찬 정보부를 만들려는 움직임이 있다고 했다. 몰리는 다시 생각해 보겠다고 진지하게 약속했고, 코니 색스는 새삼 결의를 다지며 다시 짐을 싸기 시작했다.

그렇다면 이 모든 일이 벌어지는 내내 조지 스마일리는 도대체 어디 있었을까? 극동에? 아니, 워싱턴이다! 말도 안 되는 소리! 영국으로 돌아와서 사람들의 눈을 피해 어딘가 시골 — 그는 콘월을 가장 좋아했다 — 에서 당당하게 얻은 휴식을 취하며 앤과 사이를 되돌리고 있다!

그러다가 하우스키퍼 한 명이 조지가 〈잠시 과도한 업무로 인한 피로에 시달리고〉 있을지도 모른다고 슬쩍 말했는데, 이 말에 다들 오싹해졌다. 피로는 노화와 마찬가지로 치료법이 단 하나밖에 없으며, 치료한다 해도 회복되지 않는 질병이라는 것은 은행부의 가장 멍청한 직원도 알았기 때문이다.

길럼은 결국 돌아왔지만 단지 몰리에게 휴가를 쓰게 해서 데려가기 위해서였고, 무슨 말도 하지 않으려 했다. 길럼이 5층을 재빨리 휩쓸고 간 짧은 시간에 그를 목격한 사람은 그가 지칠 대로 지쳐서 확실히 휴식이 필요해 보였다고 말했다. 게다가 사고로 쇄골도 다쳤다. 오른쪽 어깨를 붕대로 꽁꽁 싸매고 있었다. 길럼이 맨체스터 광장에 있는 서커스 의사의 개인 진료실에서 며칠 치료를 받았다는 이야기가 하우스키퍼들 쪽에서 흘러나왔다. 그러나 스마일리는 여전히 없었고, 언제 돌아오냐고 물으면 하우스키퍼들은 온화하지만 차가운 표정을 지을 뿐이었다. 이러한 사건에서 하우스키퍼는 두렵지만 꼭 필요한 성법원(星法院)[39]과 같다. 카를라의 사진이 슬며시 사라졌는데, 재담가들은 클리닝을 하러 보냈나 보다고 비꼬듯 말했다.

이상한 점, 또 어떤 면에서는 좀 무서운 점은, 누구도 바이워터 스트리트의 작은 집에 들러서 초인종을 눌러 볼 생각을 하지 않았던 것이다. 그랬다면 그들은 거기서 스마일리를, 아마도 가운을 걸치고 설거지를 하거나 먹지도 않을 식사를 준비하는 그를 발견했을 것이다. 가끔, 주로 해 질 녘에, 그는 혼자 공원에 산책을 나가서 지나가는 사람들을 아는 사람처럼 빤히 보았고, 그래서 사람들이 마주보면 시선을 떨어뜨렸다. 또는, 책을 동행 삼아서 킹스 로드의 값싼 카페에 앉아서 달콤한 차를 마셨다 — 허리선을 위해 사카린만 고집하던 버릇은 이제 버렸기 때문이다. 그들은 스마일리가 자기 손을 보면서, 넥타이로 안경을 닦으면서, 앤이 그에게 남긴, 아주 길지만 반복되는 표현 때문에 길어졌을 뿐인 편지를 다시 읽으면서 많은 시간을 보낸다는 사실을 알아차렸을 것이다.

레이컨이 그를 찾아왔고, 엔더비도 찾아왔고, 한 번은 마텔로가 다시 런던 인격을 입고 그들과 함께 찾아왔다.

---

39 웨스트민스터 궁의 성실에서 14세기 이후 열리던 특별 재판소. 일반 재판소가 다룰 수 없는 사건을 심리하였으나 왕의 전제 지배의 도구로 악용되다가 17세기에 폐지되었다. 불공평한 법원을 뜻한다.

정보부를 위해서 이양이 최대한 매끄럽고 고통 없이 진행되어야 한다는 것에 모두 동의했고, 스마일리가 누구보다 더 진심이었기 때문이다. 스마일리는 직원들에 대해 몇 가지 요청을 했고, 레이컨이 이를 주의 깊게 적었다. 그는 재무부가 — 다른 누구도 아니고 — 서커스에 돈을 많이 쓰는 분위기라고 그에게 알려 주었다. 적어도 정보 업계에서는 파운드화가 회복 중이었다. 레이컨은 이러한 심경의 변화가 단순히 돌핀 작전의 성공 때문은 아니라고 말했다. 미국이 엔더비의 임명에 압도적인 열의를 보였다. 심지어는 외교부 최상층에서도 〈느껴질〉 정도였다. 레이컨은 그것을 〈자연스럽게 나오는 갈채〉라고 설명했다.

「솔은 그들에게 이야기하는 법을 아주 잘 알아.」 그가 말했다.

「아, 그런가요? 아, 잘됐네요. 음, 잘됐군요.」 스마일리가 말했고, 귀가 안 들리는 사람처럼 고개를 끄덕이며 동의했다.

엔더비가 작전 지휘관에 샘 콜린스를 임명할 생각이라고 털어놓았을 때에도 스마일리는 호의를 드러낼 뿐이었다. 샘은 〈수완가〉인데 요즘 랭글리는 다름 아닌 〈수완가〉를 좋아한다고 엔더비가 설명했다. 고상한 실크 셔츠단은 이제 한물갔다고 그가 말했다.

「물론이죠.」 스마일리가 말했다.

두 남자는 로디 마틴데일이 아주 재미있지만 이 일에는 맞지 〈않다〉고 동의했다. 엔더비가 로디는 정말 〈너무〉 괴상하다고, 장관도 그를 두려워한다고 말했다. 그렇다고 역시나 괴상한 미국 쪽과 잘 지내는 것도 아니고 말이다. 또한 엔더비는 이튼 졸업생을 또 임명하는 것은 조심스럽다고, 그러면 잘못된 인상을 준다고 했다.

일주일 뒤, 하우스키퍼들은 샘이 전에 쓰던 5층 사무실을 다시 열고 가구를 치웠다. 콜린스의 망령을 영원히 치워 버렸다고 안도하는 어리석은 목소리들도 있었다. 그 뒤 월요일에 빨간 가죽 상판에 장식이 요란한 책상과 샘의 클럽 벽에 걸려 있던 사냥 그림 복제화들이 도착했다. 클럽은 더 큰 도박 연합체가 인수하는 중이었고, 관련된 모든 이들이 만족했다.

작은 폰은 두 번 다시 보이지 않았다. 그가 원래 소속되어 있던 브릭스턴 스캘프헌터와 토비 이스터헤이스 휘하의 액턴 램프라이터[40]를 포함해서 더욱 강경한 런던 지부 여러 곳이 부활했을 때도 마찬가지였다. 그러나 그를 아쉬워하는 사람도 없었다. 어쨌거나 폰은 샘 콜린스와 마찬가지로 이 이야기에 속해 있지 않았지만 계속 등장했다. 그러나 샘과 달리 폰은 사건이 끝났을 때 숲에 그대로 남았고, 두 번 다시 나타나지 않았다.

---

40 lamplighters. 서커스 내 감시와 도청 업무를 담당하는 부서를 가리키는 서커스 은어.

또한 샘 콜린스에게는 복귀 첫날 제리의 죽음이라는 비보를 알릴 임무가 떨어졌다. 그는 오락실에서 짧고 꾸밈없는 연설로 비보를 알렸고, 다들 그가 잘했다고 입을 모았다. 그런 면이 있는지 몰랐었다.

「5층 사람들만 알아 둡시다.」 샘이 말했다. 청중은 깜짝 놀랐고, 그런 다음에는 자랑스러웠다. 코니는 울었고, 제리도 카를라의 희생자라고 주장하려 했지만 누가, 또는 무엇이 그를 죽였는지 정보가 없었기 때문에 그렇게 하지 못했다. 작전 수행 중이었고 고귀한 죽음이었다는 소문이 돌았다.

홍콩 외신 기자 클럽은 미아가 된 루크와 웨스터비에게 처음에는 크나큰 관심을 보였다. 회원들의 로비 덕분에 불철주야로 일하는 록허스트 경정의 지휘 아래 두 사람의 실종이라는 이중 수수께끼를 풀기 위해 대대적인 비밀 조사가 이루어졌다. 당국은 조사 결과를 완전히 공개하겠다고 약속했고, 미국 총영사는 유력한 정보를 제공하는 사람에게 자비로 5천 달러를 지급하겠다고 발표했다. 현지의 감정을 고려하여 그는 이 제안에 웨스터비의 이름도 포함시켰다. 두 사람은 〈실종 기자들〉로 알려졌고, 두 사람의 수치스러운 애정에 대한 추측이 난무했다. 루크가 소속된 지국 역시 똑같이 5천 달러를 내걸었고, 난쟁이는 아무도 위로하지 못할 만큼 비탄에 잠겼지만 현상금을 전부 자신에게 줘야 한다고 강력하게 주장했다. 결국 양쪽에서 동시에 일한 사람은 그였고, 루크가 마지막으로 지냈던 클라우드뷰 로드 아파트가 로커의 날카로운 수사관들이 가보기도 전에 바닥부터 천장까지 싹 재단장되었다는 소식을 데스위시에게서 전해 들은 사람도 그였다. 누구의 명령이었을까? 비용은 누가 냈을까? 아무도 몰랐다. 카이탁 공항에서 제리가 일본 패키지 여행객들을 인터뷰하는 모습을 보았다는 목격담을 수집한 사람도 난쟁이었다. 그러나 로커의 조사 위원회는 그 정보를 거부할 수밖에 없었다. 그들의 말에 따르면 관련된 일본인들은 긴 비행 끝에 갑자기 다가온 서양인의 신원을 확인하기에는 〈의지는 있지만 신뢰성이 없는 목격자〉였다. 루크의 경우에는, 음, 그런 식으로 살았으니 어차피 어떤 식으로든 파멸할 수밖에 없다고 그들은 말했다. 술과 방탕한 생활로 인한 기억 상실증에 대해서 이야기하는 사람들도 있었다. 시간이 흐르면 아무리 재미있는 이야기도 시들해진다. 두 남자가 베트남 후에 붕괴 당시 — 아니, 다낭이었나 — 같이 사냥을 하거나 사이공에서 같이 술 마시는 것을 보았다는 소문이 돌았다. 또 다른 소문에서 두 사람은 마닐라 해변에 나란히 앉아 있었다.

「손을 잡고 말인가?」 난쟁이가 물었다.

돌아온 대답은 〈그보다 더 심했어요〉였다.

로커의 이름도 널리 회자되었는데, 얼마 전 미국 마약

단속국의 도움을 받아 기소한 극적인 마약 재판에서 성공을 거둔 덕분이었다. 중국인 여러 명과 헤로인을 운반한 매혹적인 영국 여자 한 명이 관련된 사건이었고, 늘 그렇듯 거물은 정의의 심판을 받지 않았지만 로커가 거의 검거할 뻔했다고 했다. 『사우스 차이나 모닝 포스트』는 사설에서 그의 솜씨를 칭찬하며 〈거칠지만 정직한 우리의 해결사〉라고 불렀고 〈그와 같은 사람이 많아지면 홍콩이 더 좋아질 것〉이라고 썼다.

또한 외신 클럽은 경비견이 순찰을 돌고 투광 조명이 비추는 6미터 높이의 철조망 뒤에서 하이헤이븐이 다시 문 여는 것을 흥미롭게 지켜보았다. 그러나 이제 공짜 점심은 없었고 농담은 금방 시들해졌다.

크로는 몇 달 동안 보이지 않았고 그에 대한 소문도 돌지 않았다. 그러던 어느 날 밤, 평범한 복장에 훨씬 늙어 보이는 그가 나타나서 늘 차지하던 구석 자리에 앉아 허공을 물끄러미 보았다. 그를 알아보는 사람들이 아직 몇 명 남아 있었다. 캐나다 카우보이가 상하이 볼링 내기를 제안했지만 크로는 거절했다. 그런 다음 이상한 일이 벌어졌다. 클럽의 관례 중에서 어리석은 부분을 두고 논쟁이 벌어졌다. 심각한 것은 아니었다. 전표에 서명하는 방법에 대한 어떤 전통이 아직도 클럽 운영에 도움이 되느냐는 이야기였다. 그 정도로 사소한 것이었다. 그러나 무슨 이유에선지 크로 영감이 불같이 화를 냈다. 그가 벌떡 일어나 엘리베이터로 쿵쿵 걸어갔고, 눈물을 줄줄 흘리면서 사람들에게 욕을 퍼부었다.

「아무것도 바꾸지 마.」 분노한 크로가 지팡이를 흔들며 그들에게 충고했다. 「구질서는 변하지 〈않아〉, 계속 그대로 해. 협력하든 분열하든 바퀴는 멈추지 않아, 콧물이나 질질 흘리고 아첨이나 하는 애송이들 같으니! 너희들은 전부 자포자기나 하는 멍청이야!」

맛이 갔군. 크로가 엘리베이터에 타고 문이 닫히자 사람들이 입을 모았다. 불쌍하기도 하지. 당황스럽군.

스마일리에 대해 길럼이 생각하는 규모의 음모가 정말 존재했을까? 만약 그렇다면, 이단아처럼 끼어든 웨스터비가 그 음모에 어떤 영향을 주었을까? 정보는 없었고, 서로 굳게 믿는 사람들끼리도 이 문제를 논할 마음이 들지 않았다. 사촌이 엔더비의 임명을 지지하는 대가로 넬슨을 먼저 심문한다는 ── 그리고 넬슨 포획을 공동의 공적으로 삼는다는 ── 비밀스러운 이해가 엔더비와 마텔로의 사이에 있었던 것은 사실이다. 레이컨과 콜린스가 각자 아주 다른 영역에서 이 거래에 가담했다는 것도 사실이다. 그러나 사촌이 넬슨을 직접 잡겠다고 언제, 어떤 방법으로 제안했는지는 ── 예를 들면 런던 장관들이 하나가 되어 그 노선을 채택하게 만드는 더욱 전통적인 방법을 썼는지 ── 아마 절대 밝혀지지 않을 것이다. 그러나 결과적으로 웨스터비가 불운의 모습을 한 행운이었다는 사실에는 의문의 여지가 없다. 제리는 그들이 찾던 구실을 주었다.

그렇다면 스마일리는 마음 깊은 곳에서 이 음모를 〈알았을까〉? 음모를 알고, 그러한 결말을 남몰래 환영했을까? 그 뒤 3년 동안 브릭스턴에 유배되어 곰곰이 곱씹어 본 길럼은 두 질문 모두에 대해 확실히 그렇다고 주장한다. 길럼의 말에 따르면 위기가 한창일 때, 아마도 격리 병동에서 한참 동안 기다릴 때 조지가 앤 스마일리에게 쓴 편지가 있다. 길럼의 이론은 그 편지에 크게 의존하고 있다. 그가 화해를 주선할 수 있지 않을까 하는 희망을 안고 월트셔로 앤을 찾아갔을 때 그녀가 보여 준 편지였다. 화해를 주선한다는 임무는 실패했지만, 두 사람의 대화 도중에 앤이 가방에서 그 편지를 꺼냈다. 길럼은 편지의 일부를 외운 다음 자동차로 돌아오자마자 적었다고 주장했다. 확실히 길럼으로서는 꿈도 꿀 수 없는 격조 있는 문체이다.

과민하게 생각하고 싶지는 않지만, 솔직히 어쩌다가 지금과 같은 상황이 되었는지 의아하오. 젊은 시절의 기억을 떠올려 보면, 내가 이 비밀스러운 길을 선택한 것은 조국의 목표를 향해서 가장 곧고 가장 멀리 이어지는 길처럼 보였기 때문이오. 당시의 적은 손가락으로 가리킬 수 있고 신문에서 읽을 수 있는 상대였소. 이제 내가 아는 것은, 삶 전체를 음모의 관점에서 해석하는 법을 배웠다는 것뿐이오. 나는 바로 그 검으로 지금까지 살았고, 이제 주변을 둘러보니 바로 그 검으로 죽으리라는 사실도 알겠소. 나는 그들이 무섭지만, 나 역시 그들 중 하나요. 그들이 나를 뒤에서 찌른다 해도, 적어도 그것은 내 동료들이 내리는 벌이겠지.

길럼이 지적하듯이 이 편지는 스마일리가 우울한 시기에 쓴 것이었다.

그의 말에 따르면 요즘 조지는 본인의 모습을 많이 되찾았고, 가끔 앤과 함께 점심 식사도 한다. 길럼은 개인적으로 두 사람이 언젠가 재결합해서 다시는 헤어지지 않을 것이라고 확신한다. 그러나 조지는 결코 웨스터비의 이름을 입 밖에 내지 않는다. 그리고 조지를 위해서 길럼 역시 그의 이름을 꺼내지 않는다.

옮긴이의 말

　『오너러블 스쿨보이』는 존 르카레의 〈카를라 3부작〉
중 2부에 해당하는 소설로, 세 편 중 가장 긴 소설이기도
하다. 얼마 전 세상을 떠난 스파이 소설의 거장 존 르카
레의 명성은 말할 필요도 없을 것이다. 그러나 냉전 시대
의 산물이라고 할 수 있는 스파이 소설이, 그것도 약 반
세기 전인 1977년에 출판된 소설이 현대의 독자에게 어
떤 의미를 가질 수 있는지는 한 번쯤 고민하지 않을 수
없다. 작가 본인도 집필한 지 13년이 지난 1989년에 작
성한 서문에서 그동안 소련과 중국의 성격이 바뀌었음을
지적하고 있기 때문이다.

　르카레의 작품이 출간 당시뿐만 아니라 지금까지도
읽히는 것은 그것이 어떤 이념과 반목이 아니라 어느 시
대 어떤 사회에든 존재하는 인간에 대한 이야기이기 때
문일 것이다. 전작『팅커, 테일러, 솔저, 스파이』에서 영
국 정보부 내 고위직이었던 이중 스파이를 발각해 낸 조

지 스마일리는 이제 산산조각 난 서커스를 책임지게 된다. 그는 카를라의 흔적을 쫓다가 러시아 정보부에서 어느 계좌로 천문학적인 액수의 돈을 매달 보냈음을 발견해 내고 은퇴한 임시 공작원 제리 웨스터비를 다시 불러들여서 러시아로부터 돈을 받는 스파이가 누구인지 밝혀내도록 홍콩으로 보낸다.

조지 스마일리는 땅딸막하고 머리가 벗겨지고 안경을 쓴 인물로 묘사된다. 그러한 겉모습부터가 픽션 주인공으로 등장하는 영국 스파이 중에서 가장 유명한 인물일 제임스 본드와 정반대이다. (1950년대와 1960년대에 실제로 영국 정보부에서 일했던 존 르카레는 제임스 본드가 첩보계를 잘못 그리고 있다고 생각했기 때문에 일부러 정반대되는 인물을 만들어 냈다고 한다.) 명민하고 날카롭지만 예의 바르고 겸손한 조지 스마일리는 어떤 사상을 신봉하거나 체제를 맹신하지 않고 정보부를 둘러싼 정치에서도 쉽게 소외된다. 『오너러블 스쿨보이』에서는 그런 그가 정보부에서 일하는 이유를 엿볼 수 있다.

〈나는 아직도 빚을 지고 있다는 느낌이 강하게 들어. 안 그런가? 난 항상 우리 조직에 고마워했지, 나에게 값을 기회를 줬으니까. 자네도 그렇게 느끼나? 우리는…… 헌신을 두려워하면 안 된다고 생각하네. 내가 너무 구식인가?〉 스마일리는 제리 웨스터비에게 이렇게 말한다. 그가 정보부 내지는 조국을 위해서 일하는 것은 세상에 어떤 빚을 졌다는 느낌, 세상을 설득해서 바로잡아야 한다는 책임감 때문이다.

이 점에서는 조지 스마일리와 유사 부자 관계라고 할 수 있는 이 소설의 주인공 제리 웨스터비도 다르지 않다. 웨스터비는 임시 첩보원 과정에 지원했다가 스마일리의 강연을 듣고 크게 감명을 받는다. 그는 누구보다도 스마일리를 따르며 헌신에 대한 스마일리의 생각에도 동의한다. 그러나 눈에 띌 만큼 큰 덩치와는 대조적으로 세심한 마음을 가진 그는 계좌를 추적하는 과정에서 이용했던 프로스트와 동료 기자인 루크까지 사건에 휘말리게 되자 죄책감을 느낀다. 그는 결국 〈빚을 갚는 건 사실 우리가 아니라 다른 불쌍한 녀석들〉이라고 생각하게 된다.

이 소설은 얼핏 보면 제리 웨스터비가 첫눈에 반한 팜 파탈 리지 워딩턴 때문에 작전을 망칠 뻔하는 이야기처럼 보인다. 그러나 주변 남자들에게 이용당하고 드레이크 코를 배신하며 죄책감을 느끼는 리지 워딩턴을 팜파탈이라고 부르긴 석연치 않을 뿐만 아니라 웨스터비가 드레이크와 넬슨 형제를 도우려 한 것은 단순히 리지를 위해서만은 아닌 것처럼 보인다. 제리가 넬슨이나 드레이크에 대한 연민을 직접적으로 드러내는 것은 아니지만 넬슨의 앞날을 착잡한 심정으로 가늠하는 모습을 보면 그가 인간을 이용하는 반복되는 첩보 활동에 지쳤음을 느낄 수 있다.

그는 토스카나에 버리고 온 여자를 떠올리며 이번에는 리지를 버리지 않겠다고 결심하고 넬슨의 목숨으로 리지를 되사겠다며 드레이크에게 접근한다. 나아가 절체절명의 순간에 제리는 모두가 깜짝 놀랄 선택을 한다. 동남아시아 각지에서 무력하고 위기감 없는 서구 사람들과 나른하고 비참한 현지인들을 보아 온 제리, 영국이 돌이킬 수 없을 만큼 쇠락했으며 그 책임은 자신과 같은 계층에 있다고 굳게 믿는 제리로서는 어쩌면 당연한 귀결이었을지도 모른다. 결국 그의 별명 〈스쿨보이〉 앞에 붙은 〈오너러블〉이란 호칭은 귀족이라는 제리의 신분을 나타내는 말인 동시에 험한 일을 하면서도 그가 마음 깊은 곳에 잃지 않았던 고결함을 나타내는 말처럼 느껴진다.

작전이 모두 끝난 뒤에 시작해 다양한 시점을 오가는 이 소설은 읽기 쉬운 편이 아니다. 작가가 실제 영국 정보부에서 쓰는 은어와 자신이 만든 은어를 별다른 설명 없이 섞어서 쓰기 때문만은 아니다. 작가는 이따금 설명 없이 사건을 훌쩍 뛰어넘다가도 어떤 장면이나 사건, 대화는 무척 공들여 묘사하기 때문에 이 책을 읽으면 마치 영화를 보는 듯한 느낌이 든다. 특히 화이트홀 회의 장면은 각 관료들의 성격과 속내를 — 그리고 스마일리의 빈틈없는 책략을 — 아주 잘 보여 주고, 요원들이 리지 워딩턴의 전남편과 부모, 어린 시절 드레이크 코를 돌보아 주었던 선교사를 만나 탐문하는 대화는 배경 설명임에도 불구하고 무척 생생하여 각 인물의 개성을 잘 드러낸다. 과감한 생략과 세밀한 묘사는 이 책을 어렵게 만들지만 작품을 더없이 매력적으로 만드는 작가의 인장이기도 하다.

결국 사건이 종료된 이후 CIA와 엔더비에게 밀려나는 조지 스마일리를 보면 ─ 길럼의 짐작처럼 스마일리가 일부러 유도한 것이라 해도 ─ 〈시간을 초월하는 것은 배신밖에 없다〉는 작가의 말이 저절로 다시 떠오른다. 책을 덮을 때 밀려드는 감정이 통쾌함이 아니라 쓸쓸함과 허무함이기 때문에 존 르카레의 책이 아직도 빛을 잃지 않는 것이 아닐까, 생각한다.

마지막으로 이 책의 번역 원본으로는 John le Carré, *The Honourable Schoolboy*(First published by Hodder & Stoughton 1977, published in Penguin Books 2018)을 사용했으며, 1989년판의 서문도 함께 실었음을 밝힌다.

2022년 7월
허진

옮긴이 **허진** 서강대학교 영어영문학과와 이화여자대학교 통번역대학원 번역학과를 졸업했다. 옮긴 책으로는 엘리너 와크텔의 인터뷰집 『작가라는 사람』(전2권), 지넷 윈터슨의 『시간의 틈』, 도나 타트의 『황금방울새』, 마틴 에이미스의 『런던 필즈』와 『누가 개를 들여놓았나』, 할레드 알하미시의 『택시』, 나기브 마푸즈의 『미라마르』, 아모스 오즈의 『지하실의 검은 표범』, 수잔 브릴랜드의 『델프트 이야기』 등이 있다.

오너러블 스쿨보이 2

발행일 **2022년 7월 20일 초판 1쇄**

지은이 **존 르카레**
옮긴이 **허진**
발행인 **홍예빈 · 홍유진**
발행처 **주식회사 열린책들**

경기도 파주시 문발로 253 파주출판도시
전화 031-955-4000 팩스 031-955-4004
www.openbooks.co.kr